Stella Rapp

Evalfine

Lost in worlds

ROMAN

VAJONA

Dieser Artikel ist auch als E-Book erschienen.

Evalfine – Lost in worlds

Druck und Verarbeitung:
FINIDR, s.r.o.
Lípová 1965
737 01 Český Těšín
Czech republic

Lektorat: Lara Späth
Korrektorat: Aileen Dawe-Henning
Umschlaggestaltung: Julia Gröchel unter Verwendung von rawpixel
Satz: VAJONA Verlag, Oelsnitz

VAJONA Verlag
Carl-Wilhelm-Koch-Str. 3
08606 Oelsnitz

ISBN: 978-3-98718-284-6

Für Amadea

Nebellied

Danket dem Nebel, der uns hüllet ein,
Verkündet uns von Liebe, Wärme, Sonnenschein.
In seinen Mantel kleidet er die Welt,
Schwebt über Blumenwiesen, Wald und Feld.

Unsere Seele sehnet sich nach Licht,
Doch hindert unsre Furcht zu sehn sein Angesicht.
Tageslicht meiden, darauf sind wir bedacht,
Gespalten unser Inneres in Tag und Nacht.

Wo Schatten herrscht, da spricht er auch von Licht.
Ohne den Tag gäb es die Nächte nicht.
Mag unsre Welt auch dunkel für uns sein,
Bewahren Sonne, Sterne, Mond für uns den Schein.

Prolog

Die Nacht war finster und sternenlos, als zwei Gestalten aus der Dunkelheit in das Licht einer einsamen Straßenlaterne traten. Unbeirrt folgte die vordere Person ihrem Weg, während die zweite sich unsicher umsah.

Schließlich erreichten sie einen Baum, dessen Krone hoch über den Häusern aufragte. Die vordere Gestalt, ein junger Mann, sprang und landete im selben Moment sicher auf einem Ast. Dort oben, versteckt durch das Blätterdach, saß er hoch genug, um das danebenstehende Gebäude in Ruhe betrachten zu können.

Sein Blick heftete sich an ein Fenster. Der Rollladen war nicht heruntergelassen, sodass der Junge in aller Ruhe in das Zimmer starren konnte. Ein gewöhnlicher Mensch hätte in der Finsternis und auf diese Entfernung nichts erkennen können, doch er sah mehr als genug.

Sein Gesichtsausdruck verhärtete sich, als er das schlafende Mädchen entdeckte. Seine Augen verengten sich, sein Körper spannte sich an.

Währenddessen schlich seine Begleiterin unter dem Baum umher und warf einen letzten prüfenden Blick auf die Straße, ehe sie ebenso schnell auf den Ast sprang. »Wir müssen aufpassen! Bist du dir sicher, dass es gut ist, hier zu sein?«

Er reagierte nicht.

Sie folgte seinem Blick. Ihre grünen Augen weiteten sich vor Überraschung, als sie das schlafende Mädchen erkannte. »Sie sieht aus wie …«

Weiter kam sie nicht, denn der Junge unterbrach sie: »Ja, sie sieht genauso aus wie *sie.*« Die Bitterkeit in seiner Stimme ließ das Mädchen nervös schlucken.

»Das hätte ich wirklich nicht gedacht«, murmelte sie unbeholfen.

»Wir sollten das nicht tun. Das ist nicht richtig.« Der Junge schüttelte den Kopf, ohne den Blick von dem Mädchen abzuwenden. »Diese Ähnlichkeit. Was, wenn es genau das bedeutet, was alle befürchten? Sie wird uns alle in den Untergang führen.«

Seine Begleiterin löste den Blick von dem Mädchen, um ihn anzusehen. »Es ist doch nur logisch, dass sie *ihr* so ähnlich sieht. Wieso sollte es anders sein? Ihre Mutter war *ihre* Zwillingsschwester.«

Der Junge schnaubte.

Nach einem Moment des Zögerns meinte das Mädchen bestimmt: »Sie ist eine von uns! Wir halten zusammen und helfen einander. So will es unser Gesetz.«

»*Sie* war auch eine von uns!«, entgegnete der Junge gereizt. Seine Stimme bebte. »Und was hatten wir davon?«

Der Blick des Mädchens wurde trüb, als er seine Hände zu Fäusten ballte, die Augen schloss und tief durchatmete, um ruhig zu bleiben.

»Ich weiß, dass das Ganze hier schwer für dich ist. Aber gib ihr eine Chance. Du kennst sie nicht«, erwiderte sie behutsam.

Er hatte noch immer die Augen geschlossen. Leise, aber nachdrücklich, antwortete er: »Ich werde nicht zulassen, dass noch irgendjemand getötet wird. Lieber werde ich sie höchstpersönlich umbringen.«

Es bestand kein Zweifel daran, dass er seine Worte ernst meinte.

»Dazu wird es nicht kommen«, widersprach sie ihm ruhig.

Er schlug die Augen auf. »Wir werden sehen.«

»Vielleicht wird auch gar nichts passieren. Vielleicht irren wir uns alle und sie ist keine von uns. Morgen Nacht wissen wir mehr«, überlegte das Mädchen nach einer Weile.

Schließlich sprang er vom Baum, gefolgt von dem Mädchen, und beide liefen die Straße zurück.

Nach kurzer Zeit waren sie in der Dunkelheit verschwunden.

1 Eliana

Laute Musik dröhnte uns entgegen, als Marie und ich vor einem großen Einfamilienhaus stehenblieben. Hier waren wir eindeutig richtig. Ich griff nach dem eisernen Gartentor und drückte es auf, damit wir eintreten konnten.

Die Abendsonne hing tief über Mainz und tauchte den Vorgarten in rötliches Licht. Wir passierten einen Aprikosenbaum, der mit Lichterketten und Lampions geschmückt worden war, und bewunderten ihn.

»Da hat sich Jana aber große Mühe gegeben«, stellte Marie fest.

Als hätte sie es geahnt, kam uns Jana mit ihrem Freund John entgegen, der hier wohnte und die Party veranstaltete.

»Marie! Eliana! Schön, dass ihr da seid!«, grüßte John munter und umarmte uns unter den erbitterten Blicken seiner Freundin.

Jana war in der gesamten Stufe für ihre Eifersucht bekannt. Meistens ließ John sich davon nicht einschränken, weshalb es mich wenig wunderte, dass er Marie mit seinem legendären unwiderstehlichen Lächeln anstrahlte.

»Ah, ich sehe ihr habt auch etwas zu essen mitgebracht. Das ist super, danke!«, stellte er mit einem Blick auf die beiden Schüsseln fest, die wir in den Händen hielten.

»Wo ist denn das Buffet aufgebaut?«, fragte Marie.

John musterte sie einen Moment. »Ach, wisst ihr was? Ich bringe euch direkt hin.«

Janas Augen verengten sich, doch John ignorierte sie. Er führte uns in den hinteren Teil des Gartens, in dem die Party stattfand.

In Maries Augen blitzte Vorfreude auf, wohingegen sich meine eigene in Grenzen hielt. Den Vorabend zu meinem achtzehnten

Geburtstag feierte ich ungern mit einer Menge Mitschüler, die ich kaum kannte. Viel lieber hätte ich mit Marie einen gemütlichen Abend auf der Couch verbracht, so wie wir es die vergangenen Jahre über getan hatten.

Marie und ich waren seit unserem ersten Tag in der Grundschule beste Freundinnen. Wir hatten all unsere Höhen und Tiefen – vor allem in unserer Jugend – gemeinsam durchgestanden und teilten damit zahlreiche Erinnerungen miteinander. Meinen Geburtstag hatten wir jedes Jahr mit einer Übernachtungsfeier eröffnet, Filme geschaut, eine Menge gegessen und stundenlang über alles geredet, was uns bewegt hatte.

In diesem Jahr war alles anders. In diesem Jahr würden wir hier sein. Auf Johns Party. Mit dieser Veränderung musste ich mich ebenso zurechtfinden, wie damit, dass sich die Freundschaft zwischen Marie und mir wandelte. Seit Marie sich mit zwei Mädchen aus unserer Stufe angefreundet hatte, die ich nicht sonderlich mochte, war sie beliebter geworden und wir hatten mehr mit den ›coolen‹ Leuten des Jahrgangs zu tun, als es vorher der Fall gewesen war.

Wie mit John, der nun auf einen großen Gartentisch deutete, auf dem eine Vielfalt an Partysnacks angerichtet worden war. Marie und ich stellten unseren Nudelsalat und den Hummus zwischen Dips, Bretzeln, Kuchen und Gemüsesticks.

»Genau, also hier könnt ihr euch einfach bedienen und dort am Haus, im und am Kühlschrank, findet ihr alles Mögliche an Getränken«, erklärte John und deutete auf einen geräumigen Kühlschrank vor der Terrasse, neben dem Bierkästen und Körbe mit Weinflaschen und anderen Getränken standen.

Mit einem schelmischen Grinsen teilte John Marie mit, dass sie sich melden sollte, falls sie noch etwas brauchte. Dann verabschiedete er sich und begrüßte die nächsten Gäste.

»Er flirtet mit dir«, raunte ich ihr zu, sobald er sich außer Hörweite befand.

Marie winkte ab. »Ach, Quatsch.«

Sie begann, sich umzuschauen. Kurz darauf hellte sich ihr Gesicht auf. »Schau mal, da sind Mila und Ann-Christin!«

Ich folgte ihrem erhobenen Zeigefinger, der auf zwei Mädchen gerichtet war, die unweit des Buffets auf einer Lounge saßen und mit ihren Plastikbechern anstießen. Noch ehe ich etwas erwidern konnte, zog Marie mich mit. Die beiden grüßten Marie angeheitert, mir hingegen gaben sie zu spüren, dass sie mich nur aus Höflichkeit duldeten. Deshalb hörte ich nur halbherzig zu, als Mila und Ann-Christin losschnatterten und Marie über die neuesten Gerüchte aufklärten.

Ich ließ die Dekoration auf mich wirken. Der Garten war wirklich schön hergerichtet: Girlanden und kleinere Lichterketten zogen sich von den Bäumen bis zum Haus, Lampions hingen von einigen Ästen herab und Gartenlaternen mit üppigen, brennenden Kerzen waren am Rand der Wiese aufgestellt worden.

Einige unserer Mitschüler waren bereits angekommen, drängten sich um das Buffet oder standen in Gruppen zusammen, um anzustoßen. Laute Stimmen und Gelächter erfüllten neben der Musik die Luft. Es war eine dieser späten, milden Sommernächte, in denen man sich wünschte, dass der Herbst noch lange auf sich warten lässt.

»Ich habe gehört, David und Carolin hatten etwas miteinander, aber jetzt ghostet er sie«, drang Milas Stimme in mein Bewusstsein. David war der beste Kumpel von John. Über beide kursierten zahlreiche Gerüchte, die sie für mich trotz ihres attraktiven Aussehens zu wandelnden Red Flags machten. Das schien die drei Mädchen vor mir weniger zu stören, denn sie schielten heimlich zu David. Mila nippte an ihrem Becher und fuhr leiser fort: »Außerdem hat Jana gemeint, wir hätten zwei Neue in der Schule, die heute auch auf die Party kommen wollen. Hanna hat sie eingeladen. Sie hat schon Kontakt zu ihnen aufgenommen, weil sie Schulsprecherin ist. Ich habe die beiden ja noch nicht gesehen, aber der Typ soll wirklich heiß sein. Ich bin so gespannt. Es gibt viel zu wenige davon in unserer Stufe.«

Neue Mitschüler? Das wunderte mich, denn unser letztes Schuljahr stand kurz bevor. Einerseits freute ich mich darüber, dass ich das Kapitel Schule bald abschließen würde, doch andererseits fürchtete ich mich vor der Ungewissheit, die mich damit erwartete. Bislang hatte ich keine Idee, was ich nach dem Abi machen wollte. Ganz im Gegenteil zu meinen Mitschülern.

Während andere in ihren Praktika regelrecht aufgeblüht waren, hatte mich nichts richtig erfüllt. Das einzige Praktikum, das mir Spaß gemacht hatte, war das im Krankenhaus gewesen. Doch das Blut hatte bei mir für Schwindel und ein flaues Gefühl im Magen gesorgt.

Bei der Erinnerung daran wanderte mein Blick wieder zum Buffet. Ich fragte die anderen, ob wir nicht etwas davon probieren wollten. Mila und Ann-Christin verneinten, also machten Marie und ich uns zu zweit auf den Weg.

»Ich hole uns was zu trinken. Magst du auch eine Weinschorle?«, fragte Marie.

Ich nickte und sie verschwand mit ihrem Pappteller zum Kühlschrank, während ich mir noch mehr von dem Kartoffelsalat nahm.

»Boah, das sieht ja so gut aus!«, freute sich eine Stimme direkt neben mir. Ich hob den Kopf und sah in die leuchtend grünen Augen eines Mädchens, das mir völlig fremd war. Sie nahm sich einen Teller und begann, sich eine Menge an Essen darauf zu schaufeln.

»Ich habe so einen Hunger«, erklärte sie und steckte sich eine Blätterteigtasche in den Mund.

»O, Mann! Ich bin ja echt unhöflich, ich habe mich gar nicht vorgestellt. Sorry! Ich bin Luna.« Sie schlug sich mit der Hand gegen die Stirn.

»Kein Problem.« Ich lächelte. Dass sie so begeistert von dem Essen war, fand ich sehr sympathisch. »Ich bin Eliana.«

Luna grinste. »Freut mich, dich kennenzulernen. Bist du öfter auf solchen Partys? Das ist nämlich meine erste in dieser Stadt. Ich bin erst hierhergezogen.«

»Na ja, manchmal. Eigentlich bin ich nur wegen meiner Freundin hier«, gab ich zu und musste an Milas Worte denken. Sie hatte zwei neue Mitschüler erwähnt. »Es sind Gerüchte darüber im Umlauf, dass wir zwei neue Mitschüler haben. Gehörst du dazu?«

»Ja, genau.«

»Es ist sicher nicht leicht, so kurz vor dem Abschluss zu wechseln.«

Ein Lächeln umspielte ihre Lippen. »Das passt schon. Ich bin mir sicher, dass ich gut mitkomme.«

»Wenn du irgendwelche Fragen hast oder so, dann kannst du gern zu mir kommen«, bot ich ihr an.

»Danke, das ist wirklich lieb!« Einer ihrer Mundwinkel zog sich in die Höhe. Sie nahm sich eine weitere Blätterteigtasche und sah sich um. »So, ich habe genug Essen. Wir sehen uns bestimmt später«, schmatzte sie.

Schon war sie verschwunden.

Ich machte mich auf die Suche nach Marie und entdeckte sie am Kühlschrank, mit zwei Bechern in der Hand. Vor ihr stand John, der sie offenbar in ein Gespräch verwickelt hatte. Ungläubig beobachtete ich, wie er ungeniert mit ihr flirtete, während Jana die beiden wenige Meter entfernt anfunkelte.

Ich hastete Marie entgegen. »Ähm, Marie? Mila hat nach dir gefragt«, log ich und nickte John entschuldigend zu. Schnell zog ich meine Freundin von ihm weg, die mich verdutzt ansah. Nach ein paar Schritten raunte ich ihr zu: »Mila hat nichts gefragt, aber Jana hat euch beobachtet und ich dachte, es ist besser, dich da rauszuholen. Sie sah aus, als würde sie gleich explodieren.«

Und das tat sie

Während Marie zu den anderen beiden zurückging, zog ich mich zurück. Ich verspürte den Drang nach Ruhe. Zielstrebig steuerte ich auf den hintersten Teil des Gartens zu, in dem sich niemand aufhielt. Hier hatte Jana keine Deko mehr aufgehangen, da die Party hauptsächlich weiter vorne stattfand. Im Dämmerlicht entdeckte ich vor einem Quittenbaum eine Schaukel und bewegte mich auf sie zu.

In diesem Moment trat eine Gestalt aus dem Schatten eines Baumes heraus. Es war ein Junge in meinem Alter, den ich noch nie zuvor gesehen hatte. Er wäre mir definitiv in Erinnerung geblieben. Dichte dunkle Locken fielen ihm in sein kantiges, schönes Gesicht. Seine Haut schimmerte in einem Bronzeton. Er war muskulös, aber nicht unbedingt breit. Es sah aus, als würde er viel Sport treiben.

Er blieb abrupt stehen, als er mich entdeckte. Kalte, braune Augen bohrten sich in meine, sodass ich kurzzeitig alles andere vergaß. Ein Schauer lief mir über den Rücken und ich war nicht mehr fähig mich zu bewegen oder überhaupt einen klaren Gedanken zu fassen. Da waren nur noch diese rehbraunen Augen …

»Raphael, da bist du ja!« Luna tauchte neben mir auf. Ich atmete verdattert aus und merkte erst jetzt, dass ich die Luft angehalten hatte. Warum hatte er mich so angesehen?

»Ah, wie ich sehe, habt ihr euch auch kennengelernt. Unsere Väter arbeiten in der gleichen Firma und sie wurden beide hierher nach Mainz versetzt.« Luna warf Raphael einen Blick zu, den er mit einem undurchdringlichen Gesichtsausdruck erwiderte. Von seinem Verhalten schien sie sich keineswegs beirren zu lassen. Ich hingegen konnte Raphael nur anstarren. Er schien keine Notiz mehr von mir zu nehmen.

»Eliana! Bist du hier?«, hörte ich hinter mir rufen, weshalb ich mich nun doch widerwillig abwandte. Marie eilte auf uns zu. »Wo bleibst du denn? Es ist bald Mitternacht.«

Luna ergriff das Wort und stellte erst Raphael, dann sich vor. Dieses Mal regte sich etwas in Raphaels Gesicht. Er schenkte Marie ein freundliches Lächeln und grüßte sie höflich. Gegen den heftigen Stich in meiner Magengegend, den ich dabei verspürte, konnte ich mich nicht wehren.

Marie war immer diejenige von uns beiden gewesen, die Typen

beeindruckte, während ich meist unauffällig danebenstand. In der Vergangenheit hatte mich das sehr belastet. Mittlerweile hatte ich begonnen, mich damit abzufinden. Mich störte es nicht, im Hintergrund zu bleiben. Aber bei Raphael … Er hatte mich bloß angesehen und direkt beschlossen, mich so abschätzig zu behandeln.

Ich hatte nicht mitbekommen, dass Marie die beiden eingeladen hatte. Doch als die Neuankömmlinge mit uns zusammen zurück zur Lounge liefen, schwante mir nichts Gutes.

Milas Augen blitzten beim Anblick von Raphael neugierig auf. Dieses Funkeln war mir bekannt. Es war die Entschlossenheit selbst, mit der Folge, dass Mila alles tun würde, um ihr Ziel zu erreichen. In diesem Fall war ihr Ziel Raphael.

Zu ihrer Freude ließ dieser sich neben ihr nieder und stellte sich ihr interessiert vor. Mit dem verschmitzten Lächeln, das er Mila schenkte, und seiner zuvorkommenden Art wirkte er auf einmal wie ein sympathischer, attraktiver Kerl.

Ich gab mir alle Mühe zu ignorieren, wie aufmerksam er Mila über die Schule und das Leben in Mainz ausfragte, während er sie dabei von oben bis unten musterte. Ich war mir bewusst, dass ich mit Mila bei Weitem nicht mithalten konnte. Sie wusste mit ihrem Körper umzugehen, trug immer die neueste Kleidung und war allein durch ihr Auftreten attraktiv. Zusätzlich stammte sie aus einem guten Elternhaus, hatte eine intakte Familie, war erfolgreiches Mitglied im Leichtathletikteam und zählte zu den Jahrgangsbesten.

Nein, von all dem war ich weit entfernt, und eigentlich war ich im Reinen mit meinem Leben und meinen Talenten, die eben in anderen Bereichen lagen. Aber dass Raphael mich so offensichtlich unter seiner Würde fand, kränkte mich dann doch.

»Und du? Wohnst du schon immer in Mainz? Ich habe bis jetzt noch nicht viel von der Stadt gesehen, aber ich muss sagen, sie ist echt schön. Die historische Altstadt ist der Hammer!«, wurde ich von Luna aus meinen Gedanken gerissen.

Ich fasste den Entschluss, mich nicht weiter wegen eines Typen schlecht zu fühlen, dessen Verhalten meinen Werten derart widersprach. Also nannte ich Luna meine liebsten Orte in Mainz, wie den Volkspark oder das Rheinufer.

Als immer mehr Gäste zu tanzen begannen, standen auch wir auf, um uns ihnen anzuschließen. Grölend hüpften wir zu den Partyliedern mit, weshalb es an ein Wunder grenzte, dass sich keine Nachbarn beschwerten.

Kurz vor Mitternacht stieß Marie mich überschwänglich an und rief: »Eliana, es ist gleich soweit!«, ehe sie in der Menge verschwand.

Noch bevor ich begriff, wohin es sie verschlagen hatte, wurde die Musik leiser gedreht. Zeitgleich kletterte John auf einen Plastikstuhl, der unter ihm gefährlich wackelte. Dass der Stuhl seine besten Tage bereits hinter sich hatte und John nicht mehr ganz nüchtern war, machte die Sache besonders riskant. »Hey, alles gut Leute! Keine Sorge, die Musik wird gleich weitergehen! Ich habe nur eine Ansage zu machen! Denn unsere liebe Eliana hat gleich Geburtstag. Lasst uns zusammen runterzählen!« Lallend hielt er seine Motivationsrede und streckte seinen Arm in die Luft, um auf seine Smartwatch zu sehen.

Sobald er etwas auf dem Display erkannte, begann er laut runterzuzählen. Seine Gäste stimmten jubelnd ein und schrien derart schallend mit, als hätten wir Silvester.

Unterdessen zwängte sich Marie durch die Menge zurück zu mir. Unter der Lautstärke konnte ich ihre Stimme nicht hören, doch ihre Mundbewegungen verrieten, dass sie ebenfalls runterzählte.

»… Drei … Zwei … Eins …«

Überlautes Gejohle ertönte aus allen Ecken. Stimmen schrien: »Happy Birthday, Elsa!«, »Alles Gute an Elisa!«, »Elena hat Geburtstag, Elena hat Geburtstag«, »Ein Hoch auf Elvir–!«

Schlagartig waren sie verschwunden.

Nicht nur die fröhlich grölenden Partygäste. Auch der Garten, die Lampions, die Bäume … einfach alles!

Stattdessen fand ich mich in einer Arena wieder, umgeben von tausenden Gestalten, die einen ohrenbetäubenden Lärm von sich gaben.

Voller Wut feuerten unzählige Stimmen ihn an. Sie schrien durcheinander. Ihre Worte verschwammen zu einem lauten Gewirr, das von allen Seiten auf mich hereinprallte. Ihre Hände waren in die Luft gerissen, ihre Blicke wild und wütend. Sie tobten. Sie schrien nach Gerechtigkeit, danach, dass er kämpfte, dass er tötete, dass er endlich nach all diesen Jahren der Qualen und der Schmerzen für Vergeltung sorgte.

Dann war es vorbei.

Einfach so.

Der Garten und die Teenager waren zurück.

Marie stürzte sich auf mich, um mich fest an sich zu drücken. »Oh, Eliana, ich wünsche dir alles Liebe zu deinem Geburtstag! Ich bin so froh, dich zu haben!«, rief sie freudig.

Mein Herz pochte heftig gegen meine Brust. Mein Atem ging zittrig, während die Musik wieder aufgedreht wurde und die Leute um uns das Tanzen erneut aufnahmen.

Doch das, was ich vor wenigen Sekunden vor meinem inneren Auge gesehen hatte, brannte sich so tief in mein Bewusstsein, als wäre es gerade wirklich geschehen. Blinzelnd schüttelte ich den Kopf, wollte das Bild loswerden. Aber es blieb. Der Moment, in dem die wütende Menge vor mir getobt hatte. Noch nie hatte ich eine derartige Panik verspürt. Solch eine Todesangst, ohne die geringste Chance auf einen Ausweg.

Ich schloss die Augen und kämpfte damit, ruhig und gleichmäßig zu atmen.

Alles ist gut. Ich bin hier. Bei Marie und auf dieser Party. Das war nicht echt.

Marie ließ mich los, um in einem Beutel zu kramen, den sie mitgebracht hatte. Sicherlich war es dem Alkohol und der

Dunkelheit geschuldet, dass ihr mein Zustand verborgen blieb. Unter anderen Umständen hätte ich die Angst, die mir die Kehle zuschnürte, nicht vor ihr verbergen können. Marie kannte mich zu gut.

Nun war es der Blick einer anderen Person, der sich schwer auf mich legte. Etwas bewegte mich dazu, mich Raphaels Augen zu stellen, die mich durchdrangen, als suche er etwas Bestimmtes. Beinahe glaubte ich, einen unzufriedenen Ausdruck in ihnen zu erkennen, doch ehe ich begriff, was das alles zu bedeuten hatte, wandte er sich ab.

Als hätte er nie etwas anderes getan, widmete er sich Mila, die nahe bei ihm stand, an ihren Haaren spielte und ihn anlachte. Irritiert fragte ich mich, ob ich mir die Intensität seines Blickes nur eingebildet hatte.

»Das ist für dich!«, verkündete Marie, die mir ein kleines Säckchen aus Stoff und ein Päckchen, das mit Geschenkpapier umhüllt war, entgegenstreckte. »Na los, pack es aus!«

Zuerst öffnete ich das Säckchen, aus dem ich ein Armband aus kleinen bunten Perlen herauszog. Unvermittelt hielt Marie mir ihr Handgelenk unter die Nase und offenbarte mir ein ähnliches Armband.

»Habe ich für uns gemacht«, klärte sie mich auf.

»Wow!«, stieß ich hervor, legte das Armband an und hielt es an ihres.

Für das andere Päckchen traten wir ein wenig aus der Menge heraus, um mehr Ruhe zu haben. Mila, Raphael, Ann-Christin und Luna folgten uns, während ich noch immer mit dem erschütternden Gefühl in meinem Bauch kämpfte.

Reiß dich zusammen, Eliana! Das war nicht echt! Konzentrier dich auf Marie.

Ich sagte es mir wieder und wieder, bis wir einen Stehtisch erreichten, auf dem ich Maries Päckchen ablegte.

Ein Lächeln breitete sich in meinem Gesicht aus, sobald ich das Fotoalbum auspackte, das sie für mich gestaltet hatte. Neben einem Text von Marie prangte das erste Bild, das von uns zusammen existierte, auf dem wir mit unseren Schultüten auf dem Schulhof standen und breit in die Kamera grinsten. Marie hatte die Bilder in dem Album chronologisch geordnet. Das letzte Foto zeigte uns bei unserem Urlaub aus der vergangenen Woche. Mit einem Eis in der Hand lächelten wir uns in der Freiburger Innenstadt zu, wobei es uns sogar gelungen war, den Martinsturm mit auf das Selfie zu integrieren.

Ich blätterte zur vordersten Seite, um das Foto von unserem ersten Schultag zu betrachten. Maries Mutter hatte es geschossen.

Ich erinnerte mich gut an diesen Tag, an dem ich mich ängstlich an die Hand meiner Stiefmama geklammert hatte. Ich hatte sie angefleht, bei ihr und meinem kleinen Bruder Samuel bleiben zu dürfen. Marie hatte uns entdeckt, meine freie Hand genommen und mich breit angelächelt. Im Klassenzimmer hatte sie uns einen Platz ausgesucht, mir einen Lolli aus ihrer Schultüte geschenkt und beschlossen, dass ich nun ihre beste Freundin werden sollte.

Seit diesem Tag waren wir unzertrennlich.

»Danke, Marie! Das ist so toll! So viele Erinnerungen in einem Buch!« Dafür liebte ich sie. Sie kannte mich so gut wie eine Schwester und wusste genau, worüber ich mich freuen würde.

Schließlich trat auch Luna auf mich zu, um mir zu gratulieren. Dafür, dass wir uns gerade erst kennengelernt hatten, umarmte sie mich sehr freundschaftlich. Ihr folgten Ann-Christin und Mila mit einer knappen Umarmung und einem aufgesetzten Lächeln. Raphael nickte mir bloß zu, ohne mich anzusehen. Noch ehe ich die Zeit fand, mich erneut darüber zu ärgern, ging ein Aufruhr durch die Reihen. Anscheinend machte Jana gerade mit John Schluss.

Wurde aber auch Zeit.

Während Mila und Ann-Christin sich auf den neuesten Tratsch stürzten, beschloss ich, mich abzuwenden. Dafür hatte ich jetzt keinen Kopf. In der Dunkelheit schlenderte ich zu der Schaukel, die ich vorhin schon hatte aufsuchen wollen, bevor ich Raphael begegnet war. Dieses Mal erreichte ich sie und setzte mich.

Langsam gab ich der Schaukel Schwung und genoss die frische Nachtluft. Ich fühlte, dass etwas nicht stimmte. Auch wenn ich es nicht greifen konnte, wusste ich, dass sich etwas veränderte. Ich schloss die Augen, spürte, wie der laue Wind in mein Gesicht wehte. Dieses seltsame Erlebnis ging mir nicht aus dem Kopf. Diese albtraumhafte Panik. Das alles musste vom Alkohol gekommen sein. Ich hatte ihn einfach nicht vertragen. Das war die Erklärung. Das musste sie sein.

2 Eliana

Konzentriert saß ich an meinem Schreibtisch und begutachtete die ersten Pinselstriche, die ich auf der Leinwand hinterlassen hatte. Schon jetzt hatte ich eine detailreiche Vorstellung davon, wie das Bild am Ende aussehen sollte. In der vergangenen Nacht hatte ich von einem Felsen geträumt, der in Nebel gehüllt aus einer dämmrigen Landschaft herausragte. Den gesamten Tag über hatte mich diese Vorstellung nicht losgelassen, weshalb ich beschlossen hatte, ihn auf die Leinwand zu bringen.

Für gewöhnlich malte ich bunte Blumenwiesen, romantische Sonnenuntergänge oder andere Naturschauspiele, die ich bei Spaziergängen als Inspiration fotografierte. Aber dieses Bild … Dieses Bild war düster.

Ein Klopfen riss mich aus meinen Gedanken.

»Ich bin fast fertig mit dem Essen … Boah, Hilfe, mach doch das Gekreische aus!«, beschwerte sich mein Bruder Samuel, als er den Kopf in mein Zimmer steckte.

»Das ist kein Gekreische, das ist Haydn«, verbesserte ich ihn, während ich mich mit meinem Stuhl zu ihm umdrehte.

»Sag ich doch.«

»Du hast keine Ahnung von Musik.« Kopfschüttelnd sah ich zu meiner Musikanlage, die *Die Schöpfung* von *Haydn* abspielte. Kunst und Musik. Das waren meine Leidenschaften. Dadurch konnte ich in fremde Welten eintauchen, die es mir ermöglichten, abzuschalten und Energie zu tanken.

»Das kommt auf die Perspektive an«, widersprach Samuel, der sich unauffällig genähert hatte, um auf mein Bild zu schielen. »Was wird das?«

»Das siehst du, wenn es soweit ist. Hattest du nicht gesagt, du bist fertig mit dem Kochen?«

»Ja, kannst du den Tisch decken? Mama müsste gleich nach Hause kommen.« Damit stapfte Samuel davon.

Ich folgte ihm die Wendeltreppe unserer Maisonettewohnung hinunter. Mein Magen grummelte vor Hunger. Was für ein Segen, dass mein kleiner Bruder, der gerade erst sechzehn Jahre alt war, nicht nur gut, sondern gern kochte. Ein paar Minuten später öffnete sich die Wohnungstür und unsere Mutter kehrte von ihrem Zwischendienst im Krankenhaus zurück. Streng genommen war Franziska nur Samuels Mutter, was mich nicht davon abhielt, sie Mama zu nennen.

Meine leibliche Mutter war bei meiner Geburt gestorben, weshalb ich sie nie kennengelernt hatte. Wenige Monate nach ihrem Tod hatte mein Vater Franziska in der Klinik kennengelernt. Zu der Zeit hatte sie noch als Assistenzärztin auf der Kinderstation gearbeitet. Obwohl die beiden schnell zusammengekommen waren, war ich froh, dass sie sich gefunden hatten. Franziska hatte ihm Halt gegeben, mich liebte sie bedingungslos, als sei ich ihr eigenes Kind. Und ich liebte sie.

Mein Vater würde erst in drei Tagen von seinem Flug aus Singapur zurückkommen. Als Pilot war er viel unterwegs. Deshalb verbrachten wir die meiste Zeit zu dritt.

Aber das war okay. Allerdings änderte das nichts daran, dass er uns fehlte.

So auch an diesem Abend. Während Samuel mit Franziska über die nächste Serie diskutierte, fielen mir fast die Augen zu. Deshalb verabschiedete ich mich nach oben und packte meine Tasche für den ersten Schultag. Anschließend ließ ich mich auf mein Bett fallen und griff nach meinem Handy, um den Wecker zu stellen. Stattdessen entdeckte ich, dass Marie mir zwei Sprachnachrichten geschickt hatte, die ich direkt abspielte. In der ersten erinnerte sie mich daran, dass morgen das Treffen unseres Abi-AKs stattfand, dem Arbeitskreis, der die Abizeitung erstellte.

Während ich darüber nachdachte, ob ich dafür noch etwas einpacken musste, plapperte Marie in der zweiten Nachricht weiter: »Achso, übrigens wollte ich dir noch was erzählen. Vorhin habe ich mit Mila gesprochen. Ich glaube zwischen ihr und diesem Raphael wird bald etwas laufen. Die beiden haben am Freitag Nummern ausgetauscht und das ganze Wochenende über miteinander geschrieben. Das klingt doch echt danach, als würde sich da was anbahnen. Voll aufregend! Ich weiß nicht genau, auf was sie aus ist. Sie hat ja immer lockere Geschichten und er scheint ähnlich drauf zu sein. Wie fandest du den eigentlich? Wir haben ja gestern nur über Luna gesprochen. Die war echt mega nett … Oh, ich glaube, ich sollte mal ins Bett gehen. Vielleicht schläfst du auch schon längst. Wir sehen uns dann morgen. Gute Nacht und schlaf gut!«

»Wow, tolle Info«, murmelte ich und legte das Handy beiseite. Nach der Party hatte ich keinen einzigen Gedanken mehr an Raphael verschwendet. Nun fragte ich mich, ob er in einigen meiner Kurse sein würde. Wenn ja, würde er sich mir gegenüber weiterhin so abweisend wie am Freitag verhalten? Eigentlich war das nicht von Bedeutung, aber ein bisschen Anstand war ja wohl nicht zu viel verlangt.

Das Zufallen der Haustür riss mich am nächsten Morgen aus dem Schlaf. Irritiert öffnete ich die Augen und blickte in mein erhelltes Zimmer. So laut knallte nur mein Bruder die Tür zu. Gähnend drehte ich mich zur Seite, um weiterzuschlafen.

Moment. Haustür? Samuel? Helles Zimmer?

Meine Hand schnellte zu meinem Handy, das neben mir auf der Matratze lag. Viertel vor acht.

»So ein Mist!« Das durfte nicht wahr sein! Ich sprang auf, rannte ins Bad und machte mich in Windeseile fertig. Dass ich am Abend vergessen hatte, den Wecker zu stellen, versuchte ich weitestgehend zu ignorieren.

Es war kurz vor acht, als ich mich vor unserem Haus auf mein Fahrrad schwang. Immerhin war ich damit schneller als mit dem Bus. Völlig abgehetzt erreichte ich den Schulhof, schloss mein Fahrrad ab und rannte ins Schulgebäude, bis ich vor dem Unterrichtszimmer stehen blieb, in dem mein Leistungskurs stattfand.

Zwanzig nach acht. Ich war viel zu spät dran. Mal wieder.

Alle Gesichter drehten sich zu mir um, als ich die Tür öffnete. Leider war mir diese Aufmerksamkeit allzu gut bekannt. Frau Martens tadelte mich mit einem missbilligenden Blick, als ich hereintrat. »Frau Wolf! Ich hatte gehofft, dass Sie dieses Schuljahr anders starten würden und Unpünktlichkeit nicht zur Gewohnheit wird.«

»Tut mir leid, ich habe … verschlafen. Es kommt nicht wieder vor«, murmelte ich kleinlaut.

»Das hoffe ich! Setzen Sie sich!«

Ich hielt nach einem freien Platz Ausschau. Einer der beiden unbesetzten Plätze befand sich in der letzten Reihe – ausgerechnet neben Raphael, der mich ignorierte.

Nein, neben ihm wollte ich nicht sitzen. Das hieß aber, dass ich den Tisch ganz vorn wählen musste. Direkt auf dem Präsentierteller. Super.

Noch während ich mich setzte, fasste Frau Martens zusammen: »Wir haben gerade für unseren neuen Mitschüler Raphael Scharf eine Vorstellungsrunde gehalten. Sagen Sie doch auch noch etwas über sich.«

Bei ihren Worten presste ich die Lippen aufeinander, um nicht verächtlich aufzulachen. Raphael *Scharf*? Sollte das ein Witz sein?

Abwartend sah Frau Martens mich an, während ich mich um einen kontrollierten Ausdruck bemühte.

»Ähm, ja.« Ich drehte mich zu ihm, ohne ihn wirklich anzusehen. »Ich bin Eliana Wolf und ich … male gern.«

Einige meiner Mitschüler begannen zu kichern.

»Ja, Frau Wolf, deshalb sind sie wohl auch hier im Kunst Leistungskurs.« Frau Martens lächelte flüchtig, ehe sie den Unterricht fortsetzte: »Gut, wo wir das geklärt haben, möchte ich Ihnen mitteilen, was ich für heute vorbereitet habe. In diesem Halbjahr werden wir uns vor allem mit dem Thema Stillleben auseinandersetzen, zu dem Sie auch eine praktische Übung anfertigen werden. Desweiteren werden wir über Kunstepochen und deren berühmte Künstlerinnen und Künstler sprechen. Heute möchte ich noch nicht thematisch einsteigen, sondern Ihr Wissen aus dem vergangenen Schuljahr auffrischen. Im Hinblick auf Ihre Abiturprüfung am Ende des Schuljahres erscheint es mir als sehr hilfreich, wenn Sie sich noch mal in Erinnerung rufen, was wir im vergangenen Jahr behandelt haben. Dafür habe ich Ihnen Arbeitsblätter mitgebracht, die Sie in Partnerarbeit bearbeiten werden. Am Ende der Doppelstunde gehen wir die Fragen dann gemeinsam durch.«

Frau Martens reichte mir einen Stapel Blätter, damit ich die Zettel verteilte. Ob mir diese Aufgabe zuteilwurde, weil ich vor ihr saß, oder weil ich zu spät gekommen war, konnte ich nicht einordnen.

»Achso und Frau Wolf, setzten Sie sich doch für die Bearbeitung zu Herrn Scharf«, forderte sie, als ich mich zurück an meinen Tisch setzen wollte.

Na, toll. Genau das hatte ich vermeiden wollen. Widerwillig griff ich nach meinem Mäppchen und schlurfte an seinen Tisch.

»Hi«, murmelte ich unsicher.

Er hielt es anscheinend weder für notwendig, mich zurückzugrüßen, noch mich anzusehen. Stattdessen nickte er mir kurz zu, ohne die Augen von seinem Blatt abzuwenden.

Wow, wie charmant.

Lautlos ließ ich mich auf den Stuhl sinken, während sich eine unbehagliche Stille zwischen uns ausbreitete. Er wandte sich mir weder zu noch sagte er irgendetwas zu den Aufgaben, die wir bearbeiten sollten.

»Und, hattest du an deiner alten Schule auch den Kunst-Leistungskurs?«, fragte ich zögerlich, um das Schweigen zu durchbrechen.

»Sonst wäre ich ja nicht hier«, entgegnete er knapp.

Puh, der Typ war noch unfreundlicher, als ich erwartet hatte. Ich biss mir auf die Lippe. Als er weiterhin keine Anstalten machte, die Fragen mit mir zu besprechen, versuchte ich es erneut: »Sollen wir dann mit Aufgabe eins beginnen? Hier stehen Fragen zur Fotoanalyse …«

»Ich würde es bevorzugen, die Aufgaben allein zu bearbeiten«, unterbrach er mich harsch.

Ich blinzelte perplex. Unfassbar, wie es ihm auf eine subtile Art gelang, mich zu beleidigen.

»Klar«, brummte ich und wandte mich gekränkt meinem Arbeitsblatt zu. Ich wusste, dass es mir egal sein sollte, doch seine grundlose Unfreundlichkeit ging nicht spurlos an mir vorbei. Was störte ihn so an mir? Er kannte mich noch nicht einmal! Wenn er wenigstens zu allen Leuten so wäre, könnte ich damit umgehen. Aber das war nicht der Fall und diese Tatsache kratzte mehr an meinem Stolz, als ich zugeben wollte.

Bis zum Ende der Stunde sprachen wir kein Wort mehr miteinander. Raphael verhielt sich, als wäre der Platz neben ihm nicht besetzt, während ich es ihm gleichtat, um mich nicht noch gedemütigter zu fühlen.

Erleichtert seufzte ich auf, als Frau Martens uns endlich entließ, und erhob mich, um mich so weit wie möglich von ihm zu entfernen.

In den darauffolgenden Stunden besserte sich meine Stimmung keinesfalls, was vor allem daran lag, dass die Lehrkräfte in Englisch, Geschichte und Deutsch mit Nachdruck betonten, wie bedeutend unser letztes Schuljahr war, und daran appellierten, dass wir früh genug mit dem Lernen für die Abiturprüfungen beginnen sollten.

Marie begegnete ich erst zur Mittagspause an der langen

Schlange vor der Mensa. Da wir schon um vierzehn Uhr das Treffen des Abi-Arbeitskreises hatten, mussten wir uns mit dem Essen beeilen.

»Du bist unfassbar!«, grüßte sie mich, als ich mich neben sie einreihte.

»Ja? Warum?«

»Weil du zu spät warst. Ich habe dich nicht mal dem Bus hinterherrennen sehen.« Sie kicherte.

»Ja, ich habe verschlafen«, erwiderte ich achselzuckend.

Marie wirkte abgelenkt, als wir die Mensa betraten. Ich folgte ihrem Blick und entdeckte Ann-Christin, ihren Freund Paul, Mila und Raphael gemeinsam an einem Tisch.

»Siehst du? Da bahnt sich was zwischen Mila und Raphael an«, raunte Marie mir mit einem verschwörerischen Grinsen zu.

Schlagartig war meine miese Laune zurück.

»Dieser Raphael ist aber auch ziemlich heiß. Und Mann, dieses Lächeln …«, schwärmte Marie.

»Ich finde ihn ehrlich gesagt ziemlich eingebildet und unfreundlich«, murrte ich und nahm mir einen Teller.

Perplex blieb Marie stehen und starrte mich an. »Reden wir von demselben Kerl? Von Raphael?«

»Ja … irgendwie hat er was gegen mich. Aber sag das niemandem, ja? Ich finde es so schon unangenehm genug. Heute saß ich in Kunst neben ihm und er wollte nicht mal die Partneraufgabe mit mir bearbeiten, obwohl Frau Martens meinte, wir sollen uns zusammensetzen.«

»Ehrlich?« Marie schien überrascht.

Ich zuckte mit den Schultern.

Meine Bedenken hielten sie dennoch nicht davon ab, auf den Tisch zuzusteuern, an dem sich Raphael aufhielt. Unleidlich folgte ich ihr, bis wir ihn erreichten und alle vier zu Marie aufblickten.

»Marie! Schön dich zu sehen! Und hi, Eliana!«, grüßte Mila.

Raphael schenkte Marie ein Lächeln, bevor er sich seiner

Lasagne zuwandte. Gut, wenn er mich weiterhin ignorierte, würde ich das auch tun!

Wie gewöhnlich beteiligte ich mich nicht am folgenden Gespräch, da Mila und Ann-Christin an meiner Meinung ohnehin nicht interessiert waren. Erst als Mila Raphael fragte, welchen Kurs er nach der Mittagspause haben würde, erinnerte ich mich wieder daran, dass er mir gegenübersaß. Ich hatte ihn völlig vergessen, da er ebenfalls geschwiegen hatte. Unbedacht sah ich zu ihm auf, wobei ich ihn dabei erwischte, wie er den Blick von mir abwandte.

»Ich habe in der nächsten Stunde frei«, antwortete er Mila mit einem Lächeln, während er sich auf seinem Stuhl zurücklehnte.

Stirnrunzelnd starrte ich auf meinen Teller. Wieso bildete ich mir ständig ein, er würde mich heimlich ansehen, wenn er mich so offensichtlich ablehnte? Ich litt doch eindeutig unter Wahnvorstellungen.

»Wir sollten gehen. Das Treffen beginnt in fünf Minuten«, stellte Marie nach einem Blick auf die Uhr fest und stand auf, um ihr Tablett wegzubringen. Ich tat es ihr gleich. Während wir durch das Treppenhaus in die dritte Etage eilten, meinte sie: »Du hast recht.«

»Womit?«

»Mit Raphael. Er ist dir gegenüber tatsächlich distanziert. Ganz anders als zu anderen. Ich habe ihn beobachtet. Total seltsam.«

»Sag ich doch.« Es war also keine Einbildung, aber das machte die Sache nicht besser. Im Gegenteil.

»Vielleicht erinnerst du ihn an seine Ex-Freundin«, überlegte Marie.

»Wieso?«

»Naja … es gibt ja gar keinen Grund, wieso er so zu dir sein sollte. Ihr kennt euch nicht. Das Einzige, das mir dazu einfällt, ist, dass du ihn an eine mögliche Ex erinnern könntest.«

»Mhm«, grummelte ich. Darüber hatte ich noch nicht nachgedacht.

»Jedenfalls solltest du es auf keinen Fall persönlich nehmen. Er ist sicher nicht grundlos so«, sagte Marie aufmunternd.

Ich musste bei ihren Worten ein lieb gemeintes Augenrollen unterdrücken, weil ihr Satz typisch Marie war. Sie suchte immer nach Gründen für das Verhalten von Menschen, was nicht bedeutete, dass sie alles durchgehen ließ.

Wir erreichten den Raum für das Arbeitskreis-Treffen und traten durch die Tür. Unsere Mitschülerin Hanna, die auch unsere Schulsprecherin war, hatte bereits einen Beamer aufgestellt und eine Power-Point-Präsentation vorbereitet. Dass ich Luna neben ihr entdeckte, überraschte und freute mich gleichermaßen.

»Wie schön, dass du auch hier bist!«, grüßte ich sie, wofür sie mir ein warmes Lächeln schenkte.

Fünf Minuten später schloss Hanna die Tür und grüßte uns noch einmal offiziell: »Hallo, meine Lieben, ich freue mich sehr euch wieder zu sehen und auf alles, was wir dieses Schuljahr auf die Beine stellen werden. Dafür habe ich schon eine Präsentation vorbereitet, aber vorher möchte ich noch unser neues Mitglied vorstellen. Das ist Luna Stumpf. Sie ist neu an der Schule und schließt sich uns an.«

Mein Kopf schnellte zu Luna, die freundlich in die Runde blickte, dann brach ich in schallendes Gelächter aus. Irritiert warfen die anderen mir Blicke zu.

»Was ist los, Eliana?«, fragte Marie verwirrt.

»Du heißt *Stumpf*? Und Raphael *Scharf*?«, fragte ich Luna ungläubig.

»Ja! Ist ein ganz schön lustiger Zufall, oder?«, grinste sie mit einem Funkeln in den Augen.

Auch Marie begann zu kichern, als sie begriffen hatte.

»Raphael heißt *Scharf* mit Nachnamen? Das ist ja passend! Ob Mila das schon weiß?«, presste sie hervor, woraufhin wir erneut von einem Lachanfall ergriffen wurden.

Hanna räusperte sich und begann ihre Präsentation durchzugehen, während Marie und ich mit tomatenroten Köpfen auf unseren Plätzen saßen und die Lippen aufeinanderpressten, um nicht wieder loszuprusten.

»Letzte Woche war die finale Abstimmung für unser Abimotto. Gewonnen hat: *GruselkABInett*. Fragt mich nicht, warum. Ich habe nicht dafür abgestimmt, aber ich glaube, der Party-Arbeitskreis hatte da seine Hände im Spiel. Alle fanden die Idee von der Abi-Halloween-Party wohl zu gut.« Hanna klickte die nächste Folie an. »Es gibt einige Aufgaben für uns. Die Umfragen müssen erstellt werden, jemand muss die lustigsten Sprüche der Schüler und Lehrer der letzten Jahre sammeln, wir müssen entscheiden, was die Steckbriefe beinhalten sollen …«

Hanna ging die Liste durch, die wir einst gemeinsam erstellt hatten und verteilte die ersten Aufgaben. Bei der Frage, wer über dieses letzte Schuljahr Fotos machen würde, vor allem bei besonderen Anlässen wie den Partys, sah sie mich fragend an.

»Eliana, du bist doch im Kunst-LK und ihr habt letztes Schuljahr Fotografieren durchgenommen. Außerdem habe ich gehört, dass du dich schon in den vergangenen Jahren öfter dazu bereit erklärt hast, Fotos bei den Veranstaltungen zu machen. Könntest du das auch in diesem Rahmen übernehmen?«

»Klar«, stimmte ich zu.

Mit dieser Aufgabe war ich völlig zufrieden. Schon in den vergangenen Jahren war es ein Trick von mir gewesen, hinter der Kamera zu stehen, um im Hintergrund des Geschehens bleiben zu können. Auf den Abi-Partys würde ich die perfekte Ausrede haben, um wenig Zeit mit Maries neuen Freunden zu verbringen.

3 Eliana

In den kommenden Wochen wurden die Tage kühler und dunkler. Nach kürzester Zeit hatte ich den Eindruck, dass mein Planer fünf Kilo mehr wog, bei den unzähligen Abgaben, Hausaufgaben und Prüfungsterminen, die ich eingetragen hatte. Obwohl ich mich bemühte, meinen Vorsatz einzuhalten, rutschte ich nach zwei Wochen in alte Verhaltensmuster zurück, wodurch ich mit der Bearbeitung meiner Aufgaben kläglich hinterherhing.

Um den Anschluss nicht zu verlieren, saß ich häufig spät abends bis teilweise nachts an meinem Schreibtisch.

Der einzige Lichtblick aller Schülerinnen und Schüler unseres Jahrgangs, die ebenso mit dem Leistungsdruck zu kämpfen hatten, war die Abi-Halloween-Party, die der Party-Arbeitskreis für den einunddreißigsten Oktober plante.

Wir hofften auf zahlreiche Gäste, damit wir eine Menge Geld für den Abiball einnehmen konnten. Die letzte Party in der *Pyramide Mainz* war bereits ein Erfolg gewesen, doch bezüglich der Gästeanzahl und den Einkünften blieb Luft nach oben.

Das Party-Team setzte für die Halloween-Aktion auf Besonderheiten, wie den Dresscode verkleidet aufzuschlagen und einen damit einhergehenden Kostümwettbewerb. Da Marie und ich uns gern verkleideten, planten wir gemeinsam in die Innenstadt zu fahren, um uns siegeswürdige Kostüme zu besorgen.

An einem Freitagmorgen Mitte Oktober wachte ich wieder einmal zu spät auf und hetzte mit dem Rad zur Schule. Es war bereits das dritte Mal in diesem Schuljahr, dass ich verschlafen hatte. Ich eilte über den gepflasterten Hof zum Haupteingang, wo ich völlig unverhofft Raphael erblickte.

Er stand vor dem Eingang unter dem Vordach und lehnte mit verschränkten Armen an der Wand. An diesem Morgen trug er ein helles Hemd, unter dessen Ärmeln sich seine Muskeln abzeichneten. Kein schlechter Anblick. Gedanklich ermahnte ich mich selbst. Das hatte mich nun wirklich nicht zu interessieren.

Was war los mit mir?

Raphael beobachtete mich, während ich auf die Eingangstür zueilte. Ich erwartete bereits, dass er mich ignorieren würde, doch anstatt zur Seite zu treten, versperrte er mir den Weg. Ehe ich ihn darum bitten konnte, mich durchzulassen, glitt sein Blick stirnrunzelnd über meine Arme. Aufgrund der milden Temperaturen trug ich bloß ein T-Shirt und hatte mir meine Jacke über die Schulter geworfen.

»Du solltest mit der Sonne ein bisschen vorsichtiger sein. Die verträgst du nicht gut«, meinte er schroff und deutete mit einem Nicken auf meine Haut.

»Was?« Abrupt blieb ich stehen. War das sein Ernst? Irritiert sah ich an mir herunter, auf meine geröteten Arme, die tatsächlich kribbelten wie bei einem Sonnenbrand. Doch woher sollte ich mir den geholt haben? Es war Oktober und kein Hochsommer.

Raphaels Gesicht glich einer Maske. »Du hast mich verstanden.«

»Ach ja?«

Unterdrückte er etwa gerade ein Lachen?

Seine Gegenwart, seine Art und er überhaupt regten mich plötzlich auf. Er sollte mich in Ruhe lassen und ignorieren wie bisher. Was bildete der sich eigentlich ein? Die ganze Zeit über beachtete er mich nicht und nun meinte er, in der Position zu sein, mir zu sagen, was ich zu tun oder zu lassen hatte?

»Kannst du mich jetzt durchlassen?«, fauchte ich und kniff die Augen zusammen, weil er sich demonstrativ vor mich stellte.

Er gab ein Seufzen von sich. »Ich meinte das ernst, pass auf mit der Sonne! Glaub mir einfach.«

Für einen Moment sah ich ihn verdattert an. Der Typ war

anscheinend nicht mehr ganz dicht. Dann reckte ich das Kinn. »Ich bin spät dran.«

Endlich trat er zur Seite, sodass ich mich mit erhobenem Haupt an ihm vorbeischieben konnte. »Vielleicht solltest du einfach mal rechtzeitig aufstehen.«

O nein. Diese Genugtuung würde ich diesem unverschämten Kerl nicht geben. Entschlossen lief ich weiter, ohne noch einmal zurückzusehen.

Sobald ich um die Ecke gestapft war und mich versichert hatte, dass er mich nicht mehr durch die Scheibe sehen konnte, rannte ich los. Dieser Schwachsinn hatte mich zusätzlich wertvolle Zeit gekostet. Jetzt hatte ich bereits die erste halbe Stunde verpasst.

Nach dem blamablen Moment, in dem ich in den Kurs platzte und mir eine Standpauke meiner Mathelehrerin Frau Rana anhören musste, verweilte ich stumm auf meinem Stuhl und blickte nach draußen in die Oktobersonne.

Zwar waren meine Arme unbestreitbar gerötet, jedoch weigerte ich mich, das tatsächlich auf einen Sonnenbrand zu schieben. Das war schlicht unmöglich. Ebenso sehr beschäftigte mich dieses sonderbare Gespräch mit Raphael. Falls man es überhaupt als solches benennen konnte. Was war Raphaels Intention gewesen? Ich hatte noch nie jemanden kennengelernt, dessen Verhalten ich so wenig verstand.

Als ich in der Mittagspause mit Marie das Treppenhaus hinabstieg, um zur Mensa zu gehen, beschlossen wir, am nächsten Tag unsere Shoppingtour für die Halloween-Party in Angriff zu nehmen.

»Wir können in diesen Kostümladen am Theater gehen, da haben sie ganz viel Auswahl«, überlegte Marie.

»Vielleicht können wir auch die bunten Kontaktlinsen ausprobieren, die sie dort verkaufen«, stimmte ich zu.

»Bunte Kontaktlinsen? Ich weiß nicht, ich habe ehrlich gesagt ein bisschen Angst davor.«

Wir betraten die Aula, aber ich blieb wie angewurzelt stehen, als ich ein Pärchen an einer Säule entdeckte, das sich wortwörtlich abschleckte. Ich hatte keine Sekunde gebraucht, um sie als Raphael und Mila zu identifizieren. Er hatte sie nah an sich gezogen, seine Hände wanderten ihren Rücken hinab, während Mila sich in sein Haar krallte. Etwas an diesem Anblick erregte Übelkeit in mir, dabei war es nur eine Frage der Zeit gewesen, bis dieser Tag kommen würde. Es sollte mich nicht interessieren und erst recht nicht dieses unangenehme Gefühl in meiner Magengegend auslösen. Schließlich mochte ich diesen Kerl nicht einmal. Er war arrogant, eingebildet und überheblich und passte damit perfekt zu Mila.

»Eliana?«, Marie stieß mich an, da ich weder auf ihre Worte eingegangen war noch weiterlief.

»Ähm … Was hattest du gefragt?«, krächzte ich.

Marie folgte meinem Blick, der noch immer auf Raphael und Mila haftete, bis sie die beiden ebenfalls entdeckte.

»Wow!« Ein Grinsen breitete sich auf ihrem Gesicht aus. »Die gehen ja richtig zur Sache.«

Damit hatte sie recht. Raphaels Hand hatte sich um Milas Hintern geschlossen, was mich endlich dazu brachte, mich abzuwenden.

»Lass uns essen.« Ich zog Marie zur Schlange. Mein Wunsch, dass wir zu zweit essen würden, verpuffte, als sich Mila und Raphael uns anschlossen.

Sie verhielten sich wie eh und je. Mila quatschte ausschließlich mit Marie, und Raphael ignorierte mich, als hätte es unser Gespräch nicht gegeben.

Nachdem wir unsere Tabletts weggebracht hatten, überlegten Marie und Mila, nach draußen auf den Schulhof zu gehen, um die Sonne zu genießen.

»Ich muss noch ein bisschen in der Bibliothek arbeiten. Wir

sehen uns dann im Chor«, lehnte Raphael ab, der Mila an sich gezogen hatte.

Zu meinem Ärgernis teilte ich nicht nur meinen Kunst-Leistungskurs mit ihm, sondern auch einige andere Kurse, nicht zuletzt die Chor-AG, die freitagnachmittags stattfand.

»Na gut. Schade«, schnurrte Mila.

Raphael beobachtete mich verstohlen, weshalb ich mich bei Marie unterhakte und übertrieben begeistert rief: »O ja, Sonne klingt super!«

Breit grinsend begegnete ich Raphaels funkelnden Augen, während ich fröhlich an ihm vorbeiging. Ich spürte seine Aufmerksamkeit den Weg bis nach draußen. Dass ich tat, was er sagte, konnte er vergessen.

Doch bereits nach kurzer Zeit, in der wir uns auf die Laufbahn gelegt hatten, wich meine Genugtuung Resignation. Mit jeder Minute verstärkte sich das kribbelnde Gefühl auf meiner Haut. Sie fühlte sich wund an. Kam das tatsächlich von der Sonne?

»Ich will alles wissen, Mila! Jedes Detail!«, verlangte Marie und setzte sich auf, als Mila zu uns stieß.

»O mein Gott, Raphaels Küsse sind bombastisch. Im Bett wird er eine zehn von zehn sein …«

Grelles Sonnenlicht traf auf mein Gesicht, meine Arme und meine Beine. Es brannte so heftig, dass ich vor Schmerz aufschrie. Ich musste mich schleunigst aus der Sonne retten, einen schattigen Ort aufsuchen. Doch wo in dieser schattenlosen Umgebung konnte ich Zuflucht finden?

Dann waren sie wieder da. Marie und Mila, die vor mir saßen und sich über Raphael unterhielten. Drei Schülerinnen, die zwei Meter von uns entfernt Musik hörten, eine Gruppe von Jungs und Mädchen, die auf dem Sportfeld Fußball spielten und ein paar Fünftklässler, die sich über den Hof jagten. Mit einem Mal fühlte ich mich fremd an diesem Ort, als wäre ich nicht wirklich hier.

Es war schon wieder passiert. Einfach so. Heute hatte ich keinen Tropfen Alkohol getrunken. Ich war nicht eingedöst. Oder doch? So plötzlich und grundlos? Da meine Haut nun so stark brannte, dass ich keine Sekunde länger aushielt, erhob ich mich verärgert.

»Ich muss … ich habe meine Physiksachen im Raum vergessen. Ich hole sie noch schnell vor dem Chor«, murmelte ich und lief steif auf das Schulgebäude zu.

»Bis gleich!«, rief Marie mir hinterher, während ich damit kämpfte mir einzureden, dass ich wahrscheinlich völlig übertrieb und eigentlich alles okay war.

Sobald ich die Aula betreten hatte, inspizierte ich meine Arme und atmete scharf ein. An manchen Stellen pellte sich die Haut leicht ab.

»Ich habe dir doch gesagt, du musst aufpassen.« Raphaels vorwurfsvolle Stimme bahnte sich ihren Weg in meine Ohren.

Ich verdrehte die Augen. »Was willst du von mir?« Konnte er mich nicht einfach in Ruhe lassen? Ich hatte gerade keinen Kopf, mich auch noch mit ihm auseinanderzusetzen.

Er erwiderte nichts, sondern hielt mir eine Creme-Dose hin.

»Was soll das sein?«, fragte ich skeptisch.

»Eine Salbe gegen die Verbrennung.«

»Eine was?« Ich starrte die Dose an. Was für ein Spiel spielte er mit mir?

»Eine Salbe«, wiederholte er, als sei ich schwer von Begriff. Mit einer schnellen Bewegung öffnete er den Deckel und deutete auf die Creme. »Nimm etwas davon, es wird helfen.«

»Du verarschst mich, oder? Wenn ich jetzt etwas davon nehme, brichst du in Gelächter aus und erzählst allen, dass ich dir deine bescheuerte Geschichte abgenommen habe.«

»Wieso sollte ich?«

»Weil du mich durchgehend ignorierst?«

Grimmig tippte er in die Creme und tupfte sie auf eine Stelle an meinem Arm. Es war nur ein Augenblick, in dem er meine

Haut berührte, nichts Aufdringliches, und doch sah ich ihn entgeistert an. Gerade als ich mich beschweren wollte, bemerkte ich die Veränderung an dieser kleinen Stelle. Die Rötung verblasste, der Schmerz zog sich zurück.

»Das … Was ist das für eine Creme?«

»Trag sie an allen gereizten Stellen auf und benutze sie an sonnigen Tagen, so wie heute. Zur Vorsorge. Dann schützt sie dich vor derartigen Verbrennungen«, erklärte Raphael, der mir die Dose in die Hand drückte.

»Du gibst sie mir?«

»Ja.«

»Aber … das ist bestimmt nur heute so.«

»Nein, das wird so bleiben.«

Langsam dämmerte mir, was für ein befremdliches Gespräch wir gerade führten. Was wollte er von mir, was geschah mit meiner Haut und wieso wusste er darüber Bescheid?

»Tu einfach, was ich gesagt habe. Oder lass es. Aber das ist dann dein Problem«, meinte er frostig, bevor er sich schließlich abwandte und in die Musikräume verschwand.

Ich sah ihm nach, hin und her gerissen, was ich tun sollte, bis ich mich dazu entschied, wenigstens jetzt meine Arme einzucremen. Mit diesem Brennen und meiner wachsenden To-Do-Liste würde ich den Rest des Tages sonst nicht überstehen.

Obwohl ich es ungern zugab, half diese Salbe tatsächlich. Erleichtert atmete ich auf, als das Brennen durch die kühlende Creme verschwand. Die Gedankengänge, die Raphael nun in meinem Kopf losgetreten hatte, wurden dadurch nur beschleunigt. Was geschah mit mir?

4 Eliana

Am nächsten Vormittag fuhren Marie und ich mit dem Bus zum *Höfchen* und liefen über den Vorplatz des Theaters auf das Kostümgeschäft zu, das wir als erstes besuchen wollten. Auch an diesem Tag schien die Sonne, weshalb ich mich am Morgen widerwillig mit der Salbe eingerieben hatte. Entweder ich hatte mir meine Hautprobleme am Vortag nur eingebildet oder die Creme schützte mich tatsächlich vor dem Licht. Ich tippte auf Ersteres. Alles andere warf zu viele Fragen auf, die ich mich nicht zu stellen wagte. Ich hatte einfach zu viel Stress.

»So schön, dass auch noch die Sonne scheint. Das wird ein perfekter Tag!«, freute sich Marie, bevor wir in den Laden traten, der sich komplett auf den Kostümverkauf spezialisiert hatte. In einer Stadt wie Mainz, in der gefühlt das halbe Jahr lang Fastnacht gefeiert wurde, konnte sich ein Geschäft dieser Art problemlos halten.

Marie und ich begannen im Erdgeschoss die Accessoires zu begutachten. Von Kopfschmuck, Perücken und Brillen bis hin zu Schminke, Ketten und Zeptern war alles dabei, was man sich vorstellen konnte.

Im ersten Stock hingen die Ganzkörperkostüme: Kleider, Umhänge, Tieroveralls und aufwendige Gewänder. Trotz der übermäßigen Auswahl wurden wir zunächst nicht fündig, da wir Kostüme kaufen wollten, die zusammenpassten. Das war schwerer als erhofft. Als Vampir, Geist oder Hexe würden wir wohl kaum den Wettbewerb gewinnen.

»Vielleicht ziehen wir einfach so ein schwarzes Kleid an und tragen dazu Kontaktlinsen und eine Perücke. Dann sind wir irgendwelche Fantasy-Wesen«, überlegte Marie, die ein zerrissenes Kleid vor meinen Körper hielt. »Das würde dir gut stehen.«

»Danke für das Kompliment«, meinte ich trocken, woraufhin wir kurz kicherten. Hinter Marie entdeckte ich eine Frau, die eine rosafarbene Plüschjacke trug, weshalb ich flüsterte: »Oder wir kaufen uns sowas und gehen als *Umbridge*.«

Marie drehte sich um und prustete los. Irritiert sah die Frau zu uns, woraufhin wir schleunigst um die Ecke huschten.

»Wieso eigentlich nicht?«, stieß Marie hervor, als wir uns ein wenig beruhigt hatten. »Und du gehst als *Bellatrix*!« Sie hielt das schwarze zerrissene Kleid hoch.

Unsere Fantasie war nicht mehr zu bändigen, während wir durch den Laden fegten und alles Mögliche zusammensuchten, das unsere Kostüme vollenden würde. Mit einer Menge an Stoffen und Accessoires quetschten wir uns in zwei nebeneinanderliegende Umkleiden und konnten vor Lachen kaum gerade stehen, als wir uns gegenseitig unsere Ideen präsentierten.

»Ich weiß ja nicht, ob das wirklich gruselig ist.« Marie bemühte sich um einen ernsten Tonfall.

»Niemand ist so unheimlich wie *Umbridge*«, widersprach ich ihr und versuchte vergeblich, einen schauderhaften *Bellatrix*-Blick aufzusetzen. Wir blieben schließlich bei unseren Kostümen und verließen mit unseren Tüten das Geschäft.

»Weißt du was? Das Wetter ist doch perfekt für eine frische Limonade!«, überlegte Marie, die in den Himmel blickte.

Ich verstand direkt. »*El Burro?*«

»Ja!« Marie zog mich mit zu dem mexikanischen Restaurant, das wir häufig besuchten, wenn wir in der Innenstadt unterwegs waren. Das aus frischen Zutaten zubereitete Essen sowie die hausgemachten Limonaden ließen sich in Mainz kaum übertreffen. Erschöpft ließen wir uns auf unsere Stühle im Außenbereich fallen, der bei den milden Temperaturen geöffnet war.

»Dieses Schuljahr schlaucht mich wirklich«, jammerte Marie, nachdem der Kellner unsere bestellten Getränke gebracht hatte.

Zustimmend nickte ich, bemerkte aber, dass Marie mir auf einmal überrascht über die Schulter blickte.

»Wen hast du entdeckt?«, wollte ich wissen, ohne mich umzudrehen.

»Hm?«, fragte sie abwesend, weshalb ich mich doch zur Seite neigte, nur um John und David zu entdecken, die lässig an einem Tisch saßen. Unsicher nahm Marie einen Schluck ihrer Limonade.

»Marie? Was habe ich verpasst?«, fragte ich gespielt streng und vermied es, ein weiteres Mal über die Schulter zu spähen.

Nach kurzem Zögern beugte Marie sich zu mir vor. »Gestern vor dem Chor ist Mila noch mal auf Toilette gegangen und ich war kurz allein auf der Laufbahn. Da kam John zu mir und hat mich angesprochen. Er war total nett und irgendwie aufmerksam. Dann hat er mich gefragt, ob ich zur Halloween-Party komme und gemeint, er freut sich auf mich. Ich weiß nicht, das ist ja alles nett. Aber ich frage mich, was sein Hintergedanke war.«

Ich biss mir auf die Lippe und versuchte, die Situation zu beurteilen. »Ich kann John nicht einschätzen, aber natürlich zeigt er Interesse an dir, so schön wie du bist. Ich weiß nur nicht, wie ernst er es meint«, überlegte ich und sah stirnrunzelnd zu John, der mit David über seinem Handy hing. Wie auf Kommando lachten beide laut los. Rasch wandte ich mich an Marie und versprach: »Wir beobachten das!«

Marie lächelte dankbar. Auch wenn sie ihr Interesse nicht zugab, erwischte ich sie immer wieder dabei, wie sie John neugierige Blicke zuwarf. Als wir uns schließlich erhoben und an ihrem Tisch vorbeiliefen, zwinkerte er ihr zu, woraufhin ich mich ziemlich beherrschen musste, um ein Pokerface zu bewahren. Marie hatte sich sein Interesse nicht eingebildet.

Den einunddreißigsten Oktober starteten Marie und ich gemeinsam mit Waffeln und einem warmen Kakao bei mir zu Hause.

Auch Samuel, der am Abend ebenfalls die Halloween-Party besuchen würde, leistete uns Gesellschaft. Als es Zeit war, sich fertig zu machen, bearbeitete Marie ihre Haare mit einem Lockenstab, während ich mir große Mühe gab, meine Mähne zu verfilzen. Nachdem sie uns geschminkt hatte, betrachteten wir unser Meisterwerk kichernd im Spiegel. Wir waren mehr als zufrieden.

Zusammen mit Samuel, der sich, passend zu seinen schwarz angemalten Augen und den Blutspuren am Mund, einen dunklen Umhang übergeworfen hatte, liefen wir am Rhein entlang auf den *Brückenkopf* zu, in dem die Party stattfand. Der leichte Nebel, der in der Luft hing, sowie die verkleideten Gestalten, an denen wir vorbeiliefen, stimmten uns erfolgreich auf den Abend ein.

Während Samuel eine Sprachnachricht abhörte, gestand Marie mir leise, dass sie nun doch aufgeregt war, John auf der Party zu treffen. In den letzten Tagen hatte er ihr in der Schule häufig seine Aufmerksamkeit geschenkt und behutsame, äußerst charmante Annäherungsversuche gestartet. Jedoch blieb Marie in Anbetracht seines Rufes weiterhin vorsichtig und wagte es noch nicht, sich über sein Interesse zu freuen.

Wir erreichten den *Brückenkopf*, eine Eventlocation innerhalb des Pfeilers der *Theodor-Häus-Brücke*, bereits vor dem offiziellen Beginn der Party. Zwar war das Innere der Brücke recht beengt, doch hatte der Partyraum durch die Pflastersteine und die tunnelartige Form ein besonderes Flair. Außerdem hatte man draußen vor dem Eingang einen wunderschönen Blick auf den Rhein, die Lichter des Ufers und die Wiesbadener Rheinseite.

Mit der Kamera, die ich dabeihatte, um den Abend fotografisch zu begleiten, hielt ich die letzten Vorbereitungen des Party-AKs fest. John gesellte sich bei unserer Ankunft sogleich zu uns, um Marie zu begrüßen. Er war in einen dunklen Mantel gekleidet und trug eine Scream-Maske mit sich. Auch David präsentierte sich in einem schwarzen Mantel zu seinem Graf Dracula-Kostüm.

»Hey, Bruder! Cooles Kostüm!«, rief David, als er Samuel entdeckte und die Faust ausstreckte.

»Kann ich nur zurückgeben!« Samuel boxte mit seiner Faust gegen Davids.

John, der sich Mühe gab, auch mir gegenüber aufgeschlossen zu sein, zweifelsohne, um bei Marie zu punkten, lobte unsere Kostüme und bewunderte dabei vor allem meine *Frisur*.

Während allmählich die ersten Gäste eintrafen, schoss ich vor der Brücke noch ein Gruppenfoto des Party-Teams. Mit der Kamera in der Hand beobachtete ich, wie die Gäste am Eingang zwischen den Absperrbändern, die das Partygelände eingrenzten, von der Security überprüft wurden und einen Stempel erhielten.

Unter den ersten Ankommenden waren auch Luna und Raphael dabei, die Marie und ich verdutzt in Empfang nahmen. Luna hatte sich Katzenohren auf den Kopf gesetzt und Raphael trug ein weißes Bettlaken, in das er ein Loch geschnitten hatte, um den Kopf durchstecken zu können. Er ging wohl als Geist.

»Eine Katze?«, lachte Marie und deutete auf Lunas Ohren, als diese uns grüßte.

»Nein, ich gehe als ein Mensch, der sich in eine Katze verwandeln kann. Also als Gestaltwandlerin. Das finde ich ziemlich gruselig.«

Marie zog anerkennend die Mundwinkel hoch. »Originell.«

Luna musterte unsere Kostüme. »Und ähm, als was geht ihr?«

»Als *Umbridge* und *Bellatrix*«, antworteten wir synchron.

Doch Luna schien nicht zu verstehen, wovon wir sprachen.

»Von *Harry Potter!*« Fassungslos sah Marie Luna an. »Du kennst kein *Harry Potter?*«

Luna zuckte mit den Schultern, hatte sich jedoch bereits Samuel zugewandt. »Und du gehst als Vampir?«, fragte sie mit einem merkwürdigen Unterton, den ich nicht deuten konnte.

»Ja. Das ist besser als dein Geisterfreund«, stellte Samuel fest.

Luna lachte auf. »O ja! Im Ernst, ich musste Raphael ganz schön bearbeiten, dass er sich überhaupt verkleidet.«

Wie aufs Stichwort blickten wir zu ihm. Er lehnte an der Brückenwand und wirkte abwesend. Als er unsere Aufmerksamkeit auf sich spürte, lächelte er Marie und Samuel zur Begrüßung an und nickte mir kaum merklich zu. Verärgert unterdrückte ich ein Seufzen und glaubte zeitgleich seinen Mundwinkel zucken zu sehen. Seit unserem sonderbaren Gespräch hatte er mich wieder ignoriert, was ein seltsames Gefühl in mir hinterlassen hatte.

»Kreatives Kostüm. Du hast eine Chance, zu gewinnen«, sagte Marie zu Raphael.

Er grinste. »Das war mein Ziel.«

»Raphael!«, unterbrach eine quietschende Stimme das Gespräch. Sekunden später drängte sich Mila an mir vorbei, um sich Raphael zur Begrüßung an den Hals zu werfen.

Ann-Christin folgte ihr, heute allein, da Paul mit einer Grippe im Bett lag. Mila trug ein knappes Krankenschwesterkostüm mit Hütchen und Blutflecken, Ann-Christin hatte sich Teufelshörner aufgesetzt und präsentierte sich ebenfalls in einem sehr kurzen Kleid. Mit funkelnden Augen lobte Raphael die Kostüme der beiden und begutachtete Mila mit einem wohlwollenden Blick, bevor er die Arme um sie schlang, ihr etwas ins Ohr flüsterte und sie küsste.

Bald darauf löste sich unsere Gruppe auf. John lud Marie auf einen Drink ein, mein Bruder gesellte sich zu seinen Freunden, Raphael und Mila stiegen in den Brückenkopf hinab. Ann-Christin wirkte ohne ihre Freundin etwas verloren, weshalb sie sich murmelnd verabschiedete. Nur Luna und ich blieben zurück und lächelten uns an.

»Sollen wir auch nach unten zur Tanzfläche gehen und nach Getränken und Snacks Ausschau halten? Dann kannst du noch ein paar Bilder von den Gästen und der Location machen«, überlegte Luna.

»Guter Plan.«

Wir stiegen die Treppe hinab in das Innere der Brücke, wo die Party bereits mehr als gut angelaufen war. Am Ende des Tunnels saß der DJ, der mit seiner Musikauswahl den Geschmack der Feiernden exakt getroffen hatte.

Im bunten Licht der Scheinwerfer waren nur noch die Silhouetten der Tanzenden zu sehen. Diesen Anblick hielt ich mit der Kamera fest, woraufhin ich von einigen darum gebeten wurde, ein Gruppenfoto zu machen. Luna wurde schließlich von Jan, einem netten Kerl aus unserer Stufe, zum Tanzen aufgefordert und mischte sich mit ihm unter die Menge.

Währenddessen fotografierte ich fleißig weiter, bis ich Raphael und Mila entdeckte, die am Gemäuer standen und ungeniert rummachten, ohne sich daran zu stören, dass sie nicht allein waren. Als mir bewusst wurde, dass ich die beiden anstarrte, wandte ich mich rasch ab. Dabei stach mir ein seltsam verkleidetes Paar ins Auge.

Die beiden trugen dunkelrote Gewänder, die bis zum Boden reichten und an eine vergangene Zeit erinnerten, die ich nicht einordnen konnte. Es war jedoch nicht ihr Outfit, das meine Aufmerksamkeit auf sich zog, sondern die Blicke, mit denen sie mich bedachten. Ja, sie hatten ihre komplette Aufmerksamkeit auf *mich* gerichtet, anstatt sich mit der Location zu beschäftigen. Ein Schauer lief mir über den Rücken, als ihre blitzenden, eiskalten Augen den meinen begegneten. Ich wandte mich von ihnen ab. Was war in letzter Zeit nur mit den Leuten los?

Es dauerte keine drei Sekunden. Dann standen sie wieder direkt vor mir. Mit einem mulmigen Gefühl im Bauch sah ich zu ihnen auf. Ein Mädchen mit voluminösen Haaren und ein breit gebauter, äußerst muskulöser Junge. Beide wirkten auf eine unangenehme Art einschüchternd auf mich, nicht nur durch ihre Haltung, sondern vor allem durch ihre funkelnden Augen, mit denen sie mich weiterhin abschätzig musterten.

»Du machst also Fotos?«, fragte das Mädchen in einem sonderbar bedrohlichen Ton. Ihre Stimme ließ mich erschaudern. Tief in mir wurden Instinkte wach, die mich zur Vorsicht aufforderten.

»Ja.« Mein Mund fühlte sich ausgetrocknet an. »Wollt ihr, dass ich auch von euch ein Foto mache?«

»Nein.« Der Junge schüttelte entschieden den Kopf.

»Okay.« Ich war gerade dabei, mich abzuwenden, da stellte sich mir das Mädchen in den Weg. »Was wollt ihr von mir?« Meine Stimme klang panischer, als ich beabsichtigt hatte.

Wir waren mitten auf einer Party. Was sollte mir hier schon passieren? Sicherlich machten die beiden sich einfach einen Spaß daraus, an Halloween Leute zu erschrecken.

»Was *wir* wollen? Die Frage ist wohl eher, was *du* willst«, knurrte der Junge herausfordernd, was mir den nächsten Schauer über den Rücken schickte.

»Ich will gar nichts«, verteidigte ich mich. Ehe ich noch etwas hinzufügen konnte, packte mich jemand an der Schulter und schob mich entschieden zur Seite. Vor Schreck zuckte ich zusammen und starrte in Raphaels Gesicht, der plötzlich neben mir aufgetaucht war und die Fremden mit zusammengezogenen Brauen musterte.

»Was macht ihr hier?«

»Wir wollten auch mal auf einer Party vorbeischauen, wo du immer davon erzählst«, erklärte sich das Mädchen und funkelte ihn mit einem verführerischen Lächeln an.

»Ihr solltet besser nicht hier sein. Wenn das rauskommt …«

»Ach komm, mach dich ein bisschen locker!«

Sein Blick wanderte zu mir. Ich verfolgte das Gespräch vollkommen entrüstet.

»Lasst sie in Ruhe«, befahl Raphael. »Und lasst uns draußen weiterreden.«

Das Mädchen rollte die Augen, ehe sie Raphael zusammen mit dem Jungen zum Ausgang folgte. Verdattert sah ich ihnen nach und fragte mich, was zur Hölle das gewesen war? Wer waren die beiden und was wollten sie von mir? Und wieso kannten sie Raphael?

Eine Weile verharrte ich so, bevor ich mich dazu entschied, frische Luft zu schnappen. Die Musik dröhnte überlaut in meine Ohren und bereitete mir Kopfschmerzen.

Auf dem Weg nach oben lief ich an Mila vorbei, die mit Marie und John an der Bar stand und zwei Drinks in der Hand hielt. Unbemerkt drängte ich mich vorbei.

An der frischen Luft begegnete ich lachenden Jugendlichen, die sich unterhielten und teilweise rauchten. Von Raphael fehlte jede Spur. In einer ruhigen Ecke ließ ich mich erschöpft auf einen Stuhl sinken.

Mein Kopf hämmerte, als wäre die Musik lauter gewesen als gewöhnlich. In meinen Ohren rauschte es unangenehm und insgesamt fühlte ich mich nicht wohl. So, als wäre mir ein bisschen schlecht oder zumindest schummrig. Zur Beruhigung legte ich meine Hände an meine Schläfen und begann, sie zu massieren. Dabei versuchte ich, das Dröhnen und das Gejubel auszublenden, das bis nach draußen drang.

Um mich herum verfolgten sie einen mir unbekannten Tanz. Sie feierten ausgelassen, als gäbe es keinen schöneren Anlass als diesen. Die Musik war mir fremd und doch vertraut. Sie klang schön. Ein unbeschwertes Lächeln breitete sich in meinem Gesicht aus, als ich sie so tanzen sah. Die Last, die ich in mir trug, rückte in den Hintergrund. Ich wollte hier sein und den Moment genießen, so wie sie es alle taten. Eine Hand ergriff meine und zog leicht daran, damit ich mich umdrehte.

Der ohrenbetäubende Bass der Musik ließ mich zusammenzucken, als ich wieder zu mir kam. Jemand strich mir über den Arm und sagte meinen Namen.

»Eliana? Ist alles okay?« Luna stand vor mir und hielt mir ein Glas Wasser entgegen. »Du wirkst erschöpft. Magst du etwas trinken? Das habe ich mir gerade gekauft, aber ich glaube, du brauchst es dringender.«

Sie lächelte sachte, als ich völlig zerstreut das Glas annahm. Durstig trank ich den Inhalt in einem Zug aus. Mein Herz klopfte schnell, während die Unruhe in mir immer weiter zunahm.

Es war schon wieder passiert! Wieso? Ich hatte extra nichts getrunken, damit ich gute Fotos machen konnte, und auch nicht geschlafen oder geträumt. Woher kamen diese Bilder? Halluzinierte ich? Drehte ich durch? Schweiß bildete sich in meinen Handflächen, mein Puls stieg an. Das war doch alles nicht normal!

»Brauchst du etwas?« Luna prüfte besorgt meine Stirn.

»Nein, danke. Es ist schon okay. Ich denke, ich bin einfach nur erledigt von dem ganzen Stress und der lauten Musik. Am besten gehe ich gleich nach Hause. Die Bilder müssten ausreichen. Ich habe einige gemacht.«

Ich wollte nur noch weg. Weg von der Party und weg von mir selbst und dem, was mich verfolgte.

Luna wirkte wenig überzeugt. »Du musst es mir unbedingt sagen, wenn etwas nicht stimmt, okay? Vielleicht kann ich dir helfen.«

Klar, sie könnte mir sicher helfen, wenn ich ihr berichtete, dass ich Dinge sah, die nicht da waren. Wenn sie nur wüsste.

»Nein, es ist alles gut. Wirklich. Aber danke. Hast du Marie und Samuel gesehen?« Ich erhob mich wackelig, was Luna nicht entging.

»Weißt du was? Ich begleite dich nach Hause«, entschied sie.

»Das musst du wirklich nicht.«

»Doch, du wirkst angeschlagen. Ich mache das gern.«

Sie stellte sich demonstrativ neben die Schachtel der Abstimmungen für den Kostümwettbewerb, um dort auf mich zu warten. Widerrede war scheinbar zwecklos, weshalb ich nachgab und in das Partygeschehen trat.

Als ich Marie und Samuel Bescheid gegeben hatte und zurückkehrte, war Luna nicht mehr allein. Raphael stand bei ihr, auch die Fremden von vorhin. Sie unterhielten sich angeregt. Etwas abseits blieb ich stehen, um zu lauschen.

»Wir machen doch nichts. Wir finden es nur ungerecht, wenn ihr euren Spaß haben könnt, während wir die ganze Zeit eingesperrt bleiben«, beschwerte sich der Junge.

»Spaß!« Raphael spuckte das Wort angewidert aus.

»Ihr habt ihr Angst gemacht! Was sollte das?«, warf Luna den Fremden vor.

»Ach komm, als ob Raphael sich besser verhält. Du weißt ganz genau, wie wir die Sache sehen!«, zischte das fremde Mädchen.

In diesem Moment entdeckte Raphael mich. Seine Augen verengten sich. »Schweigt!«, schnitt er den anderen ins Wort, die seinem Blick kurzerhand folgten. Ich wäre am liebsten umgedreht. Allerdings wollte ich nach Hause. Deshalb schritt ich an ihnen vorbei.

»Warte, Eliana!«, rief Luna mir nach. »Ich habe doch gesagt, ich begleite dich nach Hause«, erinnerte sie mich, als sie an meine Seite trat.

»Wer sind die? Und was wollen die von mir?«

Zögerlich spähte Luna zurück. »Das sind … Bekannte von uns.«

»Ihr habt über mich gesprochen. Warum? Ich kenne die nicht.« So leicht wollte ich mich nicht abwimmeln lassen.

»Nein!«, widersprach sie zu schnell. Zu reflexartig. »Ich meine, wieso sollten wir? Du hast recht, ihr kennt euch gar nicht.«

»Eben! Wieso habt ihr dann über mich geredet?« Es war egal, wie sehr sie es abstritt. Ich wusste, was ich gesehen und gehört hatte.

Luna erschien mir ungewöhnlich ernst. »Eliana, glaub mir. Es ging nicht um dich! Wahrscheinlich kam das ganz komisch bei dir an, aber es hatte nichts mit dir zu tun. Wirklich!« Ihre Stimme klang belegt. Obwohl ich ihr kein Wort glaubte, beließ ich es dabei. Sie würde mir ohnehin nicht ehrlich antworten.

5 Eliana

In dieser Nacht wälzte ich mich unruhig im Schlaf. Wie schon viele Träume zuvor stand ich auch jetzt vor dem von Nebel umhüllten Berg. Dieses Mal waren Mila und Raphael ebenfalls da und machten miteinander rum. Im nächsten Moment tanzte ich mit in Umhängen gehüllten Personen, bis eine Schar böser *Umbridges* schrie, dass der Löwe mich töten sollte.

Keuchend wachte ich auf. Schwaches Licht schien in mein Zimmer, was darauf hindeutete, dass es früh am Morgen sein musste.

Müde lehnte ich mich in mein Kissen zurück, um weiterzuschlafen, doch die Erinnerungen an die vergangene Nacht ließen das nicht zu. Wer waren diese zwei Bekannten von Luna und Raphael gewesen und was hatten sie mit mir zu tun? Wovon hatten sie gesprochen und was waren das für Szenen, die unverhofft vor meinen Augen auftauchten?

Nachdem ich mich einige Male im Bett hin und her gerollt hatte, warf ich die Decke zurück und stand auf. Ich ging zu meinem Schreibtisch und klappte meinen Laptop auf, um die Bilder des Abends durchzugehen. Ablenkung war die beste Möglichkeit, um nicht mehr nachdenken zu müssen. Ich packte die Kamera aus und verband sie mit dem Laptop, um die Fotos zu exportieren.

Das dauerte eine Weile, in der ich im Zimmer auf und ab lief und die Nachrichten auf meinem Handy checkte.

Marie hatte geschrieben, dass sie gut zu Hause angekommen war und Hanna hatte mir ausgerichtet, dass Stefan, der sich als *Frankenstein* verkleidet hatte, den Kostümwettbewerb gewonnen hatte.

Endlich befanden sich alle Bilder auf dem Rechner und ich setzte mich, um sie in Ruhe zu sichten. Einige waren gut getroffen. Die Gruppenfotos sowie die Bilder der Tanzfläche würden sich für die Instagram-Seite der Schule eignen. Auch eine Collage für die Abizeitung würde ich erstellen können.

Gedankenverloren klickte ich durch die Galerie. Auf einem Foto mit fünf Kerlen, die mit ihren Gläsern anstießen, konnte ich im Hintergrund Mila und Raphael erkennen, die nahe beieinanderstanden und sich zueinander neigten. Mit angespanntem Kiefer schaute ich weiter, bis ich auf ein Bild von Marie und John stieß, die an der Bar saßen und in die Kamera lächelten. Auch ich musste lächeln, als ich das Foto betrachtete. Marie wirkte sehr aufgeregt, aber zufrieden.

Ich griff erneut nach meinem Handy und schrieb ihr, dass ich alles wissen wollte, was nach meinem Weggang geschehen war. Danach legte ich das Handy beiseite.

Als ich zur Bearbeitung eines Fotos von Stefan ansetzte, entdeckte ich etwas im Hintergrund. Mit zusammengekniffenen Augen beugte ich mich vor und zoomte näher heran. War das etwa Ann-Christin mit … Vor Entsetzen fiel mir die Kinnlade herunter. Das war doch nicht möglich!

Am Montagmorgen fuhr ich extra früh in die Schule. Unter dem Vertretungsplan wartend, trat ich ungeduldig von einem Fuß auf den anderen, bis Ann-Christin endlich durch die Eingangstür trat. Sofort lief ich ihr entgegen. »Hey, kann ich kurz mit dir sprechen? Unter vier Augen?«

Von meiner Frage überrumpelt, willigte Ann-Christin wortlos ein. Ich nickte Raphael und Mila kurz zu, die sie begleiteten, und entfernte mich dann einige Meter, um ungestört mit Ann-Christin reden zu können. Als sie zu mir aufgeschlossen hatte, zögerte ich nicht länger.

»Du, hör mal. Ich habe am Freitag die Fotos von der Party gemacht«, begann ich behutsam. Ann-Christin sah mich abwartend an. Noch schien sie nicht vorauszuahnen, dass ich über ihr Geheimnis Bescheid wusste. »Ich habe sie mir angeschaut und etwas entdeckt. Dich und … Herrn Kremer.«

Schlagartig verdunkelte sich ihr Blick. »Was meinst du?«

Ich atmete tief durch. »Ich weiß, dass es mich nichts angeht, mit wem du dich vergnügst, aber ich finde, dass das Paul gegenüber nicht fair ist. Außerdem ist Herr Kremer noch in seinem Referendariat. Wenn das rauskommt, kann er seinen Job vergessen.«

Ann-Christin schnaubte verachtend. »Was willst du haben?«

Ich runzelte verwirrt die Stirn. »Wovon redest du?«

»Was willst du haben, damit du nichts verrätst?«

»Nichts«, entgegnete ich zögerlich. »Ich habe das Bild gelöscht, damit es nicht in die falschen Hände gerät, weiter werde ich mich nicht einmischen. Ich wollte es dir nur sagen.«

»Du hast es wirklich gelöscht?« Argwohn lag in ihrer Stimme.

Ich nickte. Einen Moment lang suchte sie mein Gesicht ab, als wäre sie sich nicht sicher, ob meine Aussage vertrauenswürdig war. Dann zuckte sie mit den Schultern. »Okay. Danke.«

Ohne ein weiteres Wort drehte sie sich um und stolzierte zurück zu Mila. Diese drückte Raphael zum Abschied einen Kuss auf den Mund und verschwand anschließend mit ihrer Freundin im Treppenhaus.

War es Ann-Christin tatsächlich völlig egal, dass sie mit den Gefühlen von Paul spielte?

Die Schulklingel ertönte und ich machte mich ebenfalls auf den Weg zur Treppe. Wenn ich schon rechtzeitig in der Schule gewesen war, wollte ich nicht unnötigerweise zu spät kommen.

»Warum hast du das gemacht?«

Ich zuckte zusammen. Wie aus dem Nichts lief Raphael neben mir. Sein Blick war anders als sonst. Noch immer verschlossen und kühl, doch zum ersten Mal entdeckte ich etwas in seinen Augen. Neugier. »Wovon redest du?«

»Du hättest mit dem Foto alles tun können«, legte er dar, wobei eindeutig herauszuhören war, dass er nichts davon hielt, das Foto gegen andere einzusetzen.

»Das geht dich nichts an. Warum interessiert dich das überhaupt?« Ich steigerte mein Tempo, um ihn abzuwimmeln, doch er hielt mühelos mit.

»Ich verstehe dich nicht. Das hätte ich einfach nicht erwartet.«

Ich atmete hörbar aus. »Was hast du denn dann erwartet?«

»Manche hätten das Bild verbreitet, es nicht für sich behalten und vor allem nicht gelöscht«, stellte er klar. Noch immer betrachtete er mich eindringlich, seine Neugier wuchs.

»Daran hatte ich kein Interesse.« Eigentlich fragte ich mich, wieso wir schon wieder ein derart sonderbares Gespräch führten und wie um alles in der Welt er mitbekommen hatte, was Ann-Christin und ich besprochen hatten. Sie war direkt mit Mila verschwunden. »Woher weißt du überhaupt davon?«

»Ann-Christin. Woher sonst.«

»Aber in der kurzen Zeit konnte sie es dir gar nicht erzählt haben.«

Er lachte hart auf. »Was willst du hören? Dass ich mich in einen unsichtbaren Geist verwandeln kann und dich unbemerkt verfolge?«

»Nein, ich habe mich bloß gefragt …« Mit einem Mal kam ich mir dumm vor. Woher sollte er es sonst wissen? Sie musste es ihm erzählt haben. Oder? Ich schwieg beschämt, während Raphael jetzt schneller lief als ich. Anscheinend war das Gespräch für ihn beendet. Doch dann fiel mir ein, dass *ich* Fragen an *ihn* hatte. Genau die gleichen Fragen, die mir Luna nicht hatte beantworten wollen. »Wer waren diese Freunde am Freitag? Und was habt ihr über mich gesprochen?«

Raphael blieb so abrupt vor dem Kunstraum stehen, dass ich beinahe in ihn hineingelaufen wäre. Mit undurchdringlicher

Miene wandte er sich mir zu. »Das ist doch völlig absurd! Denkst du wirklich, ich würde mit irgendjemandem über *dich* sprechen?«

Das saß! Seine Worte schnitten tief in mein Herz ein. Ehe ich reagieren konnte, wandte er sich ab und ließ die Tür hinter sich zu fallen.

Erstarrt verweilte ich an Ort und Stelle und rang um Fassung. Eine Sekunde. Zwei, zehn, dreißig Sekunden – vielleicht sogar noch länger – benötigte ich, um meine drohenden Tränen wegzublinzeln, tief durchzuatmen und die Tür zu öffnen, die mich vor ihm bewahrt hatte. Wie konnte man nur so ein Arschloch sein? Was hatte ich ihm getan, dass er mich so behandelte?

Ich hatte vorgehabt, mich ohne ihn eines weiteren Blickes zu würdigen, an einen freien Platz zu setzen. Doch mein Plan zerplatzte, als Frau Martens mich gut gelaunt grüßte. »Guten Morgen, Frau Wolf. Setzen Sie sich doch gleich zu Herrn Scharf an den Tisch. Heute werde ich mich zu Ihrer Praxis-Aufgabe äußern, die Sie während des Halbjahres in Partnerarbeit bearbeiten werden.«

Ich nickte mechanisch. Warum musste ich ausgerechnet heute wieder neben ihm sitzen? Und dann auch noch eine Partnerarbeit? Das konnte nicht Frau Martens Ernst sein. Mit gesenktem Kopf sank ich neben Raphael auf den Stuhl. Anders als erwartet, hatte er sich nicht abgewandt, sondern starrte mich unverblümt an. Ich ignorierte ihn, so gut es ging.

Frau Martens eröffnete den Unterricht mit der Ankündigung, dass unsere Aufgabe darin bestand, das gleiche Stillleben aus jeweils einer anderen Perspektive zu malen. »Anders als Sie wahrscheinlich annehmen, möchte ich nicht, dass Sie eine Obstschale aus unterschiedlichen Perspektiven malen. Die Aufgabe wird ein wenig moderner sein. Ich erwarte von Ihnen, dass Sie ein Arrangement auf dem Fußboden Ihres Zimmers zusammenstellen. Wählen Sie aus, bei wem das stattfinden soll. Es ist Ihnen überlassen, für welche Gegenstände Sie sich entscheiden. Nur sollen sie einen Einblick in das Privatleben der jeweiligen Person geben. Achten Sie jedoch die Privatsphäre und gehen Sie nur so weit, wie die Person es zulassen will. Ich gebe Ihnen nun zehn Minuten, damit Sie sich einigen können, an welchem Ort Sie sich treffen werden und um bereits die ersten Gespräche über das Thema zu führen.«

Entnervt schloss ich die Augen, während das Gemurmel im Raum startete. Das wurde ja immer besser.

»Eliana?« Seine Stimme durchzuckte mich wie ein Stromschlag. Es war das erste Mal, dass er mich mit meinem Namen angesprochen hatte. Ebenso war es das erste Mal, dass er vorsichtig und nahezu sanft klang.

Unschlüssig, wie ich mit ihm sprechen sollte, verharrte ich.

»Kannst du mich bitte ansehen?«, fragte er leise.

»Warum?«, hauchte ich.

»Ich will mich entschuldigen. Es tut mir leid. Das war sehr unfreundlich von mir. Und es war … ich war …« Er sprach nicht weiter.

Daher öffnete ich die Augen und starrte meine Hände an, die auf dem Tisch ruhten. »Lass uns einfach über die Aufgabe reden.«

Dachte er wirklich, er konnte mich beleidigen und sich dann entschuldigen, wie es ihm passte, nur um die Aufgabe für den Kurs zu erledigen? Mit mir nicht!

»Es wird nicht wieder vorkommen, okay?«, fügte er hinzu, als hätte ich überhaupt nicht gesprochen. Wieso klang seine Stimme auf einmal so verdammt weich? Mit diesem Wechsel konnte ich nicht gut umgehen. Diese sanfte Seite kannte ich nicht.

»Wo treffen wir uns für die Aufgabe?«, fragte ich betont kalt.

»Bei dir.«

»Klar.« Ein verächtliches Schnauben entwich meiner Kehle.

»Wann soll ich kommen?«

Am Samstagnachmittag tigerte ich unruhig in meinem Zimmer auf und ab, während ich darauf wartete, dass Raphael in weniger als einer halben Stunde klingeln würde. Noch immer hegte ich einen Groll gegen ihn, nach der Aussage, die er sich geleistet hatte. Wäre ich so selbstbewusst wie Mila, hätte mich dieser Satz niemals derart aus dem Konzept gebracht. Doch verbunden mit der Überheblichkeit, mit der Raphael mich von Beginn an behandelte, hatte er nur bestätigt, wie wertlos ich für ihn war. Solch ein Handeln verachtete ich zutiefst.

Das Kunstprojekt konnte ich dennoch nicht umgehen und somit nur darauf hoffen, dass wir das Malen schnell hinter uns bringen würden. Da ich mein Zimmer bereits aufgeräumt und alles Nötige auf dem Boden platziert hatte, was für unser Bild brauchbar sein könnte, gab es nichts mehr für mich zu tun. Ich war allein. Samuel arbeitete bei seinem Nebenjob in der Kletterhalle, meine Mutter hatte Spätdienst und mein Vater würde im Laufe des Nachmittags zurückkehren. Er war fünf Tage weg gewesen, weshalb ich mich umso mehr auf ihn freute. Seine Ankunft war heute mein Lichtblick.

Um die Zeit zu überbrücken, trat ich an mein Regal und zog eine alte Holzkiste heraus, die ich mir immer ansah, wenn mich etwas bedrückte. Mit der Kiste setzte ich mich auf mein Bett und öffnete sie. Darin befanden sich ein paar Babyfotos von mir. Viel wichtiger aber waren die Bilder meiner leiblichen Mutter. Mein Vater hatte mir das Kästchen einst gegeben, nachdem ich als junges Mädchen nach meiner Mutter gefragt hatte. Einige Bilder zeigten auch ihn, wie er sie zärtlich im Arm hielt.

Am liebsten hatte ich jedoch die Aufnahme, auf der meine Mutter liebevoll ihren Schwangerschaftsbauch streichelte. Das Foto war kurz vor meiner Geburt entstanden und das letzte Bild, das von ihr aufgenommen worden war. Traurig strich ich über das Papier. Dass sie bei meiner Geburt gestorben war, fühlte sich unendlich ungerecht an. Obwohl ich sie nie kennengelernt hatte, vermisste ich sie jeden Tag. Häufig hatte ich mir vorgestellt, wie mein Leben verlaufen wäre, wenn sie da gewesen wäre. Wenn sie mir abends etwas vorgesungen und tagsüber etwas vorgelesen hätte. Wenn sie mich in den Kindergarten und in die Schule gebracht hätte. Wenn sie meine Chorauftritte besucht und meine Bilder bewundert hätte. Doch das Schicksal hatte uns all das genommen.

Die Klingel ließ mich zusammenfahren. Eilig stapelte ich die Fotos und legte sie zurück in die Kiste, ehe ich hinunter zur Tür rannte.

»Nach ganz oben«, verriet ich durch die Sprechanlage und drückte auf den Türöffner. Mein Herz pochte unruhig, während ich Raphaels Schritten im Treppenhaus lauschte, bis er an der Wohnungstür erschien.

»Hi«, grüßte er in einem neutralen Tonfall. Vielleicht würde er sich wenigstens heute ein wenig zurückhalten, jetzt, wo wir nicht auf neutralem Boden waren.

»Hi«, erwiderte ich und ließ ihn eintreten. Ihn hier bei mir in der Wohnung zu sehen, war erstaunlich seltsam.

»Soll ich die Schuhe ausziehen?«, fragte er.

»Meine Mutter wäre dir dankbar.« Unschlüssig wartete ich, während er sich bückte und die Schuhe abstreifte. Dann führte ich ihn durch das Wohnzimmer zur Wendeltreppe, die in das zweite Stockwerk zu Samuels und meinem Zimmer führte. »Da oben.«

»Es ist keiner da?«, erkundigte sich Raphael und stieg vor mir die Treppe hinauf.

»Mein Vater kommt bald nach Hause. Mein Bruder und meine Mutter arbeiten noch.«

Oben angekommen, wandte Raphael sich nach links, hielt dann aber inne. »Hier lang?«

»Ja.« Mein Gott, war unser Gespräch unbeholfen. Erst als Raphael mein Zimmer betrat, begann er, sich umzusehen. Tatsächlich war er neben meinem Bruder der erste Kerl, der mein persönliches Reich sehen durfte. Wie das Zimmer wohl auf ihn wirkte?

Sein Blick glitt über meine hellen Möbel, das graue Kuschelsofa, meine Bilder und Fotografien. Auch über die Pflanzenranken an der Decke und den Wänden. Fast hatte ich den Eindruck, dass seine Mundwinkel bei dem Anblick zuckten.

»Du malst tatsächlich viel«, bemerkte er, als er meinen mit Leinwänden, Stiften und Farben übersäten Schreibtisch betrachtete.

»Wieso *tatsächlich*?«

»Das hast du am ersten Schultag bei der Vorstellungsrunde gesagt. Dass du gern malst.«

Überrascht klappte mir der Mund auf. »Du hast mir zugehört.«

Raphael ging nicht weiter darauf ein. Stattdessen schob er die Hände in die Hosentaschen und trat zwei Schritte auf mich zu.

»Wegen Montag …«, begann er zögerlich. »Ich wollte dich noch einmal um Entschuldigung bitten. Ich habe dir angesehen, dass ich dich verletzt habe. Das war nicht richtig von mir, so etwas zu sagen. Normalerweise bin ich gar nicht so, ich … Die Sache ist kompliziert.«

»Du hast dich bereits entschuldigt. Es ist okay.« Meine Stimme strafte mich Lügen, denn sie klang brüchig. Verdammt, wieso machte mich das so emotional? So schlimm war das Ganze doch nicht. Oder?

»Das war mir aber wichtig. Ich wollte dir noch einmal sagen, dass es mir leidtut, dich verletzt zu haben.«

»Okay«, stieß ich hervor. Unschlüssig, was er damit überhaupt bezwecken wollte.

Noch immer beobachtete er mich, als wolle er prüfen, dass dem wirklich so war. Dann deutete er auf den Teppich. »Sind das deine Gegenstände?«

»Ja.«

»Gut, dann lass uns mal schauen.« Raphael setzte sich auf den Boden und begutachtete, welche Elemente ich dort niedergelegt hatte: meine Kamera, einen Pinsel, Kopfhörer, eine Farbpalette, eine Muschel und zwei selbstgebrannte CDs. »Ich denke, damit können wir arbeiten«, beurteilte er meine Auswahl und nahm die Muschel in die Hand. »Woher ist die?«

»Die hat meine leibliche Mutter meinem Vater vor meiner Geburt geschenkt«, verriet ich, unsicher, wie viel ich ausholen wollte.

Raphael erstarrte, dann trafen seine braunen Augen auf meine. Einen Moment lang musterte er mich schweigend, als suche er nach den richtigen Worten. Sein Gesicht wirkte noch verschlossener als gewöhnlich. Falls das überhaupt möglich war.

»Deine leibliche?«, fragte er zaghaft.

»Sie ist bei meiner Geburt gestorben.« Die Hand, in der er noch immer die Muschel hielt, schien sich zu verkrampfen, weshalb ich schnell hinzufügte: »Es ist schon okay, du musst nichts sagen. Die meisten wissen nicht, wie sie darauf reagieren sollen. Ich bin daran gewöhnt, dass sie nicht da ist. Ich bedauere vor allem, dass ich sie nie kennenlernen durfte.«

»Es tut mir leid«, sagte er leise und schluckte. Behutsam legte er die Muschel zurück und hob die beiden CDs auf. »Deine Lieblingslieder?«, fragte er, als er die Rückseite der ersten durchlas.

»Ja.« Was er von *Birdy, Kodaline, SYML, Amber Run und Jamie Bower* hielt, ließ sich aus seinem Gesicht nicht herauslesen. Er drehte bereits die zweite CD um, die ungefähr zwanzig Jahre alt sein musste. Ein Blick darauf genügte ihm, um festzustellen, dass es sich hierbei nicht um meine Lieblingslieder handelte, die mein Vater auf die CD gebrannt hatte.

»Die Lieblingslieder deiner Mutter.« Raphael sprach so leise, dass ich ihn kaum verstand.

»Mein Vater hat mir alles gegeben, was mir dabei hilft, sie bei mir zu behalten«, erklärte ich tonlos.

Vorsichtig legte Raphael die CD ab und ballte seine Hände zu Fäusten. Die Stimmung zwischen uns war mit einem Mal bedrückt, was bei dem Thema, das wir eingeschlagen hatten, nicht verwunderlich war.

»Ähm, magst du was trinken?«, bot ich ihm an, in der Hoffnung, diese Stille zu durchbrechen.

»Wie bitte?«, fragte er abwesend.

»Ein Glas Wasser?«

»Achso. Ja.«

Unbeholfen lief ich zu meinem Schreibtisch, auf dem ich eine Karaffe und zwei Gläser bereitgestellt hatte, und schenkte uns etwas ein. Währenddessen hatte Raphael begonnen, die Gegenstände zu positionieren. Konzentriert testete er aus, wie er sie zusammenstellen könnte, damit es gut aussah.

»Was hältst du davon?«, murmelte er, als er seine Komposition betrachtete.

»Ich denke, das ist gut.« Ich krabbelte um die Gegenstände herum, um zu prüfen, wie die Zusammenstellung aus einer anderen Perspektive aussah.

»Von wo aus willst du malen?«, fragte er.

»Von hier?«

»Gut, dann male ich von hier.«

Schweigend begannen wir mit der Aufgabe. Zuerst empfand ich diese Stille als unangenehm, bis ich mich schließlich so in mein Bild vertiefte, dass ich nicht weiter darüber nachdachte. Erst als die Haustür ins Schloss fiel und Schritte in der Wohnung erklangen, schaute ich auf. Wenige Sekunden später hörte ich, wie jemand die Treppe hinaufstieg. Kurz darauf öffnete mein Vater die angelehnte Tür.

Sofort sprang ich auf und rannte auf ihn zu. »Hallo, Papa!«

»Hallo, mein Schatz!«, begrüßte er mich und zog mich in eine Umarmung. »Wie geht es dir?«

»Gut! Wie war es in Brasilien?«

»Sehr schön, aber ich habe euch vermisst.«

»Wir dich auch«, murmelte ich, während ich mich von ihm löste. Überrascht sah er zu Raphael, der sich gerade erhob. »Das ist Raphael. Wir müssen ein Kunstprojekt zusammen bearbeiten. Stillleben aus unterschiedlichen Perspektiven.«

»Guten Tag, Herr Wolf. Es freut mich, Sie kennenzulernen«, grüßte Raphael höflich und streckte meinem Vater die Hand entgegen.

Ein Lächeln erschien auf dem Gesicht meines Vaters. »Hallo, Raphael. Es freut mich auch. Nenn mich doch gern Andreas.« Dann musterte er Raphael nachdenklich. »Du kommst mir bekannt vor. Haben wir uns in der Vergangenheit schon einmal in der Schule gesehen?«

»Nein, ich denke nicht. Ich bin erst im Sommer nach Mainz gezogen.«

»Achso, dann habe ich mich wohl geirrt.« Mein Vater zuckte lächelnd mit den Schultern. »Naja, ich will euch nicht länger aufhalten. Dann macht mal weiter.« Er strich mir liebevoll über den Kopf, bevor er sich abwandte und die Tür hinter sich schloss.

Als ich mich umdrehte, konnte ich für den Bruchteil einer Sekunde Entsetzen in Raphaels Gesicht ausmachen. Doch das verbarg er so schnell hinter seiner Maske, dass ich es nicht hatte greifen können. Zum ersten Mal kam mir der Gedanke, dass er gar nicht so kalt sein konnte, wie er sich mir gegenüber ausgab. Was ging wirklich in ihm vor?

»Ihr habt ein enges Verhältnis, nicht wahr?«

»Ja?« Meine Antwort klang mehr nach einer Frage.

»Das ist schön.« Irgendetwas an seiner bitteren Tonlage verriet mir, dass er eigentlich das Gegenteil meinte.

»Wie ist das bei deiner Familie?«, erkundigte ich mich, während wir uns erneut auf dem Boden niederließen, um weiterzuarbeiten.

»Ähnlich wie bei dir, würde ich sagen.« Sein Tonfall war nicht unfreundlich, aber er wich mir aus. Anscheinend wollte er keine Fragen dazu beantworten.

Wir malten schweigend weiter. Noch immer fühlte sich die gesamte Situation surreal an. Raphael war in meinem Haus, in meinem Zimmer und saß mit mir auf dem Boden, um an unserer Kunstaufgabe zu malen!

Und zum ersten Mal war ein großer Teil dieser Unfreundlichkeit aus seinem Blick gewichen. Zumindest hier. Noch immer war es möglich, dass er am Montag in der Schule in seine gewöhnlichen Verhaltensmuster fallen würde.

Gegen Abend kehrte schließlich auch Samuel von der Arbeit zurück. Neugierig öffnete er meine Zimmertür.

»Hi, Raphael!«, grüßte er, als wir aufblickten.

»Hi, Kumpel«, erwiderte Raphael freundlich. »Du warst arbeiten, wie ich hörte?«

»Ja, genau, in der Kletterhalle hier in Mainz. Solange ich noch nicht in den Abiturvorbereitungen stecke, so wie ihr, sollte ich meine Zeit sinnvoll nutzen und schon mal Geld verdienen.«

»Klingt verantwortungsbewusst.« Raphael lächelte.

»Das sagen irgendwie alle. Ich wollte fragen, ob du zum Essen bleibst. Papa und ich werden jetzt anfangen zu kochen.«

Raphael warf einen Blick auf sein Handy und schüttelte schließlich den Kopf. »Danke, das ist sehr nett, aber ich bin noch verabredet.«

»Achso, schade. Na gut. Dann wissen wir Bescheid«, erwiderte Samuel und schloss die Tür hinter sich.

Was für ein Glück. Raphael an unserem Esstisch hätte meine Vorstellungskräfte für diesen Tag endgültig gesprengt. Heimlich spähte ich zu ihm, beobachtete, wie seine Hand kontrolliert über das Papier glitt. Seine Miene war angespannt, was mich neugierig machte. Was versuchte er zu verbergen?

6 Raphael

»Caius, wie hast du dir das vorgestellt? Sie hat längst begriffen, dass etwas Ungewöhnliches mit ihr geschieht, und auch, dass Raphael und ich irgendwas damit zu tun haben. Sie stellt bereits Fragen. Wieso können wir nicht einfach ehrlich sein? Ich möchte sie nicht belügen.« Luna sah Caius flehend an. Dieser stand seelenruhig am Brückengeländer und blickte über den Rhein auf die historischen Bauten von Mainz, während er ihren Worten lauschte.

»Ich weiß, dass es nicht einfach für euch ist, doch ich erwarte, dass ihr weiterhin standhaft bleibt, wenn sie Fragen stellt«, verlangte er und schritt mit einer anmutigen Haltung weiter. Durch sein weißes Haar und seinen aufrechten Gang strahlte er uneingeschränkte Autorität aus.

»Aber was, wenn sie hartnäckiger wird? Sie wird sich weiter verwandeln«, hakte Luna unglücklich nach. »Was soll ich zu ihr sagen?«

Bei ihren Worten drehte sich Caius zu mir um. »Raphael, du weißt, was dann zu tun ist. Du wurdest nicht ohne Grund zu dieser Aufgabe ausgesandt. Halte Eliana mit deiner Gabe auf, wenn sie zu viele Fragen stellen sollte.«

Angespannt nickte ich. Von Anfang an war mir bewusst gewesen, dass Caius mich lediglich aufgrund meiner Gabe ausgewählt hatte. Schließlich war es nicht das erste Mal, dass er Gebrauch davon machte.

Julio, der neben mir lief, schwieg während des Gespräches. Auch wenn er es niemals zugeben würde, wusste ich, dass er anderer Meinung war. Er hätte Eliana von Anfang an die Wahrheit gesagt, doch es lag nicht bei ihm, das zu entscheiden. Ebenso wenig, wie es bei Luna oder mir lag. Caius war das Oberhaupt der Gemeinschaft und hatte die Entscheidungsmacht.

Während wir die Eisenbahnbrücke verließen und in Richtung Stadtpark entlangschritten, wurden wir von den Fußgängern ebenso neugierig beäugt, wie Caius die Menschen und die Umgebung fasziniert betrachtete. Vermutlich hielten die Spaziergänger Julios und Caius wehende Umhänge für Fastnachtskostüme.

Als mein Handy vibrierte, warf ich einen kurzen Blick auf das Display. Es war eine Nachricht von Mila, die mich fragte, ob ich heute bei ihr vorbekommen würde. Darauf antwortete ich lieber später, weshalb ich das Handy zurück in meine Hosentasche gleiten ließ.

»Sonst wisst ihr Bescheid, wie es weitergeht? Elianas Instinkte werden sich bald unseren angleichen. Dann braucht sie eure Hilfe mehr denn je«, überlegte Caius, der stehenblieb und Luna und mich musterte. »Wenn ich euren Erzählungen Glauben schenke, hast du, Luna, eine bessere Beziehung zu ihr. Folglich wirst du leichter zu ihr durchdringen können. Raphael, du wirst das Geschehen und Elianas Handlungen beobachten und eingreifen, wenn du es für nötig erachtest. Ihr arbeitet zusammen, ja?«

Luna und ich nickten gehorsam.

Erneut vibrierte es in meiner Tasche. Dieses Mal zog ich damit jedoch Caius Aufmerksamkeit auf mich. »Das ist ein *Handy*, nicht wahr? Da ist aber jemand hartnäckig. Hast du Kontakt zu einem Mädchen?« Er kannte mich eindeutig zu gut.

»Ja, aber es ist nichts Ernstes. Wenn ich schon zu dieser Aufgabe verurteilt werde, will ich auch ein wenig Spaß haben«, gab ich gereizt zurück. Das ging ihn nichts an.

Caius' Blick verdunkelte sich. »Unsere Erfahrungen zeigen uns, dass es gefährlich werden kann, sich auf einen Menschen einzulassen.«

Ich lachte hart auf. »Die Situation ist eine komplett andere. Ich weiß, was ich tue. Es ist wirklich nichts Ernstes.«

Noch immer gab sich Caius damit nicht zufrieden und meinte eindringlich: »Ich habe die Verantwortung für unsere Gemeinschaft und möchte sie vor allem schützen, was zur Gefahr werden könnte. Daher bitte ich dich: Sei vorsichtig, und beende diesen *Spaß* bald. Du weißt genau, dass du den auch ohne einen Menschen haben kannst.«

Grimmig presste ich die Lippen aufeinander und nickte widerwillig. Dennoch war es meine Entscheidung. Ich würde das, was ich mit Mila hatte, beenden, wenn *ich* es wollte und nicht, wenn er es mir befahl.

Zufrieden strich sich Caius über die Hände. »Gut, dann hätten wir alles geklärt. Julio, ich möchte, dass du mich zurückbringst. Aber davor werde ich mir da oben noch mal die Papageien angucken. Ich finde diese Haltungsform äußerst unangebracht, aber spannend ist es trotzdem, die Vögel aus solcher Nähe betrachten zu können.« Entzückt schritt er auf ein Vogelgehege zu, an dem eine Gruppe Grundschulkinder stand und auf die Papageien zeigte.

Schweigend blieben Luna, Julio und ich zurück und sahen ihm zu, wie er fasziniert mit den Kindern über die Tiere sprach.

»Julio, hast du eigentlich irgendwas Neues über *sie* herausfinden können? Hat sie etwas von unserem Vorhaben mitbekommen?«, fragte Luna, woraufhin ich mich verkrampfte. So wie jedes Mal, wenn jemand über *sie* sprach.

Julio schüttelte bedauernd den Kopf. »Ich habe sie weder gesehen noch etwas von ihr gehört. Sie versteckt sich weiterhin und ist nicht aufzuspüren. Doch ich habe in der Nähe von Elianas Haus Magie gespürt. Ein anderer Magier scheint das Geschehen zu beobachten. Bis jetzt hat er allerdings nicht versucht, meine Zauber zu durchbrechen. Es ist möglich, dass er im Auftrag von ihr unterwegs ist. Doch das wollen wir nicht hoffen, denn es wäre gegen unsere Grundsätze. Daher gehen wir nicht davon aus. Ich werde es auf jeden Fall weiterhin beobachten.«

»Denkst du, Eliana ist in Gefahr?«, hakte Luna besorgt nach.

Julio überlegte kurz. »Nein. Meine Zauber sind stark. Wenn jemand versuchen würde sie aufzulösen, hätte ich es längst bemerkt.«

Die Sorgenfalte, die sich auf Lunas Gesicht gebildet hatte, glättete sich allmählich. Sie wusste, dass auf Julio Verlass war. Niemand war gleichzeitig so zuverlässig, gewissenhaft und talentiert wie er.

Als mein Handy sich zum dritten Mal meldete, sahen mich Luna und Julio vielsagend an. Ich ignorierte ihre Blicke und las die zwei neuen Mitteilungen von Mila.

Meine Eltern und mein Bruder sind heute Abend nicht da. Wir hätten die Wohnung für uns allein.

Die zweite Nachricht war das Foto einer Schale Erdbeeren, neben der eine Sahneflasche stand.

O ja, Mila! Keine Sorge, das Gespräch sollte bald zu Ende sein und dann würde ich liebend gern zu dir kommen. Entflammt tippte ich ihr meine Antwort:

Ich bin in einer halben Stunde da. Lass ein paar Erdbeeren übrig.

»Nichts Ernstes also?« Luna räusperte sich. »Raphael, du solltest das wirklich nicht überstrapazieren. Wir werden nicht mehr lange hier sein. Eliana ist bald soweit! Willst du dann einfach verschwinden, ohne Mila irgendeine Erklärung abzuliefern? Wie soll sie sich dabei fühlen?«

Konnte sie nicht mal die Klappe halten? Das ging sie nichts an. »Misch dich da nicht ein. Sie wird klarkommen. Wir haben das zwischen uns klar definiert. Es geht nur um etwas Körperliches.«

»Ach ja? Ist das so?«

»Sie weiß, was sie will und was ich will.«

Luna zog eine Braue hoch. »Du hast sie also nicht ausgewählt, weil sie attraktiv ist?«

»Nein, das kam glücklicherweise noch dazu«, patzte ich sie an. »Jetzt komm schon. Du bist nicht in der Position, um über mich zu urteilen. Bis jetzt hast du dich viel mehr ausgelebt als ich.«

Luna blinzelte, weil ich recht hatte. Seit wir hier waren, hatte sie sich schon mit einigen Jungs getroffen. »Das waren lockere Sachen und einmalige Geschichten! Das mit dir und Mila geht schon zu lange«, beschwerte sie sich.

»Verstehst du nicht? Ich habe keinen Bock auf das alles hier! Ich will weder hier sein noch will ich, dass Eliana zu uns kommt! Darf ich dann nicht wenigstens meinen Spaß haben?« Ich schnaubte aufgebracht und kickte verärgert einen Stein zur Seite. Sie hatte keine Ahnung, was das alles für mich bedeutete.

»Du belügst dich selbst! Wir haben Eliana kennengelernt und sie ist anders als wir befürchtet haben. Ich mag sie! Ich mag sie wirklich gern. Und du auch«, mutmaßte Luna. Bevor ich widersprechen konnte, schnitt sie mir das Wort ab. »Behaupte ja nicht das Gegenteil! Deine Einstellung hat sich geändert. Ich sehe es dir an. Du versuchst sie weiterhin zu verabscheuen, aber du kannst es nicht mehr. Vielleicht magst du es dir noch nicht eingestehen, aber ich habe recht.«

Widerstrebend ballte ich meine Hände zu Fäusten. Sie sollte damit aufhören! Ich wollte das nicht hören! Denn ihre Worte machten mir Angst. Die Erinnerung an Elianas verletzten Ausdruck blitzte in meinem Kopf auf, nachdem ich sie vor dem Kunstunterricht beleidigt hatte. Ihre geröteten Augen, ihr fassungsloses Gesicht, aus dem jegliche Farbe gewichen war. Ihr Versuch, mich abzuschirmen. Etwas daran hatte mir Schmerzen bereitet, weshalb ich mich entschuldigen wollte. Dabei war es meine Intention gewesen, sie zu verletzen, damit sie keine Fragen mehr stellte. Wieso hatte es mich dann so getroffen, als ich erfolgreich gewesen war?

Von meinem Besuch bei ihr musste ich gar nicht erst anfangen. Den ganzen Nachmittag über hatte ich mich wie ein Heuchler gefühlt, der sich für einen Fremden ausgibt, aber mehr über sie weiß als sie selbst. Wenn sie nur wüsste.

»Siehst du das, Julio?«, vergnügte sich Luna siegessicher. »Da sind Emotionen in seinem Gesicht.«

Ein Lächeln umspielte Julios Mund, als er die Hand auf meine Schulter legte. »Sie hat recht, mein Freund. Ich habe seit Ewigkeiten keine Gefühle mehr bei dir gesehen. Ich finde, es ist nun an der Zeit, dass du sie zulässt. Gefühle sind nichts Schlechtes.«

»Sie machen verletzlich!«, wehrte ich meinen Freund ab.

»Ich weiß«, gab er zu. »Aber sie sind es wert.«

7 Eliana

Ich rannte um mein Leben. Schneller als ich je gelaufen war. Er durfte mich nicht einholen! Ich wollte nicht, dass er kam.

Die Landschaft um mich herum verschwamm zu einer einzigen Farblinie, während ich blindlings in eine mir unbekannte Richtung steuerte. Es war mir egal, wo ich landen würde. Alles war egal.

Als ich einen Abgrund erreichte, zwang ich mich, stehen zu bleiben. Hier ging es nicht weiter. Einen Meter vor der Schlucht sank ich bebend in die Knie und begann, heftig zu weinen. Erst als sich mein Atem langsam beruhigte, sah ich mich um. Ich saß hoch oben auf einer Felsklippe, die sich am Meer entlang zog.

Vorsichtig beugte ich mich nach vorn und starrte in die Tiefe. Ein seltsamer Nebel wirbelte über den tosenden Wellen. Er schien sich auszubreiten und griff mit seinen wirbelnden Zungen in die Höhe.

Mein Wecker tönte laut wie eine Sirene, wodurch ich unsanft aus dem Schlaf gerissen wurde. Was war los? Wieso war er so laut? Aufgelöst setzte ich mich in meinem Bett auf und stellte ihn aus. Im selben Moment prasselte alles auf mich ein: Unzählige Geräusche, wie das Ticken einer Uhr, Autos auf der Straße, meine Mutter, die Kaffee kochte, eine Person, die an der Straßenecke telefonierte, eine Baustelle, die sich einige Straßen weiter befand.

Dazu die Gerüche, wie der frische Duft meiner Zimmerpflanzen, Papas Parfüm, unser Weichspüler, nach dem mein frisch bezogenes Bett roch.

Und was ich alles sehen konnte! Jede Faser meines Vorhanges, jeden winzigen Kratzer im Boden, Farbnuancen, die mir nie aufgefallen waren.

Einfach alles! Alles und viel zu viel. Ungefiltert prasselten die Eindrücke auf mich ein und erschlugen mich. Was passierte hier? Das sollte aufhören! Bitte!

Ich drückte mir die Hände auf die Ohren, schloss die Augen und versuchte, die Eindrücke zu verdrängen. Doch es gelang mir nicht. Schonungslos wälzten sie mich nieder, so sehr, dass ich glaubte, mein Kopf würde platzen. Ich zog sogar in Erwägung, mich für diesen Tag in der Schule krank zu melden, da wir jedoch eine Biokursarbeit schrieben, hielt ich das für wenig sinnvoll. Biologie war mein Leistungskurs. Ich sollte lieber anwesend sein.

Als ich mich auf den Weg zur Schule machte, hatte ich zumindest herausgefunden, dass es half, wenn ich laut Musik hörte. Mit Kopfhörern in den Ohren stieg ich auf mein Fahrrad und fuhr durch den eisigen Novembermorgen. Normalerweise hätte ich mich bei einer solchen Kälte für den Bus entschieden, doch es graute mir vor den Wahrnehmungen, die mich dort erwarten würden. Ebenso graute es mir davor, die Kopfhörer abzulegen, die alles andere überschallten.

Erst vor dem Kursraum schaltete ich widerwillig die Musik aus und hätte lieber weiter *Kodaline* gelauscht, statt mich dem zu stellen, was mich nun erwartete.

Es wurde noch schlimmer als angenommen. Nicht nur, dass ich alles hörte, sah und roch, ich spürte auch alles. Ein Wall an Nervosität brach über mir zusammen, als ich in den Raum trat. Jede Emotion meiner Mitschüler stach in mich wie eine Messerklinge. Was zur Hölle passierte mit mir?

Wie betäubt wankte ich an meinen Platz.

»Eliana, ist alles okay? Du wirkst blass. Ist etwas passiert?«, hörte ich Marie fragen, doch ihre Worte drangen kaum zu mir durch. Alles um mich herum ballte sich zu einem einzigen Rauschen.

»Schon gut. Ich fühle mich heute nur nicht so wohl«, zwang ich mich, ihr zu antworten.

Dann lag die Kursarbeit auf meinem Tisch, ohne dass ich richtig mitbekommen hatte, wie sie dort gelandet war. Bei so vielen Eindrücken, die mich gleichzeitig erreichten, fiel es mir schwer, überhaupt etwas richtig wahrzunehmen.

Reiß dich zusammen, Eliana! Es ist wichtig, dass du diese Arbeit gut hinbekommst! Du bist jetzt hier und es wird keine weitere Chance geben! Immer wieder sagte ich mir diese Worte. Es gab nun kein Zurück mehr, da ich erschienen war.

Mein Blick glitt über den Zettel. In der ersten Aufgabe sollte ich Aufbau und Funktion von Neuronen erklären. Als ich damit begann, mich zu konzentrieren, wurden die Geräusche, Gerüche und Empfindungen erträglicher. Irgendwie schaffte ich es unter großer Mühe, die Kursarbeit in der vorgegebenen Zeit zu bearbeiten und abzugeben. Völlig ausgelaugt wankte ich nach draußen.

»Eliana, sollen wir ins Krankenzimmer gehen? Du siehst aus, als würdest du gleich umkippen«, hörte ich Maries Stimme wie aus weiter Ferne.

Meine Sicht wurde nebelig, während mein Kopf vor Schmerzen hämmerte. Das war zu viel. Ich explodierte, da war ich mir sicher. Um mich herum geschah irgendwas, doch ich konnte nicht ausmachen, was es war. Meine Beine wurden weicher, meine Knie wackelig, bis ich ganz die Kraft verlor und einsackte. Ehe ich zu Boden stürzte, wurde ich von starken Händen aufgefangen, bald darauf auf etwas Bequemes gesetzt.

»Eliana, geht es dir gut? Hörst du mich?«, konnte ich Lunas Stimme wie durch Watte vernehmen. Gleichzeitig tauchten verschwommen braune Augen vor mir auf. Behutsam drückte Raphael mich auf einen Sessel, zumindest glaubte ich das.

Seine Hände umschlossen meine Unterarme. »Sieh mich an,

Eliana! Ich helfe dir, damit umzugehen. Du musst dich fokussieren, und die Eindrücke filtern!«

»Sie braucht etwas zu essen, sie ist ganz blass. Ich hole schnell etwas«, beschloss Luna hinter ihm und verschwand.

»Konzentriere dich auf deinen Atem«, flüsterte Raphael drängend. »Schließ am besten die Augen und atme tief durch. Blende alles andere aus.«

Ohne Widerrede folgte ich seinem Rat, in der Hoffnung, dass es stimmte, dass es besser werden würde, dass er wusste, wovon er sprach.

Und es half. Langsam beruhigte sich der Sturm in meinem Kopf, während ich mich bemühte, kontrolliert ein- und auszuatmen.

»Gut so. Lass uns noch etwas ausprobieren. Fokussiere dich auf eine Sache. Draußen im Flur sitzt ein Junge und isst Pistazien. Kannst du hören, wie es knistert, wenn er in die Tüte greift? Und wie er die Schale aufknackt?«

Ich konzentrierte mich auf die Geräusche in der Umgebung und konnte schließlich das Rascheln ausmachen, von dem Raphael gesprochen hatte. Auf das Knistern von Plastik folgte ein leises Knacken, das Aufeinanderbeißen von Zähnen, die etwas zerkleinerten. Langsam nickte ich und lauschte weiter. Es hatte etwas Beruhigendes, sich vollkommen auf ein Ereignis zu fokussieren. Mein Körper begann sich schrittweise zu entspannen. Auch der Schwindel ließ endlich nach.

»Sehr gut«, wisperte Raphael. Nun wagte ich es, die Lider zu öffnen und sah direkt in braune Augen, die mich prüfend musterten. Er hatte sich vor mir hingekniet und umschloss noch immer meine Unterarme, die auf meinen Beinen ruhten. Das Bewusstsein über seine Nähe durchzuckte meinen Körper mit einer unerwarteten Wucht. Mein Atem stockte. Als hätte er den gleichen Gedanken gehabt, ließ er mich los und erhob sich, um einen Schritt zurückzutreten. »Ist es besser?«

Ich nickte schwach.

»Mit der Zeit wirst du lernen, wie es ganz automatisch funktioniert«, versprach er, während er mich mit gerunzelter Stirn betrachtete, als würde er erwarten, dass ich jeden Moment wieder zusammenbrach.

»Danke«, hauchte ich.

Neben ihm öffnete sich die Tür, durch die Luna mit einer Wasserflasche und einem Schokoriegel huschte. »Das war das Erste, was ich gefunden habe. Aber Hauptsache, du isst erst mal überhaupt etwas. Das wird dir guttun«, versicherte sie mir, öffnete die Packung des Riegels und streckte ihn mir entgegen.

Nachdem ich einen Bissen genommen hatte, spürte ich, wie mein Körper ein wenig zu Kräften kam. Das Frühstück hatte ich an diesem Morgen ausfallen lassen, um Gespräche mit meiner Familie zu vermeiden. Offensichtlich war das keine gute Idee gewesen, wenn man bedachte, wie schmerzhaft sich mein Bauch nun vor Hunger zusammenzog.

Sobald ich den Riegel aufgegessen und fast das gesamte Wasser geleert hatte, begannen Gedankenprozesse in meinem Kopf einzusetzen, für die ich zuvor zu schwach gewesen war.

»Wo ist Marie?«, wollte ich wissen, als mir ihr Fehlen bewusst wurde. »Sie war doch bei mir.«

»Ich habe sie weggeschickt«, antwortete Raphael.

»Warum? Wohin? Sie würde nie einfach gehen!«

»Das stimmt, das würde sie nicht«, stimmte er zu.

»Und wie sind wir hierhergekommen?« Verdattert erkannte ich, dass wir im Oberstufenraum waren, der sich nicht im gleichen Gang befand, wie die Biologieräume. Das ergab doch alles keinen Sinn.

»Ich habe dich getragen«, erklärte Raphael ruhig.

»Aber wieso sind hier keine anderen Schüler?«

»Die habe ich auch weggeschickt.«

Mit aufgerissenen Augen sah ich zu ihm auf. *Wer* war er? *Wie* hatte er das alles gemacht? Und am allerwichtigsten: *Was* passierte mit *mir*? Es geschahen Dinge, die ich für unmöglich hielt. Einzig die Tatsache, dass die beiden darüber Bescheid wussten, hielt mich davon ab, mich für verrückt zu erklären. Ich war nicht verrückt.

»Was passiert mit mir und was wisst ihr darüber?«, fragte ich fordernd. Es war an der Zeit, dass sie mir offenbarten, was sie wussten, dass sie mich nicht länger im Dunkeln tappen ließen. Umgehend tauschten sie einen Blick aus.

»Ich denke, du kommst nicht drum herum«, meinte Luna in einem bedrückten Tonfall.

»Das denke ich auch«, erwiderte Raphael resigniert, ehe er sich mir entschlossen zuwandte. Für wenige Sekunden glaubte ich, er würde mir nun die Wahrheit sagen, doch wider meiner Erwartungen ging er in die Hocke und ergriff meine Hand. Ehe ich reagieren konnte, sah er mir fest in die Augen, während er mit eindringlicher Stimme sagte: »Mach dir keine Gedanken darüber. Konzentriere dich einfach darauf, dass du nicht durchdrehst.«

Ein betäubendes Gefühl breitete sich in meinem Inneren aus, als würde die Wärme seiner Hand in meinen gesamten Körper ausstrahlen. Ich wollte dagegen protestieren, dann entglitt mir der Grund. Mein Körper wurde ruhig und ich vergaß, was ich gerade gefragt hatte. Zurück blieb ein dumpfes Pochen hinter meiner Stirn. Raphael zog zufrieden die Hand zurück, ohne sich von mir abzuwenden. Ich hatte das Gefühl, etwas vergessen zu haben. Nur was? Es ließ sich nicht mehr greifen.

»Es wäre am besten, wenn du jetzt nach Hause gehst. Du brauchst Schlaf und Ruhe«, überlegte Raphael.

»Ich werde sie bringen«, bot Luna sich an.

»Okay, das ist sicherer, als sie allein gehen zu lassen.« Noch immer saß er in der Hocke vor mir und sah dabei ziemlich nachdenklich aus. »Kannst du aufstehen?«

Als ich mich vorsichtig aus dem Sessel drückte, fühlte ich meinen ganzen Körper, der durch das Geschehene völlig ausgelaugt war.

»Mach die nächsten Tage langsam und befolge meine Anweisungen. Dann wird dir schnell alles leichter fallen.« Raphael strich mir zum Abschied über den Arm und verschwand aus dem Raum.

Drei Wochen später fand das Weihnachtskonzert unserer Schule statt. Wie in jedem Jahr hatten sich alle möglichen Gruppen der Schule intensiv darauf vorbereitet, den Abend für Eltern, Ehemalige und Musikliebhaber musikalisch zu gestalten. Das Konzert startete mit den jüngeren Klassen, darunter dem Vororchester und dem Unterstufenchor. Unser Chor war erst nach der Pause an der Reihe, weshalb wir uns zwischenzeitlich in den Musikräumen aufhielten oder bei den Gästen saßen, um dem Konzert ebenfalls zu lauschen.

Auch wenn ich mittlerweile schon erprobt darin war, die Geräusche, Gerüche und Gefühle in meiner Umgebung zu filtern, stellte dieser Abend eine Ausnahmesituation für mich dar. Ungewohnt viele Menschen hatten sich auf engem Raum versammelt und zusätzlich musste ich die Musik ausblenden, wenn ich mich mit meinen Mitschülern unterhielt. Um mir die Situation zu erleichtern, begann ich allein umherzulaufen und beschloss, nach draußen in die Stille zu gehen. Obwohl ich den Winter bisher nie gemocht hatte, war ich in diesem Jahr weniger verfroren als gewöhnlich. Die Kälte machte mir selbst ohne Jacke nichts aus.

Gedankenverloren schlenderte ich um das Schulgebäude, als ich eine schrille Stimme vernahm. »Ist das dein Ernst? Das kann nicht wirklich dein Ernst sein!«

Verblüfft blickte ich auf. Sie war eindeutig Mila zuzuordnen. Es dauerte nicht einmal eine Sekunde, bis ich ausmachen konnte, wo sie sich befand. Gerade wollte ich mich entfernen, als Raphael ihr antwortete. »Es tut mir wirklich sehr leid, Mila. Aber es ist für uns beide das Beste.«

Damit hatte er meine Neugier geweckt. Auch wenn es sich

nicht gehörte, andere zu belauschen, konnte ich mich nicht mehr dazu überwinden, wegzuhören.

»Das kannst du nicht tun!«, zischte Mila ihn an. Verzweiflung und Wut schwangen in ihrer Stimme mit.

Achtsam, um keinen Lärm zu verursachen, schlich ich ihren Stimmen entgegen. Sie konnten nicht weit entfernt sein.

»Mila, wir hatten uns von Anfang an darauf geeinigt, dass wir beide nichts Festes suchen. Du genauso wenig wie ich. Doch von deiner Seite aus hat sich das geändert und wir können das mit uns nicht fortführen, wenn es für dich etwas anderes bedeutet als für mich. Das ist dir gegenüber nicht fair.«

»Das ist doch Schwachsinn. Du kannst das nicht wegwerfen. Du kannst es nicht einfach beenden! Oder gibt es einen anderen Grund? Eine andere? Wurde es dir zu eintönig?«

»Nein, es gibt niemanden. Ich kann und will keine feste Beziehung haben. Deshalb kann ich dir nicht das geben, was du dir wünschst.«

Während Mila verzweifelt klang, war seine Stimme ruhig und entschlossen. Mittlerweile hatte ich mich den beiden so weit genähert, dass ich sie hätte sehen können, wenn ich um die Ecke schauen würde. Mit dem Rücken an der Wand verweilte ich und lauschte. Ein ungewohntes Gefühl breitete sich in meiner Magengegend aus.

»Mila, glaube mir. Ich wollte dich nie verletzen. Es tut mir leid. Ich muss fair zu dir sein. Es ist besser für dich, wenn wir einen sauberen Schlussstrich ziehen.«

Mila überging die Sanftheit seiner Worte und gab ein verächtliches Schnauben von sich, bevor sie damit begann, ihm Beleidigungen an den Kopf zu werfen.

Ich spürte, dass ich nun besser gehen sollte, doch es war bereits zu spät. Sie war losgerannt, erreichte die Ecke, erblickte mich, stockte kurz und rannte dann davon. Raphael tauchte ebenfalls auf. Er hielt inne und sah mich schweigend an. Nach einer Sekunde, in der ich zögerte, ließ ich ihn stehen und eilte Mila hinterher. Sie stürmte in den ersten Stock auf die Toilette und schloss sich in einer Kabine ein. Vorsichtig näherte ich mich ihr. »Mila?«

»Lass mich in Ruhe!«, schluchzte sie.

»Mila ich … kann ich etwas für dich tun?«

»Geh doch raus und erzähl allen, dass du mitbekommen hast, wie die sonst so perfekte Mila abserviert wurde«, wimmerte sie mit bitterer Stimme.

Ich trat noch näher an ihre Kabine. »Ich werde niemandem davon erzählen.«

Sie antwortete nicht, sondern schluchzte auf.

Nachdem ich tief Luft geholt hatte, versuchte ich es erneut: »Ich weiß, ich bin vermutlich eine der letzten Personen, mit denen du reden willst, aber wenn du etwas brauchst, wenn ich irgendetwas tun kann …«

Keine Antwort.

Mir war selbst nicht klar, wieso ich mich um sie sorgte. Wir mochten uns nicht. Doch ihr Kummer schnitt sich so unangenehm in mein Herz, als wäre es mein eigener, da ich die Gefühle meiner Umgebung so stark aufsog. Irgendwie musste ich ihn lindern.

»Ich könnte nach Ann-Christin suchen«, schlug ich vor, woraufhin Milas Schluchzen kurz verstummte.

»Okay. Von mir aus.«

»Gut«, murmelte ich und verließ das Badezimmer. Erleichterung durchflutete mich, als ich den Herzschmerz von Mila hinter mir lassen konnte. Ich eilte in das Foyer und suchte nach Ann-Christin. Raphael stand an einer Säule und beobachtete mich, als würde er jede meiner Bewegungen nachverfolgen, doch ich konzentrierte mich weiter auf meine Suche. Als ich Ann-Christin mit Paul im Musikzimmer fand, teilte ich ihr mit, was passiert war. Sie stand sofort auf und verschwand. Eins musste man den beiden lassen: Was Freundschaft bedeutete, hatten sie ebenso verinnerlicht wie Marie und ich.

Zögerlich verließ ich den Raum, um ins Foyer zurückzukehren. Erst jetzt begriff ich allmählich, was gerade geschehen war. Raphael und Mila hatten sich getrennt! Es war vorbei. Was hatte das zu bedeuten? Eine unliebsame Stimme in mir ermahnte mich, dass es überhaupt nichts bedeutete. Nicht für mich. Ich sollte wirklich aufhören, darüber nachzudenken.

Instinktiv hielt ich nach Raphael Ausschau und entdeckte ihn noch immer an der Säule stehend. Über die Zuschauer des Konzertes hinweg trafen sich unsere Blicke. Er wusste, dass ich gelauscht hatte, denn er selbst war derjenige gewesen, der mir gezeigt hatte, wie ich die Eindrücke filtern konnte. Und trotzdem hatte er das Gespräch weitergeführt. Warum?

Lautes Klatschen riss mich aus meinen Gedanken und ließ mich zusammenzucken. Die Pause begann und die Menschen im Raum standen auf. Einige liefen an Raphael vorbei in die Mensa, in der es Orangensaft und Brezeln gab. Ich dagegen verschwand nach draußen. Als ich durch die Tür auf den Hof trat, klopfte mein Herz wild. Der Gedanke an die Trennung sollte mir nicht gefallen, aber … Nein. Das war dumm von mir. Einfach nur dumm!

»Eliana, warte!«

Ich erstarrte. Dann drehte ich mich langsam um. Raphael war mir gefolgt. Er stand nur wenige Meter hinter mir.

»Du hast uns belauscht.« Seine Stimme klang nicht vorwurfsvoll, aber sicher. Ich biss mir auf die Lippen und wich seinem Blick aus. Warum war er hier? Er kam näher und blieb mit etwas Abstand vor mir stehen. »Du hast nach Mila gesehen und Ann-Christin zu ihr geschickt?«

Ich nickte bloß.

»Das ist gut. Sie braucht jetzt eine Freundin.«

Wieder erwiderte ich nichts, aber ich spürte, dass er mich betrachtete. Nach einer Weile des Schweigens hob ich den Blick und begegnete seinem, der äußerst nachdenklich und ohne jede Spur von Kälte war.

Er zog leicht die Brauen zusammen und flüsterte: »Was hast du nur an dir? Ich kann dich unfassbar schwer einschätzen. Du bist so anders, als ich es erwartet hätte.«

Ich wollte gerade nachfragen, was er meinte, doch dann entglitt er meinem Bewusstsein.

Wir flogen über die Wiese. Umgeben von zahlreichen Blumen, erhöhte ich mein Tempo, um schneller zu rennen. Immer schneller. Es fühlte sich gut an, sich so auszupowern. Vor uns erstreckte sich die Freiheit, es gab keine Grenzen, keine Mauern, nur uns beide und den weiten Horizont.

Im Rennen drehte ich den Kopf zur Seite und sah in Raphaels Gesicht. Seine Augen leuchteten, als er herausfordernd sein Tempo anzog. Ich beschleunigte ebenfalls, damit er mich nicht abhängen konnte.

Die Szene vor meinen Augen verschwand und ich brauchte eine Weile, bis ich mich daran erinnerte, dass ich mit Raphael vor der Schule stand. Seine Hand lag an meinem Arm, während er mich besorgt ansah. »Was ist gerade mit dir passiert?«

Er wusste es also nicht? Diese Bilder, die ich manchmal sah, kannte er nicht?

»Geht es dir gut?«, fragte er weiter.

Langsam nickte ich, während mir eins klar wurde: Ich hatte ihn gesehen. Zum ersten Mal hatte ich jemanden gesehen, den ich kannte. Aber warum ausgerechnet ihn? Was passierte immer wieder mit mir? Angst durchzuckte meinen Körper, doch ich konnte sie nicht die Oberhand gewinnen lassen. Nicht hier und jetzt. Nicht vor ihm.

Die Tür hinter Raphael öffnete sich und ein paar Gäste traten heraus. Ich räusperte mich. »Ähm, ich muss noch mal ins Bad, bevor die Pause zu Ende ist.«

Noch konnte ich nicht in Worte fassen, was mich heimsuchte. Was sollte das auch sein? Halluzinationen? Tagträume?

»Wir sehen uns beim Auftritt«, murmelte ich und entzog Raphael meinen Arm, ehe ich auf das Schulgebäude zusteuerte. Statt auf Toilette zu gehen, rannte ich die Treppe bis nach ganz oben, in der Hoffnung, hier niemandem zu begegnen. Nun, wo ich allein war, ließ ich die Angst zu. Meine Beine zitterten, mein Atem ging flach. Schweiß benetzte meine Handflächen und mein Herz pochte laut in meiner Brust. Bebend setzte ich mich auf eine Stufe und vergrub das Gesicht in meinen Händen. Was stimmte mit mir nicht? Ich lenkte meine Aufmerksamkeit auf Raphael und Luna, in der Hoffnung, meine Panik in den Griff zu bekommen. Waren sie meinetwegen hier? Sie wussten eindeutig mehr darüber, was mit mir geschah. Mehr, als ich selbst. Doch immer, wenn ich versuchte, weiter darüber nachzudenken, setzte ein dumpfes Pochen hinter meiner Stirn ein. Genau wie an dem Tag, an dem Raphael mir gezeigt hatte, wie ich mit den Eindrücken umgehen konnte. Da war nur dieses Pochen, dicht gefolgt von einer mir unerklärlichen Leere.

8 Eliana

Ein Schneesturm trieb draußen sein Unwesen, während wir im beheizten Klassenzimmer saßen und mit roten oder blassen Köpfen unsere Kursarbeiten bearbeiteten. Es war Ende Januar und mit der Abgabe unserer Prüfungen endete das Halbjahr, weshalb wir geplant hatten, diesen Meilenstein am Abend so richtig zu feiern. Der Stress der letzten Monate würde für ein paar Tage von uns abfallen. Zumindest so lange, bis das nächste Halbjahr und somit der Endspurt zum Abitur startete.

Während ich eifrig auf mein Blatt kritzelte, war ich froh darüber, dass ich mittlerweile die Geräusche um mich herum gut ausblenden konnte. Raphael hatte recht damit behalten, dass es mit der Zeit automatisch funktionierte.

Neben mir klopfte Marie unruhig mit dem Fuß auf den Boden. Ich wusste, dass ihre Aufregung weniger mit der Französisch-Kursarbeit zusammenhing als mit dem Date, zu dem John sie an diesem Nachmittag eingeladen hatte.

Nach langem Zögern hatte sie sich schließlich dazu durchgerungen, diesen Schritt mit ihm zu gehen. Er hatte lange um sie kämpfen müssen und trotz zahlreicher, überaus freundlicher Abfuhren durchgehalten, was mich vermuten ließ, dass er es mit Marie tatsächlich ernst meinen könnte. Zumindest nahm ich ehrliches Interesse an ihm wahr, wenn Marie in seiner Nähe war.

»Noch fünf Minuten. Kommen Sie langsam zum Ende«, erinnerte unser Französischlehrer Monsieur Gâteau.

Zügig schrieb ich die letzten Zeilen, um meine Arbeit noch einmal durchzulesen. Obwohl ich auf den letzten Drücker gelernt hatte, war ich zufrieden mit meinen Antworten. Das würde schon passen. Generell hatte ich den Eindruck, dass mir das Lernen seit ein paar Wochen leichter fiel und ich mir diverse Dinge schneller einprägen konnte.

Jubel ertönte, als wir unsere Zettel nach vorn gebracht hatten und die ersten Personen den Raum verließen.

»Wir haben es geschafft!«, rief Marie freudig und umarmte mich.

»Ja, das Halbjahr ist beendet!«, stimmte ich ein, woraufhin wir uns gemeinsam auf den Weg zum Essen machten und uns so entlastet fühlten, wie lange nicht mehr. Über die gesamten Weihnachtsferien hatte ich lernen müssen. Eigentlich war mir das ganz recht gewesen. Weihnachten war in unserer Familie meistens eine traurige Angelegenheit. Wie in fast jedem Jahr war mein Vater auf Reisen gewesen und meine Mutter hatte den Dienst im Krankenhaus übernommen. Samuel und ich hatten zu zweit gefeiert, Essen bestellt und kitschige Weihnachtsfilme geschaut. In solchen Momenten wurde uns deutlich bewusst, wie froh wir darüber waren, wenigstens einander zu haben.

Am ersten Weihnachtsfeiertag hatte Maries Mutter uns eingeladen bei ihnen zu essen. Danach hatten wir mit Marie weitere Filme geschaut und Brettspiele gespielt. Auch wenn das unsere Festtage ziemlich erhellt hatte, konnte es nicht darüber hinwegtäuschen, dass ich mir diese Zeit, die Maries Mutter ihrer Tochter schenkte, auch von meinen Eltern wünschte.

Doch nun wollte ich das Gefühl der Freiheit genießen. Als wir mit Mila und Ann-Christin an einem Tisch in der Mensa saßen und sie sich über das anstehende Date von Marie unterhielten, blickte ich mich heimlich um. Seit Mila und Raphael keinen Kontakt mehr zueinander hatten, hatte ich ihn viel seltener gesehen. Natürlich gingen wir weiterhin gemeinsam in den Kunstkurs und andere Lehrveranstaltungen, doch außerhalb des Unterrichts hatten sich Raphael und Luna zurückgezogen. Auch an diesem Mittag fehlte jede Spur von ihnen. Ob sie wohl heute Abend mit ins *Irish Pub* gehen würden?

»Und Marie? Erzähl. Was macht ihr später?« Mila sah Marie gespannt an.

»Wir gehen in die Stadt. Wahrscheinlich etwas essen und spazieren.« Mit jedem Wort, das ihre Lippen verließ, wirkte Marie zunehmend nervöser.

»Ich habe John vorhin gesehen. Er sieht verdammt motiviert aus. Sicher freut er sich schon total«, klinkte sich Ann-Christin ein. Wie in den meisten Momenten, in denen Mila und Ann-Christin ein Gespräch führten, schwieg ich auch an diesem Tag. Meinen Blick hatte ich auf meinen Teller gesenkt, der fast leer war.

Blut klebte an meinen Händen. Sie zitterten ebenso, wie es mein ganzer Körper tat. Ich hatte jegliche Kontrolle über mich verloren. Bebend atmete ich ein und wieder aus, versuchte die Panik zu unterdrücken, die meinen Verstand aussetzte.

Ein Klirren ertönte. Es dauerte einige Sekunden, bis ich mich gefangen hatte und zurück in der Realität war. Marie, Mila und Ann-Christin starrten mich entsetzt an. Neben mir auf dem Boden lag mein Teller, oder besser gesagt die Scherben, die davon übriggeblieben waren. Daran, wie er dort gelandet war, hatte ich keine Erinnerung, doch den Blicken der anderen nach zu urteilen, musste ich ihn selbst runtergeworfen haben. Röte stieg mir ins Gesicht, während ich die Aufmerksamkeit weiterer Schüler wahrnahm.

»Ups! Na sowas, wie schusselig von mir!«, rief ich laut und versuchte, meinen Schock zu überspielen. Rasch sprang ich auf, um das Küchenpersonal nach einem Kehrblech zu fragen. Die anderen in der Mensa setzten ihre Gespräche fort, doch ich war mir sicher, dass dieser Aussetzer Gesprächsthema war. Ich konnte nur an eines denken: Das Blut an meinen Händen.

Keine Panik, Eliana. Keine Panik! Nicht hier!

Nachdem ich fahrig die Scherben aufgekehrt hatte, verabschiedete ich mich, um etwas früher nach Hause zu fahren. In meinem Zustand würde ich vom Unterricht ohnehin nicht mehr viel mitbekommen. Lieber ruhte ich mich vor dem Abend gut aus. Möglicherweise hatte mein Körper mir sagen wollen, dass ich ihn überanstrengte.

Das war es ganz bestimmt.

Zu Hause kroch ich sofort ins Bett und starrte an die Decke. Nach kürzester Zeit wurde ich doch wieder unruhig. In meinem Kopf schwirrten zu viele Gedanken, die sich nicht unterdrücken ließen. Noch nie war ich so froh darüber gewesen, am Abend weggehen zu können, um mich abzulenken.

Als sich der Himmel allmählich verdunkelte, sprang ich aus dem Bett und machte mich fertig. Ich hörte, dass auch Samuel sich frisch machte. Er war auf einer Hausparty bei seinem Freund Felix in Mainz-Ebersheim eingeladen, zu der auch sein Schwarm Anna kommen würde. Er schrieb seit einiger Zeit mit ihr. Sie war der Grund, wieso er immer wieder lächelnd seine Nachrichten aufrief. Mein kleiner Bruder war verliebt.

»Wie kommst du heute Abend nach Hause?«, wollte ich von Samuel wissen, als wir gemeinsam auf seinem Bett saßen und die letzten Minuten abwarteten.

»Felix meint, ich könnte bei ihm übernachten. Ich dachte, das ist keine schlechte Idee, weil Mama und Papa ja eh erst morgen Mittag aus ihrem Kurzurlaub zurückkommen.«

»Das klingt gut. Falls irgendwas ist, melde dich bei mir.«

»Was soll schon sein, Schwesterchen? Du kennst mich doch. Ich trinke nicht viel«, meinte er unbeschwert, versprach es mir aber, bevor er loszog.

Als ich eine halbe Stunde später die Treppe zum Pub hinabstieg, waren die meisten Plätze bereits besetzt, was an Karaoke-Abenden nicht selten der Fall war. Einige meiner Mitschüler hatten sich in dem schummrigen Raum über ein paar der kleinen runden Tische verteilt und Plätze freigehalten. Auf einem Hocker in der hinteren Ecke entdeckte ich Marie und musste lächeln, als sie mich strahlend zu sich winkte. John war gerade mit David an die Bar verschwunden, weshalb wir uns ungestört über ihr Date unterhalten konnten.

»Es war so schön! Zuerst hat er mich zum Essen eingeladen und dann waren wir spazieren und haben geredet. Es war kein einziges Mal unangenehm oder irgendwie komisch. Und dann …« Sie errötete, zögerte kurz und prüfte, dass niemand zuhörte. »Dann hat er mich geküsst. Boah, er kann so gut küssen, das glaubst du nicht!«

Begeistert lächelte ich, als ich ihre Freude sah, die sich auf mich übertrug. Das geschah oft, wenn ich eine enge Bindung zu jemandem hatte. Gespannt fragte ich sie nach Einzelheiten, woraufhin sie davon zu schwärmen begann, wie aufmerksam er gewesen war und wie wohl sie sich in seiner Gegenwart fühlte.

»Jedenfalls habe ich beschlossen meine Zweifel abzulegen. Er hat sich über so viele Wochen bemüht und ich glaube, er meint es wirklich ernst«, schloss Marie, der noch immer eine leichte Röte im Gesicht stand. Sie strahlte John an, der gerade mit David an unseren Tisch trat und Marie ein Glas hinstellte.

»Eliana! Hallo!«, grüßte er mich mit einem triumphierenden Lächeln. Nicht nur Marie schwebte auf Wolke sieben. »Magst du auch etwas trinken?«

Dankend lehnte ich ab und meinte, dass ich mir gleich selbst etwas holen würde, doch David und John ließen das nicht durchgehen. John schob mir seine Whiskey Cola hin und zog mit David ein zweites Mal los.

In der Zwischenzeit gesellten sich Mila und Ann-Christin zu uns, die Marie ebenfalls löcherten. Kurz darauf betrat ein junger Mann die Bühne, um den Karaoke-Abend einzuleiten. Der Trubel und der Lautstärkepegel nahmen zu. Einige Gäste waren aufgestanden und tanzten zwischen den Tischen, andere hatten sich vor der Bühne aufgestellt.

Nachdem der Mann das Lied beendet hatte und zwei junge Frauen an die Mikrophone traten, fiel mein Blick zum Eingang des Raumes. Luna und Raphael waren im Getümmel erschienen und sahen sich suchend um. Mein Herz machte einen seltsamen Sprung bei ihrem Anblick.

Auch Mila entging ihre Ankunft nicht. Grimmig funkelte sie in Raphaels Richtung. »Das ist ja schaurig. Das kann ich ja sogar besser«, bemerkte sie arrogant, als die Mädchen auf der Bühne schief das Lied *Grenade* von *Bruno Mars* in ihre Mikrophone zu kreischen begannen.

»Ach, wirklich? Das musst du uns jetzt aber auch beweisen«, entgegnete David mit einem verschmitzten Grinsen.

Mila spitzte die Lippen. »Das werde ich, wenn du mich begleitest.«

»Wenn du mit mir tanzt!« David streckte Mila seine Hand hin, die sie mit einem demonstrativen Blick zu Raphael ergriff.

Sobald sich Mila und David entfernt hatten, nutzten Raphael und Luna die Gelegenheit, um sich bei uns am Tisch niederzulassen. Ann-Christin funkelte Raphael anklagend an, schwieg jedoch, bis Paul auftauchte und sie ebenfalls zur Bühne führte.

Wir sahen unterdessen gemeinsam zu, wie Mila und David als nächstes Duo an die Mikrophone traten. Wie sie so schnell drangekommen waren, war mir ein Rätsel. Vielleicht hatte David bei der Frau, die sich um die Reihenfolge kümmerte, seinen Charme spielen lassen. Marie und ich versuchten nicht allzu offensichtlich darüber zu lachen, wie sie *I gotta feeling* von *The Black Eyed Peas* sangen.

»Eliana, darf ich dir Marie entführen?« John grinste mich über den Tisch hinweg an, als Mila und David ihre Gesangseinlage beendet hatten. Ich erwiderte Johns Grinsen. Natürlich durfte er das. Zwinkernd erhob er sich und zog Marie zur Bühne. Bald darauf verschwand auch Luna mit einem charmanten Typen, der sie angesprochen hatte. Schlagartig wurde mir bewusst, dass Raphael und ich nun allein am Tisch saßen. So etwas passierte doch sonst nur in schlechten Filmen!

Wären wir Anfang des Schuljahres in diese Situation geraten, wäre er einfach aufgestanden und hätte sich an einen anderen Tisch gesetzt. Doch nun saß er mir entspannt gegenüber und beobachtete, wie Mila und David zurück in die Menge traten und eng umschlungen miteinander tanzten. Seine Brauen zogen sich kaum merklich zusammen. Bereute er seine Entscheidung, mit ihr Schluss gemacht zu haben, nun doch? Allerdings wirkte seine Miene eher besorgt. Zumindest glaubte ich das.

»Du beobachtest mich«, stellte er sachlich fest, ohne den Blick von Mila abzuwenden.

Beschämt senkte ich den Kopf und spürte, wie mein Gesicht zu glühen begann. Aus den Augenwinkeln sah ich, wie er den Stuhl wechselte und sich neben mich auf die Bank setzte. Tat er das gerade wirklich?

»Schämst du dich jetzt?« Er klang amüsiert. Bei seinem belustigten Tonfall sah ich auf und entdeckte ein vorsichtiges Lächeln um seine Mundwinkel. Der kalte, unnahbare, unverschämte Raphael lächelte mich an? Dass ich das mal erlebte!

Leider stand ihm dieses Lächeln verdammt gut. Viel besser als der versteinerte Ausdruck, den er normalerweise trug. Ich musste mich zwingen, nicht länger auf seine Lippen zu starren und richtete mich räuspernd auf. »Nein, schließlich bist *du* derjenige, der mich immer anstarrt.«

Er schnaubte. »Das hast du dir eingebildet!«

Obwohl seine Tonlage keine Widerrede duldete, war jegliche Spur von Unfreundlichkeit aus seiner Stimme gewichen, ebenso wie aus seinem Blick. Das irritierte mich. Ich verschränkte meine Arme. »Ganz sicher nicht.«

Raphael nahm sein Glas und trank einen Schluck, ohne mich aus den Augen zu lassen. »Magst du auch tanzen?«, fragte er auf einmal, was meine Vorstellungskraft schließlich völlig überstieg. Ich musterte ihn skeptisch. Was war los mit ihm? Woher kam dieser Sinneswandel?

»Warum guckst du so?«, hakte er nach und klang beinahe … flirtend.

Ohne, dass ich darüber nachdachte, blaffte ich: »Verarsch mich nicht.«

Irritiert schüttelte er den Kopf. »Das tue ich nicht! Wieso denkst du das?«

»Ich verstehe dich einfach nicht. Kannst du dich mal entscheiden, wie du dich mir gegenüber verhältst? Zuerst unfreundlich, abweisend, dann unnahbar und jetzt … jetzt fragst du mich ernsthaft, ob ich mit dir tanzen will?« Dass ich mein Getränk fast ausgetrunken hatte, war keine gute Voraussetzung, um so ein Gespräch zu führen. Der Alkohol lockerte meine Zunge. Doch vielleicht brauchte ich das, um Raphael meine ehrliche Meinung zu sagen.

Er wirkte überrascht, doch nur eine Sekunde später hatte er seine Mimik wieder unter Kontrolle. Nachdenklich strich er mit dem Daumen über sein Glas. »Du hast recht.«

»Ach ja?«

»Ich habe mich wie … ja, ich habe mich wie ein Arsch verhalten. Das lässt sich nicht schönreden. Ich hatte Vorurteile, was ziemlich unfair von mir war. Ich hätte dir eine Chance geben müssen, mich eines Besseren zu belehren, aber das habe ich nicht getan. Deshalb kann ich nur betonen, wie leid es mir tut, wie ich zu dir war. Und was ich zu dir gesagt habe.« Er klang betrübt.

Das musste ich kurz sacken lassen. Aber … »Warum hattest du Vorurteile? Was für Vorurteile?«

Er zögerte. »Das ist schwer zu erklären.«

»Erinnere ich dich an deine Ex?«

»An … Was?« Er sah mich verständnislos an.

»Naja, ich habe mich gefragt, ob ich dich an jemanden erinnere, und du deshalb Vorurteile hast oder hattest.«

»Nein. Keine Ex.« Anscheinend wollte er nicht darüber reden.

»Und was ist mit allem anderen? Wieso erklärst du mir nicht, was mit mir passiert? Ich weiß genau, dass du Bescheid weißt«, drängte ich weiter. Jetzt saß er vor mir, jetzt hatte ich die Gelegenheit, an Antworten zu kommen, die er offensichtlich hatte, aber aus einem mir unerfindlichen Grund zurückhielt.

»Glaub mir, ich würde dir so gern all deine Fragen beantworten, aber ich kann nicht.«

»Wieso nicht?«

»Ich darf nicht.«

Ich wollte ihn fragen, warum er nicht durfte, da beugte er sich noch näher zu mir, sodass seine Augen in der Höhe von meinen schwebten.

»Bitte, Eliana.« Er sprach meinen Namen so sanft aus, dass mir der Atem stockte. »Bitte stelle mir keine Fragen. Es wird sich bald einiges ändern. Dann kann ich dir mehr sagen, aber jetzt darf ich es nicht, so sehr ich auch will.«

Die Intensität seines Blickes und seine plötzliche Nähe brachten mich aus dem Konzept. Ich spürte seinen Atem in meinem Gesicht. Er roch nach Wald. Holzig und frisch. Kurzzeitig vergaß ich, wo wir waren und worüber wir gesprochen hatten.

Raphaels Gesicht hellte sich auf, als wüsste er genau, was in mir vorging. Betont langsam lehnte er sich zurück, während er schmunzelte. Mit gerunzelter Stirn biss ich mir auf die Lippen. Innerlich war ich hin- und hergerissen, was mich mehr beschäftigte: Dass er mich weiterhin im Dunkeln tappen ließ, oder doch, dass er sich mir gegenüber anders verhielt. Was hatte ihn bloß dazu bewegt?

Argwöhnisch beobachtete ich ihn, als er einen weiteren Schluck aus seinem Glas nahm. Dann stellte er sein Getränk ab. »Also, was ist? Magst du tanzen?«

Bei seinem beschwörenden Lächeln begann mein verräterisches Herz zu flattern. Er flirtete, ich war mir sicher! Mein Blick glitt zur Bühne, an der Marie mit einigen Mitschülern stand und die Gruppe bejubelte, die *Dancing Queen* sang. Wenn ich ehrlich zu mir war, reizte mich die Vorstellung ziemlich, mit Raphael aufzustehen und uns ihnen anzuschließen.

Gerade öffnete ich meinen Mund, um Raphael zu antworten,

wurde jedoch von meinem Handy unterbrochen, das zu vibrieren begann. Überrascht wandte ich mich ab und kramte in meiner Tasche. Samuels Nummer erschien auf dem Bildschirm.

»Ich muss da kurz dran«, entschuldigte ich mich, sprang von der Bank und zwängte mich aus dem Raum, noch ehe Raphael etwas erwidern konnte. Der Anruf konnte nichts Gutes bedeuten. Mein Bruder rief nur in Ausnahmesituationen an.

9 Eliana

»Was ist passiert?« Raphael stand mit einem Satz neben mir, sobald er mich auf den Tisch zu stolpern sah. Mein Gesichtsausdruck hatte ihm offenbar genügt, um zu erkennen, dass meine Nerven blank lagen.

Nicht durchdrehen, Eliana. Nicht durchdrehen.

Ich musste es mir immer wieder sagen. Bestimmt war es nur halb so schlimm. Sicher nahm meine Panik überhand und ich übertrieb.

Anstatt auf Raphael einzugehen, suchte ich nach meiner Jacke, die noch auf meinem Platz liegen musste. Marie und John waren mittlerweile zurückgekehrt und saßen mit einem Drink am Tisch. Nicht nur Raphael, sondern auch Marie war direkt alarmiert, sobald sie mich sah. Ehe sie mich ansprechen konnte, packte Raphael leicht, aber bestimmt mein Handgelenk. »Eliana, sprich mit mir!«

»Mein Bruder … Sein Freund hat gerade von seinem Handy aus angerufen. Sie sind auf einer Hausparty und Samuel hat sich anscheinend so volllaufen lassen, dass sie sich nicht sicher sind, ob er vielleicht eine Alkoholvergiftung hat. Er übergibt sich die ganze Zeit. Ich muss ihn jetzt dringend abholen und nach ihm sehen!«

»O mein Gott! Wirklich? Samuel trinkt doch sonst gar nicht viel«, entfuhr es Marie, die mich hilflos anstarrte.

»Wo ist die Hausparty?«, erkundigte sich Raphael.

»In Ebersheim.«

»Und wie willst du da hinkommen?«

Ich stockte. Darüber hatte ich nicht nachgedacht. Ebersheim

gehörte zwar auch zu Mainz, doch lag dieser Stadtteil außerhalb. Sicher würde es eine Stunde dauern, wenn ich mit den öffentlichen Verkehrsmitteln hinfuhr. Falls überhaupt direkt ein passender Bus kommen würde.

»Ich rufe uns ein Taxi.« Raphael griff nach seiner Jacke.

Verdutzt sah ich zu ihm auf. »Was?«

»Ich komme mit.«

»Das … Nein, das musst du nicht.« Ich konnte nicht glauben, dass er das gerade wirklich gesagt hatte.

»Ich denke, es wird nicht schaden, wenn ich mitkomme. Eventuell kann er nicht gut laufen. Allein wirst du ihn wohl kaum stützen können.«

Mit offenem Mund starrte ich Raphael an.

»Ich gehe schon einmal raus und rufe beim Taxi-Unternehmen an.« Schon lief er an mir vorbei.

Dennoch war ich der festen Überzeugung, mich verhört zu haben.

Raphael lehnte mit den Händen in den Jackentaschen an der Mauer vor der Straße, als ich zu ihm stieß. »Das Taxi müsste in spätestens zehn Minuten da sein.«

Als der Wagen endlich vor uns hielt, sank ich beunruhigt in den Sitz, nannte dem Fahrer die Adresse und sah auf mein Handy. Felix hatte sich nicht gemeldet. Nachdem ich mich zum dritten Mal vergewissert hatte, legte Raphael seine Hand auf meine.

»Es ist alles gut. Wir sind gleich bei deinem Bruder und bringen ihn nach Hause. Dann schläft er sich aus und morgen ist er bis auf einen Kater wieder fit.« Raphaels Stimme klang so weich, dass ich aufblickte und in seine ebenso sanften Augen sah. Noch nie hatte er mich so angesehen. »Dein Bruder ist dir sehr wichtig, nicht wahr?«

Ich nickte. »Ich habe nicht so viele Menschen, die mir nahestehen. Aber diejenigen, die zu diesem Kreis gehören, sind alles für mich.«

War das etwa Traurigkeit auf seinen Zügen?

»Das ist etwas sehr Schönes. Doch es macht einen auch unfassbar verletzlich.« Es hörte sich an, als wüsste Raphael genau, wovon er sprach. Nichtsdestotrotz hatte er recht. Dadurch, dass meine leibliche Mutter gestorben war, musste ich von Geburt an mit diesem Verlust leben. Auch wenn ich sie nie hatte kennenlernen dürfen, hatte sich ihre Abwesenheit wie ein Schatten durch mein Leben gezogen. Umso bedeutender und wichtiger waren mir meine Familie und Marie.

Nach rund zwanzig Minuten erreichten wir das Haus von Felix. Noch ehe das Taxi richtig zum Stehen kam, riss ich die Tür auf und sprang aus dem Auto. Die Musik der Party dröhnte bis nach draußen, sodass ich mich fragte, ob mein Klingeln überhaupt gehört werden würde. Glücklicherweise wurden wir bereits erwartet. Max, ein guter Freund meines Bruders, öffnete uns, noch ehe ich auf die Klingel drücken konnte. Erleichtert winkte er Raphael und mich ins Haus und führte uns durch den Flur, in dem uns einige angetrunkene Jugendliche empfingen. Die Party war heftiger, als ich es mir bei Sechzehnjährigen vorgestellt hätte. Peinlich berührt versuchte ich zu ignorieren, wie eng einige von ihnen miteinander tanzten.

Max brachte uns in den ersten Stock zum Zimmer von Felix, der gerade aus der Tür trat. Mein Bruder lag wie ein Häufchen Elend auf dem Bett und war unnatürlich blass. Hastig eilte ich zu ihm und kniete mich hin. »Samuel! Ich bin hier.« Zu seinen Freunden murmelte ich: »Danke, dass ihr angerufen habt.«

Raphael trat an meine Seite und legte seine Hand auf Samuels schwitzende Stirn. Was hatte er nur getan?

»Denkst du, er ist okay?«, fragte ich sorgenvoll. Mein Bruder jammerte etwas Unverständliches und schien kaum anwesend zu sein. Seinen Zustand konnte ich nicht einschätzen. Sollten wir lieber ins Krankenhaus fahren?

»Wie oft hat er sich übergeben?«, fragte Raphael die Jungs.

»Ich glaube fünfmal«, überlegte Max.

»Wir bringen ihn nach Hause. Er muss sich bloß ausnüchtern«, beruhigte Raphael mich und strich mir kurz über den Rücken. »Ich denke, er ist okay.«

Mein Bruder lallte, während er von Raphael und Max hochgehievt und gestützt wurde. Es war furchtbar, Samuel in einem so elenden, wehrlosen Zustand zu sehen. Nachdem wir ihn ins Auto gesetzt hatten, reichte Felix mir eine Tüte für die Fahrt.

»Wir hören uns, du Vollidiot«, rief er Samuel zu und schüttelte halb lachend, halb besorgt den Kopf, während er sich abwandte.

Auf der Rückfahrt saß ich in der Mitte. Von hier aus konnte ich den grimmigen Ausdruck des Taxifahrers im Rückspiegel erkennen, der wenig begeistert über seine Passagiere war. Samuel lehnte jammernd am Fenster. Zwischen ihm und Raphael zu sitzen, machte mich doppelt nervös. Auf der einen Seite saß mein Bruder, der sich in einem besorgniserregenden Zustand befand, auf der anderen saß Raphael, so nah, dass wir uns berührten. Ich spürte, wie diese Tatsache meinen Puls schneller schlagen ließ.

Doch wollte ich das? Sollte ich nicht lieber einen großen Bogen um ihn machen, nachdem er mich monatelang schlecht behandelt hatte? Außerdem hatte ich keinen blassen Schimmer, was er eigentlich über mich dachte. War da etwas zwischen uns? Oder bildete ich mir das nur ein, weil mein bescheuertes Herz von Beginn an nicht objektiv auf ihn hatte reagieren können?

Raphael schien in Gedanken versunken zu sein. Bewegungslos saß er an mich gedrückt, die Hände heimlich unter der Jacke zu Fäusten geballt. Ob ihn die Nähe störte?

Sobald das Taxi vor unserem Haus hielt, stieg Raphael aus, um Samuel aus dem Auto zu helfen. Verlegen reichte ich dem Taxifahrer das Geld und entschuldigte mich für die Unannehmlichkeiten. Die Tüte stopfte ich direkt in die Mülltonne.

Raphael wartete bereits mit Samuel an der Haustür darauf, dass ich aufschloss. Im Treppenhaus nahm er meinen Bruder hoch, als würde dieser nichts wiegen, und stieg die Treppe hinauf. Erstaunt sah ich ihm nach. Dass er stark war, hatte ich mir bei seinem Körperbau gedacht. Doch so stark?

Raphael lief unbeirrt die Wendeltreppe hinauf und legte Samuel auf sein Bett. Während ich meinem Bruder die Schuhe und die Jeans auszog, ihn zur Hälfte zudeckte, öffnete Raphael das Fenster. »Vielleicht stellen wir lieber einen Eimer und ein Glas Wasser hier hin.«

Daraufhin verschwand ich kurz im Bad, um beides zu holen. »O Mann, Samuel«, flüsterte ich gequält, als ich zurückkehrte, und strich ihm eine Strähne aus der verschwitzten Stirn.

»Du sagst es doch nicht Mama und Papa, oder?« Mein Bruder lallte so sehr, dass ich ihn kaum verstand.

»Wenn es dir morgen wieder gut geht, werden sie nichts erfahren. Jetzt schlaf!« Ich gab ihm einen Kuss auf die Stirn, verließ sein Zimmer und lehnte die Tür an.

Raphael wartete im Flur. »Denkst du, du schaffst das allein? Oder soll ich noch ein wenig bleiben?«

Einerseits wollte ich ihm sagen, dass ich es allein schaffte, doch andererseits fühlte ich mich überhaupt nicht danach, nun allein zu sein. Ich wusste, dass Raphael recht hatte und es Samuel gut ging, doch Angst war selten objektiv. Zumindest dann nicht, wenn es um meine Familie ging.

Ein verständnisvoller Ausdruck erschien in Raphaels Gesicht. »Ich bleibe noch ein bisschen. Solange, wie du es möchtest.«

»Danke«, wisperte ich.

Dann standen wir unbeholfen voreinander und schwiegen uns an. Das hatte ich nicht bedacht. Was tat man in so einem Moment?

»Ähm, möchtest du auch etwas zu trinken? Oder zu essen? Wir haben bestimmt noch irgendwas da«, überlegte ich.

»Ja, gern.« Auch er wirkte verlegen.

»Gut, dann lass uns am besten runter gehen«, entschied ich und steuerte auf die Wendeltreppe zu. Während ich uns in der Küche Wasser einschenkte und die Gläser zusammen mit einer Tüte Chips und Trauben auf ein Tablett stellte, blieb Raphael im Wohnzimmer stehen und sah sich um. Ein zartes Lächeln umspielte seine Lippen, als ich zu ihm trat und das Tablett auf dem Couchtisch abstellte.

»Noch mehr Bilder von dir?«, erkannte er und betrachtete das Bild einer Blumenwiese, das ich besonders gern mochte.

»Ja, meine Familie kommt gar nicht mehr mit dem Aufhängen hinterher.«

Sein Blick wanderte zu dem nächsten Bild, dem *Nebelfelsen*, wie ich es getauft hatte. Dann erstarrte Raphael. »Dieses Bild. Woher hast du das?«, fragte er mit einem Unterton in der Stimme, den ich nicht deuten konnte.

»Ich habe es gemalt.«

»Aber … hast du es abgemalt?«

»Nein.« Verwundert blickte ich von der Leinwand zu ihm. Was genau störte ihn daran?

»Du musst das doch irgendwo gesehen haben! Wie kam es zustande?« Seine Augen bohrten sich mit solch einer Intensität in meine, dass ich fast lieber weggesehen hätte.

»Ich habe ehrlich gesagt davon … geträumt und dann hatte ich es ständig vor Augen und wollte es unbedingt malen«, gestand ich leise.

Seine Maske verrutschte und dennoch verstand ich nicht, was der Ausdruck zu bedeuten hatte. Schock? Sorge? Verwunderung? Unglaube?

»Was ist mit dem Bild? Warum reagierst du so?« Meine Worte schienen ihn wachzurütteln, denn seine Maske rutschte zurück an ihren Platz.

Zögernd sah er mich an, als würde er abwägen, was er antworten sollte. »Ich war lediglich überrascht. Es gibt diesen Ort wirklich. Und deshalb dachte ich, du hättest es abgemalt.«

Daraufhin hätte ich fragen können, wo dieser Ort war oder ob er schonmal dort gewesen war, doch die Erkenntnis, dass ich aus dem Nichts von einem Ort geträumt hatte, den es wirklich gab, obwohl ich noch nie dort gewesen war, traf mich mit solch einer Wucht, dass es mir die Sprache verschlug. Was bedeutete das für mich und was bedeutete das für die anderen Dinge, die ich manchmal sah und für nicht real gehalten hatte? Passierten diese Dinge auch?

Mein Herz meldete sich zuverlässig mit einem unruhigen Pochen, wie jedes Mal, wenn ich an diese Szenen dachte.

Raphael musste die Angst in meinen Augen erkennen. Seine Züge wurden weicher, er machte einen Schritt auf mich zu. »Was bedrückt dich?«

Ich schüttelte bloß den Kopf, da mich zahlreiche Dinge bedrückten. Wo sollte ich da schon anfangen?

»Kann ich dich etwas fragen?«, flüsterte er.

Ich nickte.

»Hast du von noch mehr Dingen geträumt, die du nicht kennst?« Vor genau dieser Frage hatte ich mich gefürchtet, weil ich mir nicht sicher war, ob ich schon bereit war, darüber zu sprechen. Nach einem kurzen Zögern nickte ich erneut. Was auch immer er dabei empfand, er zeigte keine Regung. »Was hast du gesehen?«, hakte er nach.

Für einen Moment schloss ich die Augen, um mich für die Antwort zu sammeln. Langsam zählte ich die Situationen auf: »Die anderen Dinge habe ich nicht im Traum gesehen, sondern als ich wach war: Eine wütende Menge, grelles Sonnenlicht, eine Klippe mit einem eigenartigen Nebel, tanzende Personen in Umhängen und … dich.«

Das Blut an meinen Händen ließ ich aus. Es auszusprechen brachte ich einfach nicht über mich.

Verunsichert öffnete ich die Lider, um ihn anzusehen. Seine Maske war undurchdringlich, doch seine Augen glühten. Allmählich kämpfte sich ein anderer Gedanke an die Oberfläche meines Bewusstseins. Was für ein gruseliges Gespräch führten wir hier eigentlich?

»Du hast mich gesehen? Was hast du gesehen?« Seine Stimme hatte er weniger unter Kontrolle als sein Gesicht. Sie klang fast heiser vor Neugier.

»Wir sind gerannt. Über irgendeine Wiese oder sowas. Und … du hast mich herausgefordert, schneller zu rennen«, erinnerte ich mich und schämte mich im selben Augenblick dafür, wie kindlich das klang.

Raphael nickte bloß. Es machte mich wahnsinnig, dass nichts weiter von ihm ausging. Niemand war so schwer einzuschätzen wie er.

»Wie machst du das?«, fragte ich geradewegs heraus.

»Was meinst du?«

»Ich vernehme bei dir gar nichts. Keine einzige Emotion. Das … das macht mich verrückt. Ich kann dich nicht einschätzen.«

»Ich mache dich verrückt?«, neckte er mich, ein Lächeln erhellte sein Gesicht. »Interessant.«

Erbost funkelte ich ihn an, was sein Grinsen noch breiter werden ließ. So ein Mist, dieses Lächeln stand ihm wirklich viel zu gut!

Dann erbarmte er sich zu einer Erklärung: »Ich bin talentiert darin, meine Emotionen vor anderen zu verbergen. Das ist alles.«

10 Raphael

Es war mitten in der Nacht. Ich hatte die Arme unter meinem Kopf verschränkt und starrte an die Decke. Eliana lag neben mir auf dem Sofa und war erstaunlicherweise trotz der Unruhe, die sie plagte, eingeschlafen. Das war gut so, denn sie brauchte diesen Schlaf dringend. Ihr Körper war völlig ausgelaugt durch die Verwandlung, die er durchstehen musste.

Ich hingegen konnte gerade nicht ans Schlafen denken. Sie war so nah, ihr Atem ging ruhig und ich musste meine ganze Kraft zusammennehmen, um sie nicht zu berühren. Nur einmal kurz über ihre Wange streichen, oder ihre dunklen Locken. Doch das gehörte sich nicht. Das würde ich erst tun, wenn sie es auch wollte. Falls sie es je wollen würde, wenn sie erfuhr, wie massiv ich sie monatelang belogen hatte.

Eigentlich wusste sie, dass ich ihr Dinge verheimlichte, doch dass es derart einschneidende Wahrheiten waren, konnte sie nicht ahnen. Mit jedem Gespräch, das wir führten, wuchs mein schlechtes Gewissen. Ihre Familie war ihr wichtig. Unendlich wichtig!

Neben mir drehte sich Eliana, weshalb ich kurz zu ihr blickte. Unfassbar, dass ich mittlerweile nur noch sie sah, und nicht mehr ihre Mutter, nicht mehr *sie*. Das hätte ich anfänglich nicht für möglich gehalten. Wenn ich sie jetzt so betrachtete, fiel mir auf, dass sie eben nicht genau gleich aussahen. Elianas Züge waren weicher, ihre Blicke sanfter, ihre Augen blauer. Und natürlich war sie viel schöner. Zumindest für mich.

Nun wirkte sie selbst im Schlaf angespannt, als hätte sie unruhige Träume. Mein Gott, wie gern würde ich sie in meinen Arm ziehen und ihr den Halt geben, den sie brauchte. Sie fühlte sich allein, weil sie mit niemandem darüber sprechen konnte, was mit ihr passierte. Wie gern wollte ich die Person sein, mit der sie sprechen konnte. Über alles. Zu jeder Zeit.

Wow Raphael.

Wow.

Ich erkannte mich kaum wieder. Seit ich mit Mila Schluss gemacht hatte, hatte ich wochenlang mit mir gekämpft. Ich hatte mir wieder und wieder eingeredet, dass Eliana mir egal war, dass meine negativen Emotionen ihr gegenüber zwar verschwunden waren, aber sonst nichts zwischen uns war.

Doch sie hatte sich viel zu oft in meine Gedanken geschlichen, bis ich schließlich aufgegeben hatte. Es war zwecklos. Ich war ihr längst verfallen. Eliana Wolf hatte mein Leben aus der Bahn geworfen. Einfach so. Ich war ihr vollständig ausgeliefert und doch machte es mir keine Angst.

So wie ich gelebt hatte, konnte ich nicht mehr weitermachen, was bereits die ersten Konsequenzen mit sich gebracht hatte. Das war mir jedoch egal. Eliana war es wert. Sie hatte mich aus dieser gefühllosen Schlucht herausgezogen, die mir endlos vorgekommen war. Eliana hatte mir die Hoffnung zurückgegeben, dass es immer etwas geben würde, wofür es sich lohnte, zu fühlen.

Und verdammt noch mal: Ich fühlte! Und wie ich fühlte! Es hatte keinen Zweck mehr, das zu leugnen.

Ich musste eingeschlafen sein, denn ich erwachte, als Eliana sich abrupt aufsetzte. Es war ihr Handywecker, der uns aus dem Schlaf riss. Entsetzt starrte sie mich an, als könnte sie nicht glauben, dass wir wirklich nebeneinander auf der Couch eingeschlafen waren. Sie und ich!

Dabei war ja überhaupt nichts passiert. Wann hatte ich zuletzt die Nacht mit einem Mädchen verbracht, ohne sie zu berühren, ohne sie zu küssen und noch viel weiterzugehen? Doch mit Eliana war eben alles anders.

»Ich … Ich sehe mal nach Samuel.« Sie war bereits aufgesprungen, ehe ich ihr antworten konnte und eilte die Treppe hoch. »Samuel?«, hörte ich sie sagen, als sie leise in sein Zimmer trat.

Er bewegte sich in seinem Bett.

»Wie geht es dir?«, fragte sie ihn.

»Ich habe solche Kopfschmerzen.«

»Soll ich dir noch etwas zu trinken bringen?«

»Nein, schon okay, ich gehe gleich selbst.« Eine kurze Pause entstand, dann flüsterte er betreten: »Es tut mir leid.«

»Warum hast du das getan?« Sie klang ein wenig vorwurfsvoll, doch vor allem besorgt. »Was ist passiert?«

»Es war wegen Anna. Sie steht nicht auf mich. Sie hat mit Timo rumgemacht.«

»Oh, Samuel.«

Ich hörte, wie sie sich bewegten. Wahrscheinlich nahm Eliana ihn in den Arm. Während die beiden leise redeten, nahm ich mein Handy und entdeckte, dass Luna mir geschrieben hatte. Ich hätte ihr eventuell Bescheid geben sollen, dass ich mit Eliana gegangen war. Doch vielleicht war es auch besser, ihr persönlich Bericht zu erstatten. Nicht, dass Luna falsche Schlüsse zog. Ich schrieb ihr eine Nachricht, dass wir uns in der Schule sehen würden. Schritte ertönten von oben. Zögerlich stieg Eliana die Treppe hinab. Noch immer stand ihr der Unglaube ins Gesicht geschrieben.

Ich erhob mich, als sie sich mir näherte.

»Ähm … danke, dass du dageblieben bist. Du hattest recht. Es geht ihm viel besser«, sagte sie unsicher. Ganz offensichtlich konnte sie die Situation nicht einschätzen. Fragte sich, ob das hier ein Fehler gewesen war.

Ich schenkte Eliana ein aufmunterndes Lächeln und hoffte, sie würde verstehen, dass ich meine Worte ernst gemeint hatte. Mein Verhalten tat mir leid und ich hatte nicht vor, sie je wieder so schlecht zu behandeln.

»Nein! Das gibt es ja nicht!« Samuel war an der Treppe erschienen und sah feixend zu uns herunter. »Hast du hier geschlafen?«, fragte er mich grinsend.

»Könnte sein«, gab ich zu.

»Samuel, bitte!«, rief Eliana beschämt nach oben. »Wir … Das ist nicht so wie du denkst.«

»Was denkst du denn, was ich denke?« Samuel zog provokant die Brauen in die Höhe. Das fragte ich mich auch, weshalb ich mir ebenfalls eine Antwort erhoffte.

»Geh jetzt Wasser trinken!«, befahl sie ihrem Bruder. Ihre Wangen färbten sich in einem zarten Rot. Ich konnte mein Grinsen nicht weiter zurückhalten. Sie sah so niedlich aus, wenn sie sich schämte. Wie gern hätte ich mit den Fingerspitzen ihre errötete Haut berührt.

Samuel murmelte irgendetwas vor sich hin, folgte aber ihrer Aufforderung, während Eliana sich nervös den Arm rieb.

Ich trat einen Schritt auf sie zu und blieb Zentimeter vor ihr stehen. Ihr Atem stockte, so wie am Vorabend, als ich mich zu ihr gebeugt hatte. Sie reagierte auf mich, offensichtlich fühlte sie etwas. Genauso wie ich.

Ich sah, dass sich die Haare auf ihren Unterarmen aufgestellt hatten. Hörte, wie sich ihr Herzschlag beschleunigte. Und auch an mir ging diese Nähe nicht spurlos vorbei. Ich widerstand dem Drang, sie zu packen und an mich zu ziehen. Sie machte mich noch wahnsinnig. Aber ich hatte mir geschworen, dieses Mal alles anders zu machen, weil sie mir wichtig war. Zu wissen, dass da etwas von ihrer Seite aus war, musste für diesen Moment reichen.

»Ich sollte gehen. Wir sehen uns in der Schule, ja?« Ich bemühte mich um einen neutralen Ton, obwohl alles in mir tobte.

»Wie wirst du da zu mir sein?«, flüsterte Eliana und sah dabei so besorgt aus, dass es mir einen Stich versetzte. Denn ich allein war der Grund dafür, dass sie so verunsichert war.

Zögerlich ergriff ich ihre Hand, bevor ich versprach: »Von jetzt an werde ich mich dir gegenüber nicht mehr wie ein Arsch verhalten. Ich meinte das gestern ernst und es ist mir wichtig, dass du das weißt.«

11 Eliana

Drei Wochen waren vergangen, seit Raphael und ich unverhofft die Nacht nebeneinander auf der Couch verbracht hatten. Seitdem hatte sich einiges geändert, oder besser gesagt, alles. Er hatte sein Wort gehalten und verhielt sich anders mir gegenüber, zumindest im Unterricht, denn außerhalb der Lehrveranstaltungen bekam ich ihn weiterhin nur selten zu Gesicht. Kein Ignorieren, keine Beleidigungen oder Abweisungen mehr. Anfänglich hatte ich dem Ganzen misstraut und jede Stunde, in der wir uns sahen, darauf gewartet, dass er in seine alten Verhaltensmuster zurückfallen würde. Doch das tat er nicht.

Ganz zum Missfallen von Mila, die sich nun keinerlei Mühe mehr gab, freundlich zu mir zu sein. Marie hatte mir gestanden, dass Mila der festen Überzeugung war, ich hätte ihr Raphael ausgespannt und wir hätten schon seit Wochen heimlich etwas miteinander.

Daraufhin hatte ich Marie, ohne zu weit ins Detail zu gehen, berichtet, was wirklich zwischen Raphael und mir vorgefallen war. Natürlich ließ ich dabei gewisse Dinge aus, wie zum Beispiel meine seltsamen Träume oder dass sich meine Sinne verstärkt hatten und Raphael darüber Bescheid wusste.

Nun saßen Marie und ich nebeneinander im Reisebus und beobachteten, wie dieser auf den Parkplatz der Jugendherberge in Oberwesel einfuhr. Endlich war es so weit. Hiermit begann offiziell unsere Chorfahrt. Schon das gesamte Schuljahr über hatten wir uns auf diese Fahrt gefreut. Der Oberstufenchor war in unserer Schule ziemlich beliebt, weil die Fahrten als legendär bezeichnet wurden. Jede Nacht wurde gefeiert und jährlich entstanden die spannendsten Gerüchte darüber, was in den Partynächten angeblich geschehen war.

Als der Bus zum Stehen kam, blickte ich durch das Fenster auf das vertraute, rotweiße Gebäude und lächelte. Ich war immer gern hier gewesen.

»Das ist unsere letzte Fahrt.« In Maries Stimme schwang ein Hauch Melancholie mit, als sie sich hinabbeugte, um ihre Tasche zusammenzupacken.

»Unfassbar«, stimmte ich zu.

»Umso mehr Grund, dass wir dieses Jahr so richtig einen abfeiern!«, klinkte John sich ein, der mit David an unseren Sitzen stehen geblieben war und auf Marie wartete. Liebevoll lächelte er sie an, als sie sich erhob.

Ein sehnsuchtsvolles Gefühl breitete sich in meinem Bauch aus, als ich die beiden so sah. Natürlich freute ich mich sehr für Marie, doch wenn ich ehrlich zu mir war, sehnte ich mich ebenfalls danach. Sich verlieben und so angesehen zu werden, wie John Marie ansah.

Eine undankbare Stimme in meinem Inneren dachte in diesem Moment an Raphael. Schnell versuchte ich sie zu unterdrücken. Solche Gedanken sollte ich auf keinen Fall zulassen. Ich hatte selbst gehört, wie er zu Mila gesagt hatte, dass er keine Beziehung wollte. Das zwischen uns war rein freundschaftlich. Wenn man es überhaupt eine Freundschaft nennen konnte. Andererseits hatte ich in letzter Zeit tatsächlich den Eindruck, dass zwischen ihm und mir etwas in der Luft lag, jedoch hatte er keine Anstalten gemacht, sich mir auf diese Weise zu nähern.

Nachdem unsere Chorleiter Herr Melchert und Herr Vogel uns unsere Schlüsselkarten für die Zimmer ausgeteilt hatten, folgte ich Mila, Ann-Christin und Marie durch die Gänge zu unserem Zimmer. Lediglich Marie freute sich darüber, dass wir uns zu viert einen Raum teilten. Ich hingegen war etwas nervös, da ich Milas Abneigung mir gegenüber kaum abschirmen konnte.

Nachdem Ann-Christin die Karte an das Türschloss gehalten

hatte, besetzten sie und Mila das vordere Hochbett mit der Erklärung, dass es am Fenster zu sehr zog. Mila hievte ihren übergroßen Koffer zur Seite und ließ Marie und mich an ihr vorbeiziehen.

Schweigend setzte ich mich auf die untere Matratze und kramte in meinem Rucksack nach meiner Chormappe, während sich die anderen drei über die kommende Nacht unterhielten. Ich betrachtete den dunkelbraunen Boden, die rot angestrichene Wand, die hellen Vorhänge und fühlte mich wohl. Es war schön, wieder hier zu sein. Besonders in diesem Jahr brauchte ich das mehr denn je.

Wie in den vergangenen Jahren kosteten unsere Chorleiter die Zeit aus, um so viel wie möglich mit uns zu proben, weshalb wir einen Großteil des Tages im Proberaum verbrachten. In den Pausen hielten wir uns an der Café-Bar auf, spielten Rundlauf um die Tischtennisplatte im Keller, statteten dem hauseigenen Schwimmbad einen Besuch ab, oder erkundeten die Umgebung außerhalb der Herberge wie zum Beispiel das *Schloss Schönburg*.

Am späten Abend begannen dann die Partys im schalldichten Versammlungsraum, von denen die Lehrer eigentlich Bescheid wussten, es aber bewusst übersahen.

Zusätzlich zu Herrn Melchert und Herrn Vogel war auch Herr Kremer als Unterstützung mitgefahren, den ich ständig dabei erwischte, wie er Ann-Christin heimliche Blicke zuwarf. Ob zwischen den beiden noch etwas lief? Offiziell war Ann-Christin noch immer mit Paul zusammen, der offenbar keinen blassen Schimmer davon hatte, was sie trieb.

Für den Dienstagabend hatten Marie, John und ich uns dazu bereiterklärt, eine Nachtwanderung für einen Teil des Unterstufenchors, der zeitgleich in Oberwesel probte, zu organisieren. Mit Beginn der Dämmerung standen wir schließlich in dicke Jacken gehüllt vor der Herberge und gingen die Liste mit den

Namen der Kinder durch, deren Eltern eine Einverständniserklärung für die Wanderung unterschrieben hatten. Um uns drängten sich die aufgeregten Fünft- und Sechstklässler, die gar nicht so leicht zu beruhigen waren.

»Okay, habt ihr alle eure Handys und Taschenlampen dabei? Ja? Perfekt!«, rief John durch die wuselnden Kinder hindurch. »Dann werden wir jetzt alle Eliana folgen, die uns anführt. Marie läuft in der Mitte und ich werde hinten sein. Verstanden? Wir bleiben alle zusammen. Vor allem an der Stelle, an der wir die Straße überqueren müssen!«

Nachdem uns die Unterstufenschüler zugestimmt hatten, machten wir uns in der Dunkelheit auf den Weg.

Marie und ich waren am Nachmittag bereits die Strecke abgelaufen, die durch Weinberge und freies Feld führte. Tagsüber hatte man eine weite Aussicht über das Rheintal, da sich die Jugendherberge auf einem Berg befand. In der Dunkelheit war der Ausblick für die anderen wohl nicht so berauschend. Ich hingegen konnte alles so detailreich sehen, als wäre es helllichter Tag.

Während wir den Feldweg hinaufstiegen, erzählten sich ein paar der Kinder Märchen über Fledermäuse und andere Gruselgeschichten. Unwillkürlich fühlte ich mich in die Zeit zurückversetzt, in der Marie und ich in ihrem Alter gewesen waren. Mit Geschichten über unheimliche Puppen, die Kinder umbrachten, hatten wir uns gegenseitig ziemliche Angst eingejagt.

Nach der Hälfte der Runde hielten wir auf einer freien Fläche an und forderten dazu auf, die Lichter auszuschalten. Wenige Wolken bedeckten den Himmel, sodass die Sterne viel deutlicher zu erkennen waren als in der Stadt.

»Wow!«, staunten ein paar der Kinder, während andere gelangweilt fragten, ob wir nicht etwas Gruseliges geplant hätten.

Ich ließ die Gruppe ein wenig die Sterne bewundern, ehe ich sie weiter den Pfad entlangführte. Gerade als mich Mara, eine Sechstklässlerin, nach einer Gruselgeschichte fragte, wurden wir von Laura, einem Mädchen aus der fünften Klasse, unterbrochen. »Sophie, wo bist du? Sophie ist weg!«, rief sie panisch.

Abrupt blieb ich stehen.

»Sophie? Hat sie keiner gesehen«, wollte Marie wissen und ich drehte mich zu der Gruppe um.

Wir verlangten, dass die Kinder sich in einer Zweierreihe aufstellten, damit wir sie durchzählen konnten, und entdeckten voller Schreck, dass tatsächlich ein Kind fehlte. Sophie war nicht da, obwohl sie das Gebäude mit uns verlassen hatte. Das durfte doch nicht wahr sein! Wo war sie?

»Wie kann das sein? Niemand ist hinter mir gelaufen oder vom Weg abgekommen. Ich habe die ganze Zeit alles beobachtet«, ärgerte sich John und schüttelte entgeistert den Kopf.

»Okay, ganz ruhig, ganz ruhig«, meinte Marie mehr zu sich selbst, während sie hilflos zwischen uns hin und her sah. »Was machen wir jetzt?«

»Wir drehen um und suchen sie«, entschied ich.

Hoffentlich war Sophie nichts passiert! Wie würden nur unsere Lehrer reagieren, wenn wir ohne sie auftauchten? Schließlich hatten wir die Verantwortung, alle Kinder heil zurückzubringen. Wie war es dazu gekommen?

Hinter mir begannen zwei Jungs sich eine Geschichte auszudenken, in der Sophie von einem Monster entführt worden war. Ich gab mir Mühe, ihre Stimmen auszublenden, denn meine Konzentration galt nun der Umgebung. Vielleicht würde ich mit meinen verbesserten Sinnen etwas wahrnehmen, das mir einen Hinweis auf ihren Aufenthaltsort gab. Ich fokussierte mich und vernahm das Säuseln des Windes über der Wiese, ein leises Rascheln, wenn Tiere sich im Laub bewegten, die Flügelschläge eines Vogels.

Und dann hörte ich es. Ein ängstliches Wimmern aus mehreren hundert Metern Entfernung. Das musste Sophie sein! Sie klang so panisch, dass ich wie angewurzelt stehen blieb. Doch wenn sie es war, wie um alles in der Welt war sie da so schnell hingekommen?

»Eliana? Alles klar?«, rief Marie über die Köpfe mehrerer Kinder hinweg, als ich nicht weiterlief.

»Ähm, ja.« Ich verließ meine Position, um mich ihr zu nähern. »Könntest du vorgehen? Ich muss mal kurz. Geht ihr einfach weiter und ich komme gleich nach.«

»Sicher? Ich habe kein gutes Gefühl dabei. Wir sollten lieber auf dich warten.«

»Nein, geht besser zurück. Vielleicht ist Sophie ja auch wieder in der Herberge. Das sollten wir schnell prüfen. Ich hole euch wieder ein.«

Unzufrieden lief Marie an die Spitze und führte die Gruppe weiter, während ich unruhig darauf wartete, dass sie sich weit genug entfernten. Was verdammt noch mal geschah hier? Am liebsten hätte ich Marie eingeweiht, doch wie sollte ich ihr erklären, dass ich Sophie auf solch eine Entfernung hören konnte?

Als die Gruppe endlich um die Ecke verschwunden war, stürzte ich mich in das Gestrüpp, in die Richtung, aus der das Wimmern ertönte. Meine Haare verfingen sich im Gebüsch, Äste kratzen über mein Gesicht und schlugen gegen meine Jacke, doch ich rannte weiter. So weit, bis ich über eine Wurzel stolperte, das Gleichgewicht verlor und einen kleinen Abhang herunterrutschte. Mist. Ich stützte mich hoch und betrachtete die Schrammen an meinen Handflächen, als mich ein hämisches Lachen zusammenfahren ließ.

Die Person war so nah bei mir, dass ich reflexartig aufsprang und nach ihr suchte. Sie stand nur zwei Meter entfernt zwischen den Bäumen, strich sich ihr voluminöses Haar aus dem Gesicht und betrachtete mich aus funkelnden Augen. Ich erkannte sie sofort. Es war diese Bekannte von Raphael und Luna, die mich auf der Halloween-Party ebenso bedrohlich angefunkelt hatte wie jetzt.

Nur war nun niemand hier. Wir waren vollkommen allein, mitten im Gestrüpp. Mein Magen zog sich vor Angst zusammen, als sie einen Schritt auf mich zu machte. All meine Instinkte sagten mir, dass sie gefährlich werden konnte. Dass ich sie nicht in meine Nähe lassen sollte.

»Wie erbärmlich!«, zischte sie. »Du bist wirklich erbärmlich.« Ihre Worte gingen mir durchs Mark. Was wollte sie von mir? Gerade öffnete ich den Mund, um sie genau das zu fragen, als wieder Sophies zitternde Stimme ertönte. »Na los, wenn du dich beeilst, kannst du sie noch retten. Obwohl ich denke, dass du eh versagen wirst, so wie du dich anstellst.« Ihr Tonfall war scharf, doch ich beschloss, nicht weiter auf sie einzugehen. Was auch immer gerade mit Sophie passierte, sie brauchte mich!

Ich stürmte an dem unbekannten Mädchen vorbei, das höhnisch auflachte, als ich mich weiter durchs Gebüsch kämpfte. Ich konnte nur darum beten, dass sie mir nicht folgen würde. Über Umwege erreichte ich das Gelände von *Schloss Schönburg*, das ich durchqueren musste, um mich Sophie zu nähern. Und dann, gerade als ich mich fragte, wann ich sie endlich finden würde, entdeckte ich sie.

Mein Schrei blieb mir im Hals stecken. Sie hing unterhalb des Weges an einem Felsen, der meterweit in eine Schlucht hinabführte. Ihre Hände hatte sie am Gestein festgeklammert, ihre bebenden Füße verharrten auf einem winzigen Vorsprung, der so klein war, dass eine falsche Bewegung genügen würde, um hinabzustürzen.

Wie zur Hölle war sie dort hingekommen?

»Sophie!«, keuchte ich auf. Sie hob zittrig den Blick. Tränen liefen über ihre Wangen.

»Keine Sorge, ich helfe dir!«, versuchte ich sie zu beruhigen und warf mich an das Geländer, obwohl dieser Versuch vergeblich war. Egal wie tief ich mich nach unten streckte, ich würde sie nicht erreichen. Wie sollte ich sie dort wieder herausholen?

»Ich habe Angst!«, wimmerte sie panisch.

»Ich hole dich hoch, Sophie«, versprach ich ihr und versuchte, die Verzweiflung in meiner Stimme zu unterdrücken. Hektisch sah ich mich nach etwas um, mit dem ich sie hochziehen könnte – aber ich fand nichts.

Ein tiefes Lachen ertönte hinter mir und ich zuckte abermals heftig zusammen. Dieses Mal war es ein Typ. Der breit gebaute, äußerst einschüchternde Junge, der zu dem Mädchen gehörte.

»Na? Bin mal gespannt, wie du das lösen willst«, knurrte er mit vor der Brust verschränkten Armen. Hinter ihm erschien das Mädchen.

»Was für eine Versagerin«, spottete sie, ohne mich aus den Augen zu lassen.

Ich wich einen Schritt zurück. Wie konnten diese beiden Menschen Freunde von Raphael und Luna sein? Wieso halfen sie mir nicht, Sophie zu retten, sondern verhöhnten mich stattdessen?

Mit jeder Sekunde wuchs die Wahrscheinlichkeit, dass Sophie abrutschte. Wieder sah ich mich um. Irgendetwas musste es hier doch geben, um sie da rauszuholen!

Ein unerwarteter Windstoß blies mir die Haare aus dem Gesicht, als eine weitere Gestalt aus dem Nichts neben mir auftauchte. Entsetzt starrte ich in Raphaels vor Wut funkelnde Augen. Sie wanderten binnen einer Sekunde von mir zu Sophie und zu den Fremden. Als sie seinen Blick erwiderten, fletschte er knurrend die Zähne.

Ehe ich mich versah, sprang Raphael in die Tiefe. Noch bevor ich begriffen hatte, was gerade geschehen war, stand er mit Sophie im Arm wieder vor mir und stellte sie bei mir ab. Sie zitterte am ganzen Körper. Tröstend drückte ich sie an mich, während ich außer Fassung zusah, wie Raphael auf die beiden losging. »Habt ihr sie noch alle? Das kann doch nicht euer Ernst sein!«

Sie lachten unbeeindruckt.

»Entspann dich mal. Wir wollten nur testen, ob sie unserer würdig ist«, beschwichtigte der Junge Raphael.

»Und offensichtlich ist die Schlampe das nicht. Völlig untalentiert. Sie sollte besser bei den anderen Versagern bleiben«, fügte das Mädchen hinzu.

Ihre Worte waren wie eine Ohrfeige. Hatte sie das wirklich gesagt?

Raphael näherte sich ihr mit bebenden Händen. Sie wich nicht zurück. »Wage es nicht, Eliana noch ein einziges Mal so zu nennen!«

Sein Ton ließ mich erschaudern. Wie konnte das Mädchen so lässig vor ihm stehen bleiben? Und wieso kamen mir die drei auf einmal so wenig menschlich vor?

»Sonst was?«, forderte sie ihn heraus.

Raphael schnaubte. »Lass es nicht darauf ankommen. Und jetzt geht! Ich sagte, ihr sollt euch von ihr fernhalten!«

Das Mädchen stemmte lachend die Hand in die Hüfte. »Ach komm, willst du uns etwa verpetzen? Dürfte schwer werden. Wie willst du beweisen, dass wir hier waren?«

»Ich sagte: Verschwindet!«, wiederholte Raphael gefährlich.

Das Mädchen seufzte theatralisch. »Ist ja gut, du Spaßbremse. Aber glaub mir, *die* ist eine elende Loserin. Merke dir meine Worte.«

Mit wehenden Haaren drehte sie sich um und verschwand mit dem Kerl in der Dunkelheit, noch ehe Raphael auf ihre Aussage reagieren konnte. Er verharrte einige Sekunden lang und starrte den beiden hinterher. Ich hörte, wie sie sich in einem unmenschlichen Tempo von uns entfernten.

Die Erkenntnis, dass hier etwas ganz und gar nicht stimmte, dass hier Dinge abliefen, die weit über meine Vorstellungskraft hinausgingen, fraß sich bedrohlich kalt in meinen Körper. Wovon hatten sie gesprochen? Wo sollte ich hin?

Noch immer hatte Raphael sich nicht umgedreht. Seine Hände waren zu Fäusten geballt, sein Körper war angespannt.

»Raphael?«, flüsterte ich, weil meine Stimme versagte.

Endlich reagierte er. Einen Moment lang sah er mich entschuldigend an, dann glitt sein Blick zu Sophie, die immer noch heftig zitterte. Mit einem Satz war er bei uns und beugte sich zu ihr. Sanft sah er ihr in die Augen und legte behutsam seine Hände um ihre Schultern. »Du brauchst keine Angst mehr zu haben. Du bist mit der Gruppe auf die Nachtwanderung gegangen und dann aus Versehen vom Weg abgekommen, weil du Glühwürmchen bewundert hast. Dann warst du allein in der Dunkelheit und hast Panik bekommen. Aber Eliana hat dich gefunden und zurückgebracht. Das ist alles, was passiert ist«, sagte er mit eindringlicher Stimme. Ungläubig sah ich zu, wie ihr Blick sich allmählich entspannte und ihr Zittern nachließ. Was tat er da? Raphael richtete sich auf und stupste Sophie vorsichtig an. »Lass uns dich zurück zur Herberge bringen. Dann kannst du dich ausruhen.«

Ich suchte seinen Blick, während ich mich ihnen anschloss, doch er mied es, zu mir zu sehen. In der Anwesenheit von Sophie, wagte ich es nicht, ihm auch nur eine einzige meiner unzähligen Fragen zu stellen, die mich heimsuchten. Nichts, was ich in den letzten Minuten gesehen hatte, ergab einen Sinn. Einfach überhaupt nichts! Verzweifelt wünschte ich mir, er würde irgendetwas sagen, oder mich wenigstens ansehen und mir so versichern, dass alles gut war, dass er alles erklären konnte.

Doch er schwieg.

Als wir endlich die Herberge erreichten, schob Raphael Sophie durch die Tür, wo sich eine Traube von Schülerinnen und Schülern versammelt hatte, die Sophie erleichtert in Empfang nahm. Scheinbar waren Marie und John mit der Gruppe ebenfalls gerade erst eingetroffen.

Raphael wollte Sophie wortlos folgen, doch ich griff entschieden nach seinem Arm. »Raphael!«

Er hielt inne und drehte sich widerwillig zu mir um. Sein Gesicht war wie versteinert. Fragend hob er eine Braue, als wäre ihm nicht bewusst, was ich von ihm wollte.

»Was war das gerade?«

Sekunden vergingen, in denen er regungslos vor mir stand und keine Anstalten machte, zu antworten. Gerade, als ich mich fragte, ob er überhaupt plante, etwas zu erwidern, öffnete er endlich den Mund: »Du solltest reingehen.«

Seine Worte trafen mich wie ein Schlag ins Gesicht. Enttäuschung breitete sich in mir aus, die von Frust begleitet wurde.

»Ich sollte reingehen? Ist das dein Ernst? *Du* solltest mir erklären, was das gerade war! Denkst du, ich habe nicht gesehen, wie schnell ihr euch alle bewegt habt, wie du dich in die Schlucht gestürzt, Sophie gepackt hast und wieder hochgesprungen bist? Denkst du, ich vergesse, was die beiden gesagt haben? Damals auf der Halloween-Party und heute? Und meinst du nicht, Sophie wird etwas sagen?« Meine Stimme wurde mit jedem Satz lauter und Raphaels Blick finsterer.

»Sie wird gar nichts erzählen. Sie kann sich nicht erinnern.«

»Noch etwas, was du mir erklären solltest. So ein Erlebnis vergisst man doch nicht einfach! Sie hätte sterben können!«

»Sie hat es nicht einfach so vergessen. Ich habe dafür gesorgt, dass sie es vergisst.« Seine Stimme war leise und ernst. Ich versuchte, das alles mit Logik zu begreifen. Doch das war schier unmöglich. Nichts, aber auch gar nichts, ließ sich mit irgendeiner Art von Logik erklären.

»Du musst mir das erklären! Das alles!«, forderte ich erneut.

»Ich muss gar nichts!«

Tränen der Frustration bildeten sich in meinen Augen. Ich hasste es, dass ich immer so schnell weinte. Mühevoll versuchte ich, sie zu unterdrücken, doch er hatte sie bereits gesehen.

Er schloss für einen Moment die Lider, als müsste er sich sammeln und atmete tief durch. »Nicht heute, Eliana.« Seine Stimme klang nun sanfter. Er öffnete die Augen wieder, die mich nun weich und entschuldigend ansahen, und damit überhaupt nicht zu seinem ausdruckslosen Gesicht passten.

»Wieso nicht?«, hakte ich nach.

»Es ist nicht der richtige Zeitpunkt.«

»Wann ist dann der richtige Zeitpunkt? Morgen?«

»Lass uns jetzt reingehen«, beendete er unser Gespräch und schob mich behutsam, aber entschieden durch die Tür. Ich konnte mich über sein Verhalten nur noch ärgern. Wie lange sollte das noch so weitergehen, dass er mich anschwieg, obwohl er die Antworten auf meine Fragen kannte? Es war genug!

Drinnen hatte sich die Anspannung ein wenig gelegt. Marie stürmte auf mich zu, als wir eintraten. »Du hast sie gefunden. So ein Glück. Wo war sie?«

Mein Blick glitt zu Raphael, der schweigend an der Tür stand und mich warnend ansah. Ich funkelte zurück. »Sie ist vom Weg abgekommen und hat nicht mehr zurückgefunden. Es war echt Glück, dass ich sie gehört habe«, kopierte ich die Lüge, die Raphael Sophie eingeflößt hatte. Was blieb mir anderes übrig?

Gleichzeitig hörte ich, wie sie ihren Chormitgliedern und der Chorleitung dasselbe erzählte. Sie konnte sich offensichtlich an nichts mehr erinnern. Raphael hatte sie vergessen lassen. Der Gedanke daran löste etwas in mir aus. Erinnerungen wollten sich an die Oberfläche meines Bewusstseins kämpfen, wurden jedoch von einem dumpfen Pochen unterdrückt. Ich hielt mir die schweißnasse Stirn.

12 Eliana

Am nächsten Morgen fühlte ich mich wenig erholt, als wir zum Frühstück gingen. Die Nacht über hatte ich kaum geschlafen, weil mich zu viele Gedanken und Fragen davon abgehalten hatten. *Was* war da gestern geschehen? *Wer* waren die beiden Fremden und *wer* war Raphael?

Und was hatte das alles mit mir zu tun? Wie sehr sehnte ich mich danach, mich jemandem anvertrauen zu können. Doch das konnte ich nicht. Normalerweise redeten Marie und ich über alles miteinander. Jetzt war das anders. Sie hatte keinen blassen Schimmer davon, wie es mir wirklich ging. Zum ersten Mal in meinem Leben verschwieg ich etwas so Entscheidendes vor ihr.

Der Einzige, der mir eine Antwort auf meine Fragen geben konnte, war Raphael. Ich musste ihn zur Rede stellen und durfte mich nicht abwimmeln lassen. Davon hatte ich genug. Allerdings hatte er wohl beschlossen, nicht beim Frühstück aufzutauchen. Auch im Proberaum erschien er nicht. Gerade als ich mich fragte, ob er abgereist oder krank war, schlüpfte er nur Sekunden bevor die Probe begann durch die Tür. Ohne mir einen Blick zuzuwerfen, setzte er sich auf seinen Platz.

Mein Vorhaben, ihn in einer Pause abzufangen, lief ins Leere. Jedes Mal verließ er den Saal, ehe ich aufgestanden war. Während der Proben versuchte ich Blickkontakt zu ihm herzustellen, doch er ignorierte mich.

Als sich sein Verhalten dann bis zum Nachmittag durchzog, keimte Wut in mir auf. Es war, als seien wir fünf Schritte zurückgegangen, statt wie versprochen einen nach vorn. Und das tat mehr weh, als ich erwartet hätte.

Am Abend war ich zu Beginn der Party so aufgewühlt, dass ich Davids Frage bejahte, ob ich auch Saft mit Wodka trinken wolle. Verschmitzt lächelnd reichte er mir einen Becher, aus dem ich einen großen Schluck nahm.

»Richtig so, Eliana! Heute müssen wir uns mal so richtig einen reinorgeln«, rief er begeistert durch die Musik und klopfte mir auf die Schulter. Gemeinsam mit Marie stießen wir an, ehe ich mir einen weiteren großzügigen Schluck gönnte.

»Komm, lass uns tanzen!« Marie zog mich mit und wir begannen uns auf die Musik einzustimmen. Regelmäßig glitt mein Blick zur Tür, in der Hoffnung, dass Raphael heute zur Party auftauchen und endlich mit mir reden würde. Doch er erschien nicht. Entmutigt trank ich wieder und wieder von meiner Mischung. Die Süße des Saftes überdeckte zuverlässig den beißenden Geschmack des Vodkas. Nach einem halben Becher spürte ich, wie sich der Alkohol allmählich in meinem Kopf einnistete und meine Gedanken betäubte. Meine Sorgen erschienen mir nicht mehr so bedeutsam und die Gesamtsituation lastete weniger schwer auf meiner Brust. Es war derart befreiend, dass ich mir wünschte, gar nicht mehr nachdenken zu müssen. Nach weiteren Schlucken begann ich, die Musik in meinem gesamten Körper zu spüren. Losgelöst tanzte und sprang ich mit den anderen durch den Raum.

Derweil entdeckte ich Mila und David, die in einer Ecke standen und rummachten. Was daraus wohl werden würde? Egal. Sollten sie ihren Spaß haben. Alle sollten Spaß haben. Niemand sollte so etwas erleben wie ich! Zur Bestätigung trank ich. Anfänglich tanzte Marie fröhlich mit mir. Als ich aber meinen Becher geleert hatte und mir einen weiteren geben ließ, zog sie mich zur Seite. »Eliana, du solltest einen Gang zurückfahren!«

Lachend umarmte ich sie und säuselte ihr zu: »Marie, weißt du eigentlich, was für eine tolle Freundin du bist? Ich habe dich so unendlich lieb!«

»Ich dich auch, Eliana. Aber pass auf, ja?«

»Ja, klar. Immer.« Unbeirrt zog ich sie zurück zwischen unsere Mitschüler. Den zweiten Becher kippte ich schneller runter als den ersten. Nach kürzester Zeit hatte ich ihn geleert und fragte nach einem dritten. Gerade als mein Mitschüler Jonas ihn mir reichte, tauchte John vor mir auf und nahm ihn mir aus der Hand.

»Ich glaube, eine Trinkpause tut dir gut. Tanz lieber noch ein bisschen.« Er zwinkerte mir charmant zu und drückte mir einen Becher mit Wasser in die Hand. Ich nippte daran, dann hüpfte ich zurück zu den anderen Tanzenden.

Dass es sich in meinem Kopf drehte, gefiel mir ausgesprochen gut. Alles war egal. Oder vielleicht auch lustig, leicht und unbeschwert. Wieso trank ich eigentlich immer so wenig? Das musste ich eindeutig ändern!

Plötzlich ergriff mich eine Hand und zwang mich dazu, stehen zu bleiben. Empört drehte ich mich um und sah in Raphaels funkelnde Augen. So richtig konnte ich seinen Blick nicht deuten. War er besorgt? Oder wütend? Ach, ne, Moment, *ich* war doch wütend!

Prompt riss ich mich von ihm los und drängte mich an ein paar Elftklässlern vorbei, um dort weiter zu tanzen. Natürlich konnte ich ihn so nicht abhängen. Es war ein Leichtes für ihn, mir zu folgen und mich wieder zu packen. »Eliana! Was tust du da?«, drang seine vorwurfsvolle Stimme durch die laute Musik.

»Lass mich in Ruhe. Ich will dich nicht sehen!«, schrie ich zurück, meine Zunge war irgendwie verknotet. Ich wollte mich aus seinem Griff winden, doch seine Hände hielten mich fest umschlossen.

»Eliana, bitte. Dir geht es nicht gut!«

Zornig funkelte ich ihn an. Er wagte es, hier einfach aufzutauchen, nachdem er mich den ganzen Tag ignoriert hatte?

Schlagartig wurde mir übel. Alle guten Nebenwirkungen des Alkohols verschwanden, sodass ich mich nur noch elend fühlte. Hinter Raphael tauchten Marie und John auf, die mit ihm im Gespräch waren. Ihre Worte konnte ich nicht verstehen, doch ich wusste, dass sie über mich sprachen. Nach einem kurzen Austausch führten sie mich in die Ecke des Raumes und gaben mir mehr Wasser zu trinken. Viel bekam ich davon nicht runter, da mir zu schlecht war. John brachte mir ein Brötchen von dem kleinen Buffet, das sie aufgestellt hatten. Auch davon hatte ich nach ein paar Bissen genug.

»Ich habe keinen Hunger. Ich will schlafen«, murmelte ich und warf das Brötchen auf den Boden.

»Ich bringe sie in euer Zimmer. Bleib du ruhig hier, Marie. Mir ist heute eh nicht so nach Party. Es geht ihr gut, sie muss nur schlafen«, hörte ich Raphael zu Marie sagen, die ihm widersprechen wollte, sich aber schließlich überreden ließ.

»Schlaf gut, Eliana«, verabschiedete sie mich, bevor Raphael mich aus dem Raum schob und hinter uns die Tür schloss.

Der Lärm der Musik verstummte. Das bekannte Rauschen, nachdem man auf einer dröhnenden Party gewesen war, blieb in meinen Ohren zurück, als ich mich auf den Weg zu meinem Zimmer machen wollte.

Ohne Vorwarnung schlang Raphael seine Arme um mich. Meine Füße verloren den Kontakt zum Boden und im nächsten Moment lag ich wie ein Baby in seinen Armen. Mein Kopf wollte protestieren, dass ich selbst laufen konnte, als er mich den Gang entlang trug, doch vor meinen Augen drehte sich alles. Um Widerrede zu leisten, war ich zu erschöpft. Und außerdem fühlte sich seine Brust gut an. Warm und einladend. Ich lehnte mich gegen ihn und schloss die Augen.

»Warum hast du das getan? Du hattest solch eine Angst um deinen Bruder und jetzt hast du dich ganz genauso verhalten.« Er klang gequält. Ich hörte, wie er die Schlüsselkarte, die Marie ihm offenbar gegeben hatte, an die Zimmertür hielt und in den Raum trat.

»Du musst mir sagen, was los ist. Du bist schon wieder so zu mir«, nuschelte ich. Jede Silbe fiel mir schwer.

»Wo schläfst du?«

»Da.« Zeigte ich überhaupt in die richtige Richtung? Oh, ja. Raphael steuerte auf mein Bett zu und legte mich behutsam auf die Matratze.

»Ich ziehe dir die Schuhe aus, okay? Erschreck dich nicht«, warnte er mich vor und ich bekam in der Ferne mit, wie er sie mir auszog. Auf einmal war sein Gesicht über meinem und seine braunen Augen sahen mich traurig an. »Bitte tu das nicht mehr, Eliana. Bitte!«

»Du musst mir die Wahrheit sagen.«

»Bald, Eliana, bald. Jetzt schlaf.« Er strich über mein Gesicht. Zu kurz, um zu begreifen, was es bedeutete.

Obwohl ich mir Mühe gab, wach zu bleiben, schlief ich direkt ein und bemerkte nicht, wie und wann er das Zimmer verließ.

Vogelgezwitscher erklang durch das offene Fenster, als ich am nächsten Morgen erwachte. Mein Kopf brummte. Nein, er hämmerte. Ich stöhnte, als ich mich zur Seite drehte und mein Magen unangenehme Signale in meinen Körper sandte. Kurz fragte ich mich, ob ich krank war, dann schlichen sich die Erinnerungen an die vergangene Nacht in mein Bewusstsein. Hatte Raphael mich tatsächlich ins Bett gebracht oder war das nur ein Traum gewesen? Ich schlug die Augen auf und blickte an mir herunter. Noch immer trug ich meine Kleidung vom Vortag. Bis auf die Schuhe, die ordentlich neben dem Mülleimer an meinem Bett standen. Es war wohl kein Traum gewesen.

Der eindeutig zu fröhliche Handywecker von Ann-Christin ließ mich ein weiteres Mal stöhnen. Ich wollte nicht aufstehen. Nicht nach dieser Nacht. Nicht, nachdem Raphael mich ins Bett gebracht hatte. Nicht jetzt, wo sich mir der Magen bereits bei dem Gedanken an Essen umdrehte.

Während die anderen sich fertig machten, zog ich mir die Decke über das Gesicht, um mich vor dem grellen Licht im Raum zu schützen. Wie konnte das Licht nur so hell sein? Erst als Mila und Ann-Christin im Bad verschwanden, trat Marie an mein Bett und legte behutsam ihre Hand auf meinen Arm.

»Eliana?«, flüsterte sie. »Magst du mit zum Frühstück kommen?«

»Nein«, brummte ich und zog die Decke von meinem Gesicht weg. Das Tageslicht ließ mich meine Augen zusammenkneifen.

»Sicher? Vielleicht tut es dir gut, etwas zu essen.«

»Nein, wirklich nicht.«

»Okay. Aber Eliana, was war das gestern? Ich habe dich noch nie so erlebt. Du hast beinahe verzweifelt gewirkt. Was ist los?«

Wieso war sie bloß immer so aufmerksam?

»Nein. Alles gut. Ich weiß auch nicht.« Wieder eine Lüge. Aber ich hatte keine andere Wahl.

Marie seufzte. »Weißt du, manchmal habe ich das Gefühl, dass sich zwischen uns etwas verändert hat. Irgendetwas ist anders. Und das gefällt mir nicht.«

Sie hatte recht. Was sollte ich jetzt bloß sagen? Glücklicherweise kehrten Mila und Ann-Christin in diesem Moment zurück, weshalb wir nicht weitersprechen konnten.

»Lass uns später reden.« Marie erhob sich, um mit den beiden loszuziehen. Sobald sie die Tür hinter sich geschlossen hatten, presste ich mir mein Kissen aufs Gesicht. Alles geriet außer Kontrolle und ich konnte nichts dagegen tun.

Der Einzige, der dieses Chaos ordnen könnte, war Raphael. Nur würde ich ihm jetzt nicht mehr unter die Augen treten können, nachdem ich mich in der Nacht so aufgeführt hatte. Wieso hatte er mich ins Bett gebracht? Sein Verhalten ergab keinen Sinn!

13 Eliana

Ich schwor mir, nie wieder so viel zu trinken, als ich kurz vor Probenbeginn durch die Gänge schlurfte. Den Tag heute würde ich nur mit der Schmerztablette überleben, die ich mir eben eingeworfen hatte. Hoffentlich wirkte sie bald und würde wenigstens meine Kopfschmerzen lindern.

Das Kichern meiner Mitschüler, die sich bereits im Proberaum versammelt hatten, hörte ich schon von Weitem. Die Musik vom Vorabend ertönte aus ihren Handys. Offenbar waren Videos gemacht worden. Als ich durch die Tür trat, lief ich beinahe in David rein, der mit zwei unserer Klassenkameradinnen am Eingang stand.

»Eliana! Geile Aktion gestern!«, grüßte er und streckte mir die Faust entgegen.

Irritiert schlug ich ein. Ein paar Chormitglieder drehten sich bei seinen Worten zu mir um und grinsten ebenso ergötzt wie David. Warum sahen sie mich so an? Machten sie sich etwa lustig?

Marie eilte zu mir, doch es war zu spät. Mila hatte sich vor mich gestellt und schenkte mir ein gehässiges Lächeln. »Tolle Performance von dir! Wie heißt der Move? Wirrer Kanarienvogel oder doch eher verirrter Taucher?«

Ehe ich sie fragen konnte, wovon sie sprach, hielt sie mir ihr Handy vors Gesicht, auf dem ein Video lief. Ein Video von mir, wie ich völlig betrunken die Arme in die Luft streckte und mich mit geschlossenen Augen zur Musik bewegte. Ich spürte förmlich, wie mir alles aus dem Gesicht fiel. Jemand hatte mich gefilmt und dann das Video weitergeschickt?

Ich schnappte nach Luft. Hatten es alle gesehen?

»Eliana! Das solltest du dir nicht ansehen.« Marie zog mich von dem Handy weg. »Mila, mach das aus! Das ist nicht witzig!«

»War ja klar, dass du dich auf ihre Seite stellst«, zischte Mila.

»Ich stelle mich auf keine Seite. Darum geht es hier gar nicht! Das ist einfach nur gemein.«

Ich hörte ihnen kaum zu, sondern ließ den Blick wie betäubt durch den Raum schweifen. Einige unserer Mitschülerinnen und Mitschüler beobachteten uns neugierig, manche flüsterten, andere kicherten. Sie alle hatten es gesehen! Was, wenn sie es weiterschickten? Würde ich zum Gespött der Schule werden?

Ich trat einige Schritte zurück. Ich wollte nur noch hier raus. Einfach weg. Blindlings drehte ich mich um und stieß gegen eine harte Brust. Raphael. Natürlich. Wer sonst?

Er legte die Hände um meine Arme, als ich zurückschwankte. Ich glaubte, etwas in seinen Augen aufflackern zu sehen. Alarmiert sah er zu Mila und Marie rüber, die noch immer stritten. Dann schenkte er einem der Handys seine Aufmerksamkeit. Sein Gesicht verhärtete sich. Er griff nach meinem Handgelenk und zog mich aus dem Raum.

Ich wusste nicht, wie mir geschah, als er sich vor mich stellte und mit einer tiefen Falte in der Stirn musterte. »Geht es dir gut?«

Ich zuckte mit den Schultern, denn ich hatte keine Ahnung, wie ich mit all dem umgehen sollte. Wer tat so etwas?

»Dieses Mal ist sie wirklich zu weit gegangen!«

»Wer?«, hauchte ich.

»Herr Scharf und Frau Wolf, würden Sie bitte in den Raum gehen, damit wir mit der Probe beginnen können?« Herr Melchert und Herr Vogel kamen auf uns zu und sahen uns auffordernd an.

Raphael setzte einen besorgten Blick auf, als er sich an sie wandte. »Eliana fühlt sich nicht gut. Sie hat Kreislaufprobleme. Wäre es in Ordnung, wenn wir ein wenig an die frische Luft gehen? Dann wird es bestimmt schnell besser.«

Er hatte Glück, dass er bei den Lehrern so beliebt war. Die beiden musterten mich. Anscheinend sah ich tatsächlich ebenso ausgelaugt aus, wie ich mich fühlte, denn sie nickten und ließen uns gehen. Raphael legte die Hand auf meinen Rücken und schob mich zum Ausgang der Herberge. Weder er noch ich hatten eine Jacke dabei, doch ich ging davon aus, dass ihm die Kälte ebenso wenig störte wie mich.

Als wir auf den Vorplatz traten und die frische Luft in mein Gesicht wehte, fing ich mich allmählich wieder. Ich begann mich zu fragen, was genau wir hier taten. Was hatte er vor?

»Lass uns ein wenig spazieren. Ich wollte mit dir reden«, schlug er vor. Reden. Da war ich ja mal gespannt. »Mila hat dieses Video gemacht. Ich habe sie gestern dabei gesehen. Nur dachte ich, sie würde sich selbst filmen, weil sie so dämlich gegrinst hat. Das ist eine Schande!«, ärgerte sich Raphael, als wir den Weg zu den Parkplätzen entlangliefen.

»Mila? Aber … Natürlich war sie das.« Es wunderte mich nicht einmal. Sie war skrupellos.

»Ich habe sie wohl unterschätzt. Es tut mir leid, dass es so weit gekommen ist. Das wollte ich nicht.«

»Wie meinst du das?« Seine Worte ergaben keinen Sinn. Was hatte er denn jetzt damit zu tun?

»Manche Entscheidungen ziehen weitere Kreise, als man erwartet. Als ich mich damals auf Mila eingelassen habe, hätte ich nicht gedacht, dass das alles so außer Kontrolle geraten würde.«

Ich verstand noch immer nicht.

»Ich werde später mit ihr reden. Das geht so nicht. Sie soll dich endlich in Ruhe lassen.«

»Das musst du nicht.«

»Doch. Ich fühle mich verantwortlich dafür. Hätte ich auf Luna gehört, wäre es nie so weit gekommen.«

»Was hat denn Luna damit zu tun?«

»Sie hat mich davor gewarnt, mich auf Mila einzulassen. Aber eigentlich ist das jetzt auch egal. Das ist nicht der Grund, warum ich mit dir reden wollte.«

Wir liefen den Weg entlang, durch den Marie, John und ich vor zwei Tagen den Unterstufenchor geführt hatten. Die Erinnerungen an diese Nacht befähigten mich endlich wieder dazu, dieses Video ein wenig auszublenden und mich an meine Fragen zu erinnern.

»Ja? Worüber wolltest du denn dann reden?« Meine Stimme klang bissiger als beabsichtigt. Er ließ sich keinesfalls davon beirren.

»Was sollte das gestern Abend?«, warf er mir stattdessen vor, wodurch sich meine Entschlossenheit, ihn zur Rede zu stellen, in Scham umwandelte.

Ja, was hatte ich mir nur gedacht? Ehe ich antworten konnte, regte er sich weiter auf.

»Das war komplett unverantwortlich von dir! Denkst du echt, das ist der richtige Weg? Sich volllaufen zu lassen?«

Ich blieb stehen und drehte mich zu ihm um. Okay, ich hatte einen Fehler gemacht, aber was dachte er sich eigentlich? Es war meine Entscheidung, was ich tat.

»Hör auf damit! Das geht dich nichts an!«, wehrte ich ihn ab.

»Doch! Es geht mich sehr wohl etwas an!«

Wie bitte? »Nein, tut es nicht! Ich kann tun, was ich will. Du hast kein Recht darauf, über meine Entscheidungen zu urteilen. Es kann dir also egal sein!«

Er öffnete den Mund und schloss ihn wieder. Dann fuhr er sich fluchend durch die Haare, atmete tief durch und machte einen Schritt auf mich zu. »Verstehst du es nicht? Es ist mir nicht egal! Nichts, was mit dir zu tun hat, ist mir egal!«

»Aber …« Ungläubig sah ich zu, wie er schwer atmete, die Hände zu Fäusten ballte. »Das glaube ich dir nicht. Du hast mich gestern den ganzen Tag gemieden und ignoriert. Schon wieder!«

Er verzog beschämt das Gesicht.

»Wie lange soll das noch so weitergehen? Ich kann das nicht mehr!«, gab ich ihm zu verstehen.

»Ich weiß. Verdammt, Eliana, ich weiß! Ich will es dir ja sagen. Es zerreißt mich jedes Mal, wenn du mich so ansiehst und ich nichts tun kann! Aber ich darf es nicht. Und das treibt mich in den Wahnsinn!«

»Das heißt, es geht jetzt so weiter? Du sagst mir nicht, wer diese Freunde von dir sind? Du sagst mir nicht, wie du Sophie das alles vergessen lassen konntest? Du sagst mir auch nicht, was mit mir los ist? Und auch sonst überhaupt nichts?«

Er schüttelte traurig den Kopf.

Ich schnaubte frustriert. Um die Wut, die sich in mir aufstaute, nicht an ihm auszulassen, drehte ich mich von ihm weg und lief weiter. Es war sinnlos mit ihm zu sprechen.

»Ich weiß, es ist alles unbefriedigend für dich.«, meinte er verständnisvoll, als er zu mir aufholte. Wenn er angeblich so viel Verständnis hatte, wieso handelte er dann nicht anders? »Aber es dauert nicht mehr lange, bis ich dir alles sagen kann. Und damit meine ich wirklich *alles*.«

»Ach ja? Denkst du wirklich, das macht es besser? Zu wissen, dass sich ganz bald angeblich etwas ändert?«

»Nein, das denke ich nicht. Aber ich muss dich leider darum bitten, mir keine weiteren Fragen zu stellen. Wenn du weiter nachbohrst … muss ich Dinge tun, die ich nicht tun will.« Die Bitterkeit in seiner Stimme ließ mir einen Schauer über den Rücken laufen.

Er müsste Dinge tun, die er nicht tun wollte.

Ich dachte daran, wie er vor zwei Nächten auf die beiden Fremden reagiert hatte. Durch seine Wut hatte er so bedrohlich gewirkt, dass ich mich unter anderen Umständen vor ihm gefürchtet hätte. Wäre es möglicherweise richtig, sich vor ihm zu fürchten? Ich wusste nichts über ihn.

»Das ist absurd! Das alles!«, entfuhr es mir.

Wir waren mittlerweile in den Weinbergen angekommen. Ich entdeckte einen Pavillon am Abhang und steuerte auf ihn zu. Dort stellte ich mich an das Geländer und sah in das Rheintal, das einen weiten Blick auf die hügelige Landschaft, die Bahnstrecke und vereinzelte Häuser bot.

»Das ist es«, stimmte Raphael zu und stellte sich neben mich. Eine Weile schwiegen wir. Dann fragte er: »Willst du zurück gehen?«

Erst jetzt erinnerte ich mich wieder an das Video. Ich seufzte auf und lehnte mich an eine der Säulen des Pavillons. »Am liebsten würde ich nie wieder zurückgehen.«

»Weißt du eigentlich, wie stark du bist?«

»Stark?« Ich lachte freudlos auf. »Was an mir soll stark sein?«

»Ich meine das ernst. Du versteckst dich nicht hinter einer Fassade, du versuchst nicht jemand zu sein, der du nicht bist. Du bist authentisch, verletzlich und genau deshalb bist du stark.«

Ich schluckte. Warum sah er mich nun so an? So tief und eindringlich, als würde er mir direkt in die Seele blicken können?

»Warum tust du das?«, hauchte ich.

»Was meinst du?«

»Im einen Moment, sagst du solche Dinge, wie jetzt gerade und im nächsten meidest du mich. Ich verstehe dich nicht.«

Er trat näher an mich heran und blieb direkt vor mir stehen. Meine Knie wurden weich. Er war viel zu nahe. »Weil ich im Gegensatz zu dir schwach bin. Ich weiß genau, was ich will, aber ich kann es mir nicht nehmen.«

Mein Herz setzte bei seinen Worten einen Schlag aus. »Was willst du, dass du dir nicht nehmen kannst?«

»Dich.«

Mein Atem stockte. Mein Herz hämmerte wie wild in meiner Brust und mein Puls beschleunigte sich auf die doppelte Höhe.

»Und warum kannst du es dir nicht nehmen?« Meine Stimme zitterte.

»Weil es nicht richtig ist, solange du einige Dinge nicht weißt.«

Wir sahen einander an. Sein Blick wanderte über mein Gesicht, zu meinen Lippen und wieder zu meinen Augen. Er kämpfte mit sich. Ich konnte es deutlich sehen. Er gab sich keine Mühe, seine Gefühle vor mir zu verbergen. War das der wahre Raphael?

Er hob die Hand. Seine warmen Finger berührten meine

Wange und er strich langsam über meine Haut. Die Berührung hinterließ ein Kribbeln, das Signale in meinen gesamten Körper aussandte. Wie konnte sich etwas so Schlichtes so gut anfühlen?

Sein Daumen wanderte zu meinem Mund und er strich sanft über meine Lippen. Nun setzte mein Verstand völlig aus. Ich wollte ihn! Ich wollte, dass er sich jetzt nach vorn beugte und mich küsste.

Er atmete flach, als er den Daumen zu meinem Kinn wandern ließ. Dann schloss er die Augen, zog seine Hand zurück und drehte sich weg. Mit geballten Fäusten lehnte er sich über das Geländer und sah hinab.

Enttäuschung machte sich in mir breit. Einen Moment. Nur einen einzigen hatte ich geglaubt, er würde es tun.

»Ich kann das nicht. Nicht so. Nicht jetzt«, stieß er hervor. »Wieso machst du es mir so schwer?« Endlich drehte er sich wieder zu mir um. Seine Pupillen waren geweitet. Sein Gesicht hatte eine Mischung aus Frustration und Belustigung angenommen.

»Ich dir?« Meine Knie zitterten. Daher ließ ich mich auf der Bank nieder und lehnte den Kopf dagegen. Dieser Tag war einfach zu viel.

Raphael setzte sich zu mir. Die Bank ging über eine Ecke, weshalb wir uns weiterhin ansehen konnten. Er nahm eine meiner Locken in seine Hand und drehte sie zwischen seinen Fingern.

»Ich wünschte, ich könnte diese ganze Last von dir nehmen. Aber ich kann dir nur versprechen, dass ich bei dir bin und bleibe. Egal, was passiert und egal, was du durchmachen musst. Ich verspreche es.«

Wieso war auf einmal alles so intensiv zwischen uns? Und wieso hüpfte mein Herz vor Freude bei seinen Worten? Das sollte nicht so sein. Ich hatte keine einzige Antwort erhalten. Ich wusste weiterhin nichts über ihn. Und ich hatte den Verdacht, dass er eine gefährliche Seite verbarg. Warum war ich so naiv, dass das alles plötzlich keine Rolle mehr spielte? Und warum nahm ich ihm ab, dass er seine Worte ernst meinte?

Ich wollte etwas erwidern, doch mein Kopf war zu leer. Oder zu voll.

Raphael sah hinauf in den Himmel und seufzte. »Wir sollten zurückgehen. Wir sind schon eine Weile weg.«

»Ich kann nicht.« Nun war der Moment, den wir gehabt hatten, endgültig vorbei. Allein der Gedanke daran, mich dem Getuschel meiner Mitschüler stellen zu müssen, rückte alles in den Hintergrund.

»Doch, das kannst du.«

»Sie haben es alle gesehen! Es ist so peinlich.« Meine Wangen glühten.

»Nein. Solche Momente hat jeder von uns schon gehabt. Peinlich ist nur Mila, die dieses Video aufgenommen und verschickt hat.«

14 Eliana

Die Tür zum Proberaum wurde in dem Moment geöffnet, in dem wir sie erreichten. Stimmengewirr schallte uns entgegen. Es war Pause. Ich atmete tief durch, ehe wir eintraten.

Schon spürte ich die Blicke einiger Chormitglieder auf mir, als ich zu meinem Platz neben Marie huschte. Ich versuchte das Flüstern auszublenden, das aus einigen Ecken zu mir drang. Sie fragten sich, wo Raphael und ich gewesen waren, redeten über das Video. Gleichzeitig beobachtete ich, wie Raphael auf Mila zusteuerte. »Auf ein Wort, Mila.« Seine Stimme war schneidend.

Mila reckte das Kinn. »Ach? Hast du etwa noch etwas, worüber du sprechen willst? Ich wüsste nicht, was es da noch gäbe.« Ihre Stimme war kalt, doch mich konnte sie damit nicht täuschen. Sie war verunsichert.

»Eliana? Alles okay? Wo wart ihr?« Marie stieß mich an und ich drehte mich zu ihr um.

»Mila hat das Video gemacht.« Ich erzählte ihr knapp, was ich eben erfahren hatte.

»Das Ganze ist so ein Mist!«, ärgerte sich Marie. »Wieso streiten wir alle nur noch? Und was ist eigentlich mit uns passiert? Ich habe das Gefühl, dass du mich aus deinem Leben ausschließt. Was ist das mit Raphael und dir? Hat Mila recht? Läuft da doch was?«

»Ich weiß es nicht.« Und das meinte ich so. Ich wusste gar nichts mehr.

»Setzen Sie sich bitte auf ihre Plätze. Wir wollen weitermachen!«, tönte die Stimme von Herrn Vogel durch die Gespräche.

Um uns herum setzten sich alle auf ihre Plätze. Nur Raphael und Mila waren noch nicht wieder zurückgekehrt. Etwas daran gefiel mir nicht. Ich wusste, dass Raphael sie zur Rede stellte, doch es erinnerte mich daran, wie es zu Beginn gewesen war. Ich würde mit Mila einfach niemals mithalten können. Die Probe lief bereits seit einigen Minuten, als sich die Tür öffnete. Rote Zornesflecken schimmerten in Milas Gesicht. Gefolgt von Raphael, der wie üblich verschlossen wirkte, eilte sie auf ihren Platz zu.

Ihre Rückkehr blieb im Saal nicht unkommentiert. Bis zur Mittagspause erfasste ich Gesprächsfetzen verschiedener Theorien darüber, was zwischen Raphael, Mila und mir lief. Manche glaubten, Raphael hätte etwas mit uns beiden. Andere schlossen sich Milas Gerüchten an, dass ich ihn ihr ausgespannt hatte. So oder so hätte ich mich am liebsten in Luft aufgelöst. Das war zu viel Aufmerksamkeit. Ich blieb lieber im Hintergrund des Geschehens und nun redeten sie aus den unterschiedlichsten Gründen über mich. Sei es aufgrund der Videos oder wegen Raphael und Mila.

Marie und ich warteten nach der Probe, bis der Raum sich geleert hatte. Dann trat sie an das Fenster und sah zu, wie sich draußen eine Gruppe fremder Teenager auf den Weg in das Gebäude machte. Der Saal, in dem wir probten, erinnerte mich an einen Pavillon. Er hatte große Fenster, durch die man auf den Vorplatz der Herberge, den Parkplatz und die umstehenden Bäume sehen konnte. In manchen Jahren, in denen wir hier gewesen waren, hatte es geschneit, während wir geprobt hatten. Das hatte der Fahrt das Feeling eines Wintermärchens verliehen. Doch dieses Jahr fühlte sich rein gar nichts nach Märchen an.

»Wenn Mila das mit dem Video wirklich war … Wie konnte sie so was tun?«, murmelte Marie.

Ich trat an ihre Seite. »Ich will mit ihr nichts mehr zu tun haben.«

»Ich verstehe das. Aber jetzt sitze ich zwischen den Stühlen. Ich möchte mich auf keine Seite stellen. Aber natürlich stehe ich irgendwie auf deiner, weil es verachtenswert ist, solche Videos zu drehen und zu verschicken.«

»Aber sie bleibt deine Freundin, nicht wahr?«

»Ja.«

»Wieso bist du so nachsichtig mit ihr?« Meine Stimme klang belegt.

Marie zögerte. »Ich weiß mehr über sie, als sie in der Schule preisgibt. Sie hat mir sehr viel von ihren Ängsten erzählt und dem starken Druck, den ihre Familie auf sie ausübt. Nach außen hin geben sie eine perfekte Familie ab, doch Mila zerbricht fast daran. Ihre Eltern erwarten ausschließlich Bestleistungen, in allem, was sie tut. Mila ist unsicher, auch wenn sie nicht so wirkt.«

Ohne es steuern zu können, spürte ich wie ein Hauch von Mitleid in mir aufkeimte. Solch einen Druck kannte ich nicht. Wie musste es sein, wenn die Eltern einen derart kontrollierten und überforderten? Milas Erscheinung, ihr Aussehen, ihr Verhalten, ihre Noten, ihre Hobbies, alles wirkte nahezu perfekt. Was für ein trügerisches Bild.

Marie fügte leiser hinzu: »Als das mit Raphael und ihr begann, wollte sie ihren Spaß und wenigstens in diesem Punkt die Kontrolle über ihr Leben haben und tun, was sie will. Doch die beiden haben mit der Zeit auch damit begonnen, sich über Oberflächlichkeiten hinaus zu unterhalten. Sie haben über all die Dinge gesprochen, die sie bedrückt haben. Sie meinte, dass sie das noch nie bei einem Typen erlebt hat. Ich weiß nicht, was dann zwischen ihnen passiert ist. Sie redet darüber nicht mit mir.«

Ein unangenehmes Ziehen breitete sich in meiner Magengegend aus. Hatte Raphael zu Mila auch solche Dinge gesagt, wie zu mir an diesem Morgen? Dass sie ihm nicht egal war? Dass sie stark war? Dass er sie wollte?

Auf einmal fühlte ich mich wie eine Närrin. Was erwartete ich eigentlich? Raphael wollte doch überhaupt nicht das Gleiche wie ich. Und wenn ich mich auf ihn einließe, würde er es irgendwann beenden, weil ich es ernster meinte als er. Nur warum wartete er dann? Warum hatte er mich nicht geküsst?

Marie hob den Blick zu ein paar Vögeln, die sich auf einem Baum niederließen. »Diese große Unsicherheit versucht sie zu überspielen, indem sie die Aufmerksamkeit auf andere Personen lenkt. In diesem Fall auf dich. Sie will dir die Schuld zuschieben, um von sich selbst abzulenken. Das ist natürlich völlig falsch und vor allem musst du nun darunter leiden. Das ist doch alles einfach nur kacke.« Jetzt seufzte sie frustriert.

Ich schluckte. Eigentlich hatte ich es satt, dass Marie Mila weder verurteilte noch ihr die Freundschaft kündigte, nachdem sie sich so benommen hatte. Doch andererseits war genau das eine von Maries schönsten Charakterzügen. Sie sah den ganzen Menschen und nicht nur die Fassade, die der Mensch von sich preisgab. Sie verurteilte Mila nicht, sondern zog die Hintergründe mit ein, wodurch sie zwar Milas Verhalten nicht guthieß, ihr gegenüber aber ein gewisses Verständnis entgegenbrachte. Sie verstand, dass Menschen eben Fehler machten. Dass das dazu gehörte. Und dass man kein schlechter Mensch war, nur weil man schlechte Dinge tat.

»Ich will nicht, dass du dich zwischen ihr und mir entscheiden musst, Marie«, erklärte ich ihr. »Vor so eine Wahl stelle ich dich nicht. Aber ich bleibe dabei, dass ich mich von Mila fernhalten werde. Es tut mir leid, wenn es das für dich schwieriger macht, weil du deine Zeit nicht mehr mit uns zusammen verbringen kannst. Aber es geht einfach nicht mehr.«

»Ich denke auch, dass das für alle die bessere Entscheidung ist«, stimmte sie niedergeschlagen zu. Dann legte sie den Kopf schief und kniff die Augen zusammen. »Aber jetzt zu dir. Was ist zwischen dir und Raphael? Da ist doch schon länger etwas, oder?«

Ich rieb mir überfordert die Schläfen und wünschte mir, ich würde selbst durchblicken. Doch das tat ich nicht. Daher entschied ich mich für die Wahrheit. Zumindest den Teil, den ich ihr anvertrauen konnte. »Ganz ehrlich? Ich habe keine Ahnung. Er hat sich mir gegenüber verändert. Ich glaube, es hat damals im *Irish Pub* richtig begonnen. Da war er plötzlich so anders. Irgendwie aufmerksam. Nachdem wir Samuel abgeholt haben, ist er noch geblieben. Aber ich habe dir ja damals schon gesagt, dass nichts zwischen uns passiert ist. Wir haben nur geredet. Und dann in der Schule war wieder nichts. Er war zwar nett, aber wir haben uns kaum gesehen. Deshalb habe ich auch nichts erzählt. Es gab einfach nichts.«

»Und letzte Nacht?«

»Er hat mich ins Bett gebracht. Dann ist er, glaube ich, gegangen. Ich erinnere mich nicht mehr.«

Sie nickte. »Aber eben wart ihr lange weg. Habt ihr nur über Mila geredet?« Sie ahnte etwas.

»Nein«, gab ich zu. Gedanklich legte ich mir die Worte zurecht. Nun musste ich vorsichtig sein, was ich ihr verraten konnte. »Ich werde nicht schlau aus ihm. Er … Wir hatten diesen einen Moment.«

Marie quietschte auf. »Habt ihr euch geküsst?«

»Nein. Aber fast?«

»Eliana! Jetzt lass dir doch nicht alles aus der Nase ziehen! Erzähl!« Die Resignation war aus ihrer Stimme gewichen. Nun wirkte sie überdreht und aufgeregt.

»Er hat ein paar Dinge gesagt. Dass ich ihm nicht egal bin, dass er für mich da ist und ich mir wegen der Videos keine Gedanken machen soll. Und dann war da dieser Moment, in dem er mich fast geküsst hat. Aber dann hat er es doch nicht getan. Ich weiß ja auch nicht, Marie!« Die Worte sprudelten nur so aus mir heraus. Auch wenn ich eine Menge auslassen musste, tat es gut, endlich mit ihr darüber zu sprechen.

»Weißt du, warum er dich nicht geküsst hat?«

Ich zögerte. Er hatte es auf die Geheimnisse geschoben, doch von denen konnte ich ihr nicht erzählen. »Nein, nicht wirklich.«

»Hast du Gefühle für ihn?«

Die Frage brachte mich aus dem Konzept, denn bis jetzt hatte ich mehr oder weniger erfolgreich versucht, sie zu verdrängen. »Er will keine Beziehung. Er ist nicht der Typ dafür. Und dann ist da noch die ganze Vorgeschichte mit Mila und die jetzige Situation.«

Ganz zu schweigen von den zahlreichen Geheimnissen, die er vor mir hatte, über die ich mit Marie aber nicht sprechen konnte.

»Ich habe nicht gefragt, was du denkst, sondern was du fühlst«, betonte Marie und wartete.

Meine Gedanken glitten zu Raphael. Wenn ich an ihn dachte, bildete sich unfassbar viel Frustration in meinem Inneren. Hinzu kam diese dunkle Seite von ihm, die ich nicht ignorieren konnte. Es ließ sich nicht leugnen: Raphael konnte verdammt gefährlich werden. Mein Verstand sagte mir, dass ich Abstand zu ihm halten sollte, dass etwas ganz und gar nicht mit ihm stimmte. Doch was mein Verstand mir sagte, wollte zu meinem Herzen nicht durchdringen. Es war dumm. Furchtbar dumm, aber meine Gefühle ließen sich nicht steuern.

»Ja«, gab ich leise zu. »Ja, ich habe Gefühle, aber ich denke, das ist nicht gut. Weil er nur lockere Sachen mag. Das war bei Mila doch auch so.«

»Da bin ich mir nicht sicher«, widersprach Marie nachdenklich. »Irgendetwas ist da. Er ist anders zu dir, als er damals zu Mila war. Viel aufmerksamer.«

»Keine Ahnung, wie es weitergehen soll«, murmelte ich und sah nach draußen in die wenigen Wolken.

»Weißt du, was ich denke? Ihr solltet das einfach klären. Sprich ihn darauf an.«

»Das kann ich nicht!«

»Wieso?«

»Weil … Weil ich Angst habe. Was, wenn ich da viel zu viel hinein interpretiere?«

Marie schüttelte den Kopf. »Eliana, er wollte dich küssen! Dann ist er dir auch eine Erklärung schuldig.«

Ich zuckte mit den Schultern.

»Also, du wirst das mit ihm klären. Ich kann ihn schwer einschätzen, aber genau deshalb ist es wichtig, dass du weißt, woran du bist. Damit er dich nicht verletzt. Aber wenn er es ernst meint … O mein Gott, Eliana, das wäre so krass!« Ihre Augen leuchteten auf. »Stell dir das mal vor! Du und Raphael! Dann hätten wir endlich beide einen Freund und könnten ganz viel zu viert unternehmen. Davon haben wir schon immer geträumt. Raphael und John verstehen sich ja jetzt schon ganz gut. Das wäre so schön!«

Sie war mir viel zu optimistisch. Offensichtlich sah sie die Sache ganz anders als ich. Natürlich machte auch mein Herz bei dem Gedanken einen Sprung, aber das alles war nicht so einfach, wie sie es sich vorstellte.

Nach einem langen Probetag fand nach dem Essen der Abschlussabend statt, an dem wir gemütlich zusammensaßen, die neuen Chormitglieder mit Challenges einweihten, Snacks aßen und lustige Gruppenspiele durchführten. Wie selbstverständlich stellte Raphael seinen Stuhl zu mir, als wir nicht mehr in unserer üblichen Choraufteilung sitzen mussten. Seit dem Morgen hatten wir kaum eine Gelegenheit zum Reden gehabt. Maries Worte saßen mir jedoch ebenso präsent im Nacken wie unser Gespräch auf dem Spaziergang.

Der Abend wurde dennoch lustig. Meine verräterische Laune besserte sich ganz automatisch, je mehr Raphael sich mir öffnete. Nicht einmal Milas giftige Blicke konnten sie verderben. Mila war mir egal. Und auch, wenn ich noch immer am liebsten im Boden versinken würde, wenn ich an dieses Video dachte, hatten sich meine Schulkameraden kaum noch dazu geäußert. Zumindest nicht, wenn ich im Raum war.

Nach Beendigung des Abschlussabends startete die letzte Party der Fahrt und für uns Abiturienten damit die letzte überhaupt. In dieser Nacht verschwand Raphael nicht, sondern half John dabei, die Stühle aus dem Weg zu räumen. Marie und ich verweilten an der Wand und beobachteten die beiden kichernd, während Marie mich wieder an unsere Träume erinnerte, dass wir anscheinend bald Dinge zu viert unternehmen würden. Wie sehr ich mir das wünschte!

Als Raphael sich mit einem Grinsen für eine Sekunde zu uns umdrehte, bildete sich in mir der Verdacht, dass er uns gehört hatte. Wie hatte ich nur so außer Acht lassen können, dass er ein überdurchschnittlich gutes Gehör hatte?

»Was ist?«, fragte Marie, die mein knallrotes Gesicht musterte.

»Nichts.«

»Hey, ihr beiden! Wollt ihr auch was trinken?« David lief mit einem Tablett voller Becher auf uns zu und drückte uns je einen in die Hand. »Eliana, du bist ja jetzt eine richtige Partyqueen geworden«, merkte er an, als John und Raphael auf uns zutraten. »Gefällt mir übrigens sehr gut«, fügte er in einem Ton hinzu, durch den ich den Becher fast wieder fallen ließ. Der Kerl hatte echt kein Benehmen.

»Ach, halt doch den Mund, David.« John boxte seinem Freund in die Seite, bevor er von hinten seine Arme um Marie schlang. Unbekümmert bot David auch John und Raphael einen Becher an.

Ich spürte Raphaels mahnenden Blick auf mir, als David ihm ein Getränk reichte.

Er musste sich keine Sorgen machen. Mir war eh nicht danach, allzu viel davon zu trinken. Für die nächste Zeit hatte ich mehr als genug von Alkohol. Nachdem wir zu fünft angestoßen hatten, nahmen wir einen Schluck. Ich musste husten.

»Boah, David«, schimpfte Marie.

John lachte. »Ein bisschen mehr Saft hätte es auch getan.«

»Nein, Bruder, heute heißt es wenig Saft und viel Alkohol«, widersprach David.

Kopfschüttelnd zog John Marie wieder zu sich und umarmte sie zum Takt der Musik.

»Wir haben noch etwas offen«, raunte Raphael mir ins Ohr und meine Nackenhaare stellten sich auf. Durch die Musik musste er sich so nähern, dass sein Atem auf meiner Haut kitzelte. Wieder wurden meine Knie weich. Wusste er eigentlich, was er mit mir machte?

Irritiert drehte ich mich um, damit ich ihn ansehen konnte. »Wovon sprichst du?«

Ein Grinsen huschte über sein Gesicht. »Der Tanz. Im *Irish Pub* kamen wir nicht dazu«, erinnerte er mich.

Noch ehe ich etwas erwidern konnte, griff er nach meiner Hand und führte mich auf die Tanzfläche, gerade als das Lied *I'm Good (Blue)* ertönte. Und mein Gott, Raphael war ein begnadeter Tänzer. Obwohl ich ihn schon mit Mila hatte tanzen sehen, wirkte er an diesem Tag anders. Mit ihr hatte er eng umschlungen getanzt, als würde es eher um Körpernähe gehen als um die Musik. Nun bewegte er sich frei und auf seine eigene Art, was ihm fast so gut stand wie sein Lächeln.

Am Vorabend hatte ich durch den Alkohol Spaß am Tanzen gehabt, heute reichte Raphaels Anwesenheit. Weil er mit *mir* tanzte, mit *mir* hier war. Nach einiger Zeit gesellten sich auch Marie und John zu uns. Gemeinsam feierten wir sicher zwei Stunden durch, bis ich erschöpft innehielt. Meine Beine waren müde, Hitze durchströmte meinen Körper.

»Brauchst du eine Pause?«, fragte Raphael.

»Ja, und frische Luft. Ich komme gleich wieder.«

»Frische Luft klingt gut.« Entschieden steuerte er auf die Tür zu, um sie mir aufzuhalten. Der Lärm wurde automatisch gedämmt, sobald er die Tür des Saales hinter sich geschlossen hatte und wir durch den Eingang der Herberge traten.

15 Eliana

Eisige Luft umhüllte uns. Heute war der Himmel bedeckt, was meine Laune allerdings nicht trübte. Noch immer konnte ich es nicht fassen, dass Raphael so viel Zeit mit mir verbrachte.

Eine unerwünschte Stimme in mir ermahnte mich, mir nicht zu viele Hoffnungen zu machen. Lieber sollte ich zuerst auf Maries Rat hören und mit ihm sprechen, bevor ich mich in etwas verrannte.

»Woran denkst du?«, wollte Raphael wissen, der sich an die Hauswand gelehnt hatte und einen Schluck aus seinem Becher nahm. Unweigerlich verzog er das Gesicht. Wahrscheinlich hatte er vergessen, was für eine Mischung David uns zusammengebraut hatte. Auch ich nahm einen Schluck und konnte ebenfalls nicht verhindern, dass sich mein Gesicht verzog. Ein Lächeln umspielte seine Mundwinkel, ehe er den Kopf neigte und eine Braue hob. Ach, stimmt ja, er hatte mich etwas gefragt.

»Ich … Ich habe nur gedacht, dass es da noch etwas gibt, worüber wir sprechen sollten.«

»Ja?« Er griff nach meinem Becher und stellte beide neben uns auf dem Boden ab. Möglicherweise, um mich ganz unauffällig daran zu hindern, wieder zu viel zu trinken.

»Ja.« Ich stockte. Wagte es nicht, weiterzusprechen. Sein Blick wurde eindringlicher, als wolle er herausfinden, was in mir vorging. Schließlich nahm ich meinen Mut zusammen. »Ich habe mich nur gefragt, was das heute Morgen zu bedeuten hatte. Hast du solche Dinge auch zu Mila gesagt?«, hauchte ich so leise, dass ich unsicher war, ob er es gehört hatte.

Der Ausdruck in seinen Augen schlug um. Da war sie wieder.

Diese endlose Intensität, die meinen gesamten Körper in Alarmbereitschaft versetzte. Sein Blick wanderte erneut zu meinen Lippen. Er atmete heftig und sah mich mit diesem verdammten Blick an. So, als würde ich etwas bedeuten. Als würde das ganze hier etwas bedeuten.

»Ich habe euch vorhin gehört«, stieß er hervor.

»Was meinst du? Wann … Achso«, stammelte ich, als ich begriff, worauf er hinauswollte. Meine Vermutung war richtig gewesen, dass er Maries und meine Träumereien mitbekommen hatte.

Wieder schoss mir das Blut ins Gesicht. Peinlicher ging es nicht. Was sollte ich nun sagen? Es abstreiten? Mich dumm stellen? Weggehen und ihn nie wieder ansehen?

Während ich noch abwägte und mir wünschte, dass sich neben mir ein Loch im Boden auftat, sah er mich mit einem derart hungrigen Blick an, dass sich meine Beine endgültig in Wackelpudding verwandelten.

»Ich will genau das! Genau das, worüber ihr gesprochen habt. Genau das, was du willst«, flüsterte er, was seinen Worten nur noch mehr Macht verlieh.

Ich erstarrte und hatte das Gefühl, dass mir das Herz vor Aufregung aus der Brust springen musste. Dann streckte er seine Hand aus und legte sie unter mein Kinn. Ein gequälter Ausdruck erschien in seinen Augen.

»Siehst du, was ich mit dir mache? Ich habe dir heute Morgen gestanden, was ich will, aber du kannst mir nicht glauben. Du vertraust mir nicht, weil ich nicht ehrlich zu dir bin. Ich will dich! Ich will dein sein! Aber ich kann nicht. Nicht, solange du mir nicht vertrauen kannst. Das wäre falsch!«

»Aber was, wenn ich dich auch will?« Ich konnte nicht mehr klar denken. Ich konnte nur noch seine warme Hand unter meinem Kinn spüren. Seinen heißen Atem in meinem Gesicht, den Duft nach Wald.

Und dann drückte er mich an die Hauswand. Mit seinem

ganzen Körper lehnte er sich gegen mich, nahm mein Gesicht in seine Hände und legte seinen Mund auf meinen.

Zunächst fragend und sanft. Ich glaubte in Flammen aufzugehen, als ich seine warmen Lippen spürte und er mein Gesicht so vorsichtig hielt, als wäre es zerbrechlich. Instinktiv legte ich meine Hände um ihn und zog ihn näher an mich heran. Ich brauchte mehr davon. Er sollte nie wieder damit aufhören. Meine Reaktion ermutigte ihn. Seine Zunge strich über meine Lippen und teilte sie. Ein Keuchen entfuhr mir. Das war noch besser! Ich ahmte seine Bewegungen nach, ließ unsere Zungen spielen und erschauderte, als er tief stöhnte.

Er schob seinen Körper noch ein wenig enger an mich, blieb dabei jedoch weiterhin behutsam. Wie konnten seine Berührungen gleichzeitig so sanft und bestimmt sein? Ich vergaß alles um uns herum. Wo wir waren, warum wir hier waren und worüber wir gesprochen hatten. Da waren nur noch er und ich.

Ich weiß nicht, wie lange wir so dastanden, denn mir entglitt jegliches Zeitgefühl. Doch als sich die Tür neben uns öffnete, löste Raphael seine Lippen von meinen und drehte sich zur Seite, ohne einen Schritt von mir wegzutreten. Ich atmete heftig, mein Puls musste irgendwo bei einer Frequenz von hundertachtzig liegen. Mein Herz pochte laut in meinen Ohren. Und Raphael stand mir noch immer so nahe, dass ich keinen klaren Gedanken fassen konnte.

»Herr Kremer«, lächelte Raphael und nickte unserem Lehrer munter zu, ehe er doch einen Schritt zurückmachte.

Mit aufgerissenen Augen starrte Herr Kremer uns an. Offensichtlich hatte er nicht damit gerechnet, jemanden hier anzutreffen. Er benötigte ein paar Sekunden, um sich zu fangen, dann setzte er einen strengen Gesichtsausdruck auf. »Ich tue jetzt einfach so, als hätte ich euch hier draußen nicht gesehen. Geht wieder rein, oder auf eure Zimmer.«

Raphael griff nach unseren Bechern und hielt sie in die Höhe. »Die haben Sie auch nicht gesehen?«

Herr Kremer unterdrückte ein Lächeln und trat zur Seite, um uns durch die Tür zu lassen. Raphael nahm meine Hand und führte mich in den Eingangsbereich. Dort blieb er stehen und betrachtete mich mit glühenden Augen.

»Alles okay?«, fragte er nach einem kurzen Zögern.

Ich nickte mechanisch und konnte nicht glauben, dass das gerade wirklich geschehen war. Sein Mundwinkel hob sich und er legte einen Arm um mich, als er mich weiter den Gang entlang schob.

»Magst du noch mal zurück zur Party? Oder soll ich dich in euer Zimmer bringen?«

Unschlüssig biss ich mir auf die Lippen. Zwar spürte ich, wie die Müdigkeit in mir anwuchs, doch der Abend war zu schön, um ihn enden zu lassen. »Ich glaube, ich würde gern noch mal auf die Party. Oder vielleicht …« Ich verstummte, als mir klar wurde, was ich gerade hatte sagen wollen.

Raphael, der meine Gedanken offenbar erahnte, drehte sich zu mir um und ballte die Hand zu einer Faust. »Du spielst mit meiner Selbstkontrolle.« Doch dann zog er mich an sich und beugte sich zu mir, um mich abermals zu küssen.

»Das tut mir leid«, murmelte ich an seinem Mund.

»Tut es nicht.«

»Stimmt.«

Schließlich schob er mich von sich weg und atmete tief durch. »Wir sollten besser wieder tanzen gehen«, stieß er hervor. Auf seinem Gesicht ein unbefangenes Grinsen.

Wildberry Lillet dröhnte in unsere Ohren, als wir den Partyraum betraten. Noch immer bewegten sich die meisten unserer Mitschüler auf der Tanzfläche, andere saßen und lagen betrunken auf dem Boden, während wieder andere in Gespräche vertieft waren. Noch nie hatte mich der Anblick so beseelt.

»Eliana!« Marie hüpfte auf mich zu und schlang die Arme um mich. »Wo wart ihr so lange?« Sie wirkte ziemlich angetrunken, aber in einem stabilen Zustand.

»Wir haben ein bisschen Luft geschnappt«, erklärte ich ihr, was nicht gelogen war.

»Komm, lass uns wieder tanzen! Mit dir macht das doppelt so viel Spaß!« Marie zog an meinem Arm, während ich mir heimlich über die Lippen fuhr, die sich schon jetzt nach Raphaels Berührung sehnten. Noch immer schmeckte ich ihn auf meiner Zunge.

Ich warf ihm einen Blick zu. Er lächelte mich aufmunternd an. Wieso war sein Lächeln eigentlich so schön? Marie zog noch einmal an meinem Arm, also nahm ich einen großen Schluck aus meinem Becher, ignorierte den brennenden Geschmack und folgte ihr.

Marie hatte so viel getrunken, dass sie jegliche Sorge darüber verloren hatte, was andere von ihr denken könnten. In diesem Zustand hatte sie so viel Freude am Tanzen, dass sie mich jedes Mal damit ansteckte.

Laut schrien wir den Text von *Crazy what love can do* mit, den ich besser nachvollziehen konnte als je zuvor. Vor allem in dieser Nacht, in der ich mich wie der glücklichste Mensch der Welt fühlte. Meine Sorgen erschienen mir mit einem Mal nicht mehr so groß. Nicht, solange Raphael mich küsste und mir sagte, dass er mich wollte.

Das musste die rosarote Brille sein, von der alle sprachen. Sie verschleierte meine Sicht auf die Dinge vollends und ließ nur Platz für Raphael. Wie er mit seiner Hand durch meine Haare gestrichen hatte und wie seine Lippen meine erkundet hatten.

Mein Argwohn ihm gegenüber und meine körperlichen Veränderungen ließen sich dadurch viel zu einfach aus meinem Bewusstsein verdrängen. Zumindest vorübergehend.

An diesem Abend gelang es mir. Doch ich ahnte nicht, wie schnell sich alles ändern konnte und dass mein Glück nicht von langer Dauer bleiben würde. Denn Dinge zu verdrängen, hilft nur für eine kurze Weile. Nur so lange, bis sie sich an die Oberfläche zurückkämpfen und dann erst recht mit voller Wucht zuschlagen.

In dieser Nacht schliefen wir kaum. Erst früh am Morgen begleiteten John und Raphael Marie und mich auf unser Zimmer. Ohne uns umzuziehen, fielen wir in unsere Betten, um direkt einzuschlafen. Als Maries Wecker ungefähr eine Stunde später klingelte, strafte mich mein Körper für den Schlafmangel. Übermüdet schlurfte ich mit Marie zur Dusche, die hoffentlich beim Wachwerden helfen würde. Dabei fragten wir uns, wo Mila und Ann-Christin die Nacht verbracht hatten, da beide nicht im Zimmer aufgetaucht waren. Als wir uns nach der Dusche anzogen, überwand ich mich, Marie endlich von Raphael zu erzählen.

»Was? Das sagst du mir erst *jetzt*?«, rief sie. Für einen kurzen Moment fragte ich mich, ob sie den Kuss als gut oder schlecht einstufte, dann begann sie zu quietschen. »Eliana! Das ist unfassbar!« Sie griff nach meinen Armen und hüpfte frohgemut im Zimmer auf und ab. Dann blieb sie stehen und sah mich prüfend an. »Aber, habt ihr davor miteinander geredet? Also du weißt, was ich meine.«

»Ähm … ja. Irgendwie schon. Aber irgendwie auch nicht. Es ist dann einfach passiert«, gestand ich.

»Und habt ihr darüber gesprochen, wie es weitergeht? Seid ihr jetzt zusammen? Oder wollt ihr erst noch schauen?«

»Marie!« Ihre Fragen gefielen mir nicht. Plötzlich fühlte ich mich gar nicht mehr so zufrieden wie in der Nacht. Zwar hatte Raphael gesagt, dass er mich wollte, aber wieso hatten wir eigentlich danach nicht mehr darüber geredet? Warum musste das denn auch alles so kompliziert sein?

»Ich freue mich sehr für dich, Eliana. Ich will nur nicht, dass er dich verletzt«, gab Marie mir zu verstehen.

»Ich weiß«, antwortete ich knapp und begann, meine nassen Haare zu kämmen.

In diesem Augenblick kehrten Ann-Christin und Mila auf das Zimmer zurück, womit unser Gespräch erst einmal beendet war.

»Guten Morgen!«, grüßte Marie die beiden gut gelaunt, während ich mich nicht zu ihnen umdrehte.

Sie tauschten sich kurz über die Nacht aus. Mila war bis eben im Partyraum gewesen und hatte mit den letzten Personen, die noch geblieben waren, *Ich-hab-noch-nie* gespielt. Darüber, wo Ann-Christin gewesen war, fiel kein Wort. Sicherlich, weil ich da war. Ich erinnerte mich an Herrn Kremer, der mitten in der Nacht die Herberge verlassen hatte. Er hatte ertappt gewirkt. Und plötzlich hatte ich einen Verdacht, wo Ann-Christin die Nacht verbracht hatte.

Marie und ich waren neben unseren Chorleitern die ersten, die den Speisebereich aufsuchten, obwohl wir recht spät dran waren. Am letzten Tag ließen einige das Frühstück ausfallen, um länger schlafen zu können. Mein Körper schrie hingegen nach einem frischen Brötchen, um neue Energie zu tanken.

Als wir uns am Buffet bedienten, trafen auch John und David ein. Raphael tauchte erst auf, als wir unsere Teller wegbrachten. Er schnappte sich eine Scheibe Brot und belegte sie mit Käse. Auch sein Haar war noch nass.

Verunsichert hielt ich inne, während er nach einem Apfel griff. Sein Blick glitt zu mir und ein zartes Lächeln schlich über seine Lippen, als er auf mich zukam und vor mir stehen blieb. Marie warf mir einen vielsagenden Blick zu und ging mit John und David bereits vor.

»Hast du gut geschlafen?«, erkundigte sich Raphael.

»Kurz. Aber ja, gut. Und du?«

»Ich auch.« Sein Gesicht verdunkelte sich ein wenig, als er mich ein bisschen vom Buffet wegschob, um in Ruhe reden zu können. »Wegen gestern. Es tut mir leid, dass … ich hoffe, ich habe dich nicht überfallen.«

»Das hast du nicht!«, gab ich eilig zurück.

Raphael griff nach meiner Hand und strich über meinen Handrücken. »Ich glaube, das war nicht schlau von mir.«

»Bereust du es?« Ich spürte einen Stich in der Magengegend.

»Nein! Auf keinen Fall! Nur war es zu früh.«

Ich verstand mal wieder kein Wort von dem, was er sagte. »Wieso?«

»Gestern Abend habe ich alles ausgeblendet. Ich habe mich meinen Gefühlen hingegeben, ohne über die Konsequenzen nachzudenken. Sie haben mich überwältigt. Aber das hätte ich nicht tun sollen. Da gibt es zahlreiche Dinge, die du nicht weißt. Und womöglich änderst du deine Meinung über mich, wenn du die Antworten kennst, nach denen du dich sehnst.«

»Das habe ich auch getan. Ich habe auch alles ausgeblendet.«

»Ich weiß.« Er lächelte und strich mir eine Strähne aus dem Gesicht.

»Du könntest mir die Antworten jetzt geben«, schlug ich vor.

Er verdrehte grinsend die Augen. »Klar, du gibst nicht auf, oder?« Dennoch schwang ein bitterer Unterton in seiner Stimme mit.

»Einen Versuch war es wert«, murmelte ich vor mich hin.

Als wir mittags in den Reisebus stiegen, sahen Marie und ich traurig zur Herberge zurück.

»Das war es jetzt. Jetzt kommen wir nie wieder hierher«, sagte Marie bedrückt.

»Das war ein schöner Abschluss dieses Jahr«, fand ich. Zumindest wenn ich an den letzten Abend dachte. Von den Begegnungen außerhalb der Herberge sah ich mal lieber ab.

»Ja, allerdings. Dieses Jahr war es besonders schön.« Marie grinste und beugte sich zu mir. »Das war der Start für unsere Doppeldates!«

Ich strahlte sie an. Wie recht sie hatte!

Auf der Fahrt schliefen wir vor Müdigkeit ein, so wie wahrscheinlich die Hälfte des Chores. Eine Woche lang jeden Abend zu feiern, ging eben nicht spurlos an einem Körper vorbei.

Marie weckte mich, als der Bus an unserer Schule hielt. Die

ersten Schülerinnen und Schüler waren bereits ausgestiegen und warteten darauf, dass der Busfahrer ihre Koffer aus dem Gepäckbereich zog. Es nieselte. Marie, die ihre Haare jeden Tag glättete, verzog das Gesicht. »Wie ich mich auf mein Bett freue«, gähnte sie, als sie ihre Kapuze über die Haare zog und aus dem Bus stieg.

»Ich auch. Ach Mist, das mit dem früh schlafen legen, wird bei mir doch nichts.«

»Wieso nicht?«

»Samuel hat morgen Geburtstag und wir feiern heute zusammen rein. Mit Mama und Papa!« Ich nahm meinen Koffer vom Busfahrer entgegen.

»Meine Mama ist schon da.« Marie winkte ihrer Mutter zu, die auf uns zulief, um uns nach Hause zu bringen.

»Eliana?« Raphaels Stimme ließ mich innehalten. Er stellte sich zu mir und meinte: »Ich wollte dir nur sagen, dass du mich anrufen kannst, wenn etwas passiert oder du Hilfe brauchst. Es ist mir wichtig, dass du das weißt.«

Sein Tonfall und seine Wortwahl ließen mich erschaudern. Wieso sprach er plötzlich so? Auch sein Blick war besorgniserregend. Er wirkte ziemlich angespannt. Ganz anders als am Morgen, wo er eher nervös gewesen war. Eine böse Vorahnung breitete sich in mir aus. Erwartete er etwa, dass etwas Schlimmes passierte?

Ich öffnete den Mund, um nachzufragen, doch er kam mir zuvor. »Ich glaube, Marie wartet.« Er deutete hinter mich. »Wir sehen uns in den nächsten Tagen, ja?«

Ehe ich darauf reagieren konnte, umschloss er mit den Händen mein Gesicht und gab mir einen Kuss auf die Stirn. Damit brachte er mich völlig aus dem Konzept, denn vor den anderen war diese Verabschiedung mehr als eindeutig. Niemand küsste einer Person zum Spaß auf die Stirn. Allerdings sollte ich mir mehr Gedanken um seine Worte machen.

Als er mich losließ, öffnete ich den Mund, um nachzuhaken, doch Raphael entschuldigte sich murmelnd, schob mich in Richtung Marie und verschwand schneller, als ich ihn aufhalten konnte. Fassungslos starrte ich ihm nach. Was hatte er mir gerade sagen wollen? Allein bei der Erinnerung an seinen Gesichtsausdruck schnürte Angst mir die Kehle zu. Ich atmete zittrig ein und steuerte dem Parkplatz entgegen.

Ruhig atmen, Eliana. Lass dir nichts anmerken. Vielleicht hast du ihn falsch verstanden. Ganz sicher hast du ihn falsch verstanden! Du bist einfach nur erschöpft von der Woche.

Die gesamte Autofahrt lang redete ich mir das ein. Als Maries Mutter mich schließlich vor der Haustür absetzte, winkte ich den beiden zu und sah ihnen nach. Ein ungutes Gefühl durchzog mich, als hätte ich mich Marie gegenüber anders verabschieden sollen. Doch vielleicht war ich auch einfach nur paranoid, nachdem Raphael mir diese unheilvollen Dinge gesagt hatte. Als ich die Haustür aufschloss, kam mir mein Vater im Treppenhaus entgegen.

»Hallo, mein Schatz, wie war die Chorfahrt?«, grüßte er und nahm mich in den Arm.

»Wo gehst du hin?«, fragte ich, statt zu antworten.

Seine Kleidung sah verdächtig danach aus, als würde er nicht einfach nur schnell einkaufen gehen.

»Leider zur Arbeit. Wir haben einige Krankheitsfälle und ich muss einspringen«, sagte mein Vater, woraufhin ich mich aus seiner Umarmung wand.

»Was? Aber Samuels Geburtstag!«

Mein Vater lächelte mich traurig an. »Es tut mir leid. Aber wir holen das nach, Mäuschen.«

Damit verabschiedete er sich und eilte zum Auto. Verärgert rannte ich die Treppe hinauf und stürmte in die Wohnung. Mama räumte gerade die Küche auf. Im Wohnzimmer saß Samuel mit herabhängenden Schultern auf der Couch und blickte betrübt auf sein Handy.

»Samuel!«

Er sah auf.

»Hast du Papa noch getroffen?«, fragte er niedergeschlagen.

»Ja, das ist einfach unglaublich.«

Er schnaubte. »Und weißt du, was noch unglaublicher ist? Mama hat morgen auch einen Dienst angenommen. Beide werden arbeiten.«

Bei seinen Worten begann es in meinem Inneren zu kochen. Ich drehte mich auf der Stelle um und stampfte in die Küche.

»Warum tut ihr ihm das schon wieder an?« Meine Stimme bebte vor Wut.

Überrascht blickte Mama auf. »Eliana, es tut mir leid. Aber wenn auf der Arbeit mehrere Leute ausfallen, hat man manchmal keine Wahl.«

»Es war sein einziger Wunsch!«

Fast erschrak ich selbst über die Härte in meiner Stimme. Die Wut in meinem Inneren nahm meinen Körper so ein, dass ich nichts anderes mehr fühlen konnte.

»Ich weiß, aber manchmal erfüllt das Leben nicht alle Wünsche. Wir feiern das nach. Und morgen machen wir etwas Schönes zusammen, wenn ich von der Arbeit zurückkomme.«

»Und Papa? Wann kommt der wieder? In fünf Tagen? Ihr hattet es versprochen!«

Meine Mutter hielt inne und warf mir einen irritierten Blick zu. »Eliana, geht es dir gut?«, fragte sie besorgt.

Ich schüttelte bloß den Kopf.

»Ihr seid ein Reinfall an Eltern!«, schrie ich sie an, wandte mich um und rauschte die Treppe hinauf in mein Zimmer. Zornig knallte ich meine Tür zu und blieb mitten im Raum stehen. Tränen füllten meine Augen, während mein Körper vor Empörung bebte.

Was war los mit mir? Woher kam diese unglaubliche Wut? Was stimmte nicht mit mir? Langsam lief ich zum Fenster und versuchte tief durchzuatmen, um mich wieder zu beruhigen. Mein Blick glitt über die Straße vor unserem Haus, über die kahlen

Bäume, die parkenden Autos am Straßenrand, ein Pärchen mit Kinderwagen, das einen Spaziergang machte.

Irgendetwas musste ich tun, damit Samuel nicht mehr so traurig war. Wie könnte ich trotzdem für einen schönen Geburtstag sorgen?

Eine Idee blitzte in mir auf, als drei kleine Jungs auf ihren Fahrrädern in Richtung Rhein radelten. Sie erinnerten mich an Samuel und seine Freunde, als sie im gleichen Alter gewesen waren. Das würde ihm gefallen. Und Mama sollte hierbleiben. Sie hatte es nicht anders verdient. Entschlossen griff ich nach meinem Handy und tippte eine Nachricht ein.

Zwei Stunden später standen wir gemeinsam am Bahnhof. Nicht nur Samuel und ich, sondern auch seine drei besten Freunde Felix, Max und Ricardo, die sich sehr über die Idee eines spontanen Ausflugs gefreut hatten. Wir würden in unser Ferienhaus im Schwarzwald fahren, um dort in Samuels Geburtstag reinzufeiern. Die Idee hatte Samuel aufgemuntert. Mit strahlenden Augen stand er vor seinen Kumpels, die eine Wanderung für den nächsten Tag planten.

16 Raphael

Ungeduldig lief ich in Caius‘ Saal auf und ab, während ich mit Luna auf ihn wartete. Diesmal hatte er uns für das Reflexionsgespräch zu sich bestellt, anstatt wie gewöhnlich nach Mainz zu kommen. Angeblich hatte er *zu viel zu erledigen*n, um die Reise zu uns anzutreten. Dabei hätte er mit der Hilfe eines Magiers in Sekunden zu uns kommen können. Seine Entscheidung stieß bei mir auf völliges Unverständnis.

Er wusste um Elianas Zustand Bescheid und dass es jeden Moment losgehen konnte. Dass wir nun hier waren, unendlich weit von ihr entfernt, fühlte sich falsch an. Unfassbar falsch. Vor ein paar Stunden noch hatte ich ihr gesagt, dass sie sich melden konnte, wenn sie meine Hilfe bräuchte. Doch wie lange würde es dauern, bis ich bei ihr wäre, wenn sie jetzt danach fragen würde? Ganz zu schweigen davon, dass ich hier keinen Handyempfang hatte.

»Wo bleibt er denn?«, knurrte ich vor mich hin, als ich die Anspannung nicht mehr aushielt. Wir mussten so bald wie möglich zurück nach Mainz.

»Er kommt sicher gleich«, versuchte Luna mich zu beschwichtigen. Dabei trat sie ebenfalls unruhig von einem Bein auf das andere.

In diesem Moment öffnete sich die Tür zu Caius‘ Privaträumen und er empfing uns mit einem unangemessen entspannten Gesichtsausdruck.

Grimmig begegnete ich seinem Blick, wobei ich darauf achtete, die meisten meiner Gefühle hinter einer Maske zu verstecken. Caius, der meinen Unmut überging, nickte uns zu, bevor er uns das Wort zur Berichterstattung überließ.

»Julio hatte offenbar recht mit seiner Annahme, dass es noch dieses Wochenende so weit sein wird. Wir gehen davon aus, dass es sogar innerhalb der nächsten vierundzwanzig Stunden geschehen wird«, verkündete Luna.

Caius nickte. »Vorzüglich, dann sind wir endlich auf der Zielgeraden angelangt. Hier ist alles für sie vorbereitet. Nun ist es eure Aufgabe, sie sicher herzubringen. Aber erst, nachdem es geschehen ist.«

»Können wir sie nicht einfach direkt herholen?«, fragte Luna.

»Nein. Wir müssen der Natur ihren Lauf lassen. Sie kann erst kommen, wenn sie die Voraussetzungen erfüllt, um diesen Ort zu betreten.«

Ich schnaubte, als seine Worte zu mir durchsickerten. »Der Natur ihren Lauf lassen? Was soll das bedeuten? Dass sie erst jemanden umbringen muss? Das war so nicht abgesprochen. Das hast du uns nicht gesagt!«

»Nicht umbringen, mein Lieber. So weit muss sie nicht gehen.«

Ich lachte bitter auf. »Wie soll sie denn bitte die Kontrolle behalten, wenn wir Jahre dafür gebraucht haben? Was, wenn sie jemanden verletzt, der ihr wichtig ist?«

»Dafür seid ihr doch da. Ihr werdet rechtzeitig eingreifen, aber nicht zu früh«, sagte Caius mit ruhiger Stimme.

»Das war so nicht abgemacht! Das wussten wir nicht.« Es kostete mich jegliche Selbstbeherrschung, ihn nicht anzuschreien. Auch Luna wirkte blass.

»Mir scheint, als hätte sich deine Einstellung geändert.« Caius faltete seine Hände und musterte mich so eindringlich. Er durchschaute mich. Doch das war mir egal. Er konnte ruhig wissen, wie wichtig Eliana mir geworden war. Dennoch erwiderte ich nichts und reckte das Kinn. Lieber schwieg ich, als meinem Unmut freien Lauf zu lassen. »Kann ich mich auf euch verlassen?« Der gebieterische Tonfall machte uns deutlich, dass wir seine Forderungen zu befolgen hatten.

Wie ich es hasste, mich seinen Befehlen nicht widersetzen zu können. Hätte ich die Wahl gehabt, wüsste Eliana längst über alles Bescheid. All diese verfluchten Lügen würden nicht zwischen uns stehen wie eine unüberwindbare Mauer.

»Ja, kannst du«, versprach ich voller Widerwillen, nachdem Luna zugestimmt hatte. »Könnten wir von einem Magier zurück nach Mainz gebracht werden? Es ist besser, wenn wir schnell wieder bei Eliana sind.«

»Die Magier stehen heute nicht zur Verfügung, Raphael«, wies Caius meine Bitte ab.

»Wieso?«, fragte Luna, die augenscheinlich ebenso überrascht war wie ich. Die Magier waren immer erreichbar.

»Die Auswahlzeremonie eines Regonen. Wusstet ihr das nicht?«, wunderte sich Caius.

Deshalb war er also nicht zu uns gekommen. Es gab keinen Magier, der ihn schnell nach Mainz bringen konnte, da diese einen Herrschaftswechsel hatten, zu dem alle Magier vor Ort sein mussten. Was für ein Timing!

»Das ist unfassbar! Er hätte uns das sagen müssen!«, brach es aus mir heraus, sobald Luna und ich uns durch den Wald auf den Rückweg machten.

»Ich sehe das genauso wie du. Allerdings hätte es wahrscheinlich wenig geändert«, seufzte Luna resigniert.

»O doch, es hätte einiges geändert. Wir hätten uns darauf vorbereiten können. Oder sie ...« Das war doch alles Scheiße. Wie würden wir sie bloß davor bewahren können, ihrer Familie etwas anzutun?

Eine Idee blitzte vor meinem geistigen Auge auf. Sie war riskant, möglicherweise würde es schief gehen und böse Konsequenzen mit sich ziehen, doch ich würde nicht länger kopflos die Befehle von Caius ausführen. Nicht, wenn es bedeutete, dass ich gegen Elianas Wohl handelte.

»Wir müssen sie wegbringen.«

Luna stockte verunsichert. »Was? Wo willst du sie hinbringen? Das geht nicht. Du hast doch gehört, dass sie sonst nicht hierher kann.«

»Es muss aber nicht ihre Familie sein! Das würde sie sich niemals verzeihen!« Eliana hatte mir oft genug anvertraut, wie wichtig ihr ihre Familie war. Das, was Caius verlangte, würde ich auf keinen Fall zulassen.

»Du meinst …«, überlegte Luna zögerlich.

»Wir bringen sie woanders hin. Dann erklären wir ihr alles. Wir werden mit ihr warten, bis es so weit ist und können direkt eingreifen.«

»Aber Caius hat uns das so nicht aufgetragen«, entgegnete Luna halbherzig. Sie würde gleich einknicken.

»Das spielt in diesem Fall keine Rolle. Alle Magier sind bei der Auswahlzeremonie. Bis die vorbei ist, ist auch Eliana längst bei uns. Niemand wird es erfahren.«

Lunas Augen leuchteten auf. »Du hast recht! Okay, ich bin dabei. Ich hoffe nur, wir sind rechtzeitig zurück.«

Das hoffte ich auch. Sicher würden wir erst nach Mitternacht wieder in Mainz sein. Viel zu spät. Jede Minute, in der ich nicht bei ihr sein konnte, baute mehr Druck in meinem Inneren auf. Was, wenn ich mein Versprechen nicht halten konnte, weil ich zu weit weg war? Wie würde sie dann wohl auf mich reagieren?

Mein Plan, sie von ihrer Familie wegzubringen und ihr ohne das Wissen von Caius die Wahrheit zu sagen, war nicht ganz uneigennützig. Natürlich ging es in erster Linie darum, Eliana vor sich selbst zu beschützen, doch zusätzlich keimte die Hoffnung in mir auf, dass es ihr dann leichter fallen würde, mir zu verzeihen. Allein der Gedanke daran, sie könnte mich hassen, wenn sie die Wahrheit erfuhr, nahm mir jegliche Luft zum Atmen. Dafür war sie mir zu wichtig geworden. Dafür waren wir zu weit gegangen.

Der Kuss in der vergangenen Nacht war falsch gewesen. Ungeheuer falsch. Wie hatte ich so die Kontrolle verlieren können?

Und als wäre ein Kuss nicht genug gewesen, hatte ich sie noch mal geküsst. Es war ihr gegenüber nicht fair gewesen und ich schämte mich für meinen Egoismus.

Nichtsdestotrotz bereute ich es keinesfalls. Sie zu küssen, hatte etwas mit mir gemacht. Nein, es hatte eine Menge mit mir gemacht. Mehr als jeder einzelne Kuss, den ich in meinem gesamten Leben gehabt hatte. Wie würde es erst sein, wenn wir weitere Schritte gingen?

Stopp. Jetzt war nicht der richtige Zeitpunkt für das Kopfkino, das sich mir aufdrängte. Seitdem ich wusste, wie es war, Eliana zu küssen, waren diese Vorstellungen greifbarer geworden. Leider stand es in der Schwebe, ob mich Eliana jemals wieder küssen wollen würde.

17 Eliana

Sonnenlicht kitzelte mein Gesicht, als ich am nächsten Morgen aus einem traumlosen Schlaf erwachte. Ermattet öffnete ich die Augen und blickte durch das große Fenster unseres Ferienhauses in die schneebedeckte Landschaft des Schwarzwaldes. Obwohl ich einige Stunden geschlafen haben musste, brummte mein Kopf wie nach einer durchzechten Nacht.

Dabei hatte ich mich bereits um kurz nach Mitternacht schlafen gelegt, nachdem wir in Samuels Geburtstag reingefeiert hatten. Mein Plan, meinen Bruder aufzumuntern, war aufgegangen. Ich beschloss, aufzustehen, damit ich ihm ein Geburtstagsfrühstück zubereiten konnte. Als ich die Decke wegzog und mich aus dem Bett erhob, wurde ich von einem derartigen Schwindel ergriffen, dass ich komplett die Orientierung verlor. Ein heftiges Pochen in meinem Kopf zwang mich dazu, meine Hände an mein Gesicht zu drücken, in der Hoffnung, dem Druck standhalten zu können, der mich schließlich zu Boden zwang.

Bilder tauchten vor meinen Augen auf. Völlig unkontrolliert wechselten sie in einer wahnsinnigen Geschwindigkeit.

Der Berg mit dem Nebel, Raphael, der mich küsste, eine grölende Menge, Wellen, heller Sonnenschein, der mir die Haut verbrannte, ein Stammbaum in einem aufgeschlagenen Buch, eine Kette, die ich in einer dunklen Umgebung in den Händen hielt, ein sprudelnder Wasserfall, grünblaue Augen, die mich tödlich anfunkelten, eine Krone mit einem rötlichen Stein, ein Friedhof, Blut an meinen Händen und überall.

»Eliana, was ist los? Brauchst du Hilfe?« Die Stimme, die weit entfernt in meine Ohren drang, wurde durch markerschütternde Schreie übertönt. Erst nach einer Weile begriff ich, dass ich diejenige war, die schrie. Es schmerzte. Es schmerzte so sehr. Ich spürte den kalten Boden unter meiner Wange, mein Herz hämmerte, mein Körper schien innerlich zu verbrennen. Was passierte mit mir?

Ich versuchte zu der Stimme meines Bruders durchzudringen, der neben mir auf dem Boden saß und mit den Händen meine Stirn berührte.

»Brauchst du einen Arzt? Was tut dir weh?«, fragte er hilflos, völlig verunsichert, wie er sich verhalten sollte.

Schritte ertönten, bis sich auch Felix über mich beugte. Zitternd versuchte ich mich aufzurichten, woraufhin beide nach meinen Armen griffen, um mir aufzuhelfen. Sie setzten mich auf mein Bett, doch meine Sicht war so verschleiert, dass ich die beiden kaum erkennen konnte. Etwas stimmte nicht. Etwas stimmte ganz und gar nicht mit meinem Körper, der im nächsten Moment von einer heftigen Übelkeit ergriffen wurde.

»Ich muss ins Bad!«, keuchte ich und versuchte, aufzustehen. Taumelnd wagte ich ein paar Schritte und verlor das Gleichgewicht einzig dadurch nicht, dass sie mir Halt boten. Im Bad schloss Felix hinter Samuel und mir die Tür, während ich vor der Toilette zu Boden sank und in die Schüssel würgte. Samuel hielt mir mit einer Hand die Haare zurück, mit der anderen stützte er mich.

»Eliana, sag mir bitte, was ich tun soll. Sollen wir den Rettungsdienst rufen? Was brauchst du?«, fragte er verzweifelt, als ich mich von der Toilette wegbeugte und zusammensackte.

»Ich weiß nicht«, stieß ich leise hervor. Er legte meinen Kopf in seinen Schoß und strich mir verklebte Haarsträhnen aus dem Gesicht. Erneut überkam mich eine Welle heftiger Übelkeit und ich versuchte, mich aufzurichten. Samuel zog mich nach oben. In diesem Moment begann es in meinem Hals zu brennen, ein

Schmerz durchströmte meinen Körper, der so heftig war, dass ich glaubte, sterben zu müssen.

Da war nur noch der Schmerz, der in Wellen meinen Körper von meinen Zehen bis zu meinem Haaransatz vereinnahmte. Ich verkrampfte, hatte keine Kontrolle mehr über das Geschehen.

Panische Rufe meines Bruders drangen gedämpft zu mir durch. Es gelang mir nicht, darauf einzugehen. Dann drängte sich ein Geruch in meine Nase, der sich fest in mein Bewusstsein brannte. Das war es! Das würde diesen Schmerz beenden. Intuitiv wusste ich, dass ich nicht überleben würde, wenn ich es nicht bekam.

Meine Hände bewegten sich, ohne dass ich sie kontrollieren konnte. Sie griffen in die Richtung, aus der mich der Duft lockte, und fanden einen warmen Körper, in dessen Gefäßen die Flüssigkeit gepumpt wurde. Ich drückte ihn an mich und sog gierig den Duft ein, der mich retten würde, der alle Qualen beenden würde. Mein Lebenselixier.

Meine Zähne durchdrangen das zarte Fleisch. Tiefer, bis der Trank in meine Kehle floss. Über meine Lippen, an ihnen vorbei in alle Richtungen. Ich brauchte mehr davon. Nein. Ich brauchte *alles*. Alles, bis nichts mehr übrig war. Denn augenblicklich ließ der unendliche Schmerz nach. Mit jedem Schluck gewann mein ausgelaugter Körper an Stärke.

»Samuel? Ist alles okay? Sollen wir reinkommen oder warten?« Die Stimmen, begleitet von einem Klopfen drangen aus weiter Ferne an mein Ohr.

Samuel.

Samuel?

Mein Verstand versuchte, diesen Namen einzuordnen. Er klang vertraut.

»Samuel? Wir kommen rein, ja?«

In meinem Gehirn rastete es ein. Samuel. Mein Bruder. Blut. Sein Blut!

Zutiefst entsetzt drückte ich mich von ihm weg und sah fassungslos an mir herab. Da war Blut. Überall. Es klebte an meinen

Händen, tropfte von meinen Lippen, hatte mein Nachthemd durchtränkt. Es übersäte den Boden, aber vor allem strömte es aus einer tiefen Wunde an Samuels Brust. Er lag blass und reglos auf den Fliesen. Was hatte ich getan? Warum bewegte er sich nicht? Warum zum Teufel lag er da und regte sich nicht?

War er … Nein! Das durfte er nicht sein. Das durfte nicht wahr sein!

Ehe ich mich auf ihn werfen konnte, um zu prüfen, ob er atmete, ob sein Herz schlug, wurde die Badezimmertür aufgerissen. Drei zutiefst entsetzte Gesichter lugten in den Raum. Als sie begriffen, was sie vor sich sahen, rissen sie von Panik erfüllt die Augen auf.

Ich musste hier weg! Und zwar sofort, denn der Geruch des Blutes biss sich in meine Nase und das Verlangen danach, mehr zu bekommen, wuchs auf eine Stärke an, die ich kaum zurückhalten konnte.

Ich sprang auf die Beine, stürzte zur Tür und stieß die Jungs zur Seite, die vor Schock wie angewurzelt stehen geblieben waren. Meine Beine trugen mich die Treppe hinab bis zur Haustür und schließlich hinaus in den eisigen Morgen. Panisch stürmte ich die Straße entlang in Richtung Wald, um so weit weg zu kommen wie nur möglich. Hinter mir hörte ich, wie jemand meinen Namen rief, doch ich beschleunigte nur mein Tempo.

Was. War. Gerade. Geschehen? Wie konnte das wirklich passiert sein? War er tot? Hatte ich meinen Bruder umgebracht? Meinen Samuel?

Schneller als ich jemals gelaufen war, preschte ich durch das Dickicht. Ziellos in den Wald hinein. Ich rannte und rannte. Solange, bis ich an Kraft verlor und mich auf die Knie stürzte. Mein Körper zuckte, ich konnte kaum atmen und glaubte vor Grauen zu hyperventilieren.

Ein Rascheln in der Nähe ließ mich aufhorchen. Ich war geradewegs in die Nähe eines verletzen Rehs gelaufen, das sich humpelnd durch das Gebüsch kämpfte. Mein Körper nahm mir jegliche Form der Einflussnahme und stürzte sich auf das Tier. Ich verlor das Bewusstsein für Raum und Zeit. Mein Verstand schaltete sich ab, während ich das Wild aussaugte, bis nichts mehr übrig war.

18 Raphael

Sie saß zitternd in der Kälte, hatte ihre Beine umschlungen und weinte bitterlich. Der Schnee um sie herum war durch das Blut rot verfärbt. Ihr Anblick ließ mein Herz einen Schlag aussetzen. Langsam, um sie nicht zu erschrecken, trat ich auf sie zu. Unter meinen Füßen knirschte der Schnee und sie sah auf.

Mit roten und geschwollenen Augen begegnete sie meinem Blick. Der Schmerz darin war kaum zu ertragen.

Sobald ich mich ihr bis auf einen Meter genähert hatte, blieb ich stehen und ging vor ihr in die Knie. Mir fehlten die Worte, weil keine Worte der Welt sie trösten könnten. Dabei wünschte ich mir nichts sehnlicher, als sie zu trösten, sie in meine Arme zu ziehen und zu halten. Bis es ihr besser gehen würde.

Nur wusste ich, dass ich den Teufel tun sollte, sie auch nur zu berühren. Noch war sie zu überwältigt, doch sobald sie begriff, was ich getan hatte, würde alles aus ihr herausbrechen. Es brodelte bereits gefährlich unter ihrer Oberfläche.

»Samuel! Ich habe … ich …«, wimmerte sie, doch ihre Stimme versagte. Erst in diesem Moment erahnte ich, dass sie womöglich glaubte, er sei tot. Er war in der Tat sehr apathisch gewesen, als Luna und ich ihn gefunden hatten, doch er würde es überleben.

»Sein Zustand ist stabil. Er wird wieder gesund«, versicherte ich ihr und spürte, wie die Last zumindest ein wenig von ihr abfiel. Zittrig atmete sie durch und versuchte sich etwas zu beruhigen. »Und er wird sich an nichts erinnern. Genauso wenig wie seine Freunde. Dafür habe ich gesorgt.«

Auch das sollte sie wissen.

Ihre Augen wanderten zu mir. Sie sah mich an, als würde sie

mich zum ersten Mal richtig erkennen. Als würde sie endlich begreifen, was für ein Monster ich war. Ich spürte, wie sich Wut in ihr aufbaute, die ihren Körper einnahm und im Begriff war auszubrechen. Unbändige Wut auf mich, derjenige, der die ganze Zeit gewusst hatte, was passieren würde. Der sie belogen hatte, der sie weder gewarnt noch eingegriffen hatte.

»Du!« Sie spie das Wort aus, als wäre ich ihr zuwider. Ich antwortete nicht, sondern machte mich innerlich für den Sturm bereit, der über mich hereinbrechen würde. »Du wusstest das alles! Die ganze Zeit über hast du mich belogen! Du wusstest es und du hast es nicht verhindert! Wieso hast du nichts getan? Wieso?« Sie rückte zurück, um einen größeren Abstand zu mir zu gewinnen.

Jedes ihrer Worte traf mich wie ein Peitschenhieb, was ich nicht vor ihr verbergen konnte oder wollte. Sie sollte wissen, dass sie recht hatte. Ich hatte das verdient.

Und doch erstarrte mein Herz. Ich hatte Sorge, dass sie mir nie verzeihen würde. »Eliana, ich …«

»Wage es ja nicht, meinen Namen so auszusprechen! Du bist ein elender Heuchler!«

Ich nickte. Vermutlich fragte sie sich, wie ich es mit mir vereinbaren konnte, sie zu küssen und gleichzeitig tatenlos dabei zuzusehen, wie ihre Welt zusammenbrach. »Bitte lass es mich erklären. Ich beantworte dir alle Fragen.«

»Sag mir, wo du warst! Wieso hast du das einfach zugelassen, obwohl du genau wusstest, wie wichtig mir mein Bruder ist? Wieso hast du mir das angetan?«, presste sie hervor. Neue Tränen füllten ihre Augen, die sie sich grob wegwischte.

Wieso hast du mir das angetan? Der Satz hallte in meinem Kopf derart quälend nach, dass er mich in die Knie gezwungen hätte, wäre ich nicht ohnehin schon am Boden. Was hatte ich ihr bloß angetan?

»Es ist alles furchtbar schiefgelaufen. Luna und ich wollten dich wegbringen, um es zu verhindern. Wir mussten gestern kurz weg und als wir um Mitternacht zurückkamen, warst du nicht mehr da. Wir haben gehofft, dass du und Samuel einfach feiern gegangen seid und gewartet, doch als ihr in der Frühe immer noch nicht zurück wart …« Ich zögerte. Für das, was ich hatte tun müssen, schämte ich mich vor ihr. Wie würde sie es aufnehmen? »Wir sind zu deiner Mutter und haben sie gefragt, wo ihr seid. Und dann habe ich sie vergessen lassen.«

Ich redete ein wenig langsamer, um ihre Reaktion exakt erfassen zu können. Ihr Blick war wie versteinert, als wäre mein Geständnis nur ein Tropfen auf dem heißen Stein, der sie nicht mehr schockieren konnte.

Also fuhr ich fort: »Wir haben uns sofort auf den Weg hierher gemacht. Alles hat viel zu lange gedauert. Ich wusste, dass unsere Zeit knapp ist und dass deine Verwandlung sich vollenden würde. Und die ganze Zeit über habe ich mir solche Vorwürfe gemacht, dass ich nicht bei dir war, so wie ich es dir versprochen habe. Wenn Luna und ich bloß bei dir gewesen wären …« Das Schlimmste war, dass wir gestern Abend hier vorbeigekommen waren. Unser Weg führte durch diesen Wald.

»Hör auf«, bat Eliana leise. Sie hatte den Kopf in ihren Händen vergraben. »Hör auf so zu reden, als ob ich dir etwas bedeuten würde.«

»Ich …«, setzte ich an, schloss den Mund aber wieder.

»Was ist eben passiert?«, krächzte Eliana, die anscheinend auf ihren Bruder hinauswollte.

»Wir haben dich wegrennen sehen. Ich habe dir nachgerufen, aber du hast nicht reagiert. In dem Moment habe ich mir die schlimmsten Dinge ausgemalt. Wir haben zuerst nach deinem Bruder und seinen Freunden gesehen. Sie waren … aufgelöst. Luna hat den Rettungsdienst gerufen und ich habe die Gedanken der Jungs verändert und sie glauben lassen, ein wilder Hund hätte Samuel angegriffen. Ich weiß, das klingt total unglaubwürdig, aber es war das Erste, was mir einfiel. Ich musste schnell handeln. Wir haben die Situation so aussehen lassen, als wäre Samuel mit dir spazieren gewesen und auf einmal sei ein weggelaufener Dobermann Pinscher auf euch zugerast und hätte euch angegriffen. Das war auch für die Sanitäter plausibel, da dein Gebiss nun dem eines Raubtiers ähnelt.«

Wieder wartete ich auf eine Reaktion, doch sie blieb weiterhin starr.

Also berichtete ich weiter: »Du bist bei dem Angriff einen Abhang hinabgestürzt und Samuel hat es nach Hause geschafft. Er konnte dich nicht mehr finden. Diese Erinnerung habe ich ihnen allen eingeflößt, einschließlich Samuel.«

Ich schwieg, um ihr die Zeit zu geben, die Informationen zu verarbeiten. Sie sah mich nicht an, doch ich fühlte, wie sie mit ihren Schuldgefühlen und dem Schmerz zu kämpfen hatte. Ihre Familie dachte nun sie sei tot.

»Ich habe ihn fast umgebracht. Einen Moment lang dachte ich, ich hätte es getan. Er hat sich nicht mehr geregt.« Ihre Worte waren leise und voller Entsetzen.

»Das hast du nicht. Er war sehr schwach, doch wurde direkt behandelt. Die Wunde wird genäht, er bekommt Blut und Infusionen, aber er wird wieder gesund. Und das ist wirklich … ich brauchte Jahre, bis ich gelernt habe, mich zu kontrollieren.«

Nun hob sie den Kopf und sah mich aus einer Mischung aus Wut, Ekel und Neugierde an. »Wieso bin ich … so? Wurde ich etwa gebissen? Seit wann bist du so?«

»Seit meiner Geburt«, antwortete ich ihr und sah dabei zu, wie sie die Logik hinter meinen Worten zu begreifen versuchte.

»Wie ist das möglich? Dass du seit deiner Geburt schon ein …« Sie brach ab.

»Sprich es aus«, verlangte ich leise.

»Reicht es nicht, dass ich *Blut* getrunken habe? Das ist so abartig und widerwärtig!« Natürlich ekelte sie das an. Sie war anders aufgewachsen als ich. Für mich war es von klein auf selbstverständlich gewesen, Blut zu trinken.

»Du bist kein Vampir. Ich weiß, dass du das denkst, doch das bist du nicht und ich bin das auch nicht«, klärte ich sie schließlich auf.

Sie sah mich an, als würde sie überlegen, ob ich scherzte.

»Du bist ein Evalfin«, offenbarte ich ihr. Endlich.

»Ein was?«

»Das sind Wesen, die tatsächlich einen Vampiranteil in sich tragen, doch ebenso einen Elfenanteil.«

Ihr Blick hatte sich nicht verändert. Misstraute sie mir so sehr, dass sie ernsthaft dachte, ich würde mir in dieser Situation einen Spaß erlauben?

»Das habe ich noch nie gehört«, meinte sie argwöhnisch.

»Die meisten Menschen haben von so einigen Wesen, die existieren, noch nie gehört. Nur diejenigen sind bekannt, die es am häufigsten gibt und die in der Vergangenheit viel Kontakt zur Menschheit hatten. Evalfine gehören nicht dazu. Von uns gibt es insgesamt nur etwa siebenhundertfünfzig.«

In ihre Skepsis mischte sich Neugier. »Warum bin ich erst jetzt eine? Und du seit deiner Geburt?«

»Normalerweise wird man als Evalfin geboren. Eine Verwandlung ist sehr ungewöhnlich. Du aber hast dich verwandelt, weil deine leibliche Mutter auch ein Evalfin war. Sie hat die Evalfin-Gene auf dich übertragen, die erst jetzt etwas in deinem Körper ausgelöst haben. Frag mich nicht, was die Genetik sich dabei gedacht hat, ich weiß es nicht.«

»Meine Mutter?« Eliana hatte ihre blauen Augen weit aufgerissen. Sehnsucht und Einsamkeit spiegelten sich in ihnen wider. Nun waren wir an einem Punkt angelangt, an dem ich ihr nicht zu viel erzählen sollte.

»Du hast Verwandte, dort wo die Evalfine leben und sie werden dich über alle Details deiner Familie aufklären. Ich bin dafür nicht der Richtige«, gestand ich und hoffte, dass sie mir das nicht übelnahm.

Tatsächlich nickte sie bloß, während sie mit den Gedanken noch bei ihrer Mutter zu sein schien, die sie im Gegensatz zu mir nie hatte kennenlernen dürfen. All die Informationen zu verarbeiten und in ihr Weltbild einzubauen, fiel ihr sichtlich schwer. Alles, was sie für normal gehalten hatte, war zusammengebrochen. Nichts in ihrem Leben würde mehr so sein, wie es gewesen war. Sie hatte alles verloren. Ich hoffte, ihr zeigen zu können, dass sie dennoch nicht allein war. Dass ich für sie da sein wollte.

Prüfend musterte ich sie und fragte mich, ob sie nun bereit war, aufzustehen und diesen Ort zu verlassen. Wir sollten unseren Aufbruch nicht länger hinauszögern, denn der Weg war weit und sie brauchte dringend Ruhe.

»Fühlst du dich bereit, mit mir zu kommen?«, fragte ich vorsichtig.

Fassungslos starrte sie mich an und versteifte sich, als wäre ihr erst jetzt wieder bewusst geworden, mit wem sie gerade ihr Gespräch führte. »Was? Nein! Mit *dir* gehe ich nirgendwo hin!«

Ich schwieg, während ich überlegte, wie ich ihr am besten erklären konnte, dass sie keine andere Wahl hatte.

»Wieso sollte ich mit dir mitgehen? Nach allem, was geschehen ist«, entfuhr es ihr.

Mit ruhiger Stimme antwortete ich ihr: »Ich verstehe, dass du das nicht willst. Wirklich! Aber überleg doch: Du kannst nicht zurück.«

»Wegen *dir*! Weil sie wegen dir denken, dass ich tot sei!«, schrie sie und schlug mit der Faust kräftig in den Schnee.

»Selbst wenn sie das nicht denken würden, könntest du nicht zurück. Du kannst dich nicht kontrollieren«, erinnerte ich sie. Sie zuckte zusammen.

Ich wusste, dass meine Worte sich wie Hiebe anfühlen mussten, doch sie waren notwendig, damit sie begriff.

Verzweifelt schlug sie die Hände vor die Augen und bemühte sich, ruhig zu atmen. »Ich kann nicht mit dir mitkommen. Ich kenne dich nicht! Du hast mich die ganze Zeit über belogen. Alles spricht dagegen, dir auch nur einen Schritt zu folgen.«

»Gut. Dann bleibe ich bei dir, bis du bereit bist. Wo gehst du hin? Wo magst du heute Nacht schlafen?« Ich blieb hartnäckig. Sie musste verstehen, dass es keinen anderen Ort geben würde, der für sie geeignet war.

»Ich *will* dich *nicht* bei mir haben. Geh einfach!«, fauchte sie mit geballten Fäusten.

»Nein.«

Sie nahm die Hände von ihren Augen und funkelte mich eisern an. Nun, wo sie ein Evalfin war, würde sie mit diesem Ausdruck auf Menschen ziemlich bedrohlich wirken. Der Vampir war nun ein Teil ihrer selbst und beeinflusste ihr Verhalten ebenso wie die Elfe. Nun kam es darauf an, welcher Seite sie mehr Macht über sich verlieh. Erst in diesem Moment wurde mir bewusst, dass sie nun tatsächlich kein Mensch mehr war. Erst jetzt achtete ich auf die feinen Unterschiede, die sich an ihrem Körper abzeichneten. Die leicht schimmernde Haut, der raubtierartige Ausdruck sowie der intensive Farbton ihrer Augen, der mich nun an einen Ozean erinnerte. Ihr Aussehen war übernatürlich, auch wenn das für Menschen kaum sichtbar war. Sie würden Unterschiede bemerken, sie aber nicht benennen oder einordnen können.

Obwohl sich Eliana meiner Aufforderung widersetzen wollte, begann es in ihrem Kopf zu arbeiten. Zurück oder unter andere Menschen gehen, konnte sie nicht. Allein in der Wildnis überleben auch nicht. Es gab keinen anderen Weg, als mir zu folgen, denn sie war wie ich. Auch wenn sie das nicht sein wollte.

»Wo willst du mich hinbringen? Gibt es da viele andere?«, erkundigte sie sich zaghaft.

»An den Ort, an dem die Evalfine leben. Und ja, da gibt es einige. Auch Verwandte von dir, wie ich bereits sagte.«

»Gut. Wenn es sein muss, dann bring mich da halt hin. Aber dann will ich, dass du dich von mir fernhältst!«

Daran, dass sie ihre Worte ernst meinte, bestand kein Zweifel. Ich schluckte. »Okay. Wenn es das ist, was du willst«, gab ich zurück und ignorierte, wie sich mein Herz bei dem Gedanken zusammenzog. Ob die Möglichkeit bestand, dass sie ihre Meinung noch änderte?

Beunruhigt erhob ich mich und streckte meine Hand aus, um ihr aufzuhelfen. Argwöhnisch warf sie einen Blick auf meine Finger, bevor sie demonstrativ aufstand, ohne sie zu ergreifen. Dabei versuchte sie vergeblich zu überspielen, wie wackelig sie auf den Beinen stand.

»Wo geht es lang?«, fragte sie betont kalt, als wollte sie mir beweisen, dass sie nur mit mir mitkam, weil es gerade keine andere Möglichkeit gab.

Ich deutete bergauf, während wir langsam losschritten und uns von dem Reh entfernten, zu dem sich Eliana kein einziges Mal umdrehte.

Während sie neben mir her stapfte, fiel mir noch deutlicher auf, wie furchtbar sie aussah. Das Blut klebte in ihren Haaren, auf ihrer Haut und hatte ihr Nachthemd durchtränkt. Obwohl sie durch die Menge Blut, die sie zu sich genommen hatte, eigentlich vor Energie strotzen müsste, wirkte sie erschöpft und furchtbar schwach. Ich hielt es weiterhin kaum aus, sie so zu sehen und nichts tun zu können. Würden ihre Augen je wieder leuchten, das liebenswürdige Lächeln zurückkehren, das mein Inneres erwärmte und jedes Mal die Kälte in mir vertrieb?

Eine Weile liefen wir schweigend den Berg hinauf. Der penetrante Duft des Blutes umgab sie wie ein Mantel aus Hohn. Ich musste sie unbedingt am Bach vorbeiführen, damit sie es abwaschen konnte. Der Geruch trieb sie sicherlich in den Wahnsinn. Und auf unserem Weg könnte er zur Gefahr werden.

»Wo leben die Evalfine? Im Wald? Oder versteckt unter den Menschen?«, wollte sie wissen. Ich konnte mir vorstellen, wie zahlreich ihre Fragen sein mussten und wie groß der Unmut gegen mich.

»Nein, wir leben in einer anderen Welt. Wir werden sie gleich durch ein Tor betreten, das sich hier im Wald befindet.«.

Sie stockte für eine Sekunde bei der Neuigkeit, die sie niemals für möglich gehalten hätte. Es existierte ein *Tor zu einer anderen Welt*. Im Gegensatz zu ihr war ich mit dem Wissen aufgewachsen, dass es neben den Menschen zahlreiche Wesen gab, die in unterschiedlichen Welten lebten. Wie musste es sich anhören, wenn man bei den Menschen aufgewachsen war, die keinen Schimmer von der Existenz des Übernatürlichen hatten?

»Was ist das für eine Welt?«

»Sie heißt *Ombrania*. Wir nennen sie auch Schattenwelt, da dort die Wesen leben, die Sonnenlicht nur begrenzt bis gar nicht vertragen. Wesen, wie Vampire oder Dämonen zum Beispiel. Die müssten dir ja bekannt sein.«

»Also halten wir Sonnenlicht ein wenig aus, aber nicht zu viel? Deshalb die Creme.« Ihre Worte richteten sich mehr an sie selbst.

Ich nickte trotzdem.

»Wo ist eigentlich Luna? Kommt sie nach?«, wollte sie nach weiteren Minuten des Schweigens wissen.

»Sie ist schon vorgegangen, um zu berichten, was geschehen ist.« Wieder richtete sich das unbefriedigende Gefühl des Scheiterns in mir auf. Wie hatten wir nur so versagen können? Ein kleiner Teil in mir fragte sich, wie Caius wohl reagieren würde. Ich war froh, dass nicht ich diese Botschaft überbringen musste. Dabei war es seine Schuld gewesen, dass wir Eliana verpasst hatten. Nur stand es mir nicht zu, darauf hinzuweisen.

Wir erreichten schließlich eine kleine Lichtung, in deren Mitte eine Eibe wuchs, die hoch über die umstehenden Bäume hinausragte. Ihr Stamm teilte sich am Grund zu einem Tor, in dem ein kaum sichtbarer Schleier pulsierte. Elianas Aufmerksamkeit richtete sich auf den Baum, dessen Äste durch den Schnee glitzerten. Wie alle nicht-menschlichen Wesen spürte sie die Anziehungskraft, die von der erhabenen Eibe ausging.

Während wir uns näherten, wuchsen Elianas Zweifel an. Deutlicher als zuvor wurde ihr bewusst, dass sie mit mir, jemanden, den sie noch weniger kannte, als sie erwartet hatte, allein in eine fremde Welt gehen würde. Sie misstraute mir zutiefst und war mir dennoch völlig ausgeliefert. Ich konnte jede Gefühlsregung spüren, als wäre es meine eigene. Wir Evalfine hatten ein Gespür für die Stimmung anderer. Doch Elianas Empfindungen gingen mir besonders nah.

»Du bist nicht allein. Ich lasse dich nicht mehr im Stich«, versprach ich ihr. Auch für mich bedeutete ihre Ankunft der Beginn in ein neues Leben. Einst hatte ich ihr gegenüber so viel Verachtung und Wut verspürt, für die sie selbst nicht verantwortlich war. Doch nun hatte sich alles für mich geändert. Sie war mir wichtiger geworden als es mir lieb war. Möglicherweise wichtiger als alles andere.

Caius' Worte schlichen in mein Unterbewusstsein, als wir nur noch wenige Schritte von der Eibe entfernt waren. Eliana durfte erst durch das Tor, wenn sie die Bedingungen erfüllte, um *Ombrania* zu betreten. Und das tat sie jetzt. Sie war ihrer Natur gefolgt und hatte sich selbst das Blut geholt, das sie zur Vollendung ihrer Verwandlung benötigt hatte. Nur hätte ein einziger Tropfen genügt. Es hätte nie so weit kommen müssen. Es war so bitter, dass sie durch den Angriff auf ihren Bruder einen noch schwereren Start in ihr Evalfin-Dasein hatte als ohnehin schon.

»Bist du bereit? Oder möchtest du dir noch Zeit lassen?«, fragte ich, als wir direkt vor dem Baum zum Stehen kamen.

»Ich denke, ich bin bereit«, hauchte sie.

Weil ich ihr glaubte, legte ich meine Hand auf ihren Rücken und begleitete sie durch das Tor.

19 Eliana

Meine nackten Füße berührten frisches Gras. Es hatte nur drei Schritte gebraucht, die Eibe zu betreten und in eine mir völlig fremde Welt einzutauchen. Drei Schritte. Völlige Finsternis und dann eine von Tau benetzte Wiese.

Mein Blick folgte der Landschaft, die mich nun umgab. Sie war nicht mehr schneebedeckt, sondern frisch und grün. Die Eibe, aus der wir getreten waren, thronte auf der Spitze eines Hügels und war als dessen einziger Baum nicht zu übersehen. Von hier oben aus hatte man die Sicht auf eine unendlich weite Landschaft, die so atemberaubend schön war, dass es mir die Sprache verschlug. Wälder und Blumenwiesen durchzogen die hügelige Landschaft. In der Ferne entdeckte ich Berge, die hoch in den Himmel ragten und deren Gipfel mit Eis bedeckt waren. Am Fuße des Hügels floss ein breiter Bach entlang, dessen klares Wasser im grauen Licht glitzerte. Der Himmel war von Wolken bedeckt, sodass die Sonne keine Chance hatte, hindurchzudringen. Über den Bergen und Wäldern schwebte Nebel, der sich durch das gesamte Land zog.

Das war also *Ombrania*, die Welt der Schattenwesen.

Ich spürte Raphaels Blick auf mir, während ich mich umsah, doch ich widerstand dem Drang, mich ihm zuzuwenden.

Er versteckte seine Emotionen nicht mehr vor mir, als wollte er mich hinter seine Mauer blicken lassen und mir verdeutlichen, wie sehr er meinen Schmerz verstand, den er mitverursacht hatte.

Warum hatte er dann nicht alles verhindert, wenn ich ihm doch angeblich so viel bedeutete? Wie hatte er mich auf der Chorfahrt küssen können? War das nur zum Spaß gewesen? Um seine Bedürfnisse zu befriedigen?

Ich versuchte weitere Gedanken darüber zu unterdrücken, denn mein Herz war zu gebrochen. Er hatte es mir aus der Brust gerissen und zerquetscht. Seine Erklärung, dass er angeblich alles dafür getan hatte, um an diesem Morgen rechtzeitig bei mir zu sein, konnte daran auch nicht viel ändern. Falls es überhaupt der Wahrheit entsprach. Wie sollte ich nach allem, was geschehen war, einschätzen können, ob er vertrauenswürdig war?

Stattdessen fasste ich den Entschluss, mich lieber auf meine ungeklärten Fragen zu konzentrieren, deren Antworten er mir endlich geben wollte. Dadurch konnte ich wenigstens für den Moment die Gedanken an das Schicksal meiner Familie verdrängen und versuchen, weiterzuleben. Zumindest noch einen Augenblick lang. Denn ich wusste, es würde mich alles einholen. Es war nur eine Frage der Zeit.

»Hier ist gar kein Schnee«, war das Erste, was ich herausbrachte.

Raphaels Mundwinkel zuckte. »In *Ombrania* laufen viele natürliche Vorgänge anders ab. Unsere Vorfahren haben sich auf den Schatten konzentriert, als die Welt erschaffen wurde.«

»Sie haben die Welt selbst erschaffen?«

»Das haben sie. Mit der Hilfe von Magiern natürlich. Ohne die läuft gar nichts.« Magier existierten also wirklich. Ob das für alle Wesen galt, die ich für fiktiv gehalten hatte?

»Warum haben sie die Welt erschaffen?«, fragte ich.

Raphael führte mich den Hügel hinab. »In der Vergangenheit haben alle Wesen mit den Menschen zusammengelebt. Die Menschen wussten zum Teil über die Existenz anderer Wesen Bescheid, teilweise nicht. Damals hatten sie noch nicht so viele Gebiete der Erde erforscht wie heute, weshalb sich die Wesen leichter verstecken konnten. Trotzdem gab es immer wieder große Konflikte zwischen Menschen und nichtmenschlichen Arten. Manchmal, weil die Menschen eifersüchtig waren, andere Male, weil sie sich fürchteten. Es kam häufig zu brutalen Ausschreitungen. Menschen wurden angegriffen oder riefen selbst zum Angriff gegen magische Wesen auf. Um die Unruhen zu verhindern und für mehr Frieden zu sorgen, beschlossen die Wesen schließlich, sich eigene Welten zu erschaffen, in denen sie in Ruhe ihrer Natur folgen konnten. Letztendlich war es für alle die beste Lösung.«

»Es gibt noch mehr Welten?«

»Einige. Zum Beispiel *Marinia*. Dort leben die Wesen, deren zu Hause unter Wasser ist. Oder *Lumenia*. Das ist die Welt der Lichtwesen. Daneben gibt es *Transformatia*, die Welt der Gestaltwandler, *Flagania*, die Welt der Feuerwesen und *Montania*. Dort leben unter anderem die Magier. Die spielen eine äußerst bedeutende Rolle für den Frieden zwischen den Welten. Sie halten alles zusammen und sind die rechtsbildende Instanz. Was sie entscheiden, hat Geltung für alle anderen Wesen. Ihr Gesetz steht über den Gesetzen der einzelnen Welten.«

So ehrfurchtsvoll, wie er über die Magier sprach, hielt er viel von ihnen. Sie mussten mächtige Wesen sein. Es klang gut, dass sie für Gerechtigkeit sorgten. Doch ich wusste aus der Schule, dass Gerechtigkeit auch viel mit subjektiven Entscheidungen zu tun hatte. Jeder konnte etwas anderes darunter verstehen, was gerecht war. Hatten die Magier ein Verständnis von Gerechtigkeit, das ich teilen würde?

Am Fuße des Hügels führte Raphael mich zu dem kleinen Bach, den ich von der Eibe aus gesehen hatte.

»Hier im Wasser kannst du dich ein wenig waschen.«

Ich sah zum ersten Mal an mir herunter, da ich es vermieden hatte, mich meinem Anblick zu stellen. Der Geruch des Blutes hatte mich ausreichend daran erinnert, was ich getan hatte. Dankbar nickte ich, trat an das Wasser und begann, meine Arme und Beine zu waschen. Danach tauchte ich mein Gesicht unter und spülte meinen Mund aus, um die Fellfetzen des Rehs loszuwerden, die unangenehm in meinem Mundraum geklebt hatten.

Raphael hielt mir seinen Pulli hin, als ich das Gesicht wieder aus dem Bach zog. Nun stand er im T-Shirt vor mir. Eine Jacke hatte er trotz des Schnees im Schwarzwald erst gar nicht getragen. Auch mir war nicht kalt gewesen, obwohl ich nur den Hauch eines Stoffes trug. »Es wäre besser, wenn du das Nachthemd hierlässt und den anziehst. Das Blut könnte andere Wesen anlocken.«

Mit gemischten Gefühlen nahm ich den Pulli entgegen. Mich vom Nachthemd befreien zu können, erleichterte mich ungemein, doch seine Worte verängstigten mich. Von welchen Wesen hatte er gesprochen?

Raphael drehte sich weg, damit ich mich umziehen konnte. Nun, wo mir der Blutduft weniger penetrant in die Nase stieg, fühlte ich mich etwas besser.

Ehe wir weitergingen, deutete Raphael auf den Waldrand, vor dem wir uns befanden. »Eins noch, bevor wir den Wald betreten. Das ist ganz wichtig«, betonte er nachdrücklich. »Bis auf die Evalfine leben hier nur Wesen, die sehr gefährlich sind. Für uns stellen sie nicht alle eine Gefahr dar, doch niemals sollten wir ihnen in die Quere kommen, wenn sie auf der Jagd sind. Daher müssen wir aufmerksam bleiben. Wenn ich etwas höre, das eine Gefahr für uns darstellen könnte, musst du unbedingt das tun, was ich sage.«

»Okay, das werde ich.« Ein mulmiges Gefühl machte sich in meiner Magengegend breit. Fremde Wesen, die ich für nicht real gehalten hatte, lauerten in diesem Wald. Meine Fantasie malte sich die schlimmsten Horrorfilmgestalten aus, die es geben konnte. Das besserte sich keineswegs, als wir den Wald betraten und von Dunkelheit und Nebel empfangen wurden.

Raphael schien meine Furcht zu bemerken, denn nach einer Weile meinte er: »Du kannst dich entspannen. Ich passe auf. Ich kenne mich hier aus und weiß, welche Wege sicher sind. Eine Sache kannst du dir aber merken: Gehe niemals dahin, wo der Wald vollständig finster wird. Sonst kommst du nie zurück.«

Ich erschauderte.

»Aber da sind wir ja jetzt nicht. Mit mir wirst du nicht einmal in die Nähe einer solchen Stelle gelangen«, versprach er.

»Wie nimmst du immer so stark wahr, was in mir vorgeht?«, fragte ich, um mich abzulenken und starrte auf den Waldboden. Zahlreiche Mose und Farne zogen sich über den Grund und umwucherten die Bäume. Einen Weg gab es hier nicht. Nur Blätter, Gestrüpp, grünes Gras und bunte Blumen.

»Das kannst du doch auch«, erinnerte er mich.

»Aber bei dir … da ist meistens nichts«, gab ich zu.

»Ich bin ein Meister darin, meine Gefühle zu verbergen. Das musst du noch lernen.« Seine Stimme hatte an Ernsthaftigkeit verloren. Beinahe klang er selbstgefällig.

»Und hast du sonst noch andere Talente, für die du dich unbedingt selbst loben magst?«, zischte ich abschätzig.

Raphael ließ sich von meinem Tonfall nicht beirren, denn er hatte das natürlich kommen sehen, weil er ja so toll wahrnehmen konnte, was ich fühlte. Unbeeindruckt sprach er weiter, als hätte ich ihm eine normale Frage gestellt: »Ja, tatsächlich gibt es da eine Gabe, über die nur ich verfüge. Sie ist der Grund, wieso ausgerechnet ich zu dir geschickt wurde.« Während er zu Beginn belustigt gewirkt hatte, klang seine Stimme nun bitter. »Ich kann Gedanken von anderen beeinflussen, wie du bereits mitbekommen hast. Daher wurde ich auserwählt, um im Notfall deine Gedanken oder die der anderen zu verändern. Diese Gabe ist etwas Besonderes. Nur wenige Evalfine verfügen über ähnliche Kräfte.«

»Hast du mich auch beeinflusst?«, fragte ich und fürchtete mich vor der Antwort. Wieso hatte ich mir diese Frage nicht schon früher gestellt? Bereits in dem Moment, in dem ich auf der Chorfahrt mit eigenen Augen gesehen hatte, wie er Sophie dazu bringen konnte, eine komplett neue Geschichte zu erzählen, hätte mir klar sein müssen, dass er auch dazu fähig war, meine Gedanken zu manipulieren.

Raphael atmete hörbar aus und sah mich mit einem reuevollen

Ausdruck in den Augen an. Mein Körper verkrampfte sich. »Einmal. Damals im Oberstufenraum, nachdem ich dir geholfen habe mit den Eindrücken umzugehen. Du wolltest mehr wissen, doch ich durfte dir keine Antworten geben. Deshalb konntest du auch nicht auf die Wahrheit kommen. Ich habe dafür gesorgt, dass dir deine Gedanken entgleiten, sobald du versuchst, die Puzzleteile zusammenzusetzen. Wahrscheinlich hättest du sonst längst Eins und Eins zusammengezählt.«

Ich erinnerte mich. Daher war seitdem immer wieder dieses dumpfe Pochen in meinem Kopf aufgetreten, wenn ich versucht hatte zu begreifen, was mit mir geschah. Der Zorn in meinem Inneren wuchs erneut an. Gleichzeitig fragte ich mich, ob er die Wahrheit sagte. Bloß ein einziges Mal.

Er schien den Drang zu verspüren, sich noch weiter zu erklären. »Damals kannten wir uns kaum. Es war mir egal, was ich tat. Ich hatte einen Auftrag und habe ihn ausgeführt. Doch dann lernte ich dich besser kennen und es hat sich falsch angefühlt, dir dasselbe noch einmal anzutun. Deshalb bin ich dir lieber aus dem Weg gegangen. Auf der Chorfahrt bist du dann aber Yuna und Leander begegnet und hast gesehen, wie ich Sophies Gedächtnis verändert habe. Eigentlich hätte ich dich alles vergessen lassen müssen. Doch das wollte und konnte ich einfach nicht mehr. Mein Versuch, dich zu meiden, schlug fehl, denn das hat das Problem nicht gelöst. Als ich dich so fertig gesehen habe, wusste ich, dass ich eine Entscheidung treffen musste. Ich brachte es weder über mich, dir die Erinnerungen zu nehmen, noch dich weiter so im Stich zu lassen. Das Einzige, was mir übrigblieb, war, dich zu bitten, mir keine weiteren Fragen zu stellen und zu hoffen, dass du das annehmen würdest.«

Sein Geständnis brachte keine Ruhe in mein Gefühlschaos. Ich wusste nicht, was ich fühlen sollte. Wut? Erleichterung? Gar nichts?

»Einmal also? Nicht öfter?«, hakte ich nach.

»Ich schwöre es.«

Ob er die Wahrheit sagte? Doch selbst dieses eine Mal war einmal zu viel. Mein Gespür, dass er gefährlich war, hatte mich also nicht getäuscht. Woher konnte ich wissen, dass er mich nicht immer beeinflusste?

Ich dachte weiter über seine Worte nach. Über Yuna und Leander, von denen er gesprochen hatte. Die beiden Personen, die Sophie entführt und mich scheinbar grundlos beleidigt hatten. Bei der Erinnerung an die beiden wurde mir unbehaglich zumute.

»Yuna und Leander sind nicht … begeistert, dass ich komme«, stellte ich fest.

Raphael zögerte für einen Moment, der ausreichte, um mich in meiner Vermutung zu bekräftigen. »Das hat unterschiedliche Gründe. Die haben aber nichts mit dir persönlich zu tun. Der Hauptgrund ist, dass viele Evalfine Vorurteile gegenüber Menschen haben«, sagte er langsam. Er hatte es nicht einmal verneint. Wie würden dann die anderen Evalfine auf mich reagieren? »Eliana, ich hatte auch Vorurteile. Und das tut mir leid.«

Er klang flehend. Überrascht von der plötzlichen Wendung, sah ich auf und begegnete seinem Blick. Ich öffnete den Mund, ohne zu wissen, was ich eigentlich erwidern wollte, da riss er erschrocken die Augen auf und legte den Finger auf meine Lippen. In dem Moment hörte ich es auch. Ein Rascheln in der Ferne, das danach klang, als würde jemand über den Boden gleiten.

»Hier lang«, befahl er lautlos und riss mich mit zu einem Baum. Dort drückte er mich in die Knie und duckte sich ebenfalls. Ich hielt die Luft an, da ich es nicht mehr wagte zu atmen. Auch er gab keinen Laut von sich, während sich das Geräusch in einem unfassbaren Tempo näherte. Es kam direkt auf uns zu.

Raphaels Hände legten sich beruhigend auf meine Arme. Sein Blick war auf mich gerichtet, auch wenn er offensichtlich dabei war, die Situation zu analysieren. Die Gestalt hatte uns erreicht. Voller Grauen sah ich, wie ein dunkler Umhang an uns vorbeizog. Obwohl er nicht anhielt, erblickte ich genug von der Gestalt, damit mir ein kalter Schauer über den Rücken lief.

Das Wesen sah aus wie eine Leiche. Die Finger, die an den Seiten herabhingen, waren lang, knochig und grau, wie gewaltige Klauen, das Gesicht eingefallen und fahl, die Augen rot. Noch nie hatte ich etwas so Abscheuliches gesehen.

Sobald sich die Gestalt einige Meter entfernt hatte, atmete Raphael hörbar erleichtert aus. Langsam entspannte er sich und hob die Braue. »Das war wirklich ein Vampir«, erklärte er und sah dem Wesen nach. »Er war nicht auf der Jagd. Zum Glück! Damit wären wir bei einer sehr wichtigen Lektion: Störe *niemals* einen Vampir, der auf der Jagd ist. Wenn er das Blut gerochen hätte …«

Ich versuchte nicht daran zu denken, wo er wohl jagen würde. In der Welt der Menschen? Hier lebten schließlich keine. Der Schock musste mir im Gesicht stehen, denn Raphael hob eine Hand und strich über die Sorgenfalten auf meiner Stirn.

»Er ist weg. Wir können weitergehen«, flüsterte er tröstend, während er mit seiner Hand über meine Wange strich. »Du musst keine Angst haben. Ich bin bei dir.«

Seine Worte und der Schreck lösten etwas in mir und sorgten dafür, dass mir Tränen über das Gesicht liefen. Mein Körper erzitterte, während mich meine Gefühle und die Gedanken an die Ereignisse dieses grausamen Tages überwältigten. Würde ich meine Familie je wieder sehen? Würden sie ein normales Leben führen können und glücklich sein? Könnte ich mir jemals verzeihen, was ich getan hatte?

Raphaels Züge wurden weicher. Er betrachtete mich voller Zuneigung, als sei ich etwas Wertvolles. Gleichzeitig erkannte ich Sorge und Trauer in seiner Miene. Sein Ausdruck machte alles nur noch schlimmer. Wie konnte er es wagen, mich so anzusehen! Seine Hände bebten, als er sie zu Fäusten ballte, während ich mich ein wenig von ihm wegdrehte und tief durchatmete, um mich zu beruhigen.

»Lass uns weitergehen«, stieß ich gequält hervor und erhob mich zitternd.

Er wirkte mitgenommen und angespannt, als er mir die Richtung zeigte, in die es weiterging. Eine Weile lang schwiegen wir, in der ich versuchte, mich auf die unberührte Umgebung statt auf meine Gedanken zu konzentrieren. War die Natur in *Ombrania* unberührter, weil es keine Autos, keine Flugzeuge und keine Fabriken gab? Oder würden diese noch kommen?

Leichte Neugier entwickelte sich in mir. Was erwartete mich in dieser neuen Welt? Wie und wo lebten die Evalfine? In Särgen wie Vampire oder in Bäumen wie Elfen? Lebten Elfen überhaupt in Bäumen und schliefen Vampire wirklich in Särgen?

Ich lauschte nach irgendeinem Zeichen, das darauf hinwies, dass wir bald da sein würden. Stattdessen hörte ich die Tiere, die sich durch den Wald bewegten. Zwitschernde Vögel, surrende Insekten wie kleine Falter. Doch auch Säugetiere, wie kleine Mäuse, die in einiger Entfernung durch das Gestrüpp huschten, oder Eichhörnchen, die durch die Bäume sprangen.

Allmählich begann der Wald sich zu lichten. Eine neue Umgebung erstreckte sich vor unseren Augen. Erschüttert von dem Anblick erstarrte ich.

20 Eliana

Die Landschaft, die zu meinen Füßen begann, war kahler und steiniger als der Rest des Landes, den ich bisher gesehen hatte. Inmitten dieser steinigen Umgebung wuchs eine Wiese mit rosa Blumen, die wir betraten. In der Ferne ragte ein hoher, steiler Felsen empor, der von dichten Nebelschwaden umhüllt wurde.

Ich erkannte ihn direkt wieder.

Raphael hatte recht behalten. Ich hatte jedes einzelne Detail vor meinem inneren Auge gesehen.

»Jetzt weißt du, warum ich so überrascht war, als ich das Bild in eurem Wohnzimmer gesehen habe. Die gesamte Landschaft, einfach alles hast du exakt so gemalt, wie es tatsächlich aussieht.« Raphaels Stimme war ruhig. Viel zu ruhig für das, was sich in meinem Inneren abspielte. Das war nicht zu fassen. Wie hatte ich wissen können, wie dieser Ort aussah, ohne jemals hier gewesen zu sein?

»Wie ist das möglich?«, hauchte ich, ohne den Blick von dem Berg abzuwenden.

»Das habe ich mich auch gefragt«, eröffnete Raphael. »Und dann war da noch dieser Moment auf dem Schulhof beim Weihnachtskonzert, an dem du auf einmal völlig abwesend warst und auch etwas gesehen hast. Das kannte ich nicht, da Evalfine diese Fähigkeit für gewöhnlich nicht haben. Daher habe ich mich umgehört. Du besitzt die seltene Gabe, die Zukunft vorauszusehen. Noch kannst du diese Visionen nicht steuern, aber das kann man lernen.«

Einen Moment lang dachte ich über seine Worte nach. Es klang plausibel. Das war die Antwort darauf, warum ich diese merkwürdigen Dinge sah und in solchen Momenten nicht zwischen der Realität und den Bildern in meinem Kopf unterscheiden konnte. Ich erinnerte mich an meine blutigen Hände. Diese schlimme Vision war eingetroffen. Würden es die anderen auch?

»Wie sicher sind diese Visionen? Wird alles einmal geschehen, was ich gesehen habe?«, fragte ich und sah Raphael an.

»Das weiß ich ehrlich gesagt leider nicht«, gestand er.

»Manche machen mir Angst.« Ich erinnerte mich an die tobende, schreiende Menge, die einen Kampf und Mord forderte.

Raphaels Augen glühten. Er griff nach meiner Hand, um sie tröstend zu drücken. Schon wieder tat er das. Schon wieder wühlte er mich mit seiner Berührung auf. Ich wollte nicht, dass er mich anfasste und so ansah. Das hatte ich ihm doch deutlich gesagt.

Er ließ mich los und deutete zum Felsen. »Was, wenn ich dir sage, dass wir fast da sind? Unser Ziel ist nämlich genau dort.«

»Wo?«

»Der Felsen ist unser Zuhause. Wir leben dort, in Gängen und großen Sälen.«

Erstaunt wandte ich mich dem Berg zu. Er war unser Ziel? Das unbehagliche Gefühl in meinem Bauch wuchs zu Besorgnis an. Was erwartete mich dort? Wie würden die Evalfine auf mich reagieren? Wie sollte ich dort leben können?

»Ich denke, es ist an der Zeit, dass ich dir noch ein wenig über uns erzähle. Über unser System«, überlegte Raphael, der mich mit einer Handbewegung dazu aufforderte, unseren Weg fortzuführen.

Nach einigen Schritten entdeckte ich ein Gewässer in der Ferne hinter dem Berg. Da musste ein Meer sein, das ich vorher noch nicht gesehen hatte.

»In unserem Felsen leben einhunderteinundfünfzig Evalfine, mit dir dann einhundertzweiundfünfzig. Wir sind eine von insgesamt fünf Gemeinschaften, die existieren. Mehr gibt es von uns nicht. Wir alle leben hier in *Ombrania*, außer wir sind beruflich woanders eingesetzt. Als unsere Gemeinschaften entstanden, haben wir uns mit Evalfinen aus allen Ländern zusammengetan. Bei uns gibt es daher keine unterschiedlichen Völker. Wir gehören zusammen. Egal welche Haut- und Haarfarben wir haben und aus welchem Land unsere Vorfahren stammen. In jeder Gemeinschaft gibt es ein Oberhaupt, das Entscheidungen trifft und Regeln aufstellt.«

»Was sind das für Regeln?«

»Zum einen allgemeine Regeln. Dass wir einander nicht verletzen oder gar töten. Wir Evalfine halten zusammen und unterstützen einander. Zum anderen gibt es auch individuelle Regeln, die sich je nach Oberhaupt ändern. Momentan ist es bei uns verboten, dass junge Evalfine den Felsen ohne Aufsicht oder Einwilligung des Oberhauptes verlassen. Außerhalb der Gemeinschaft drohen eine Menge Gefahren. Dass ich dich heute allein hierherbringen durfte, ist eine Ausnahme. Unser Oberhaupt vertraut mir und weiß, dass ich mich gut auskenne und uns verteidigen kann. Er wollte dir den Anfang erleichtern und dir die Gelegenheit geben, dich ein wenig mit der Situation auseinanderzusetzen, bevor du eine ganze Menge neuer Evalfine kennenlernst.«

»Das heißt, die Evalfine leben die ganze Zeit über in Dunkelheit und die jungen können nicht raus?« Der Gedanke gefiel mir überhaupt nicht. In meiner Vorstellung erwarteten mich dort kalte dunkle Gänge und völlige Finsternis.

»Nein, so ist es nicht. Es ist wirklich schön im Felsen. Die Gemeinschaft hat jeden Gang und jeden Raum sehr gemütlich eingerichtet, sodass wir gern dort leben. Außerdem gehen wir häufig gemeinsam nach draußen. Zur Jagd oder um die Umwelt besser kennenzulernen. Das Eingesperrtsein ist zugegebenermaßen dennoch ätzend.«

Bei dem Wort *Jagd* drehte sich mein Magen um, weshalb ich mir Mühe geben musste, diesen Gedanken beiseitezuschieben. Jetzt wollte ich mich nicht auch noch damit auseinandersetzen, dass ich mich von nun an von Blut ernähren musste.

»Und es gibt keinen einzigen Weg nach draußen? Heimlich?«, wollte ich wissen.

»Du würdest heimlich nach draußen gehen, obwohl es verboten ist?« Seine Stimme klang ungläubig, aber belustigt.

Ich hingegen fand die Situation gar nicht lustig. Mein Verstand sagte mir, dass ich an dieser Stelle nicht weiter mitkommen sollte. Das war doch absurd, ihm freiwillig in diese Gefängnis-Gruft zu folgen.

»Ich kann das nicht«, entfuhr es mir. »Ich werde nicht mitkommen! Du kannst nicht ernsthaft erwarten, dass ich dort reingehe, ohne zu wissen, wie die da drinnen sind. Ich lass mich doch nicht freiwillig in so einem Bunker einsperren!«

Unbeeindruckt steckte Raphael die Hände in die Hosentasche. »Und wo willst du dann hin?«

»Dann bleibe ich halt hier draußen«, erwiderte ich mit einem Anflug an Unsicherheit. Diese Option klang auch nicht gerade verlockend. Nachdem ich diesen schauderhaften Vampir gesehen hatte, fragte ich mich, wie lange ich hier überhaupt überleben könnte.

Raphael schüttelte den Kopf. »*Ombrania* ist wirklich sehr gefährlich. Vor allem für jemanden wie dich. Du kennst diese Welt nicht und solltest daher niemals allein draußen sein.«

»Ich mag es nicht, eingesperrt zu sein!«

»Ich mag das auch nicht. Aber dass du hierbleibst, werde ich nicht zulassen. Glaube mir, im Felsen ist es ganz anders, als du jetzt denkst.«

Ich schnaubte nur.

Raphaels Mundwinkel zuckte. Dann stieß er mich an, damit ich weiterlief. Ich hatte gar nicht bemerkt, dass wir stehen geblieben waren. Zögerlich folgte ich seiner Aufforderung. Was hatte ich schon für eine Wahl?

»Was geschieht, wenn man gegen die Regeln verstößt, von denen du erzählt hast?« Sicher war es besser, darüber Bescheid zu wissen, bevor ich mich in diesen finsteren Berg begab.

»Man muss mit einer Bestrafung durch das Oberhaupt rechnen. Die Art der Strafe ist dann abhängig von der Schwere des Vergehens. Es beginnt mit Diensten, die keiner gern übernimmt und endet bei körperlicher Züchtigung oder Bedrohung der Familie.«

Ich schnappte nach Luft und war kurz davor, mich erneut querzustellen. Gleichzeitig riefen Raphaels Worte eine Erinnerung in mir wach. Verständnislos fragte ich mich, wieso ich ihm nicht viel früher diese eine entscheidende Frage gestellt hatte. Schließlich hatte er all seine Ausreden genau darauf begründet.

»Du hast immer gesagt, du darfst mir nichts sagen. Wer hat es dir verboten und wieso? War es euer Oberhaupt?«

»Ja. Caius hat es uns verboten. Er hat uns von den Magiern überwachen lassen und wir mussten unabhängig von unserer eigenen Meinung gehorchen. Ich habe immer wieder versucht herauszufinden, aus welchem Grund wir schweigen sollten. Er meinte, wir müssen der Natur ihren Lauf lassen. Deine Verwandlung sollte angeblich nicht gestört werden und würde am besten ablaufen und vollendet werden, wenn wir nicht eingreifen.«

»Doch du glaubst nicht, dass das der wahre Grund ist?«, stellte ich fest.

»Nein. Und trotzdem konnte ich nichts tun. Wir haben ihn so oft darum gebeten, dass wir dir erklären dürfen, was mit dir passiert, doch wir haben keine Entscheidungsmacht. Wir mussten uns Caius beugen. Es tut mir so leid, Eliana. Ich hoffe, du kannst mir glauben, dass es mich innerlich zerrissen hat, dich zu belügen.«

Ich biss mir auf die Lippe. Das war alles? Mehr steckte nicht dahinter? Er hatte es verboten bekommen. Waren die Strafen so schlimm, dass alle automatisch befolgten, was dieser Caius befahl? Körperliche Strafen und die Bedrohung der Familie klangen nach einer brutalen Art, seine Befehle durchzusetzen.

»Er ist nicht so wie du denkst«, meinte Raphael. »Es klingt hart und er mag auf den ersten Blick einschüchternd wirken, doch er ist der beste und gerechteste Mann in dieser Position, den wir seit langem hatten. Er nutzt sein Amt nicht aus, um Macht zu demonstrieren, sondern nimmt seine Rolle sehr ernst. Seine Motivation ist immer das Wohl der Gemeinschaft. Was auch immer sein Grund war, für ihn hatte er eine wichtige Bedeutung und für ihn ist er plausibel.«

Seine Verteidigungsversuche änderten nichts an meinem Argwohn. Dennoch wusste ich auch, dass Evalfine keine Menschen waren. Vieles lief hier sicher anders ab und Dinge galten als normal, die ich mir noch nicht vorstellen konnte.

Mittlerweile hatten wir den Felsen fast erreicht und ich beschloss, mir die Landschaft noch einmal einzuprägen und die letzten Atemzüge in Freiheit bewusst wahrzunehmen. Nach einigen Schritten standen wir am Fuß des Berges.

»Der Eingang ist dort oben. Dadurch können die Wächter die Umgebung und die Ankunft möglicher Feinde gut überwachen.« Raphael deutete in die Höhe. Den Eingang, von dem er gesprochen hatte, konnte ich von hier unten nicht ausmachen. »Das bedeutet aber auch, dass wir klettern müssen. Bekommst du das hin?« Er musterte mich. Sein Blick glitt an mir hinab zu seinem Pulli, der bis zur Mitte meiner Oberschenkel reichte. Mit gespitzten Lippen ergänzte er: »Ich gehe lieber vor.«

Ich lief auf der Stelle knallrot an. Freundlicherweise reagierte er nicht darauf, sondern hing bereits an der Felswand und kletterte los.

Klettern war eine Sportart, mit der ich durch Samuels Nebenjob hin und wieder in Berührung gekommen war. Jedoch war das hiermit nicht zu vergleichen. Noch nie war ich einen bloßen Felsen hinaufgeklettert, geschweige denn ohne Sicherungsgurt. Erstaunlicherweise fiel es mir dennoch leichter als erwartet, Raphael zu folgen.

Nachdem wir ein gutes Stück vorangekommen waren und ich es nicht mehr wagte, über meine Schulter zu sehen, erreichten wir einen Vorsprung. Raphael streckte mir die Hand entgegen, um mich das letzte Stück hinaufzuziehen. Dieses Mal nahm ich seine Hilfestellung an. Ich wollte so schnell wie möglich festen Boden unter den Füßen haben. Sobald ich sicher stand, traten zwei Gestalten aus dem Schatten des Eingangs heraus.

Ihre roten Gewänder stachen mir ins Auge, die mich stark an die Kleidung von Yuna und Leander erinnerten, außer dass sie aus einem dunkleren, fast schwarzen Stoff angefertigt waren. Die beiden mussten ein paar Jahre älter sein als ich, schätzungsweise Ende zwanzig. Sie beobachteten mich aus aufmerksamen, raubtierartigen Augen. Alles an ihrem Auftreten wirkte unmenschlich auf mich. Genauso wie Raphael, den ich jetzt anders wahrnahm. Kaum zu glauben, wie blind ich vor der Vollendung meiner Verwandlung gewesen war.

»Raphael, da seid ihr ja endlich! Hier gab es bereits Unruhen, als Luna allein aufgetaucht ist. Was ist passiert? Wir haben noch nichts erfahren.« Der Mann schritt auf uns zu, ohne den Blick von mir zu lösen.

»Es kam zu uns durch, dass Caius wohl sauer geworden ist«, fügte die Frau hinzu, während sie neugierig Raphaels Pulli und meine nackten Beine musterte.

»Haben Menschen immer so seltsame Kleidung an?«, erkundigte sie sich mit ehrlichem Interesse.

»Ähm … naja, sie kombinieren es meistens ein wenig anders«, gab ich zu.

Die Frau runzelte die Stirn, bevor sie sich endlich mit einem dezenten Lächeln vorstellte: »Ich bin Leyla. Und das ist Kiran. Wir sind Wächter und bewachen den Felsen.«

»Freut mich euch kennenzulernen.«

»Also, was ist passiert?« Kiran schien mehr an den Geschehnissen interessiert zu sein als daran, dass wir nun vor ihnen standen.

»Wenn du von Caius nichts erfahren hast, geht es dich offensichtlich nichts an«, erwiderte Raphael kühl, woraufhin Kiran ihn verärgert anfunkelte.

»An deiner Stelle würde ich lieber vorsichtig sein, wenn Caius wütend ist. Ich melde mich gern freiwillig, um dich zu quälen.«

Raphael blieb unbeeindruckt, zumindest wirkte er so. Seine Maske saß so perfekt, als hätte er sie nie abgelegt. »Eliana, bist du bereit? Wir sollten reingehen.«

Ich musste schlucken, als ich begriff, dass es nun kein Zurück gab. Wann würde ich das nächste Mal frische Luft atmen können?

Raphael sah mich warm an. »Mach dir keine Sorgen. Es wird dir bei uns gefallen und du bist nicht allein«, versprach er sanft, legte seine Hand auf meinem Rücken und schob mich in die Finsternis.

Bereits nach wenigen Schritten wurden wir von völliger Dunkelheit umhüllt, die mir die Orientierung nahm. Einzig Raphaels Hand sorgte dafür, dass ich nicht geradewegs gegen die Felswand lief. Als sich meine Augen allmählich an die Düsternis gewöhnten, konnte ich Raphaels Umriss im Gang erahnen.

»Das ist eine Schutzmaßnahme gegen Feinde. Beim Hineingehen ist es so finster, dass man nichts erkennen kann. Dadurch soll es Eindringlingen erschwert werden, sich zu orientieren. Da wir den Weg kennen, wissen wir, wo man langlaufen muss.«

Langsam konnte ich die steinige Wand besser erkennen. »Und wie oft muss man hier durchlaufen, bis man sich orientieren kann?«

»Das geht viel schneller, als du denkst.«

»Wo gehen wir hin?« Unser gemeinsamer Weg neigte sich dem Ende.

»Zu Caius.«

»Und was meinte Kiran eben damit, dass er Caius‘ Bestrafungen gern ausführen würde?«

Sollte ich Angst vor dieser Person haben?

»Du hast nichts zu befürchten. Caius ist auf Luna und mich sauer, weil wir versagt haben. Das hat aber nichts mit dir zu tun«, versuchte Raphael, mich zu beruhigen.

Aber er schaffte es nicht. Schließlich ging es um ihn. »Was wird er mit euch tun?«

Raphael zögerte. »Ich weiß es nicht. Vielleicht gar nichts, vielleicht bekommen wir ein Verbot auferlegt.«

»Aber kann es auch sein, dass ihr körperlich bestraft werdet?« Bei dem Gedanken, dass ihm oder Luna Schmerzen zugefügt werden könnten, zog sich mein Magen zusammen. Dass ich wütend war, änderte daran nichts.

»Kiran übertreibt. Er hofft immer auf körperliche Strafen, doch die kommen nur sehr selten zum Einsatz. Bei wirklich schlimmen Vergehen. Unser Grundsatz ist es, uns nicht gegenseitig zu verletzen. Deshalb werden solche Strafen nur gewählt, wenn es keinen Ausweg gibt.«

Erleichtert atmete ich aus. »Aber warum hofft Kiran auf so etwas?«

»Wir sind brutale Wesen. Vampire zerstören, zerreißen und töten. Diese Seite steckt in uns allen, ob wir es wollen oder nicht. Bei manchen überwiegt der Vampir mehr als die Elfe.«

Darauf gelang mir keine Antwort. Ich hatte am eigenen Leib erfahren, wie einfach ich *zerreißen* und alles andere vergessen konnte. Um mich abzulenken, richtete ich meine Konzentration auf die Gänge, durch die Raphael mich führte. Durch meine scharfen Sinne sah ich nun ebenso viel wie im Tageslicht. Die Orientierung hatte ich bei all den Abzweigungen und Kurven dennoch verloren.

Während es am Eingang noch dunkel und kahl gewesen war, wurden die Tunnel zunehmend heller und einladender. Malereien verzierten die Wände, teilweise lagen Teppiche oder kleine Bauten aus Kieselsteinen auf dem Boden, Statuen aus Stein und Lehm dekorierten die Abzweigungen und Pflanzen wuchsen an der Decke entlang. Über die Kreativität, mit der die Gänge gestaltet worden waren, konnte ich nur Staunen.

Schließlich erreichten wir einen prunkvollen Gang, der vor einer hohen Doppeltür endete. Vor dieser wartete ein groß gewachsener Mann, der das gleiche Gewand wie Kiran und Leyla trug und uns düster entgegenblickte. Vermutlich war er auch ein Wächter.

Ohne ein Wort an uns zu richten, öffnete er die Tür und ließ uns in einen gewaltigen Saal eintreten. Mir klappte der Mund auf. Die Wände des königlichen Raumes waren vollständig mit Gold, kunstvollen Gemälden und Malereien bedeckt, die sich selbst über die Decke zogen. In Kombination mit dem Marmorboden erinnerte der Saal an den Innenraum barocker Kirchen.

Großflächige rot-goldene Teppiche bedeckten die Steinfliesen, altertümliche Sofas und andere Möbelstücke füllten den Raum, doch am auffälligsten waren die beiden gigantischen Statuen, die in der Mitte des Saals thronten. Eine wunderschöne Frau und ein furchteinflößender Mann, den ich sofort als einen Vampir identifizierte. Die Statuen zogen derart meine Aufmerksamkeit auf sich, dass ich die Gestalten, die direkt daneben standen, erst entdeckte, als sie sich zu uns umdrehten.

»Raphael! Eliana! Da seid ihr endlich!«, rief Luna erleichtert. Sie löste sich aus der Gruppe und stürzte sich auf mich. »Es tut mir so unglaublich leid, Eliana. Das alles hätte anders laufen sollen!«

Als sie mich losließ, war ich unschlüssig. Auch sie hatte mich monatelang belogen. Nur wog es bei ihr weniger als bei Raphael, für den ich etwas anderes fühlte.

Ehe ich etwas erwidern konnte, wies Raphael uns darauf hin, dass die anderen auf uns warteten.

Ich folgte seinem Hinweis zu der Gruppe, die schweigsam neben den Statuen verweilte. Vier Augenpaare, die aufmerksam und neugierig auf mich gerichtet waren. Bis auf einen Jungen, der auch in unserem Alter zu sein schien, trugen sie ebenfalls diese roten Gewänder. Allerdings hob sich das edle Gewand eines weißhaarigen Mannes mit seinen gestickten goldenen Verzierungen ab. Dennoch war es nicht das Gewand, das mir zweifelsfrei die Gewissheit gab, dass dieser Mann Caius sein musste. Es war die Macht, die er ausstrahlte.

»Raphael und Eliana! Willkommen!«, nahm er uns in Empfang. »Meine liebe Eliana, ich bin sehr erfreut, dich endlich bei uns begrüßen zu dürfen. Ich bin Caius, das Oberhaupt unserer Gemeinschaft. Sicher hat Raphael dich schon über einige Grundlagen aufgeklärt.«

Caius schenkte mir ein Lächeln und neigte leicht seinen Kopf nach vorn, was ich ihm intuitiv gleichtat. Dann wandte er sich an Raphael, der dem Blick mit seinem üblichen unergründlichen Ausdruck standhielt.

»Luna hat mich bereits über alle Geschehnisse unterrichtet«, verkündete Caius. »Da es tragische Umstände waren, die zu dem Unglück geführt haben, möchte ich darüber hinwegsehen. Wie ich hörte, habt ihr euer Bestes gegeben, um den Schaden zu beheben.«

Ich unterdrückte ein Keuchen. Hatte er es gerade wirklich als *Schaden* bezeichnet, dass ich meinen Bruder beinahe umgebracht hatte? Er war doch kein Auto, sondern ein Mensch!

Raphaels Blick wanderte zu mir, als wollte er mich daran erinnern, dass meine Gefühle hier niemandem entgingen. Auch Caius wandte sich wieder an mich. »Es tut mir sehr leid, dass du uns unter solch schweren Umständen erreichen musstest. Ich hoffe, du wirst dich trotzdem schnell hier einleben und wohlfühlen«, fuhr er fort, bevor er hinter sich auf die anderen Personen deutete.

Er bat den Jungen mit dem anders aussehenden schwarz-silbernen Gewand nach vorn, der sich optisch so sehr von den anderen Evalfinen unterschied, dass ich den Eindruck gewann, er sei keiner. Seine Augen leuchteten grün, seine Züge waren weich. Er wirkte weder menschlich noch wie ein Evalfin.

»Das ist unser Julio. Er ist ein Magier und ein treuer Freund unserer Gemeinschaft. Durch seine Hilfe wurde uns einiges erleichtert. Du und deine Familie stehen schon seit einigen Jahren unter seinem Schutz«, stellte Caius ihn vor.

Julio verzog den Mund zu einem sachten Lächeln, ehe er und

Raphael einander ansahen. Ich glaubte, zwischen ihnen etwas Vertrautes zu erkennen. Fast so, als seien sie befreundet.

Hinter Julio traten schließlich die anderen Evalfine hervor, die sich so ähnelten, dass sie Mutter und Tochter sein mussten. Die ältere der beiden schätzte ich auf um die vierzig, die jüngere war in meinem Alter. Beide kamen mir bekannt vor. Dann erkannte ich voller Überraschung, dass die ältere meiner Mutter ähnlich sah. Zumindest wenn ich sie mit den Fotos verglich, die ich zu Hause in dem Kästchen aufbewahrte. Das mussten meine Verwandten sein, von denen Raphael gesprochen hatte.

»Hallo, Eliana«, sagte die Frau mit einem liebevollen Lächeln. »Ich bin Alia. Deine Mutter Liara war meine ältere Schwester.«

21 Eliana

Ich hatte eine Tante. Meine Mutter hatte eine Schwester, von der ich nie etwas erfahren hatte. Warum? Warum hatte sie nie Kontakt zu mir aufgenommen? Hatte mein Vater von ihr gewusst? Mein Leben lang hatte er behauptet, meine Mutter hätte keine lebenden Verwandten mehr gehabt. Dann war da auch noch Rebekka, meine Cousine, die mich im Gegensatz zu ihrer Mutter voller Argwohn musterte. Ich hatte den Eindruck, dass sie mich nicht mochte. Dabei kannten wir uns noch nicht einmal.

Caius hatte uns recht bald verabschiedet, um uns Zeit für die Familienzusammenführung zu geben. Seine einzige Bitte an mich war es gewesen, mich am nächsten Morgen vor dem Unterricht bei der Schulleiterin Nadima zu melden.

Nun blieben Alia, Rebekka, Raphael, Luna und ich in einem Gang, irgendwo im Felsen stehen und ich blickte voller Erwartungen meine Tante an. Mein Leben lang hatte ich mich danach gesehnt, mehr über meine Mutter zu erfahren. Mein Vater hatte kaum über sie gesprochen, da der Verlust ihn zu sehr geschmerzt hatte. Jetzt stand ihre Schwester vor mir. Ihre Schwester!

»Eliana, du siehst Liara so unfassbar ähnlich«, seufzte Alia kopfschüttelnd und musterte mich von oben bis unten. Neben Trauer schwang in ihrer Stimme noch etwas anderes mit. War es Furcht?

»Wieso weiß ich nichts von euch? Mein Vater hat euch nie erwähnt.« Ich hielt es nicht länger aus, auf meinen Fragen sitzen zu bleiben.

»Dein Vater erinnert sich nicht an uns. Wir haben ihn alles vergessen lassen«, antwortete Alia betrübt.

»So, wie Raphael es kann?« Ich runzelte die Stirn, als ich zu ihm sah.

Schuldbewusst senkte er den Blick. »Ich war es. Ich habe dir davon noch nicht erzählt, weil es eine Familienangelegenheit von euch ist. Zwar habe ich damals eingegriffen, doch ich bin nicht in der Position dich darüber aufzuklären, was geschehen ist. Das sollte Alia tun.«

Wieviel gab es eigentlich noch, was ich nicht über ihn wusste? Das nahm scheinbar kein Ende. Bereits vor so vielen Jahren hatte er in mein Leben eingegriffen?

»Moment, wie alt bist du?«, fuhr ich ihn an, als mir auffiel, dass etwas an der Geschichte hakte. Als Baby hatte er gewiss noch nicht solche Fähigkeiten besessen.

»Diesen Punkt habe ich ganz vergessen zu erwähnen. Hier in *Ombrania* läuft die Zeit nicht parallel zu der Welt der Menschen. Sie ist langsamer. Wenn in der Menschenwelt fünf Jahre vergehen, ist hier erst ein Jahr vergangen. So gerechnet bin ich für die Menschen fünfundneunzig Jahre alt, obwohl ich eigentlich neunzehn bin.«

Wieder eine Information, die ich sacken lassen musste. Fünfundneunzig Jahre? Das bedeutete, dass sie alle schon ziemlich lange lebten. Schnell fing ich mich wieder, denn die Vorstellung war zwar erschreckend, doch eigentlich war diese Tatsache gerade belanglos.

»Okay und wieso hast du meinen Vater vergessen lassen?«, kam ich zum Thema zurück.

Meine Stimme war kalt, weil Raphael nichts anderes verdient hatte. Was war er bloß für ein Lügner.

»Eliana, fühlst du dich bereit, mehr über deine Vergangenheit zu erfahren, oder magst du dich lieber erst einmal ausschlafen?«, fragte Alia.

»Ich kann keine Sekunde länger warten! Ich möchte alles wissen. Alles über meine Mutter, darüber, was geschehen ist und warum ich hier bin«, antwortete ich, ohne zu zögern.

»Okay, dann lasst uns einen leeren Funktionsraum aufsuchen. Das wird eine längere Zeit in Anspruch nehmen.«

Es war mir weiterhin ein Rätsel, wie sie sich hier orientieren konnten, als wir uns erneut in Bewegung setzten. Dieses Mal ging es bergab, bis Alia vor einer Tür im Gang stehen blieb und sie öffnete. Dahinter befand sich ein kleiner gemütlicher Raum mit Sitzecken, Sofas, und einem schmalen Tisch.

»Das ist ein Funktionsraum. Von denen gibt es einige im gesamten Felsen. Sie können von allen genutzt werden«, erklärte Raphael hinter mir, während wir auf die Sofas zusteuerten.

Ich nickte bloß. Meine Aufmerksamkeit galt Alia, der ich signalisieren wollte, dass ich bereit war, ihr zuzuhören.

»Ich denke, am besten ist es, wenn ich in der Vergangenheit beginne, damit du die Umstände besser verstehst. Ist das okay für dich?«

Ich stimmte zu. Jede Information war mir recht.

Alia lehnte sich ein wenig zurück. »Ich habe dir bereits gesagt, dass Liara meine ältere Schwester war. Sie ist nicht meine einzige Schwester, denn sie war ein Zwilling. Ihre Zwillingsschwester heißt Lydia.«

Als sie den Namen aussprach, spürte ich förmlich, wie sich die Temperatur im Raum um fünf Grad abkühlte und die anderen sich verkrampften. Raphael ballte seine Hände so fest zusammen, dass seine Knöchel weiß hervortraten. Rebekka hatte mit angespanntem Kiefer die Augen geschlossen und Luna den Blick auf den Tisch gesenkt. Nach dem Grund für diese heftigen Reaktionen der anderen fragte ich nicht. Sicher würde ich es gleich erfahren.

»Unsere Eltern waren von Beruf Botschafter«, fuhr Alia fort. »Diese stehen im Kontakt zu den Lebewesen anderer Arten und Welten und sorgen für Austausch und Kommunikation. Sie leben für längere Zeitabschnitte in den Welten, in denen sie eingesetzt sind. Unsere Eltern waren in *Origonia* tätig. Verzeih, *Origonia* nennen wir die Welt der Menschen, weil sie die Ursprungswelt ist.

Meistens nahmen unsere Eltern uns auf diese Einsätze mit und wir lebten für längere Perioden in einer Stadt unter den Menschen. Im Jahr Achtzehnhundertneunundsiebzig wohnten wir in einem kleinen Dorf in der Nähe von Konstanz. Wir hegten kaum Kontakt zu den Einwohnern des Dorfes, um uns so unauffällig wie möglich zu verhalten und wurden zu Hause unterrichtet. Ich war so weit entwickelt wie ein achtjähriges Mädchen, meine Schwestern wirkten, als seien sie zehn Jahre alt. Häufig erkundeten wir zu dritt die Umgebung und entfernten uns von unserem Dorf. Am liebsten liefen wir den Bodensee entlang bis zum Rhein und zum *Rheinfall*, der uns faszinierte. Dort trafen wir hin und wieder auf eine Gruppe elfjähriger Jungs, die uns aufgrund unseres Aussehens und unserer altmodischen Kleidung beleidigten und auslachten. Da Liara und Lydia immer bei mir waren, hatte ich keine Angst vor den Menschenkindern. Vor allem, weil ihre Instinkte sie davon abhielten, sich uns zu nähern. Dennoch war ich ein Kind, das die Herausforderung und das Abenteuer liebte.«

Alia lächelte bei dieser Erinnerung.

»Eines Tages schlich ich mich bei einer guten Gelegenheit aus dem Haus, als alle beschäftigt waren. Ich stellte mir vor, genau wie meine Eltern auf geheimer Mission zu sein. Obwohl mir meine Eltern verboten hatten, allein zum *Rheinfall* zu gehen, steuerte ich genau dort hin und lief der Gruppe Jungs in die Arme. Sie witterten direkt, dass ich allein war und nutzen die Gelegenheit gnadenlos aus. Noch ehe ich begriff, wie mir geschah, hatten sie mich umkreist und forderten mich dazu auf, ihnen Geld oder etwas anderes Wertvolles auszuhändigen. Dass ich nichts Brauchbares dabei hatte, glaubten sie mir nicht und bedrohten mich weiter. Sie begannen an meinem Kleid zu ziehen. Als einer der Jungs an meinen Zopf griff, bekam ich solche Angst, dass ich ihn fest von mir wegstieß. Er wurde durch die Luft geschleudert und stürzte zu Boden. Zuerst waren sie tief erschrocken darüber, wie stark ich war, doch dann wollten sie sich rächen und griffen richtig an. Sie schubsten mich gewaltvoll hin und her. Schließlich verlor ich das Gleichgewicht, stürzte einen Abhang hinunter und landete im Fluss. Nur wenige hundert Meter vom *Rheinfall* entfernt. Im ersten Moment lachten sie noch, doch dann begriffen sie, was geschehen war. Die Strömung hatte mich sofort erfasst. Sie war viel zu stark und ich noch zu klein, um gegen sie anzukämpfen. Die Jungs wurden unruhig, weil sie nicht wussten, was sie nun tun sollten. In diesem Moment tauchten Lydia und Liara auf, die meine Abwesenheit bemerkt hatten und mir gefolgt waren.«

Mittlerweile war Alias Lächeln verblasst, ihre Stimme heiser, als durchlebe sie diese Erinnerung erneut.

»Die Jungs flohen. Es war sicher ihr Glück, dass Lydia und Liara keine Zeit hatten, um sich an ihnen zu rächen. Sie rannten das Ufer entlang und irgendwie gelang es ihnen, mich rechtzeitig aus dem Wasser zu ziehen, ehe ich in die Tiefen hinabstürzte und ertrank. Wären sie nur ein wenig später aufgetaucht, hätte ich es nicht überlebt.«

Alias Miene war finster. Sie schien ganz in der Vergangenheit versunken zu sein. Die anderen kannten die Geschichte bereits und schwiegen. Niemand sagte ein Wort.

»Unsere Eltern zogen sofort Konsequenzen aus dem Unglück«, fuhr Alia fort. »Sie hatten zu große Angst, dass uns wieder etwas zustoßen könnte und schickten uns zurück in den Felsen. Unter Evalfinen ist es nicht so ungewöhnlich, dass die Kinder ab einem gewissen Alter auch ohne Eltern in der Gemeinschaft bleiben, denn wir unterstützen uns alle gegenseitig. Unsere Eltern fühlten sich wohler mit dem Gedanken, dass wir hier versorgt und beschützt wurden. Auch wenn das bedeutete, dass sie sich für längere Zeiträume von uns trennen mussten und schneller altern würden als wir.«

Sie schluckte.

»An meinen Schwestern ging der Vorfall auch nicht spurlos vorbei. Da sie mich fast verloren hatten, begannen sie Menschen zu misstrauen, sie gar zu verachten. Ihr Hass verhärtete sich, als unsere Eltern im zweiten Weltkrieg bei einem Bombenanschlag starben. Für Lydia und Liara stand fest: Menschen hatten ihnen ihr Leben lang nur Leid zugefügt. Sie waren brutal, gewaltbereit und stellten dadurch eine Gefahr für alle Evalfine dar.«

Ich verlagerte unruhig mein Gewicht. Das hatte meine Mutter über Menschen gedacht? Aber wieso war sie dann mit meinem Vater zusammengekommen?

»Sie beide entschieden sich für den Beruf der Botschafter, so wie es unsere Eltern gewesen waren. Welche Intention letztendlich dahintersteckte, haben sie mir nie offenbart. Lydia kommunizierte vor allem mit den Magiern, den Wasserwesen und den Feuerwesen. Liara hingegen wurde häufiger nach *Origonia* geschickt. Zu Beginn gegen ihren Willen. Doch das war gut, denn mit der Zeit änderte sich ihre Einstellung. Sie entwickelte ein differenziertes Bild von Menschen. Ebenso wie bei den Evalfinen, haben auch Menschen gute und schlechte Eigenschaften. Es ist nicht von Bedeutung, *was* man ist, sondern *wer* man ist. Unsere Entscheidungen, wer wir sein wollen, machen uns aus, nicht wo wir herkommen. So hat sie mir das damals erklärt.«

Alia lächelte flüchtig, dann zog sich ein Schatten über ihr Gesicht.

»Sie versuchte auch Lydia von ihren Erkenntnissen zu überzeugen, dass sie den Menschen Unrecht taten, wenn sie sie aus Prinzip missachteten. Lydia wollte sich darauf jedoch nicht einlassen.«

Sie pausierte für eine Sekunde und sah mich an.

»Schließlich lernte Liara vor zwanzig Jahren Andreas kennen. Einen Menschen, deinen Vater. Es war um sie geschehen. Nach einer Weile, in der die beiden sich trafen, gestand sie ihm die Wahrheit über sich. Natürlich war er anfänglich abgeschreckt, doch seine Gefühle für Liara waren stärker und es gelang ihm anzunehmen, dass die Frau, die er liebte, kein Mensch war. Liara versuchte Lydia beizubringen, dass sie in Andreas ihren Mann fürs Leben gefunden hatte. Dass sie ihn liebte. Doch Lydia verlor die Fassung. Sie warf Liara vor, Versprechen zu brechen, die sie sich gegenseitig geschworen hatten und verfluchte sie zur Hölle. Liara litt sehr unter dem Streit, doch blieb ihrer Entscheidung treu. Schließlich wurde sie schwanger und freute sich mit Andreas auf ihr kleines Wunder.«

Wehmut erfasste mich bei Alias Worten. Wie gern hätte ich meine Mutter kennengelernt.

»Trotz ihrer Vorfreude konnte Liara den Streit mit Lydia jedoch nicht ausblenden und versuchte immer wieder, Kontakt mit ihr aufzunehmen. Lydia hingegen ließ nicht mit sich reden. Sie hatte sich komplett abgeschottet und verbrachte die meiste Zeit irgendwo außerhalb des Felsens. Dann wurdest du geboren.«

Alia zögerte, als wollte sie nachprüfen, wie ich ihre Worte aufnahm. Erst jetzt bemerkte ich, dass ich mich verkrampft hatte. Ich wusste, dass meine Mutter bei der Geburt gestorben war. Was würde Alia dazu berichten? Ihre Stimme klang brüchig, als sie weitersprach.

»Ich war bei der Geburt dabei, mit einem anderen Evalfin. Einer Heilerin, die Geburten betreut. Natürlich musste es eine Hausgeburt sein, denn als Evalfin konnte Liara nicht im Krankenhaus entbinden. Die Geburt verlief ohne Komplikationen. Liara und du waren wohlauf. Sie war zwar erschöpft, aber unendlich glücklich über dich.«

In Alias Augen glänzten Tränen. Unwillkürlich ballte ich meine Hände zu Fäusten, weil ich spürte, dass etwas Schlimmes passiert sein musste. Meine Mutter war also doch nicht bei der Geburt gestorben? Sie hatte noch gelebt. Wieso hatte mein Vater dann mein Leben lang etwas anderes behauptet?

»Sie hatte bloß eine Stunde mit dir. Die ganze Zeit hielt sie dich in ihrem Arm und konnte gar nicht den Blick von dir abwenden. Sie war überglücklich. Du hast gerade friedlich bei ihr geschlafen, da wurde die Tür eingetreten und Lydia brach in den Raum ein. Die Aura, die sie umgab, strahlte eine gewaltige Gefahr und Aggression aus. Liara handelte instinktiv, gab dich in die Arme von Andreas und versuchte, Lydia zu beruhigen. Doch Lydia wollte sich nicht besänftigen lassen. Sie wollte euch etwas antun. Liara hielt sie auf und … ehe irgendjemand reagieren konnte … ehe ich verstand, was geschah … fiel Liara leblos zu Boden. Umgebracht durch ihre eigene Zwillingsschwester!«

Ein Keuchen entwich meinem Mund. Die Szene spielte sich vor meinen Augen ab, als wäre ich dabei gewesen. Die Grausamkeit durchzuckte mich wie ein Stromschlag und verursachte, dass es mir eiskalt über den Rücken lief.

Wieder wurde mir der Boden unter den Füßen weggerissen. Ich wusste nicht, wie ich damit umgehen sollte, wie ich damit zurechtkommen konnte. Wut und Trauer überwältigten mich. Mein Leben lang hatte ich geglaubt, meine Mutter sei bei meiner Geburt gestorben, doch sie war gesund gewesen. Alias Augen waren feucht und der Schmerz, den sie spürte, wurde zu meinem eigenen. Sie hatte ansehen müssen, wie ihre Schwester durch die Hand der anderen gestorben war. Zwei Personen, die sie geliebt hatte.

Als wüsste sie, was ich dachte, sagte Alia leise: »Ich verstehe, was du fühlst, Eliana. Mir geht es bis heute genauso. Diese Ungerechtigkeit. Diese Wut auf Lydia. Es gibt keine Worte, die das ausdrücken können.«

Luna stand auf, legte ihren Arm um mich und drückte mich zurück aufs Sofa, ich zog die Beine dicht an meinen Körper. Ich fühlte mich kraftlos und leer. Unfassbar leer.

»Ich weiß nicht, ob Lydia ihre Tat bereut«, fuhr Alia krächzend fort. »Sie war nicht wiederzuerkennen. Nicht mehr sie selbst. Nach ihrer Tat ist sie verschwunden. Wir wussten nicht, ob sie wiederkommen würde. Deshalb entschied Caius, Andreas und dich vor Lydia zu verstecken. Raphael sorgte dafür, dass dein Vater sich nicht erinnern konnte. Nicht einmal an mich. Unsere Gemeinschaft besitzt in Mainz eine Wohnung, die wir euch zur Verfügung stellten. Julio belegte euch mit einem Schutzzauber, damit Lydia euch nicht finden würde. All die Jahre haben wir über euch gewacht und beobachtet, wie du dich entwickeln würdest.

Mit der Zeit wurde absehbar, dass du dich verwandeln würdest. Ein Seher der Magier machte eine Prognose, dass die Verwandlung mit deinem achtzehnten Geburtstag beginnen würde, weshalb Caius Raphael und Luna nach *Origonia* schickte.«

»Was ist mit Lydia? Wo ist sie?« Das hatte Alia mir noch nicht beantwortet. Im Moment interessierte es mich nicht, wie ich mich entwickelt hatte. Ich wollte wissen, wo sie war. Die Wut, die ich gegen Raphael gehegt hatte, war mit diesem Wahnsinn nicht zu vergleichen. Ich wollte diese Frau umbringen, ihr das antun, was sie meiner Familie angetan hatte. Ich wollte mich rächen, ihr Schmerzen zufügen, sie leiden lassen …

Nach kurzem Schweigen antwortete Alia: »Sie versteckt sich. Sie wurde verbannt, weil sie gegen das oberste Gebot der Evalfine verstoßen hat: *Evalfine dürfen einander nicht verletzen oder gar töten*. Keiner weiß, wo sie ist oder was sie tut. Nicht einmal den Magiern ist es möglich, sie aufzuspüren. Das Einzige, was wir wissen, ist, dass sie unberechenbar und gefährlich ist.«

Rebekkas Augen verengten sich voller Kummer. Für einen Moment huschte ihr Blick zu mir. Beinahe glaubte ich, diese Bitterkeit galt mir. Doch wir redeten über Lydia, wie sollte sie da auf mich wütend sein?

In mir wütete vollkommenes Chaos. Der ganze Tag erschien mir wie ein nie enden wollender Albtraum. Wie unwirklich es war, dass ich noch am Abend zuvor meine Mutter angeschrien hatte, weil sie und mein Vater am Geburtstag meines Bruders arbeiten würden. Und nun war *ich* diejenige gewesen, die seinen Geburtstag zerstört hatte, und zwar irreparabel. Niemals würde er wieder ein Leben wie zuvor führen können. Es schmerzte so sehr, an ihn zu denken oder an meinen Vater, der nicht nur seine Liebe verloren hatte, sondern auch mich. Und wie sehr es schmerzte, an meine leibliche Mutter zu denken, die ich mein Leben lang vermisst und gebraucht hatte.

Der Schmerz wuchs zu einer Größe an, die ich unmöglich noch bewältigen konnte. Die Wut auf Lydia kam mir viel erträglicher vor als dem Schmerz standhalten zu müssen. Sie war für all das verantwortlich. Für alles.

»Eliana.« Raphael hatte seine Hand auf mein Bein gelegt. »Dein Zorn ist mehr als verständlich, doch er kann nichts wiedergutmachen und nichts ändern. Er wird dich nur zerstören. Lass ihn nicht die Oberhand gewinnen.«

Er sprach leise und eindringlich. Etwas an seinem Blick rüttelte mich wach und ich erschrak über mich selbst. Noch nie hatte ich solche Gedanken und Gefühle gehabt. War das ein Teil des Evalfin-Daseins? War das der Vampiranteil in mir?

»Es ist an der Zeit, dass wir zum Wasserfall gehen, damit du dich waschen und umziehen kannst. Und danach brauchst du dringend Ruhe, nach alldem, was du durchmachen musstest.« Alia erhob sich. Luna streckte mir die Hand hin und zog mich auf die Beine. Ich protestierte nicht, denn in diesem Augenblick war mein Kopf zu leer, um weitere Fragen zu stellen. Für diesen Moment hatte ich genug Antworten.

22 Eliana

Wie in Trance ließ ich mich zu den Waschräumen führen. Alia, Rebekka und Raphael hatten sich zurückgezogen, um mir Zeit zu geben und selbst etwas zu essen. Mir wurde allein von der Vorstellung übel, erneut Blut zu mir nehmen zu müssen. Luna dagegen wich nicht von meiner Seite, während ich mir das Blut meines Bruders von der Haut wusch. In der Höhle, die wir betreten hatten, schoss ein breiter Wasserfall aus der Decke in eine Art Becken. Ich entdeckte außerdem Nischen und Bereiche, die Bänken und Liegen ähnelten, jedoch aus dem gleichen Material bestanden wie der Felsen. Es war mir unangenehm, dass man hier nackt badete, aber zumindest war der Bereich von Männern und Frauen unterteilt.

Das Wasser prasselte fest auf meinen Körper, als ich mich unter den Strahl stellte, war aber trotzdem angenehm. Luna hatte mir eine Art Seife gegeben, die aus einer besonderen Blume gewonnen wurde. Der Waschvorgang fühlte sich nach so viel mehr an. Ich spülte nicht nur das Blut, sondern auch mein altes Leben ab und würde ein neuer Mensch sein. Ein Evalfin.

Luna wartete am Beckenrand auf mich und reichte mir ein Handtuch und einen Kamm. Beides hatte sie aus einer der Nischen gezogen, in denen diese immer bereit lagen. Niemand besaß eigene Handtücher oder Kämme.

»Ähm, Eliana«, begann Luna zögerlich, während ich mir die Haare kämmte. »Es tut mir wirklich leid, dass ich das alles vor dir verheimlichen musste, aber ich hatte …«

»Ich weiß. Ihr hattet keine Wahl. Das hat Raphael bereits erklärt.«

»Aber ich spüre, dass du trotzdem sauer bist.«

»Ja«, gab ich leise zu. Allerdings hielt sich meine Wut ihr gegenüber in Grenzen.

»Ich hoffe, dass du mir verzeihen kannst. Von nun an möchte ich wirklich für dich da sein«, betonte sie.

»Danke.«

Sie schenkte mir ein vorsichtiges Lächeln, das breiter wurde, sobald ich es leicht erwiderte. Mir fehlte die Energie, ihr Vorwürfe für etwas zu machen, das nicht mehr änderbar war. Ihre Entschuldigung war so aufrichtig, und ich wollte ihr verzeihen.

»So und jetzt werde ich dir deine Kleidung geben. Die haben wir dir schon anfertigen lassen. Komm mit, ich muss mich jetzt auch umziehen.« Luna hakte sich bei mir ein und brachte mich zu einer Nische. Dort stand ein Korb, den sie mir stolz überreichte. »Das hier gehört dir.«

Ich sah die Stoffe an, die ordentlich zusammengelegt worden waren. Sie glichen den Kleidern, die Rebekka und Alia getragen hatten. Nun, wo ich sie genauer betrachten und mit der Hand über die Seide streichen konnte, erinnerten sie mich an Elfenkostüme.

Luna hatte ihr Gewand ebenfalls mitgebacht und zeigte mir wie ich meines richtig anzog. Als wir uns fertig gemacht hatten, legte ich das benutzte Handtuch zu meiner alten Kleidung in die Wäschetrommel.

»Das mit der Aufgabenverteilung läuft bei uns ein wenig anders ab als bei Menschen«, erläuterte Luna. »Einige Evalfine sind dafür verantwortlich, sich um die Ordnung in unserer Gemeinschaft zu kümmern. Wir nennen diesen Beruf Ordnungskräfte. Sie sorgen unter anderem dafür, dass die Handtücher gewaschen und wieder hierhergebracht werden. Aber die Bedingung dafür ist, dass alle anderen Evalfine keine Unordnung und keinen Dreck hinterlassen und es den Aufräumenden so leicht wie möglich gemacht wird.«

Ich erfuhr auch, dass Evalfine einander unabhängig von ihrem Beruf wertschätzten. Der Einzige, der über allen stand, war das

Oberhaupt. Die Wächter hatten ebenfalls eine wichtige Rolle, weil sie seine Befehle ausführten und für Sicherheit sorgten. Alle anderen Berufe hatten den gleichen Rang. Das ganze System funktionierte nur, wenn sich alle gegenseitig unterstützten.

Mit meinem Korb im Gepäck, verließen wir den Waschraum wieder. Stimmen drangen zu uns durch, als wir einem Gang folgten. Luna schätzte, dass das Abendessen beendet war und die Evalfine entweder ihren Aufgaben nachgingen oder die Freizeit genossen.

Während wir zuvor keinen Artgenossen begegnet waren, kreuzte sich unser Weg nun mit einigen. Meine Anwesenheit fiel direkt auf. Die Skepsis, die mir bereits allzu bekannt war, zog sich anscheinend durch große Teile der Gemeinschaft.

»Hier beginnen die Wohnbereiche«, verkündete Luna nach kurzer Zeit, als wir einen breiteren Gang erreichten. »An der Seite befinden sich Türen, die in Aufenthaltsräume führen, diese führen dann wieder in verschiedene Zimmer.«

Luna schob mich an einigen Türen vorbei. Neugierig sah ich mich im Gang um. Er wirkte bewohnt. Teppiche zierten den Boden, die Wandmalereien sahen aus, als seien sie von Kindern angefertigt worden. Rufe von Kleinkindern und das Schreien von Babys drang aus den Räumen in den Tunnel.

»Hier ist unser Ziel.« Luna kam vor einer der Türen zum Stehen. »Wir leben im sechsten Aufenthaltsraum, dem Tertiärbereich. Die Räume sind nach dem Alter gestaffelt. Zur Tertiärstufe zählen alle Evalfine zwischen neunzig und hundertzehn Jahren.«

»Und wie alt bist du?«, fragte ich.

»Ich bin hundertundeins und damit zwanzig.«

»Wow.« Dass sie schon so viele Jahre Lebenserfahrung hatte, wollte nicht in meinen Kopf.

Luna öffnete die Tür und gab den Blick in einen großen rundlichen Raum frei. Pflanzen ragten von der Decke hinab, gedämmte Lichter schmückten die Wände, genauso wie einige Gemälde und andere Basteleien. Große Teppiche überdeckten den steinigen Boden. Zusammen mit den gemütlichen Möbeln wirkte der Raum erstaunlicherweise äußerst einladend. Es gab eine Regalwand mit Büchern, einen Kreis aus Sesseln und Sofas, einen Tisch mit Stühlen und eine Matratze, auf der Kissen und Kuscheldecken bereit lagen. Sicher verbrachten die Evalfine hier gern ihre freie Zeit.

Als wir eintraten glitt mein Blick zu den Türen, die von dem Raum ausgingen und in weitere Zimmer führten. Flüchtig überflog ich die Schriftzüge, die an den Türrahmen angebracht waren: *Schlafraum Mädchen, Schlafraum Jungen, Lernbereich, Kreativbereich, Ruhebereich.* Dieser Ort des Felsens erinnerte an ein Internat oder eine WG.

Momentan hielt sich niemand hier auf, worüber ich doch ziemlich erleichtert war. Ich fühlte mich gar nicht danach, mich weiteren Evalfinen zu stellen.

»Ah, perfekt!«, rief Luna aus, sobald sie zwei Teller entdeckte, die jemand auf dem Tisch abgestellt hatte. Sie hüpfte darauf zu und schnappte sich den volleren. Ohne auf mich zu warten, setzte sie sich und begann, sich das Essen in den Mund zu schaufeln. »Boah, ich habe es nicht mehr ausgehalten. Endlich! Eliana komm und iss auch etwas«, schmatzte sie und stopfte sich eine weitere Gabel in den Mund.

Unsicher näherte ich mich und warf einen Blick auf den Teller. Er war mit Salat, Reis und einer Gemüsesoße mit Bohnen befüllt. »Das ist ja … Ist das normales Essen?«

»Ja natürl– … Achso … Wir brauchen zwar Blut, doch Elfen ernähren sich vegan. Deshalb können wir alles essen. Blut gibt es einmal in der Woche. Unsere Wissenschaftler haben ausgerechnet, wie viel unser Körper braucht, um stark zu bleiben und wie weit wir es reduzieren können. Die Elfe in uns möchte mit der Natur und den Tieren verbunden bleiben und sie nicht ausbeuten.«

»Unglaublich!« Ich setzte mich zu ihr. Diese Art der Ernährung klang um einiges reflektierter, als ich es von Menschen gewohnt war. »Das heißt, wir trinken das Blut von Tieren? Nicht von Menschen?«

»Ja. Also natürlich könnten wir auch das Blut von Menschen trinken, doch wir haben uns dagegen entschieden. Menschen sind Wesen auf unserer Augenhöhe. Die meisten von uns wollen sie nicht angreifen oder wie etwas Minderwertiges behandeln.«

»Das erleichtert mich.« Ich musste keine Menschen mehr verletzen oder ihr Blut trinken.

Luna schenkte mir ein verständnisvolles Lächeln.

»Und wo kommt das Blut her? Wie wird es besorgt, wenn ihr darauf achtet, Tiere zu schonen?«, erkundigte ich mich weiter.

»Hier in *Ombrania* leben viele Rudel und Herden von Tieren, die dir bekannt sein dürften, aber auch ein paar Tiere, die es in *Origonia* nicht gibt. Unsere Jäger sind dafür zuständig, das Blut zu besorgen und achten dabei auf den Bestand. Außerdem haben wir in der Tertiärstufe auch einmal in der Woche Jagdunterricht. Grausame Haltungsformen, wie die Massentierhaltung bei den Menschen, gibt es bei uns nicht.«

Ich probierte von dem Essen. Es schmeckte köstlich. Mein Magen knurrte hungrig. Und das, obwohl ich ein ganzes Tier ausgesaugt hatte. Diesen Gedanken versuchte ich lieber schnell beiseitezuschieben.

Die Tür zu dem Schlafraum der Jungen öffnete sich und Raphael trat zu uns. Er trug nun auch sein Gewand, wodurch mir noch deutlicher bewusst wurde, dass er kein Mensch, sondern ein Evalfin war. Lunas überschwänglichen Dank für die große Portion an Essen winkte er ab. Sein Blick war an meinem Kleid hängen geblieben und ein zartes Lächeln umspielte seine Lippen. »Das sieht gut aus.«

Ich aß schleunigst weiter. Für solche Komplimente hatte ich gerade keinen Kopf. Vor allem nicht, wenn sie von ihm kamen. Worüber ich dringend mit ihm sprechen sollte.

Doch als Raphael sich setzte, wechselte er von allein das Thema. »Die anderen haben mich beim Essen mit Fragen gelöchert. Sie haben gerade noch ein Gespräch mit Johann, dann werden sie herkommen.«

»Wer ist Johann?«, fragte ich.

»Johann ist unser Lehrer. Er ist für unsere Klassenstufe zuständig«, erklärte Luna.

Raphael seufzte und sah mich ernst an. »Ich möchte dich vorwarnen. Du hast Yuna und Leander bereits kennengelernt. Es ist ihnen völlig egal, was ich zu ihnen sage. Sie werden dich nicht freundlicher empfangen als in dieser Nacht damals. Es tut mir leid, dass Yuna dich so beleidigt hat.«

Ich biss mir auf die Lippen. War ich in meinem Zustand bereit für weitere Beleidigungen?

»Nicht alle werden so reagieren. Und du solltest es auch nicht persönlich nehmen. Die meisten von uns sind noch nie einem Menschen begegnet. Zwar gibt es viele Vorurteile gegenüber Menschen, doch sie werden sich daran gewöhnen, dass du nun hier und eine von uns bist«, versuchte Raphael mich aufzumuntern, während Luna mit vollem Mund nickte.

Ich zwang mich zu einem sachten Lächeln und stützte den Kopf in meiner Hand ab. An diesem Tag hatte ich schon ziemlich oft den Satz über mich ergehen lassen müssen, dass Evalfine Bedenken gegenüber Menschen hegten.

Meine Gedanken glitten zurück zu meiner Familie. Wie ging es ihnen? Vor allem Samuel? Was mussten sie gerade durchstehen? Wenn sie wenigstens nicht leiden müssten, weil sie dachten ich sei tot! Das würde so vieles ändern. Ein Gedanke blitze in mir auf und ich riss den Kopf zu Raphael herum. »Du musst meine Familie vergessen lassen. Bitte! Du musst dafür sorgen, dass sie sich nicht an mich erinnern!«

Sein Blick verdunkelte sich und er schob den Kiefer angespannt nach vorn. »Ich kann nicht.«

»Bitte! Ich halte die Vorstellung nicht aus, was sie durchmachen müssen! Du hast es schon so oft getan«, bat ich weiter.

Er schüttelte den Kopf, auch Luna wirkte betroffen. »Caius

würde es mir niemals erlauben und abgesehen davon, ist es praktisch gesehen unmöglich umzusetzen. Ich müsste auch die Gedanken deines ganzen Umfeldes verändern und von allen Menschen, die auch nur wissen, dass es dich gibt. Das ist illusorisch.«

»Und wenn du ihnen wenigstens den Schmerz nimmst und dafür sorgst, dass sie es nicht so schlimm finden?«

Wieder ein Kopfschütteln. »Den Schmerz zu unterdrücken sorgt dafür, dass er irgendwann herausbricht. In diesem Fall würde es bedeuten, dass sie taub werden, dass sie nicht mehr sie selbst sind, wenn ich ihnen die Gefühle wegnehme. Du musst ihnen die Möglichkeit lassen zu trauern. Dieser Prozess ist wichtig. Nur so können sie ihr Leben wirklich weiterleben.«

Resigniert ließ ich mich auf meinem Stuhl zurückfallen. Er hatte recht, das wusste ich. Diese wenigen Sekunden, in denen die Hoffnung in mir aufgekeimt war, doch etwas für meine Familie tun zu können, hatten mich komplett aufgelöst. Zu wissen, dass das nicht möglich war, schnitt tiefe Wunden in mein Herz.

Raphael strich über meine Hand. »Es tut mir leid. Glaub mir, ich würde dir so gern helfen.«

Die Berührung rief andere Gefühle in mir wach und ich erstarrte. Die Erinnerungen an die Lügen und meine Enttäuschung flammten auf. Ich zog die Hand zurück. Diese Art von Nähe wollte ich nicht zulassen. Nicht nach allem, was ich heute erfahren hatte.

Er schloss für einen Moment die Augen, als würde er die Zurückweisung verarbeiten müssen, dann meinte er in einem völlig nüchternen Ton: »Viel Zeit bleibt nicht mehr, bis die anderen kommen. Wenn es dir heute zu viel ist, musst du dich ihnen nicht stellen. Sicher tut es dir gut, wenn du dich erst ausschläfst und sie morgen kennenlernst.«

»Ja, gute Idee. Du kannst dich echt einfach schon ins Bett legen«, pflichtete Luna ihm bei.

Ohne Zweifel spürten die beiden, wie mein kraftloser Körper danach schrie, sich endlich ausruhen zu dürfen. Am liebsten wollte ich schlafen und an nichts mehr denken müssen. Doch vorher hatte ich noch etwas zu erledigen.

Ich taxierte Raphael. »Ich will mit dir sprechen.«

Mein Tonfall ließ keine Widerrede zu.

23 Eliana

Raphaels Miene war wie versteinert. Dennoch nickte er. Luna musterte daraufhin ihren Teller, als ihr bewusst wurde, was das bedeutete. »Dann nehme ich meinen Teller wohl mit aufs Zimmer. Und den Korb auch. Bis gleich, Eliana.« Damit sammelte sie alles zusammen und stand auf.

»Es wäre äußerst angemessen von dir, wenn du nicht lauschst«, rief Raphael ihr hinterher, woraufhin ein Grummeln aus dem Raum ertönte. Dann drehte er seinen Stuhl ein wenig zur Seite und betrachtete mich mit undurchdringlicher Miene. Sicher ahnte er, in welche Richtung das Gespräch gehen würde.

»Heute Morgen meinte ich, dass ich nur mitkomme, wenn du danach Abstand zu mir hältst«, erinnerte ich ihn.

»Ja, das sagtest du.«

»Diesen Wunsch habe ich noch immer.«

Schweigen.

»Wenn es das ist, was du wünschst …« Sein Tonfall war undefinierbar. Es war nicht zu fassen, wie leicht es ihm fiel, seine Gefühle zu verbergen. Auf dem Weg hierher hatte er eine komplett andere, emotionale Seite von sich preisgegeben, von der nun nichts mehr übrig war.

»Ich weiß, dass du lügen musstest und dass ihr heute Morgen alles dafür getan habt, um rechtzeitig bei mir zu sein. Das ist mir alles bewusst, doch es ändert nichts daran, was ich fühle, wenn ich dich ansehe. Ich weiß nicht, ob ich dir vertrauen kann. Den ganzen Tag über habe ich immer mehr darüber erfahren, was du mir verheimlicht hast, wo du bereits eingegriffen hast. Das hat Spuren bei mir hinterlassen.«

Er nickte.

»Außerdem …« Ich biss mir auf die Lippen, weil sich Unbehagen in mir ausbreitete. Sollte ich mir wirklich die Blöße geben, diesen Gedanken auszusprechen?

»Außerdem?«, half Raphael mir weiter.

»Ich habe mich gefragt, ob es stimmt, dass du mich nur einmal manipuliert hast. Woher soll ich wissen, dass du das nicht ständig machst? Dass du das nicht gemacht hast, damit ich dich mag und … um mich zu küssen.«

Nun war es raus und es gab kein Zurück mehr.

Ihm fiel alles aus dem Gesicht. Für wenige Atemzüge rang er um Fassung, dann beugte er sich vor, um mir tief in die Augen sehen zu können. »Ich verstehe, dass es dir schwerfällt, mir zu vertrauen, aber eins musst du mir glauben: Ich würde nie – und ich meine *niemals* – meine Gabe einsetzen, um dich zu etwas zu zwingen, das du nicht willst. Niemals würde ich dich manipulieren, damit du mich küsst.« Er wirkte verzweifelt und … wütend.

»Was hat dir der Kuss bedeutet?«, fragte ich tonlos.

Er sah mich unverwandt an, als er antwortete: »Viel mehr, als ich mir eingestehen wollte.«

Seine Worte verwirrten mich. Sie bedrohten meinen festen Entschluss, ihn auf Abstand zu halten. Um wieder klar denken zu können, brach ich den Blickkontakt ab und atmete tief durch. »Ich brauche Zeit und Abstand, okay? Ich kann das alles gerade nicht.«

»Ich verstehe dich«, wiederholte er. »Und ich werde deine Entscheidung akzeptieren. Aber zwei Dinge solltest du wissen. Erstens: Wir gehen in die gleiche Klassenstufe und hier im Felsen leben nicht besonders viele Evalfine. Auch wenn ich Abstand zu dir halte, werden wir uns immer wieder über den Weg laufen.«

»Das lässt sich wohl nicht vermeiden.«

»Und zweitens: Auch wenn ich deinen Wunsch akzeptiere, heißt das nicht, dass ich dich nicht trotzdem im Blick haben werde. Caius hat Luna und mich gebeten, dass wir dir den Anfang erleichtern und für dich da sind. Das werde ich befolgen, auch wenn ich es aus der Ferne tun muss. Du bist mir nicht egal, Eliana. Und das weißt du auch.«

Mein Mund klappte auf, als er seine Worte an mich richtete. Wieso tat er das? Wieso konnte er nicht einfach zustimmen und mich in Ruhe lassen? Ich wollte nicht, dass er solche Dinge zu mir sagte, nachdem er mir mein Herz gebrochen hatte!

»Ich gehe dann jetzt ins Bett«, entschied ich und stand auf.

»Gute Nacht, Eliana.« Sein Blick brannte sich in meinen Nacken, als ich steif zur Tür stolzierte.

Rasch schloss ich sie hinter mir und sah mich im Schlafraum der Mädchen um. Die Betten, die sich in diesem Raum befanden, waren in den Felsen eingearbeitet worden. Sie erinnerten an steinerne Kojen. Wie bei Hochbetten, ragten jeweils zwei Betten übereinander aus der Wand und jede Nische ließ sich durch einen Vorhang zuziehen. Insgesamt zählte ich zehn Schlafnischen, von denen sechs mit Bettbezug und Fellen bezogen waren. Ob die matratzenartigen Stoffe, Decken und Kissen trotz des harten Untergrundes gemütlich waren?

Auf einer Nische in der Mitte des Raumes saß Luna, die ihren Teller abstellte und mir zuwinkte. »Willkommen in unserem Schlafraum! Das hier ist dein Bett. Du schläfst unter Hope, meiner Schwester. Sie ist gerade neunzig geworden und auch neu bei uns.«

Luna deutete auf das Bett gegenüber von ihrem, an dem sie bereits den Korb abgestellt hatte. Ich setzte mich auf die Matratze, die tatsächlich erstaunlich gemütlich war.

»Hast du noch mehr Geschwister?«, wollte ich wissen, während ich den Raum weiter unter die Lupe nahm. Auch hier wuchsen Blumen und Ranken an der Decke und den Wänden entlang. Sie gaben dem Raum Charakter. Eine weitere Tür führte zu einem kleinen Bad. In einer Ecke standen Schränke. Auch an jeder Koje entdeckte ich einen schmalen Vorsprung an der Wand, um Kleinigkeiten abzulegen.

»Nein, nur Hope.«

Ich dachte an meine Cousine, die aus irgendeinem Grund eine Abneigung mir gegenüber hegte. »Rebekka schläft auch bei uns, oder? Sie ist auch so alt wie wir?«

»Ja. Wundere dich nicht über ihr Verhalten. Sie ist die beste Freundin von Yuna und die beiden … werden sich schon noch beruhigen.« Luna klang nachdenklich, als schien sie nach den richtigen Worten zu suchen.

»Haben sie schlimme Erfahrungen mit Menschen gemacht? So wie Lydia?«

»Mach dir keine Gedanken darüber. Weder über Lydia noch über die beiden. Es wird sich alles klären und sie werden dich mit der Zeit akzeptieren.« In Lunas Stimme schwang Beunruhigung mit.

»Warum hast du eigentlich die Aufgabe angenommen, mich abzuholen? Wurdest du auch gezwungen?«, fragte ich sie, als sie zu mir kam, um mir zu zeigen, welche der Gewänder im Korb zum Schlafen gedacht waren.

»Nein, ich wurde nicht gezwungen. Eigentlich sollte Rebekka mit Raphael gehen, weil sie deine Cousine ist, doch sie hat sich geweigert. Daher habe ich mich freiwillig gemeldet, weil ich der Meinung bin, dass jeder eine Chance verdient hat. Außerdem klang es spannend, so viel Zeit in der Welt der Menschen zu verbringen, eine Schule zu besuchen, uns einen Nachnamen zu geben und ganz oft hier rauszukommen.«

»Moment.« Ich sah sie überrascht an. »Diese Nachnamen habt ihr euch selbst gegeben?«

»Ja.«

»Scharf und Stumpf? Wirklich?«

Luna kicherte. »Raphael fand es wohl total passend, sich *Scharf* zu nennen. Ich fand das so bescheuert, dass ich es mit meinem Nachnamen ins Lächerliche ziehen wollte.«

»Richtig so!« Doch damit waren noch nicht all meine Fragen beantwortet. »Wie habt ihr es geschafft, auf die Schule zu kommen? Besucht ihr sie weiterhin?«

»Naja, mit Raphael war es nicht sonderlich schwierig uns für die Schule anzumelden. Er wird in den nächsten Tagen nochmal das Schulsekretariat aufsuchen und sie glauben lassen, wir seien wieder umgezogen. Wahrscheinlich wird er auch zur Polizei gehen und sie davon abhalten, uns mit … dem Fall in Verbindung zu bringen.«

Natürlich! Wie hatte ich daran nicht denken können? Auch hier hatte er seine Gabe eingesetzt und die entsprechenden Personen manipuliert. Caius hatte ihn eindeutig nicht willkürlich ausgewählt. In solchen Situationen war Raphaels Gabe goldwert. Ein Kloß bildete sich in meinem Hals als ich darüber nachdachte, wie mein Umfeld auf mein Verschwinden, meinen vermeintlichen Tod reagieren würde. Vor allem meine Familie und Marie.

»Dort im Bad kannst du dich umziehen und Zähne putzen«, riss Luna mich aus meinen Gedanken und deutete auf den angrenzenden Raum. Nachdem ich mich fertig gemacht hatte und mich wieder auf meiner Matratze niederließ, drangen die ersten Stimmen aus dem Aufenthaltsraum. Die anderen waren gekommen. Ich versteifte mich unwillkürlich und Luna drückte mich beruhigend gegen mein Kissen. »Ich sage ihnen, du würdest schon schlafen. Zieh am besten den Vorhang zu, dann hast du deine Ruhe«, versprach sie lautlos und wünschte mir eine gute Nacht, ehe sie sich erhob und zur Tür huschte. Eilig zog ich den roten Stoff vor meine Koje und lehnte mich zurück.

Doch nun, wo ich allein war, konnte ich die ganzen unterdrückten Emotionen nicht mehr zurückhalten. Ich versuchte tief durchzuatmen, um nicht in Panik auszubrechen. Das hier würde nun mein neues Zuhause sein. Wie sollte ich das annehmen?

Unendliche Einsamkeit krallte sich um mein Herz und drohte es zu ersticken. Meine Gedanken glitten zu Samuel und ließen sich nicht mehr umleiten. Wie ging es ihm jetzt bloß? Ich hasste mich so sehr für das, was ich getan hatte. Gleichzeitig vermisste ich ihn unendlich. Wie sehr wollte ich ihm sagen, dass es mir leidtat und dass ich nicht tot war. Dass ich mir niemals verzeihen würde, was ich ihm angetan hatte und dass es mir das Herz brach, ihn allein zu lassen, wo wir unser Leben lang zusammengehalten hatten. Samuel und ich waren immer füreinander da gewesen, hatten aufeinander aufgepasst. Und nun war er allein.

Und ich wollte mich so dringend bei meinem Vater und meiner Mutter für mein Verhalten am Vortag entschuldigen. Ihnen sagen, dass ich sie liebte und sie keine schlechten Eltern waren, auch wenn ich ihnen das an den Kopf geworfen hatte. Ich wollte Marie sagen, dass sie die beste Freundin war, die ein Mensch haben konnte.

Und schließlich dachte ich an Liara, meine leibliche Mutter, die mich und meinen Vater geliebt hatte und die viel zu früh gestorben war.

Die Tränen folgten, ohne dass ich sie kontrollieren konnte. Ich rollte mich in meinem Bett ein, vergrub mich unter den Felldecken und versuchte, so lautlos wie möglich zu weinen. Mit den Armen umschlang ich fest meinen Körper, um nicht auseinanderzubrechen.

Schritte und Stimmen rissen mich aus einem tiefen, traumlosen Schlaf. Fremde Stimmen. Der Duft meiner Umgebung war mir nicht vertraut. Es roch nach Pflanzen und ein wenig nach feuchtem Stein. Es dauerte eine Weile, bis ich wach genug war, um mich zu orientieren. Die Erinnerungen an den Vortag prallten mit voller Wucht auf mich nieder und ließen mich erzittern. Ich würde nie wieder zu Hause bei meiner Familie aufwachen. Das Leben, das ich geführt hatte, war vorbei. Für immer.

Ich öffnete die Augen und starrte den Vorhang an, der mir die Sicht auf das Zimmer versperrte und mich zeitgleich schützte. Körperlich fühlte ich mich heute um einiges besser. Das bemerkte ich, ehe ich mich aufsetzte. Mein Körper strotzte vor Energie und stand im Kontrast zu der Erschöpfung, die meine Seele einnahm.

Dennoch hätte ich mich am liebsten für immer in meinem Bett verkrochen. Es graute mir davor, mich den anderen Evalfinen vorzustellen. Was, wenn mich alle so empfingen wie Rebekka oder Yuna? Es hatte jedoch keinen Zweck. Ich musste mich meinem neuen Leben stellen. Ob ich wollte, oder nicht.

Ich atmete noch einmal tief durch, bevor ich meine Hand ausstreckte und den roten Stoff zur Seite zog.

»Jagdtag! Freiheit! Rauskommen!«, sang ein Mädchen vor sich hin und drehte sich grinsend im Kreis.

Das Geräusch meines Vorhangs ließ alle verstummen. Jegliche Augenpaare im Raum richteten sich gleichzeitig auf mich.

Gegenüber saß Luna, die so müde blinzelte, als wäre auch sie gerade erst aufgewacht. Sie streckte sich und lächelte mich breit an. »Guten Morgen, Eliana. Hast du gut geschlafen?«

Ehe ich etwas erwidern konnte, rief eine Stimme über mir: »Hallo Eliana, ich freue mich so dich kennenzulernen!«

Ich hob den Blick und sah das Mädchen an, das aus der Koje über mir heruntersah. Sie hatte den Kopf nach unten gestreckt. Ihre hellen Haare wehten unter der schnellen Bewegung durch die Luft. Das musste Lunas Schwester sein.

Sie sprang von ihrem Bett und lächelte mich warm an. »Ich bin Hope.«

Ich erwiderte ihre Begrüßung und war erleichtert, dass sie so freundlich zu mir war.

Das Mädchen, dass über die Jagd geträllert hatte, wandte sich ebenfalls an mich. »Dann sollte ich mich wohl auch vorstellen. Ich bin Tizia.«

»Sieh mal einer an, Eliana!« Aus der Ecke trat Yuna in mein Sichtfeld. Der Blick, mit dem sie mich bedachte, hatte sich nicht im Geringsten verändert. Spöttisch wanderte er über meinen Körper und ich fühlte mich unwillkürlich an die Nacht zurückerinnert, in der ich ihr das letzte Mal begegnet war.

Neben Yuna stand Rebekka, die mich voller Desinteresse ansah. Noch immer wunderte ich mich ein wenig über ihr Verhalten. Wir waren doch eigentlich eine Familie. Hatte ich denn ihrer Meinung nach keine Chance verdient?

Yuna verschränkte die Arme vor Brust und sprach in einem süßlichen Tonfall: »Du hast es also auch zu uns geschafft? Darüber habe ich ja die spannendsten Geschichten gehört. Bei mir kam an, du hättest deinen Bruder angegriffen? Rührend. Oder wohl doch eher erbärmlich, seine eigene Familie anzugreifen. Kommt mir irgendwie bekannt vor …«

Mit einem Satz sprang ich auf. Luna reagierte sofort und stellte sich vor mich. »Yuna! Was soll das? Du weißt ganz genau unter welchen Bedingungen das geschehen ist. Sie hat sich gerade erst verwandelt!«

Yuna schien das wenig zu beeindrucken. »Ich habe nur ausgesprochen, was alle denken. Ich finde diese Parallele sehr interessant.«

Ich ballte meine Hände zu Fäusten und spürte Tränen der Wut in mir aufsteigen. Wie konnte sie es wagen! Es war das eine, mich zu beleidigen, weil ich eine menschliche Seite hatte. Doch den Angriff auf meinen Bruder mit einzubeziehen und dann auch noch die Ermordung meiner Mutter! Das ging zu weit!

»Na los, greif mich doch ruhig an. Ich kann die Wut in dir spüren. Zeig doch mal, ob du wirklich eine von uns bist«, provozierte sie weiter, während meine Instinkte mich dazu aufforderten, mich auf sie zu stürzen, um sie zum Schweigen zu bringen.

»Ihr solltet schon mal gehen!« Hope stellte sich ebenfalls vor mich.

Yuna lachte bitter auf. »Ja klar, wir nehmen Eliana alle in Schutz. Wie konnte ich das nur vergessen«, zischte sie und verdrehte die Augen. Sie tauschte einen Blick mit meiner Cousine aus, die finster die Brauen zusammenzog, ehe sie mit hoch erhobenem Haupt den Raum verließen.

Tizia schaute ihnen hinterher und atmete scharf aus.

»Wow, was für eine Begrüßung.«

Luna und Hope wandten sich entschuldigend zu mir um.

»Sie dreht gerade völlig durch. Das wird schon wieder«, murmelte Luna und ich fragte mich, ob sie mich oder sich selbst überzeugen wollte. »Geht es dir gut?«

Ich nickte und presste meine Lippen aufeinander, um nicht sprechen zu müssen, denn ich wusste, dass dann die Tränen kommen würden. Schnell drehte ich mich zu meinem Korb und kramte die Gewänder durch. Luna hatte mir gestern flüchtig erklärt, dass für die jeweiligen Anlässe unterschiedliche Gewänder angefertigt worden waren. Welches musste ich jetzt noch mal anziehen?

»Das hier ist das Gewand für den Unterricht«, half mir Hope weiter und zog an einem roten Stoff.

Ich bedankte mich knapp und eilte in das kleine Badezimmer, um kurz für mich zu sein und mich zu sammeln. Glücklicherweise ließen Luna und Hope mir den Freiraum. Das Outfit, das für den Unterricht vorgesehen war, fühlte sich anders auf der Haut an als das Freizeitgewand, das ich am Vorabend getragen hatte. Es war bequemer, beweglicher und ähnelte durch seine Hosenbeine einem Jumpsuit.

»So, jetzt fehlt nur noch die richtige Frisur«, meldete sich Luna zu Wort, als ich das Badezimmer verließ.

»Die richtige Frisur?«

»Ja, setz dich. Ich helfe dir.«. Erst jetzt fiel mir auf, dass sowohl Hope als auch Luna selbst die vorderen Strähnen nach hinten über den Kopf geflochten hatten. Dadurch erinnerten sie mich noch stärker an Elfen als ohnehin schon.

Während Luna auch meine vorderen Strähnen in die Hand nahm und sie zu verflechten begann, erklärte Hope: »Zu offiziellen Anlässen, wie der Schule und der Arbeit, müssen wir diese Frisur tragen, aber in der Freizeit können wir sie lassen, wie wir wollen.«

»Das steht dir!«, fand Luna, als sie meine restlichen Haare über die Schultern nach vorn strich und mich musterte.

»Habt ihr eigentlich keine Spiegel?«, erkundigte ich mich, als mir auffiel, dass ich weder am Wasserfall noch hier im kleinen Badezimmer einen gesehen hatte.

»Nein. Das soll Eitelkeit verhindern und wir brauchen auch keine. Schließlich tragen wir immer die gleichen Gewänder und Frisuren«, erklärte Hope.

Auf dem Weg zum Frühstück, der uns durch die Gänge nach oben führte, berichtete Luna, dass die Evalfine feste Essenszeiten hatten und gemeinsam in einem großen Versammlungsraum aßen. Mit jedem Schritt stieg meine Nervosität an. Sicher würden sie mich alle anstarren und jeden meiner Entscheidungen verfolgen.

Der Saal, den wir betraten, war noch gewaltiger als ich angenommen hatte. Er bot für die rund hundertfünfzig Evalfine nicht nur ausreichend Platz zum Essen, sondern wurde sicherlich auch für andere Versammlungen genutzt. Zumindest deutete die Bühne in der Mitte darauf hin.

An der Wand entlang entdeckte ich weitläufige Holztische mit Bänken, von denen der größte Teil bereits besetzt war. Einige Evalfine bedienten sich rechts neben dem Eingang an einem großzügigen Buffet. Auf dieses steuerten auch wir zu.

Noch immer erleichtert darüber, dass ich weiterhin gewöhnliches Essen zu mir nehmen konnte, überflog ich die Auswahl: Brote, Gebäckstücke, Aufstriche, Getreideflocken, Obst und Gemüse.

»Nimm dir ruhig. Das schmeckt alles köstlich«, lächelte Hope, die mir einen Teller überreichte.

Ich griff nach einem Stück Bananenbrot und füllte meinen Teller mit Beeren und einem Apfel, als eine Stimme neben mir ertönte. »Da seid ihr ja.«

Unweigerlich verkrampfte ich mich. Hatte Raphael nicht versprochen, sich von mir fernzuhalten?

Widerwillig blickte ich mich zu ihm um. Er hatte sich mit finsterer Miene Luna zugewandt. »Ich habe das heute Morgen gehört. Yuna ist doch nicht mehr ganz dicht. Eben habe ich versucht mit ihr zu reden, aber keine Chance.«

Luna schnaubte. »Glaubst du wirklich, dass es hilft, wenn du mit ihr redest? Das macht sie doch nur noch wütender.«

Wie auf Kommando drehten sich beide um und starrten zu Yuna, die in der Mitte des Saals mit Rebekka an einem Tisch saß und uns fixierte. Ihr Blick sprach Bände.

»Sie wird sich schon wieder beruhigen. Das braucht einfach Zeit«, meinte Hope.

»Hoffen wir es.«

Hinter Raphael betrat in diesem Moment Caius den Saal.

»Wir sollten uns setzen«, registrierte Hope. »Wo sitzt du, Raphael?«

Seine Aufmerksamkeit blieb einige Sekunden an mir hängen, ehe er sich widerwillig wegdrehte. »Ich denke, ihr solltet euch einen anderen Platz suchen. Bei uns ist nichts mehr frei.« Damit machte er kehrt.

»Hä? Versteht ihr, was das soll?« Luna sah zu, wie Raphael sich zu einem anderen jungen Mann an einen Tisch setzte, an dem noch einige Plätze unbesetzt waren.

»Ähm …«, meldete ich mich schuldbewusst zu Wort. »Ja. Ehrlich gesagt habe ich ihn darum gebeten, Abstand zu mir zu halten. Es ist zu viel passiert.«

Luna und Hope nickten verständnisvoll und führten mich kommentarlos an einen anderen Tisch, der sich am Rand der Sitzgruppe befand. Während wir uns setzten, spürte ich die Blicke unzähliger Augenpaare auf mir. Einige Evalfine begannen zu flüstern. Zwar bemühte ich mich darum, sie nicht zu beachten, doch Yunas Worte drangen in mein Bewusstsein. Dachten alle so wie sie?

Wenigstens litt mein Appetit nicht unter dem Stress, den ich verspürte. Mein Körper schien mehr Energiequellen als gewöhnlich zu benötigen, um diese Kraft aufrechtzuerhalten, die ich nun in mir wahrnahm.

Caius, der mit ein paar Wächtern gesprochen hatte, betrat schließlich die Bühne. Sie knarzte unter seinen Schritten und sorgte für Stille im Saal. Die Aufmerksamkeit aller richtete sich auf ihn, während er die Stimme erhob: »Guten Morgen! Ich hoffe, ihr hattet alle eine angenehme Nacht.« Er suchte mit seinen Augen den Raum ab, bis er mich entdeckte und nickte mir dann lächelnd zu. »Gestern Abend habe ich euch bereits mitgeteilt, dass Eliana zu uns gestoßen ist, und heute können wir sie endlich persönlich willkommen heißen!« Er deutete in meine Richtung, wodurch sich ausnahmslos alle Evalfine im Raum zu mir umdrehten und mich mit unterschiedlichen Ausdrücken im Gesicht anstarrten.

Ich lief knallrot an und versuchte ein Lächeln aufzusetzen, um meine Unsicherheit zu überspielen. Wahrscheinlich ähnelte es eher einer Grimasse. Immerhin wechselte Caius das Thema, als er mit seiner Ansprache fortfuhr, was mich von der Flut an Gesichtern befreite.

Nachdem er seine Rede beendet hatte, nahm die Menge ihre Gespräche auf. Dennoch spürte ich weiterhin das Interesse an mir. Noch während wir aßen, setzte sich ein Mann mir gegenüber auf die Bank. Sein Haar begann leicht anzugrauen, doch er musste noch jung sein. Vielleicht ein paar Jahre jünger als Alia. Seine Augen leuchteten vor Freundlichkeit, als er sich vorstellte: »Eliana, wie schön, dass du nun bei uns bist! Ich dachte, ich mache mich dir schon mal bekannt. Ich bin Johann, der Ausbilder deiner Unterrichtsstufe. Es freut mich, dich kennenzulernen.«

Seine offene Art nahm ein wenig Gewicht von meiner Brust und ich lächelte sacht zurück. »Danke, es freut mich auch.«

»Ich habe schon gehört, dass Raphael und Luna dir weiterhin zur Seite stehen. Und auch ich tue das. Wenn du Fragen hast, Dinge nachholen möchtest oder dir der Unterricht zu schnell vorangeht, komm zu mir und wir werden eine Lösung finden.« Er plauderte noch kurz mit Hope, ehe er sich wieder erhob und unseren Tisch verließ.

Auf meine Frage, was für Fächer es im Unterricht gäbe, erklärte mir Luna, dass körperliches Training und Kräfte entfalten im Vordergrund standen. Die Vorbereitung für das eigenständige Leben als Evalfin.

»So, dann lass uns mal zu Nadima gehen. Darum hatte Caius uns gestern gebeten«, erinnerte sich Luna.

Wir verließen gerade den Saal, als wir beinahe mit zwei Frauen zusammenstießen. Eine davon war meine Tante, die mich herzlich begrüßte. Auch die fremde Frau lächelte mich an, doch es erreichte ihre Augen nicht. Ihre Augen. Dieser Farbton war mir so vertraut, dass ich mich anspannte. Es bestand kein Zweifel, wer sie war. »Ich bin Carmen. Raphaels Mutter. Ich freue mich, dich auch endlich kennenzulernen. Schließlich hatte Raphael eine große Aufgabe und hat viel Zeit bei euch verbracht.«

Nervös begrüßte ich sie. Es gab keinen Grund aufgeregt zu sein, nur weil sie Raphaels Mutter war. Schließlich spielte Raphael von nun an keine Rolle mehr für mich.

Oder?

24 Eliana

Luna und Hope hatten mich nach dem Essen zu Nadimas Büro geführt. Eine freundliche Frau Mitte fünfzig, die mir Unterlagen zum Nacharbeiten überreicht hatte. Immerhin gab es einiges über die unterschiedlichen Wesen und Welten zu lernen.

Jetzt befand ich mich zusammen mit meinen Mitschülern im Klassenraum des Tertiärbereiches. Johann, unser Lehrer, forderte jeden auf, sich kurz vorzustellen. So fand ich heraus, dass Tizia einen Zwillingsbruder namens Theo hatte, der sich ähnlich locker und überdreht verhielt wie sie. Colin war unser Klassensprecher und auch Salim, der Junge, zu dem sich Raphael beim Essen gesetzt hatte, war mir auf Anhieb sympathisch. Erst danach begann der Unterricht mit dem Training. In der angrenzenden Halle befolgten wir Johanns Anweisungen zu den Dehnübungen, die er vorgab.

Obwohl ich mich bemühte, seine Anleitungen so gut wie möglich umzusetzen, musste ich schnell feststellen, dass ich im Gegensatz zu den anderen ziemlich untrainiert war. Bereits nach kurzer Zeit brannten meine Muskeln vor Anstrengung, während die Übungen für die anderen reine Routine waren.

Als Johann uns schließlich zum Laufen aufscheuchte, stellte ich überrascht fest, wie leicht es mir fiel. Schon in den letzten Tagen war ich verwundert über meine Schnelligkeit gewesen, doch nun flogen meine Füße förmlich über den Boden. Noch nie war ich so schnell vorangekommen. Leider änderte das nichts an der Tatsache, dass ich weit hinter den anderen Evalfinen zurücklag. Als Johann uns endlich eine Pause zugestand, ließ ich mich schwer atmend zu Boden sinken. Mir war übel vor Anstrengung. Johann kniete sich zu mir und reichte mir einen Becher Wasser, den er vom Rand der Halle mitgebracht hatte.

»Keine Sorge, Eliana, du hast dich gut geschlagen. Du kannst nicht erwarten, dass du so trainiert bist wie die anderen, das ist hier auch nicht das Ziel. Das Training dient dazu, dass ihr euch auspowert. Evalfine empfinden Gefühle und Triebe stärker als Menschen. Damit wir negative Emotionen und Gedanken nicht aneinander auslassen, wirken wir mit Sport entgegen. Es ist kein Wettkampf.«

Ich trank einen großen Schluck Wasser und fühlte mich bereits völlig entkräftet. Johann hatte zumindest bei mir sein Ziel erreicht.

Nach einem aufmunternden Nicken erhob er sich und rief uns wieder zusammen. Entgegen meiner Hoffnung dauerte die Pause nur kurz an. Krafttraining stand nun auf dem Plan. Ein Teil bestand aus Übungen mit dem eigenen Körpergewicht, ein anderer aus Übungseinheiten, die man zu zweit durchführte. Luna, Hope und ich bildeten eine Dreiergruppe, da wir eine ungerade Zahl waren. Bei diesen Übungen schnitt ich erneut denkbar schlecht ab. Vor allem wenn ich beachtete, wie leicht es Raphael und Colin fiel, die Forderungen zu befolgen.

Ich erwischte mich dabei, wie ich Raphael beim Training beobachtete. Bei den Übungen sah ich, wie sich seine Muskeln verfestigten und fragte mich, wie es wohl war, sie zu berühren.

Er bemerkte meinen Blick und ich entdeckte die Andeutung eines selbstzufriedenen Lächelns in seinem Gesicht. Leise zischend wurde mir bewusst, was ich gerade tat und ich wandte mich schleunigst ab. Was für ein Mist war das denn? Es war völlig egal, wie sich seine Muskeln anfühlten. Wieso steuerte mich mein Körper mehr als mein Gehirn? Für den Rest der Zeit wagte ich es nicht mehr in seine Richtung zu sehen.

Johann war endlich zufrieden, als wir müde auf dem Boden saßen und stöhnten. Nun schienen auch die anderen ihre Belastungsgrenze erreicht zu haben.

Als sich die ersten erhoben, fragte ich mich, ob mir das hier jeden Tag blühen würde. Es hatte zwar auf eine Art gutgetan, aber ich war es nicht gewohnt, derart an meine Grenzen zu gehen. Ich raffte mich erschöpft auf und wurde von Yuna angerempelt. »Ich wusste doch, dass du dich armselig schlagen wirst. Also unsere Kräfte hast du wohl nicht. Sicher, dass du nicht doch ein Mensch bist?«

Ich erwiderte nichts. Mit schmerzenden Muskeln ließ ich mich zurück im Unterrichtsraum zwischen Luna und Hope auf den Stuhl fallen. Johann begann etwas über die Geschichte der Evalfine zu erzählen, doch ich schweifte mit den Gedanken ab. Wie ging es Samuel? Und meinen Eltern? Wusste Marie schon, dass ich angeblich tot war? Besuchte sie meine Familie? Trösteten sie sich gegenseitig? Bilder blitzen vor meinen Augen auf. Meine Familie und Marie mit tränenüberströmten Gesichtern, dann Samuel. Bleich, bewegungslos und blutleer.

Ich zuckte heftig zusammen. Nein! Nein, er war nicht tot. Raphael hatte gesagt, er würde es schaffen.

Wie von selbst sah ich zu ihm und bemerkte, dass auch er mich beobachtete. War das etwa Sorge in seinem Blick?

»Damit belassen wir es für heute.« Johanns Stimme riss mich aus meinem Gedankenstrom. »Ich entlasse euch früher in die Mittagspause, um mir noch einmal Zeit für Eliana zu nehmen. Wir treffen uns dann wie gewohnt am Eingang zur Jagd.«

Jagd.

Jagd? Heute?

Ich spürte, wie mir das Blut aus dem Gesicht sackte. Ich würde jagen müssen. Und zwar direkt heute. Das konnte ich nicht! Jagen erinnerte mich daran, was ich war und was ich meinem Bruder angetan hatte. Mit dieser Seite wollte ich mich nicht beschäftigen. Nie!

25 Eliana

Luna und Hope beschlossen beim Mittagessen, die restliche Pause dafür zu nutzen, um mich durch den Felsen zu führen. Sie zeigten mir zahlreiche Gänge und erklärten mir deren Funktion und Aufbau, doch meine Konzentration hielt sich in Grenzen. Zwar erleichterte die Führung mir die Orientierung, doch kreisten meine Gedanken weiterhin um meine Familie und um die bevorstehende Jagd.

Erst als wir den Flur der Künstler erreichten, gelang es einem Teil von mir, mich richtig auf meine Umgebung einzulassen. Dieser Bereich war kunstvoller eingerichtet als jeder Raum und jeder Flur, den ich bislang im Felsen betreten hatte. Malereien an den Wänden ließen mich in andere Welten eintauchen, Gebilde aus Stein, Ton und Stoff waren an den Wegrändern aufgestellt worden, Lichter warfen bunte Farben durch den Gang. Und ich war mittendrin in diesem Universum, von dem der Flur erzählte.

Der Beruf der Künstler machte mich neugierig. Sie waren dafür zuständig, jeden Ort im Felsen einzurichten und umzugestalten. Außerdem musizierten sie bei Veranstaltungen oder trugen Tänze und Schauspiele vor.

»Vielleicht wirkt es für dich jetzt so, als seien andere Berufe wichtiger, weil sie sich um die Ernährung oder die Gesundheit kümmern«, meinte Hope. »Doch wir brauchen auch die Kunst, damit sich unsere Seele wohlfühlt und ausgeglichen bleibt. Elfen sind die geborenen Künstler.«

»Wisst ihr denn schon, welchen Beruf ihr später antreten möchtet?«, fragte ich, noch immer auf die bunten Farben konzentriert.

»Ich möchte Heilerin werden«, offenbarte Luna mit einem Leuchten in den Augen. »Das ist so ein wundervoller Beruf! Bei uns ist das übrigens anders als bei den Menschen. Wir unterscheiden nicht zwischen Ärzten, Pflegekräften und Hebammen, sondern Heiler sind für alles zuständig. Dadurch gibt es kein Machtgefälle.«

»Woher weißt du, dass es das Richtige für dich ist?«

»Das Heilungszentrum war der erste Bereich, in dem ich mein Praktikum machen durfte und es hat mich sofort erfüllt«, erinnerte sich Luna.

»Sie untertreibt!«, mischte Hope sich ein. »Hast du schon bemerkt, dass sie eine gewaltige Ausstrahlung hat? Johann meint, es könnte sogar eine seltene Gabe sein. In Lunas Anwesenheit fühlt man sich sofort aufgehoben und wenn sie sich um Kranke, Verletzte und werdende Mütter kümmert, dann gibt das den Betroffenen viel Kraft.«

Da musste ich zustimmen. Luna schien ihre Berufung bereits gefunden zu haben. So weit war ich bisher nicht gekommen. Ob sich das hier ändern würde?

Nach der Pause folgte ich den beiden Schwestern widerwillig zurück zu den Hauptgängen. Lieber wäre ich länger hier unten geblieben. Ich wollte überall lieber sein als im Unterricht, der nun bevorstand.

»Und du, Hope? Hast du auch schon einen Beruf gefunden, der dich anspricht?«, fragte ich weiter, um mich von meinem unruhig pochenden Herzen abzulenken.

»Ich habe ja auch gerade erst angefangen und weiß es deshalb noch nicht so richtig. Aber die Forschung interessiert mich sehr. Ich würde gerne ein Elixier entwickeln, das wie Blut auf uns wirkt, aber pflanzlich ist. Dann müssten wir keine Tiere mehr töten.«

»Du magst es auch nicht, Blut zu trinken?«

»Nun ja, den Geschmack mag ich schon und ich weiß auch, dass ich es brauche, um bei Kräften zu bleiben und zu überleben. Aber ich liebe Tiere.«

»Das ist ein toller Plan!«

»Und ein langweiliger«, gähnte Luna. »Blut ist viel zu köstlich. Ich denke nicht, dass die breite Masse der Evalfine Gefallen daran finden wird. Ein Becher pro Woche ist schon selten genug. Um das durchzusetzen, müsstest du wohl eher Oberhaupt werden.«

»Gut, das ist die zweite Möglichkeit, die ich in Betracht ziehe«, verteidigte sich Hope. »Dann werde ich eben Oberhaupt und verbiete dir den Blutkonsum.«

Beide lachten.

»Du wirkst angespannt«, stellte Luna fest, als wir uns dem Eingang zum Felsen näherten.

»Ehrlich gesagt, weiß ich nicht, ob ich schon für die Jagd bereit bin«, gestand ich. Tröstend legte Luna einen Arm um mich und ich spürte, wie sich ihre Stimmung auf mich übertrug und ich ein wenig ruhiger wurde.

Wir erreichten die anderen aus unserer Stufe, die bereits in der Nähe des Eingangs warteten. Johann trug eine lange Tasche auf dem Rücken. »Gut, jetzt sind wir vollzählig. Dann können wir los.«

Genau wie am Vortag, konnte ich rein gar nichts sehen, als wir durch den finsteren Gang schritten. Luna und Hope leiteten mich galant weiter, sodass ich sicher am Ausgang ankam, ohne mich am Felsen zu stoßen oder zu stolpern.

Heute wurde der Eingang von zwei anderen Wächtern bewacht, die uns flüchtig grüßten, als wir sie passierten und den Felsen hinabkletterten. Obwohl ich nicht einmal einen ganzen Tag im Berg verbracht hatte, spürte ich, wie sehr ich mich nach der Freiheit sehnte, die uns draußen erwartete.

Ich atmete tief die frische Luft ein, die nach Blumen, Wald, Bergen und Meer duftete und ließ meinen Blick über die nebelige Landschaft schweifen, sobald wir am Boden angekommen waren. Johann führte uns über eine große Fläche bis zum Waldrand. »Bevor ich euch losschicke, dachte ich mir, dass wir unser Wissen auffrischen und ihr Eliana die wichtigsten Dinge zusammenfasst, die man über das Jagen wissen muss. Davon profitieren wir dann alle.«

»Das Werkzeug«, meldete sich Theo. »Kleine Tiere wie Hasen, oder Rehkitze können wir mit bloßen Händen und unseren Zähnen erledigen, doch die meisten Tiere hier sind stark und nicht zu unterschätzen. Daher haben wir Speere dabei. Mit denen können wir angreifen und uns verteidigen.«

»Und wichtig ist es zu beachten, welches Tier man vor sich hat. Tiere, die selbst Jäger sind, sollte man niemals frontal angreifen, sondern sie von der Seite oder von hinten überraschen«, ergänzte Tizia.

»Am besten hat es sich etabliert, wenn wir in der Gruppe jagen und gemeinsam absprechen, wie wir vorgehen wollen. So kann ein Tier umzingelt werden und es ist ihm weder möglich zu entkommen noch einen von uns anzugreifen«, pflichtete Colin bei.

Zuletzt gab auch Salim sein Wissen preis. »Für uns weniger von Belang, aber für die Berufsjäger unumgänglich, ist es, dass sie den Bestand beobachten. Sie prüfen, welche Tiere sich in Über- und Unterpopulationen befinden und jagen so, dass die Natur geschont wird.«

Johann nickte. »Das stimmt, denn wir Evalfine leben in Einklang mit der Natur. Wir wollen nicht mehr nehmen, als wir geben. Damit haben wir alles zusammengefasst, was für den Anfang wichtig ist. Die Strategien werdet ihr in den Gruppen besprechen. Wie immer werden wir sie auslosen und ihr erkennt an dem Zeichen auf eurem Speer, zu welcher Gruppe ihr gehört.« Johann öffnete den Reisverschluss seiner Tasche und zog einige Speere hervor, die er willkürlich verteilte.

Ich suchte meinen ab und entdeckte einen kleinen Mond auf dem Holz. Sofort sah ich mich um und hörte, wie Theo Rebekka ankündigte, dass er auch einen Mond hatte. Unschlüssig trat ich auf die beiden zu.

»Nein!«, fauchte Yuna, als sie den letzten Speer von Johann erhielt.

Raphael nahm ihr den Speer ab. »Wir tauschen.«

Yuna funkelte ihn an, ließ es aber widerstandslos geschehen. »Dann muss Rebekka mir wohl berichten, wie du versagt hast.« Sie stieß mich mit der Schulter an, als sie an mir vorbeilief.

»Ich habe den Tausch heute ausnahmsweise übersehen«, rief Johann, der uns bald darauf losschickte.

Ich folgte Theo und Rebekka, die zielsicher in den Wald zogen, um eine Fährte aufzuspüren. Mein Herz begann heftig zu pochen. Mein Körper wehrte sich gegen jeden Schritt.

»Hey …« Raphael war so dicht an meine Seite getreten, dass er mich beinahe berührte.

»Was genau verstehst du eigentlich nicht unter Abstand halten?« Meine Angst vor der Jagd in Wut auf ihn umzuwandeln, kam mir ziemlich gelegen.

»Ich sagte doch, dass wir uns in der Schule sehen. Das kannst du nicht vermeiden.«

»Du hast die Gruppe gewechselt!«

»Wolltest du etwa lieber mit Yuna in einer Gruppe sein?«

Ich antwortete nicht.

»Ich sagte dir, ich werde trotzdem im Auge behalten, wie es dir geht. Und glaube mir, diese Gruppe konnte ich dir nicht zumuten«, fuhr er so leise fort, dass nur ich es hören konnte.

Ich schnaubte. »Tolle Ausrede.«

Raphael seufzte. »Vergiss nicht, ich war derjenige, der dich gestern Morgen bei dem Reh gefunden hat.«

Mein Herz setzte vor Schreck einen Schlag aus.

»Niemals werde ich vergessen, in was für einem Zustand du warst. Alles, was du gefühlt hast, konnte ich auch spüren. Denkst du wirklich, dass ich dich *jetzt* allein lasse, nachdem ich dich so vorgefunden habe? Und nachdem ich weiß, was das für dich bedeutet?«

Ich war stehen geblieben. Seine Worte schmerzten zu sehr.

»Ich bin hier in der Gruppe, damit du nicht jagen musst, wenn du noch nicht bereit dafür bist. Wir können das Tier auch zu dritt erledigen«, fuhr er selbstsicher fort. »Also? Bist du schon bereit zu jagen?«

Tränen brannten in meine Augen. Ich schüttelte den Kopf, unfähig auch nur ein Wort zu sprechen.

»Dann musst du das auch nicht«, versprach er. Seine Hand zuckte, doch er zog sie zurück, als würde er sich an sein Versprechen erinnern, mich in Ruhe zu lassen.

»Wo bleibt ihr denn?«, beschwerte sich Theo.

Ich blinzelte hektisch, damit er meine Tränen nicht sehen konnte.

»Wir sollten Eliana noch erklären, wie man eine Fährte aufnimmt«, entgegnete Raphael in einem lässigen Tonfall.

»Guter Punkt.« Theo wandte sich mir zu. »Also bei der Jagd konzentrierst du dich vor allem auf deinen Geruchs- und Gehörsinn. Du musst unsichtbar für die Tiere im Wald werden und darfst keine Geräusche verursachen.«

»Wenn wir mithilfe unserer Sinne eine Fährte aufgenommen haben, werden wir das Tier gemeinsam umzingeln«, fügte Raphael hinzu.

Rebekka stöhnte genervt. »Ja, genau. Können wir jetzt weitergehen? Wir haben nicht ewig Zeit.«

»Das nennt man Familienliebe«, scherzte Theo und holte zu ihr auf. Er legte einen Arm auf ihre Schulter. »Rebekkerlie, sei doch ein wenig entspannter. Dein Cousinchen ist doch neu.«

Währenddessen liefen wir weiter in den Wald hinein. Ich bemühte mich, lautlos zu sein, um die anderen nicht in ihrer Konzentration zu stören. Immer wieder redete ich mir ein, dass alles gut war. Ich musste nichts tun, wozu ich nicht bereit war. Ich musste nicht jagen. Ich war nur dabei. Mehr nicht.

Dann blieb Raphael stehen und gab den anderen ein Zeichen, dass sie innehalten sollten. Ich wagte es kaum zu atmen. Ging es los? Scheiße.

Theo und Rebekka verschwanden zwischen den Bäumen. Irritiert sah ich ihnen nach. Raphael streifte meinen Arm und winkte mich in die Richtung, aus der er das Tier aufgespürt hatte. Lautlos folgte ich ihm, bis ich es ebenfalls wahrnahm. Das Erste, was mich erreichte, war ein Geruch, der meinen Körper in einen wohligen Zustand versetzte. Darauf folgte das Rascheln von Gebüsch, als würde eine Schnauze über den Boden suhlen.

Mit erhobener Hand bedeutete Raphael mir stehen zu bleiben. Vorsichtig, um kein Geräusch zu verursachen, zog er einen Ast zur Seite und gab mir die Sicht auf ein mächtiges Wildschwein frei. Er baute Blickkontakt zu Theo und Rebekka auf der anderen Seite des Tieres auf. Dann ging alles schnell. Raphael sprang los, stürzte sich auf das Tier und rammte zeitgleich mit den anderen seinen Speer in den Rumpf des Schweines. Es schrie gequält auf, stürzte zu Boden und wand sich unter Schmerzen.

Wie gelähmt sah ich zu, wie das quietschende Tier stiller wurde, bis es wegstarb. Ich konnte kaum atmen. Mit aller Macht versuchte ich, nicht an Samuel zu denken. Wenn ich gestern nicht aufgehört hätte zu trinken … Meine Hände bebten, das Blut sackte mir in die Beine und ich fühlte mich wie in Trance.

Raphael drehte sich zu mir um. »Ich gehe mit Eliana ein Stück vor, dann riecht sie das Blut nicht so«, rief er Theo und Rebekka zu, ehe er nach wenigen Schritten an meiner Seite war. »Komm«, flüsterte er und schob mich sachte von dem blutenden Wildschwein fort. »Wir lassen uns Zeit mit dem Rückweg. Nimm dir die Zeit, die du brauchst.«

Ich stakste blindlings in die Richtung, die Raphael mir gezeigt hatte.

Gleichmäßig atmen! Einatmen. Ausatmen. Einatmen. Ausatmen. Nicht in Tränen ausbrechen! Nicht an das Tier denken. Nicht daran denken, wie es aussah, als sie es umgebracht haben. Einatmen. Ausatmen.

Raphael war klug genug zu schweigen. Jedes Wort wäre zu viel gewesen, unangemessen für die Situation. Er schien das zu spüren, während er mit angespanntem Kiefer neben mir herlief. Als wir Johann und den Rest der Klasse erreichten, die am Waldrand auf uns warteten, fühlte ich mich noch immer nicht bereit.

»Ich bin beeindruckt. Ihr wart heute alle ziemlich schnell. Da haben wir wohl einen guten Tag erwischt«, grüßte uns Johann, zu dessen Füßen ein bisonartiges Wesen und ein weiteres Wildschwein lagen. Rebekka und Theo legten unser Tier dazu.

Yunas Blick schweifte zu meinem Speer, der unbenutzt in meiner Hand weilte, während die anderen drei Speerspitzen blutdurchtränkt waren. Ein hässliches Lächeln erschien in ihrem Gesicht. Sie beugte sich zu Leander und flüsterte ihm etwas ins Ohr, woraufhin dieser ebenfalls grinste. »Versagerin!«, formte Yuna mit dem Mund in meine Richtung.

Grimmig senkte ich den Blick, der auf die leblosen Tiere fiel. In diesem Moment trug der Wind ihren Geruch in meine Richtung. Der Duft des frischen Blutes strömte durch meine Nase und setzte meinen Verstand von einer Sekunde auf die nächste komplett außer Kraft.

Arme umklammerten mich, um zu verhindern, dass ich mich bewegte, während ich orientierungslos um mich schlug.

»Lass mich!«, knurrte ich, ohne zu wissen, wer mich an sich drückte.

»Eliana, atme tief durch! Ich weiß, es ist schwer, aber du kannst das. Versuch die Kontrolle zu behalten!«, drang Johanns Stimme zu mir durch, der vor mir stand und eindringlich auf mich einredete.

Doch es war nicht er, der mich festhielt. Langsam kam ich zu mir, erlangte meine Kontrolle zurück und nahm einen anderen Duft war, der mich einhüllte. Wald. Erdig und holzig. Doch vor allem viel zu angenehm. Raphael.

Nun begann ich erst recht zu strampeln. Ich wollte nicht, dass es sich gut anfühlte, wie er mich an sich drückte.

»Tief einatmen, Eliana!«, wiederholte Johann. Seine Stimme klang nun deutlicher.

»Das versuche ich doch«, entfuhr es mir aufgebracht.

Glücklicherweise schien mein Tonfall Johann nur wenig zu

beeindrucken. Er nickte. »Gut so. Ich denke, sie hat sich wieder unter Kontrolle.«

Daraufhin lockerte Raphael den Griff um meinen Körper.

Umgehend stieß ich mich von ihm weg und blickte in die starren Gesichter meiner Klassenkameraden, die allesamt um uns standen und das Geschehen beobachtet hatten.

Allmählich drang in mein Bewusstsein, was gerade vorgefallen sein musste. Vermutlich hätte es mir peinlich sein sollen, doch das Einzige, woran ich denken konnte, war, dass ich ein Monster war. Ein unkontrollierbares Monster!

»Die Tiere sind nicht für uns. Die bringen wir jetzt in die Küche. Morgen früh gibt es für die gesamte Gemeinschaft Blut als Beilage zum Frühstück. Das hier ist unser Beitrag dazu. Den Rest besorgen die Jäger«, erklärte Johann, doch seine Worte drangen nicht wirklich zu mir durch.

Mein Körper begann zu beben, meine Sicht verschleierte sich, als mir die Tränen unkontrolliert in die Augen stiegen. Ich konnte das nicht. Das alles war zu viel. Wie sollte ich jemals damit leben?

Ich rannte los. Ohne ein Ziel. Es ging bloß darum, diese Wut und diese Verzweiflung loszuwerden. Ich erreichte einen Baum und begann auf ihn einzuschlagen. »*Nein! Nein! Nein!*«, schrie ich. »Warum ist das passiert? Warum Samuel? *Warum?*«

Ich ignorierte den stechenden Schmerz in meinen Händen und wollte, dass es aufhörte. Dass alles einfach aufhörte! Dieser unendliche Schmerz, der meine Brust zusammenzog und mir die Luft zum Atmen nahm. Diese grenzenlose Wut auf mich selbst, darüber, was ich getan hatte und zu wem ich geworden war. Zu *was* ich geworden war. Ich hielt das alles nicht aus. Es war zu viel!

»Eliana.« Raphael stand plötzlich neben mir. Er blieb ruhig und versuchte nicht einmal, mich aufzuhalten, während ich weiter auf den Baum einschlug.

»Geh weg! Ich will, dass du mich in Ruhe lässt! Lass. Mich. Endlich. In. Ruhe!«, schrie ich ihn an.

Er blieb.

Nun trat er doch auf mich zu. Er umfasste meine Handgelenke und zwang mich dazu, innezuhalten. »Du tust dir weh«, flüsterte er. Sein Ton ein Kontrast zu meinem Geschrei. Doch ich wollte seine beruhigenden Worte nicht annehmen. Ich wehrte mich gegen seinen Griff, aber er ließ mich nicht los. Bis ich bitterlich weinend zu Boden sank und mich zusammenkrümmte. Es grenzte an ein Wunder, dass ich überhaupt noch Tränen zum Weinen übrighatte. Und doch ebbten sie nicht ab. Sie flossen eine Ewigkeit, während mein Körper sich verkrampfte und heftig bebte.

Raphael war ebenfalls zu Boden gesunken. Seine Hände legten sich um mich und er zog mich an seine Brust. Ich war zu schwach, um mich dagegen zu wehren. Ich ließ es einfach geschehen. Nicht nur das. Ich krallte mich an ihn, als würde er den Schmerz nehmen können. Doch das konnte er nicht. Niemand konnte das.

Seine Hände lagen an meinem Rücken und meinem Kopf, während er mich behutsam in seinen Armen hielt. Er war einfach nur da und wartete, bis meine Tränen versiegten.

26 Eliana

Ich lag einsam in meiner Koje und starrte auf den zugezogenen Vorhang. Aus dem Aufenthaltsraum drangen Stimmen und Gelächter in den Schlafsaal. Die meisten meiner neuen Schulkameraden hatten sich dort versammelt und spielten irgendwelche Spiele, die mir fremd waren. Mir war nicht danach, mich ihnen anzuschließen. Nicht nach diesem Ausbruch, den ich gehabt hatte.

Abgesehen davon, dass ich mich dafür schämte, ärgerte ich mich. Wie hatte ich nur zulassen können, dass Raphael mir so nahegekommen war? Es war ein Moment der Schwäche gewesen, der nichts zu bedeuten hatte.

Johann hatte versucht mich zu trösten, indem er mir zugesprochen hatte, dass es gut war, wenn ich meine Gefühle nicht unterdrückte, sondern ihnen Wege nach draußen ermöglichte. Yuna und Rebekka waren offensichtlich anderer Meinung gewesen. Bereits beim Abendessen hatten sie fleißig verbreitet, was nach der Jagd geschehen war. Einige Evalfine hatten sich über mein Verhalten empört. Das Blut der Tiere wurde aufgeteilt. Niemand hatte das Recht, sich einfach zu bedienen, so wie ich es versucht hatte. Bereits an meinem ersten Tag hatte ich damit bewiesen, wie schlecht ich in die Gemeinschaft reinpasste.

Aber ich wollte auch nicht reinpassen. Ich wollte nicht hier sein. Alles, was ich wollte, war zu meiner Familie zurückzukehren. Aus diesem Albtraum aufwachen und mein Leben weiterführen. Als normaler Mensch, der nicht das Potenzial hatte, seinen Bruder umzubringen.

Wenn ich doch wenigstens wüsste, wie es ihm ging. Die

Ungewissheit war mit jeder Stunde weniger auszuhalten. So konnte ich auf keinen Fall weitermachen. Ich musste handeln. Schließlich war es *meine* Familie und *mein* früheres Leben. Niemand durfte mir verbieten, nach ihnen zu sehen! Nicht einmal dieser Caius. Er hatte kein Recht, mich hier einfach einzusperren.

Also wartete ich. Bis es vollkommen ruhig im Schlafsaal war. Leise zog ich meinen Vorhang zurück und tapste lautlos aus dem Raum. Der Aufenthaltsraum war leer, ebenso wie der Flur. Das war gut. War es eigentlich verboten, nachts durch die Gänge zu schleichen? Wurden Wächter eingesetzt, um das zu prüfen? Wie wenig ich doch über die Gemeinschaft und die Regeln wusste.

Konzentriert darauf, niemandem zu begegnen, machte ich mich auf den Weg hinab. Der Haupteingang wurde bewacht. Darüber würde ich nicht entkommen können. Doch Yuna und Leander waren zweimal in der Welt der Menschen aufgetaucht. Entweder hatten sie die Wächter bestochen oder es gab einen inoffiziellen Gang, von dem Caius nichts ahnte. Raphael musste davon wissen, doch ihn wollte ich nicht fragen, solange ich den Gang auch selbst finden könnte. Ganz oben befand sich Caius Bereich, wie ich bei Lunas und Hopes Führung erfahren hatte. Da würde es höchstwahrscheinlich von Wächtern nur so wimmeln. Auch beim Versammlungssaal erwartete ich keinen geheimen Ausgang.

Also lief ich bergab, um mich von ganz unten nach oben durchzuarbeiten. Vielleicht würde es einige Nächte dauern, doch ich hatte fest vor, nicht aufzugeben.

Irgendwann würde ich hier rauskommen, um nach meiner Familie zu sehen. Einfach so zu tun, als wären sie nie dagewesen, war keine Option.

Ohne Luna und Hope oder überhaupt andere Evalfine wirkten die finsteren Gänge um einiges unheimlicher auf mich. Tatsächlich schienen alle zu schlafen, denn niemand war unterwegs. Eine bedrückende Stille umgab mich, während ich am Schulflur vorbeizog, die Berufsbereiche passierte und schließlich den tiefsten

Punkt des Felsens erreichte. Hier unten bauten die Evalfine Gewächse an. Sicher wurde hier ein Großteil an Obst, Gemüse und Getreide angepflanzt, das wir täglich konsumierten.

Ich schlich in eine riesige Halle, die durch ein grelles Licht beleuchtet wurde. Dort wuchsen unzählige Pflanzen in Beeten, die durch lange Rohre bewässert wurden. Suchend tastete ich die Wände ab, krabbelte unter die Tische, kroch den Boden entlang und klopfte jeden möglichen Winkel nach einer versteckten Tür ab. Nachdem ich nichts gefunden hatte, lief ich in die nächste Halle, die der ersten ähnelte, aber mit anderen Pflanzen bestückt war. Ich glaubte, sie als Kartoffelpflanzen identifizieren zu können und führte meine Suche fort. Wieder blieb sie erfolglos, doch ich hatte nicht erwartet, direkt an der richtigen Stelle zu sein.

Die ganze Nacht suchte ich weiter, bis ich so müde wurde, dass ich meine Augen kaum offenhalten konnte. Ich sollte noch ein wenig schlafen, um den nächsten Tag gut überstehen zu können. Schließlich hatte ich ein hartes Training vor mir. Dass ich nach den vergangenen Tagen überhaupt Energie übrighatte, konnte nur an meinen Evalfin-Kräften liegen.

Als ich erschöpft in mein Bett fiel, glaubte ich, dass es nicht mehr lange dauern würde, bis der Morgen anbrach. Hoffentlich würde ich noch ein wenig in den Schlaf finden. Nur wenige Minuten, nachdem ich mich niedergelegt hatte, überfiel mich die Müdigkeit und ich sank – anders als in der Nacht zuvor – in wirre Träume über Lydia, meine Familie und Samuel, der mit Blut überströmt war.

»Ich habe so einen riesigen Hunger. Endlich gibt es wieder Blut!«, riss mich eine Stimme unsanft aus dem Schlaf. Schläfrig öffnete ich die Augen. Durch den zugezogenen Vorhang konnte ich die anderen nicht sehen, doch sie schienen sich für das Frühstück bereit zu machen. Luna hatte gesprochen. Offenbar freute sie sich auf ihren Becher Blut, wohingegen sich in mir alles bei dem Gedanken zusammenzog.

Verschlafen setzte ich mich auf. Dass ich in dieser Nacht so spät ins Bett gegangen war, verzieh mein Körper mir nicht. Gestern hatte ich mich besser gefühlt. Stärker und energiegeladener. Doch das spielte keine Rolle, denn ich wusste, wofür ich es tat. Um das Essen hinauszuzögern, ließ ich mir viel Zeit dabei, mich fertig zu machen. Luna, die mit Hope auf mich wartete, trat ungeduldig von einem Fuß auf den anderen.

»Eliana, ich will nicht unhöflich sein …«, begann sie zögerlich.

»Aber sie hat riesigen Hunger!«, grinste Hope.

Ich seufzte. Sie hatten ja recht. Ich würde mich nicht ewig davor drücken können. »Wie läuft das gleich genau ab? Ist das Blut schon da? Wird es ausgeteilt, oder hingestellt?«, fragte ich besorgt, als wir durch den Gang zum Versammlungssaal liefen.

»Wenn alle auf ihren Plätzen sitzen und Caius die Ansprache gehalten hat, bringt das Personal aus der Küche das Blut und verteilt die Becher«, berichtete Hope.

»Ah. Okay«, murmelte ich mit zunehmenden Bauchschmerzen. Bei dem Gedanken, wie ich gestern auf die toten Tiere reagiert hatte, fragte ich mich, wie ich nun diesen Unmengen an Blut widerstehen sollte. Vielleicht war es besser, gar nicht erst in die Halle zu gehen.

Vor dem Eingang empfing uns Johann, der uns lächelnd grüßte. »Eliana, ich habe noch mal nachgedacht. Ich halte es für am besten, wenn wir beide schon vorgehen und gemeinsam im Unterrichtsbereich essen. Was hältst du davon?« Er hob einen Korb in die Höhe.

»Ähm, ja? Klar«, stotterte ich überrascht, nickte Luna und Hope zu und folgte ihm bis in unseren Klassenraum. Dort öffnete er die Tür, die sich neben der zur Halle befand.

»Das ist unser Besprechungszimmer.« Johann hielt mir die Tür auf, damit ich eintreten konnte. »Hier haben wir unsere Ruhe.« Er bedeutete mir, mich auf einem der beiden Sofas niederzulassen und setzte sich auf das andere, während er den Korb auf dem kleinen Tisch zwischen uns abstellte. »Bestimmt hast du eine Vermutung, warum wir hier essen?«

»Um mich von dem Blut fernzuhalten.«

»Ich dachte mir, es ist besser für dich, wenn wir uns dem zu zweit stellen und du nicht hunderte Augenzeugen im Raum hast. Es wird dir schwerfallen, bei nur einem Becher zu bleiben.«

Johann griff in den Korb und zog eine Flasche hervor.

»Es kann sein, dass dein Unterbewusstsein die Oberhand gewinnt, aber das ist nicht schlimm. Niemand außer mir ist hier. Du hast nichts zu befürchten.«

Ich schluckte schwer, während er zwei Becher aus dem Korb zog und die Flasche öffnete. Noch während die Furcht in mir anstieg, wie mein unkontrollierbarer Körper reagieren würde, wurden meine Gedanken von anderen Instinkten in den Hintergrund gedrängt. Gierig verfolgte ich Johanns Bewegungen, als dieser die Becher füllte. Meine Triebe schrien meinem Körper zu, dass ich die Becher an mich reißen und leeren musste. Dann stieg mir der Geruch des Blutes in die Nase und mein Bewusstsein schaltete sich endgültig ab.

»Eliana, atme! Hol tief Luft und konzentrier dich auf deine Atmung!«, drang Johanns Stimme an mein Ohr.

Langsam kam ich zu mir und bemerkte, dass er mich gegen die Sofalehne drückte. In der Hand hielt ich einen leeren Becher. An meinen Lippen schmeckte ich die Überreste des Blutes. Hatte ich es bereits getrunken? Ich erinnerte mich nicht.

»Ich weiß, es fühlt sich an wie in einem Rausch. Du erinnerst dich nicht an alles, du hast keine Kontrolle über deine Taten. Das ist normal. Das wird vergehen«, meinte Johann verständnisvoll und entwendete mir den leeren Becher. »Kann ich dich loslassen? Fühlst du dich bereit, mir zuzusehen?«

Erst jetzt fiel mir wieder ein, dass es einen zweiten Becher gab. Mein Blick huschte zu dem Blut, das noch immer auf dem Tisch stand. Hatte ich versucht, auch Johanns Portion an mich zu reißen?

»Eliana?«, hakte Johann nach, und zwang mich, ihn anzusehen.

»Ich weiß nicht«, gab ich zu.

»Wir versuchen es einfach. Konzentrier dich auf deinen Atem und auf dich selbst.« Langsam löste er seinen Griff. Ich schloss die Augen, um nicht mitansehen zu müssen, wie er das Blut trank. Das funktionierte einigermaßen, bis ich ihn schlucken hörte. Ein Knurren entfuhr mir und ich stürzte mich auf ihn. Er drückte mich zurück gegen das Polster, als sei ich ein schwaches Kind.

»Es tut mir leid!«, stieß ich hervor und zog meine Beine an, um mein Gesicht zu verstecken. Meine Emotionen drohten erneut überzukochen und doch war es nicht so schlimm wie am Vortag. Vielleicht hatte mein Ausbruch geholfen, weil ich den Schmerz zugelassen hatte.

Dennoch fragte ich mich, wie lange mich dieser Umstand nun begleiten würde. War es möglich, dass ich für immer zum Monster werden würde, sobald Blut in der Nähe war?

»Es ist okay. Das ist völlig normal«, sagte Johann tröstend.

»Völlig normal? Ich sehe hier niemanden außer mir, der in ein Zimmer eingesperrt werden muss, weil er sonst zum Zombie mutiert!«

»Die anderen lernen von Geburt an, damit umzugehen. Hinter ihnen liegen Jahre an Übung.«

»Ich will das nicht. Das alles. Ich will nicht so sein! Ich kann nicht«, wimmerte ich.

»Es ist okay, Eliana. Es wird einfacher werden.«

»Nein! Was ich getan habe … Das werde ich niemals … Nein.«

»Hör zu«, sagte er in einem ruhigen, aber nachdrücklichen Tonfall, »Ich kann deine Situation sehr gut nachvollziehen. Es muss schwer für dich sein, mit den Schuldgefühlen umzugehen, die du dir machst. Das Leben meint es oft nicht gut mit uns. Wir kommen manchmal in Situationen, in denen wir bewusst oder auch unbewusst Dinge tun, die wir später bereuen. Manchmal sind es Handlungen, die so gegen unsere Grundsätze sind, dass wir uns schwer tun, sie in unser Selbstbild einzubauen. Dann wird es schwierig, denn auf der einen Seite verabscheuen wir diese Handlung, doch auf der anderen Seite ist sie ein Teil von uns, weil sie ein Teil unserer Vergangenheit ist. Hier ist es dann entscheidend, wie wir damit umgehen. Wir haben drei Möglichkeiten. Die erste ist es, unsere Handlung zu verdrängen, doch davon würde ich jedem abraten, denn es ist wichtig, sich damit auseinanderzusetzen. Irgendwann würde es uns einholen. Die zweite Möglichkeit ist es, sich zu quälen und immer wieder verantwortlich zu machen. Doch auch das ist kein Weg, den ich empfehlen würde, denn man bleibt auf der Stelle stehen, versinkt in Selbsthass und lebt in der Vergangenheit statt in der Gegenwart. Weißt du, was die dritte Möglichkeit ist?«

Ich schüttelte den Kopf.

»Die dritte Möglichkeit ist es, die Vergangenheit und die eigenen Taten anzunehmen. Wir können sie nicht rückgängig machen, doch wir lernen daraus etwas über uns selbst und etwas für die Zukunft. Es wird für dich immer schmerzhaft sein, dich an jenen Morgen zurückzuerinnern, doch du musst nach vorn sehen. Wenn du nur zurückschaust, wirst du dich nicht loslösen und weitergehen können.«

»Ich kann nicht weitergehen, wenn ich weiß, wie sie leiden. Oder besser gesagt, weiß ich gar nichts. Ich weiß nicht, wie es Samuel geht. Das zerreißt mich!«

Der Blick, den er mir zuwarf, war so verständnisvoll, dass ich mich fragte, ob nicht *er* mir helfen konnte.

»Kannst du mich nicht hinbringen? Du hast keine Ausgangssperre. Bitte. Ich *muss* wissen, wie es ihnen geht«, flehte ich.

»Ich denke nicht, dass das eine gute Idee wäre.«

»Wieso nicht? Ich will mich doch nur versichern, dass alles in Ordnung ist, mehr nicht.«

»Zum einen wäre da das Problem mit dem Blut. Du hast nicht die notwendige Kontrolle, um dich Menschen zu nähern«, erinnerte er mich. »Aber viel entscheidender ist, dass ich denke, wir können Raphaels und Lunas Wort vertrauen. Wenn sie sagen, dass es Samuel gut geht und er wieder fit wird, dann glaube ich das auch. Ihr Wort genügt mir. Und ihr Wort sollte auch dir genügen. Du denkst jetzt vielleicht, dass du dich besser fühlen würdest, wenn du sie mit eigenen Augen gesehen hast, doch es würde dich zu sehr aufwühlen. Die Situation ist für sie ebenso belastend wie für dich. Ihr alle braucht Zeit.«

Widerwillig drehte ich mich weg. Ich wollte seine Worte nicht hören. Was auch immer er sagte, ich blieb bei meiner Meinung. Es war *meine* Familie und niemand durfte mir dareinreden!

»Magst du noch etwas anderes essen? Ich habe ein paar Dinge eingepackt«, wechselte Johann das Thema, als ich eine Weile lang schwieg. Er hatte Obst und Gebäck vor uns platziert. Gedankenverloren griff ich nach einem Hörnchen. Auch er nahm sich eins.

»Nun wo wir schon hier sind, möchte ich noch über das *UP*, das Unterstützende Praktikum, mit dir sprechen. Tertiärschüler lernen dadurch nach und nach alle Berufe der Evalfine kennen. Mir kam der Gedanke, dass du dein erstes bei mir machen könntest. Da ich als Lehrer die anderen *UPs* betreue, hast du so einen ersten Einblick in die verschiedenen Berufsfelder, gewinnst einen Überblick, und gleichzeitig haben wir die Gelegenheit, zusammen deine Unterlagen durchzugehen, die du von Nadima erhalten hast. Somit kann ich dich optimal bei deiner Eingewöhnung unterstützen.«

»Ist das nicht zu viel Aufwand für dich?« Ich sah zu ihm auf. Wie konnte er so selbstlos sein?

»Nein. Natürlich bedeutet es ein wenig mehr Aufwand als üblich, aber so ist das, wenn man sich als Lehrer an den individuellen Bedürfnissen seiner Schüler orientiert. Ich bin für dich verantwortlich und ich möchte für jeden Einzelnen meiner Schüler das Optimum herausholen. Ihr seid es alle wert.«

»Danke«, hauchte ich. Woher nahm er nur diese Energie und dieses Durchhaltevermögen? Die meisten Lehrer, die ich im Laufe meiner schulischen Laufbahn kennengelernt hatte, hatten es irgendwann aufgegeben, jeden individuell zu betrachten. Sie waren einfach ihren Stoff durchgegangen. Wer mitgekommen war, hatte Glück, wer nicht mitkam, ging verloren.

27 Eliana

Der Schultag startete wieder mit dem Training. Die Übungen fielen mir noch schwerer als am Vortag. Meine Muskeln waren müde und schmerzten durch die ungewohnte Belastung. Der Schlafmangel ging auch nicht spurlos an mir vorbei. Nach einer kurzen Pause, in der ich vergeblich versuchte, mich von dem Sport zu erholen, stand das Schulfach *Grundlagen des Evalfin-Daseins* an. Dies war der Überbegriff für alles, was es von Johanns Seite aus zu besprechen gab. Organisatorisches, Einzelgespräche und Grundlagen des Zusammenlebens wurden in diesem Fach besprochen.

»Ihr könnt eure Notizen erst einmal wegpacken«, meinte Johann, als sich alle auf ihren Plätzen niedergelassen hatten. »Nach dem Tag gestern möchte ich den Unterricht heute noch einmal ruhen lassen, weil wir etwas Wichtigeres zu besprechen haben.«

»Etwas Wichtigeres?« Leander verschränkte die Arme vor der Brust.

Johann nickte. »Ich möchte mir ein Stimmungsbild von euch machen. Gestern hatte ich den Eindruck, dass einige Spannungen in der Luft liegen, die ich auf keinen Fall ignorieren kann. Ich weiß, wir befinden uns alle in einer völlig neuen Situation und einigen von euch fällt es schwer, damit umzugehen. Daher habe ich mich entschieden, auf eine Methode der Menschen zurückzugreifen, die sie für solche Situationen entwickelt haben.«

Rebekka entfuhr ein Schnauben, Yuna rümpfte die Nase.

Johann bemerkte ihr Unbehagen. »Was geht euch durch den Kopf? Wollt ihr es mit uns teilen?«

»Ich bin überrascht, dass wir den Unterricht nicht normal fortführen«, antwortete Rebekka. »Aber okay, probieren wir diese … Methode aus.«

Johann lächelte sie nachsichtig an. »Genau darum geht es. Ich möchte herausfinden, was euch durch den Kopf geht, damit wir alle gemeinsam daran arbeiten können. Steht doch mal alle auf.«

Mit einem mulmigen Gefühl im Magen erhob ich mich. Johann hatte meinen Namen nicht genannt, doch das brauchte er auch nicht. Jedem Einzelnen im Raum war bewusst, dass diese Unterbrechung des Unterrichts ganz allein an mir lag. An meiner Ankunft.

»Wir beginnen erst mal ganz allgemein. Hier an meinem Schreibtisch befindet sich der Gefühlszustand *Wohlbefinden*. Dort hinten an der Tür zum Besprechungsraum der Zustand *Unwohlsein*. Nun stellt euch zwischen diesen beiden Begriffen auf, je nachdem, wie ihr euch fühlt.« Dieses Spiel hatte ich in meiner Schulzeit schon zur Genüge gespielt und so wie jede einzelne pädagogische Methode, die für Zusammenhalt sorgen sollte, einfach nur gehasst.

Theo, Tizia, Luna und Hope bewegten sich ohne zu zögern auf die unsichtbare Skala zu. Sie alle platzierten sich recht nah an Johanns Pult. Auch Colin und Salim schlossen sich ihnen an. Ich hingegen tapste zögerlich in Richtung Tür. Es war mir unangenehm, doch ich fühlte mich nicht wohl. Wie denn auch?

Raphael stellte sich in der Mitte auf, Leander, Rebekka und Yuna gingen demonstrativ direkt an die Tür. Ich mied ihre Blicke und konzentrierte mich auf Johann.

Dieser nickte nachdenklich. »Wir werden gleich darüber sprechen. Ich möchte vorher noch ein paar andere Worte abfragen. Hier am Pult ist *Zuversicht*, an der Tür ist *Bedenken*.«

Einzig Raphael bewegte sich einen Schritt näher auf das Pult zu. Der Rest blieb an Ort und Stelle stehen. Ich ebenfalls. Auch als Johann die Begriffe *Sicherheit* und *Sorge* einwarf, gab es kaum Bewegung in der Reihe.

»Es freut mich natürlich nicht, aber im Großen und Ganzen habe ich damit gerechnet, dass ihr euch so positionieren werdet.« Johann wirkte resigniert, als er uns dazu aufforderte, unsere Plätze aufzusuchen. »Erst mal an diejenigen, die sich an der Tür aufgestellt haben. Ich möchte euch nun den Raum geben, darüber zu sprechen. Was beunruhigt euch so stark, dass ihr ganz ans Ende gegangen seid?«

Rebekka, Leander und Yuna warfen sich einen Blick zu, ehe Yuna das Wort ergriff und dabei ein derart bedrücktes Gesicht aufsetzte, dass ich die Zähne zusammenbeißen musste, um mich unter Kontrolle zu halten. »Sorge trifft es bei mir sehr gut. Ich habe vor mehreren Dingen Angst. Zum einen kommt Eliana von den Menschen und ich befürchte, dass sie deren Aggressivität mitbringt. Wie gewaltbereit Menschen sein können, haben wir schon zur Genüge gehört. Zum anderen bereitet es mir große Sorgen, dass sich einiges ändert und sie uns auseinanderreißt. Ich will, dass wir eine Gemeinschaft sind, so wie wir es immer waren. Kaum ist sie da, kommt es zu Streitereien und Problemen. Zum Beispiel gestern Morgen in unserem Zimmer. Das gibt mir stark zu bedenken.«

Luna öffnete empört den Mund, doch Johann schnitt ihr das Wort ab.

Yuna fuhr fort. »Und meine dritte Angst ist besonders stark. Wir haben alle schon davon gehört, dass sie ihren Bruder angegriffen hat. Wir kennen die Familiengeschichte von ihrer Mutter und ich habe Angst, dass sie eine zweite Lydia ist.«

»Wie kannst du es wagen?«, rief ich aufgebracht und sprang auf. Mein Körper bebte, meine Hände waren zu Fäusten geballt.

Yuna blieb unbeeindruckt, während sie vielsagend ihren Kopf in meine Richtung neigte. »Genau von so einem Verhalten habe ich doch gesprochen«, sagte sie mit süßlicher Stimme.

Fassungslos starrte ich sie an. Sie beabsichtigte mit ihren Aussagen bewusst, dass ich mich auf sie stürzen würde.

Luna legte beruhigend ihre Hand an meinen Arm, als Johann

sich stirnrunzelnd zu mir umdrehte und mir bedeutete, dass ich mich setzen sollte. Widerwillig nahm ich Platz, während Raphael zornig schnaubte. »So ein Verhalten? Du bist doch diejenige, die hier völlig durchdreht. Halte einfach deinen Mund und …«

Nun wies Johann Raphael streng daraufhin, objektiv zu bleiben und ruhig zu reden.

»Johann, dazu möchte ich eine Aussage treffen«, meldete sich Hope in einem sachlichen Tonfall zu Wort. »Der Streit gestern Morgen war nicht Elianas Schuld. Yuna hat sie grundlos beleidigt und wir haben darauf reagiert.«

»Eben, das hast du komplett falsch dargestellt!«, stimmte Luna zu und funkelte Yuna böse an.

Johann wirkte nachdenklich und unzufrieden. »Wie ich sehe, gibt es hier größere Spannungen als ich erwartet habe. Das zeigt mir, dass es gut ist, dass wir darüber sprechen. Ich habe eure Perspektiven gehört. Ihr begründet den Streit gestern Morgen auf unterschiedliche Weise. Das ist normal. Bei Konflikten sieht jede Seite sich selbst im Recht. Wir werden daran arbeiten und nach einem Weg suchen, wie ihr den Blickwinkel der anderen Seite besser nachvollziehen könnt. Yuna, von dir erwarte ich jedoch mehr Anstand! Ich greife ungern in die Auseinandersetzungen ein, die ihr untereinander habt, damit ihr lernt, sie selbst zu lösen, doch deine Aussagen gehen zu weit.« Dann wandte er sich Raphael zu. »Du standest in der Mitte. Möchtest du dich dazu äußern, was in dir vorgeht?«

Raphaels Blick glitt zu mir. »Meine Sorgen haben überhaupt nichts mit dir zu tun, Eliana. Das will ich an dieser Stelle betonen. Ich bin weiterhin bereit, dich in allem zu unterstützen, falls das dein Wunsch sein sollte.«

Ich wandte mich verwirrt ab. Das war unfair, wenn er solche Dinge sagte. Konnte er nicht einfach akzeptieren, dass ich seine Unterstützung nicht wollte?

Scheinbar unbeirrt fuhr er fort: »Meine Bedenken gehen nämlich gegen gewisse Personen, die Beleidigungen einsetzen, um einen Keil in unsere Gemeinschaft zu schieben und ich will, dass euch eines klar ist: Ich sehe nicht weiter tatenlos zu und bin bereit entsprechend darauf zu reagieren.« Seine Stimme gewann mit jedem Satz an Härte.

Rasch fiel ihm Johann ins Wort: »Danke für deine Ehrlichkeit, Raphael! Aber ich denke, das ist besser meine Aufgabe, auf Beleidigungen zu reagieren. Deshalb, und damit wende ich mich jetzt an alle in diesem Raum, denkt an unsere Regeln: Wir verletzen einander nicht. Weder mit Worten noch mit Taten. Verinnerlicht das.«

Johann erhob sich und stellte sich hinter seinen Schreibtisch. Einen Moment musterte er mich und ich betete, dass er mich nicht fragte, was in mir vorging. Er schien zu verstehen, denn er stützte die Hände auf dem Pult ab. »Erst einmal möchte ich euch für eure Ehrlichkeit danken. Zwar erschreckt es mich, wie aufgeladen die Stimmung tatsächlich ist, doch ich konnte mir nun einen besseren Überblick über die Gesamtsituation verschaffen und ich bin zuversichtlich, dass wir daran arbeiten können. Ich werde mir entsprechende Lösungswege überlegen. Eins möchte ich euch allen schon mal an die Hand geben: Trotz der Unruhen sind wir eine Gemeinschaft. Und gerade in Zeiten der Herausforderung zeigt sich, ob in der Gemeinschaft wirklicher Zusammenhalt besteht. Denkt immer daran, dass wir einander unterstützen sollten. Seid füreinander da, behandelt euch gegenseitig mit Respekt und nehmt die Gefühle der anderen ernst.«

Die meisten nickten zustimmend und Johann ging nun doch zum Unterricht über. Während ich mich bemühte, diesem zu folgen, fühlte ich mich zunehmend elender. Yunas Worte nagten an mir. Sie hatte mich genau da getroffen, wo ich am verletzlichsten war, denn sie hatte die Wahrheit ausgesprochen: Ich hatte meinen Bruder verletzt. Zum einen war das unverzeihlich und zum anderen fürchtete ich mich selbst vor der Parallele zu Lydia.

War ich denn überhaupt besser als sie? Alia hatte nicht gesagt, ob Lydia ihre Schwester mit Absicht oder aus einem Impuls der Wut heraus getötet hatte.

Nach dem Unterricht behielt Johann Raphael und Yuna für ein Einzeltraining bei sich. Auch Luna nahm seit kurzem daran teil, da Johann prüfen wollte, ob sie tatsächlich eine besondere Gabe besaß. »Eliana, auch wir werden bald das Einzeltraining beginnen, um deine Gabe zu fördern, aber wir lassen uns noch ein wenig Zeit. Du hast genug andere Aufgaben. Wir sehen uns dann nach der Mittagspause«, verabschiedete Johann mich, als ich mit Hope den Raum verließ.

»Was für eine Gabe hat Yuna denn?«, fragte ich sie.

»Sie kann ihre Gedanken verschließen. Also so richtig. Es ist nur aufgefallen, weil Raphael sie als Teenager mal beeinflussen wollte, aber nicht zu ihr durchringen konnte.«

»Und wie trainiert Johann mit ihnen?«

»Gaben zu kontrollieren, dauert sehr lange. Johann unterstützt sie dabei, sie gezielt einzusetzen. Meistens benötigt man jahrelange Übung dafür. Raphael ist ein Naturtalent. Nur wenige können ihre Gabe in seinem Alter schon so gut beherrschen. Und er konnte das schon vor dreißig Jahren. Johann hat früh begonnen, mit ihm zu trainieren, sodass er nun auf einem bemerkenswerten Niveau ist. Yuna ist noch nicht so weit. Manchmal schafft sie es, Raphael abzuschirmen, oft aber auch nicht. Meistens ist es Glücksache.«

Ich nickte gedankenverloren und erinnerte mich erst wieder an meine wörtliche Verabredung mit Alia, als diese mir im Versammlungsraum vom Buffet aus zuwinkte. Hope wünschte mir einen guten Appetit und schloss sich Theo und Tizia an, während ich von Alia in eine Umarmung gezogen wurde. Gemeinsam bedienten wir uns an der Essenauswahl, ehe Alia auf zwei freie Plätze zusteuerte. Was sie nicht erwähnt hatte, war, dass Rebekka ebenfalls bei uns sitzen würde. Diese wirkte ebenso wenig begeistert wie ich, als wir uns setzten. Schweigend widmete ich mich meinen Kartoffeln.

»Und du machst dein erstes *UP* bei Johann? Das ist eine großartige Idee. Er wird dir einen guten Einblick in unsere Gemeinschaft bieten können. Es freut mich, dass jemand wie er nun zu Beginn an deiner Seite steht«, sagte Alia, sichtlich darum bemüht, ein Gespräch zwischen uns anzuregen.

»Ja, er ist wirklich beeindruckend«, murmelte ich.

»Rebekka, magst du nicht von deinem *UP* erzählen? Eliana findet das bestimmt spannend.«

»Nein.«

»Rebekka!«

»Ich mache sie gerade bei den Künstlern«, stieß Rebekka genervt aus. Weder sie noch ich wollten Konversation betreiben. Zwar ließ Alia sich nichts anmerken, doch offensichtlich frustrierten sie unsere Unstimmigkeiten. Es tat mir leid, dass ich es ihr nicht leichter machte, doch nach dem, was Yuna im Unterricht über mich gesagt hatte, konnte ich nicht mit Rebekka sprechen, als sei zwischen uns alles in Ordnung. Sie war schließlich der gleichen Meinung.

Am Nachmittag setzte ich mich mit meinen Unterlagen von Nadima zu Johann in den Besprechungsraum. Er blätterte die Zettel kurz durch und zog einen hervor. »Wie wäre es damit?« Er legte ihn vor mir ab. »Wie du schon weißt, sind wir hier im Felsen nicht die einzigen Evalfine. Es gibt vier weitere Gemeinschaften. Zu welcher Gemeinschaft ein Evalfin gehört, ist an der Farbe seiner Kleidung zu erkennen. Die Gemeinschaften werden nach dem Ort benannt, an dem sie leben. Unsere Gruppe heißt daher *Gemeinschaft am Felsen*. Wir tragen rote Gewänder. Außer uns gibt es noch die *Gemeinschaft der Insel*. Die Evalfine dort leben auf einer Insel in einem großen See und tragen sandfarbene Kleidung. Die *Gemeinschaft am Meer* ist nur zu erreichen, indem man durch einen Tunnel im Meer schwimmt. Sie tragen blau. In einem unterirdischen Tunnel im Wald lebt die *Gemeinschaft der Höhle*, deren Kleidung grün ist. Die letzte der Gemeinschaften ist die *Gemeinschaft am Gletscher*. Sie leben hoch oben im Gebirge in einer Gletscherhöhle und tragen graue Umhänge.«

»Haben die Gemeinschaften viel Kontakt zueinander?«

»Die Oberhäupter stehen in einem regen Austausch miteinander und auch die übrigen Evalfine haben untereinander viel Kontakt. Zu besonderen Anlässen, wie zum Beispiel dem Sonnenfest, das in etwa zwei Monaten stattfinden wird, treffen wir uns alle gemeinsam bei einer ausgewählten Gemeinschaft. In diesem Jahr sind wir die Gastgeber. Dafür werden wir auch bald mit den Vorbereitungen beginnen.«

Johann ging weitere Unterlagen mit mir durch, dann wandten wir uns seinen üblichen Aufgaben als Lehrer zu und besuchten Tizia, die ihr *UP* bei den Chemikern machte, sowie Hope bei den Lektoren und Theo im Heilungszentrum. Es graute mir bereits davor, in diesen Bereichen nachts nach einem Ausgang zu suchen, doch ich nutzte die Gelegenheit, um mich schon mal gut in den Gängen umzusehen. Ich würde diesen Ausgang finden. Egal, wie viele Nächte ich dafür wach bleiben musste.

28 Eliana

Zwei Nächte vergingen, in denen ich bis in den Morgen den Felsen absuchte. Ohne Erfolg. Als ich in der folgenden Nacht in meinem Bett lag und darauf wartete, dass ich mich aus dem Zimmer schleichen konnte, fiel es mir schwer, mich überhaupt wach zu halten. Doch meine Familie zu sehen, war mir wichtiger als alles andere. Noch nie in meinem Leben hatte ich so viel Durchhaltevermögen gezeigt wie bei dieser Sache.

Leise verließ ich den Raum und folgte den finsteren Gängen. Endlich war ich mit dem Bereich der Bauern fertig und würde heute im Forschungsbereich mit der Suche beginnen. Weit kam ich allerdings nicht. Ich lief gerade am Schulflur vorbei, als ein Geräusch aus dem Gang ertönte. Für einen Moment erstarrte ich, dann flüchtete ich mich hinter eine Statue. Ich wagte es kaum zu atmen, während ich mich an die Wand drückte. Hoffentlich hatte die Person mich nicht gehört.

»Eliana?«

So ein Mist. Wieso immer ausgerechnet er?

»Ich habe dich gesehen. Du kannst aus deinem Versteck rauskommen.« Raphaels Stimme war nicht zu deuten. Er war neben der Statue stehengeblieben und wartete darauf, dass ich mich ihm zeigte. Ich konnte seinen Schatten sehen.

Zögerlich trat ich nach vorn und stellte mich ihm. Es war das erste Mal nach meinem Ausbruch, dass ich es wagte, ihm in die Augen zu sehen. Diese verdammt schönen Augen.

»Was machst du hier?«, wollte er wissen. Er trug Trainingskleidung, sein Haar und seine Stirn waren verschwitzt, als hätte er Sport gemacht.

»Das Gleiche könnte ich dich fragen.«

»Ich habe trainiert. Das mache ich oft, wenn ich nicht schlafen kann. Es hilft den Kopf freizubekommen.«

»Ach ja? Nachdem wir eh schon Training in der Schule haben?«

»Du lenkst ab. Was machst du hier?«, hakte er nach.

Ich presste meine Lippen aufeinander und suchte fieberhaft nach einer Ausrede. Doch mein Kopf war zu beansprucht und mein Körper zu müde, um mir etwas Glaubwürdiges einfallen zu lassen. »Ich gehe bloß spazieren«, sagte ich lahm.

Seine Augen verengten sich. »Das stimmt nicht. Du versuchst zu fliehen.«

»Nein!«

»Vergiss nicht, wen du vor dir hast. Ich spüre, dass du lügst.«

Meine Hände verkrampften sich. Es hatte keinen Zweck mehr zu widersprechen. Nicht bei ihm.

»Gut!« Ich stemmte die Hände in die Hüften. »Ja, ich suche nach einem Ausgang. Willst du mich jetzt verpetzen?«

»Nein, natürlich nicht.«

»Okay, gut. Dann kann ich ja weitersuchen«, patzte ich ihn an und drehte mich um, damit ich davonstapfen konnte. Das Gespräch hatte schon viel zu lange angedauert.

Raphael hielt mich am Arm fest. »Du wirst keinen Ausgang finden, der nicht bewacht ist.«

»Doch! Irgendwie sind Yuna und Leander schließlich auch hier rausgekommen.« Alles andere wollte ich nicht akzeptieren. Es *musste* einfach einen Weg geben.

»Das geht nicht, Eliana. Du kannst nicht einfach verschwinden.«

»Wieso versteht denn niemand, dass ich nicht hierbleiben und so tun kann, als wäre alles bei bester Ordnung, während ich nicht einmal weiß, wie es Samuel geht und was meine Familie gerade macht?« Meine Stimme wurde mit jedem Wort lauter.

»Das stimmt nicht.«

»Was stimmt nicht?«

»Dass dich niemand versteht. Ich würde genauso handeln wie du.«

»Dann hilf mir!«

»Okay, das werde ich.« Er dachte nach. »Ich werde für dich nach ihnen sehen.«

»Was? Wie?«, fragte ich verdattert.

»Ich kenne einen Weg.«

»Dann zeig ihn mir oder ich suche ihn selbst.«

»Du würdest ihn allein nicht finden. Niemand würde das. Wir haben ihn höchstpersönlich gegraben.«

»Wer ist *wir*?«

»Luna, Salim, Leander, Rebekka, Yuna und ich. Uns hat es gereicht, dass wir immer eingesperrt sind. Daher haben wir uns einen Weg erschaffen, um den Felsen heimlich verlassen zu können.«

Ein paar Sekunden lang sah ich ihn sprachlos an.

»Okay, dann lass uns gehen«, beschloss ich. »Wo ist er?« Ich wollte an ihm vorbeilaufen, doch er hielt mich auf und schüttelte entschieden den Kopf.

»Ich kann dich nicht mitnehmen.«

Ich schnaubte aufgebracht. »Was soll das? Das ist meine Familie, nicht deine!«

Raphael seufzte tief auf. »Wir beide wissen, wie du auf Blut reagierst. Du bist nicht so weit, um dich irgendeinem Menschen, geschweige denn einer ganzen Horde von Menschen in *Origonia* zu nähern. Du würdest in einen Rausch verfallen und dir niemals verzeihen können, gemordet zu haben.«

Ich biss die Zähne aufeinander. Mein Kopf sagte mir, dass er recht hatte, doch mein Bauch wehrte sich dagegen.

»Ich werde nach ihnen sehen. Noch heute Nacht, wenn du das willst. Es ist noch früh. Die Zeit müsste reichen«, versprach

Raphael mit weicher Stimme. Fast vergaß ich, wie wütend ich auf ihn war.

»Kann ich dir überhaupt trauen? Am Ende tust du nur so, weil Caius dich beauftragt hat.«

»Nein! Das hat er nicht!«, betonte Raphael. Meine Worte hatten ihn getroffen. Er gab sich keine Mühe, es zu verbergen. »Was kann ich nur tun, dass du mir endlich vertraust?«

»Ich weiß es nicht«, gab ich zu.

»Hör zu. Ich kann komplett verstehen, wieso du so über mich denkst. Aber ich verspreche dir, ich gehe zu deiner Familie und sehe nach ihnen, wenn du dich dann besser fühlst. Ich habe dein Vertrauen verloren, doch ich möchte versuchen, es mir wieder zu verdienen.«

Für einen Augenblick kämpften zwei Stimmen in mir gegeneinander. Die eine wollte sich von Raphael fernhalten, doch sie wurde von der anderen Stimme übertönt. Und diese wollte alles dafür geben, herauszufinden, wie es meiner Familie ging.

»Du würdest wirklich heute Nacht noch gehen?«, flüsterte ich.

»Sofort.« Dann blickte er an mir runter. »Aber du hörst auf, hier herumzuschleichen und legst dich schlafen, ja? Sag mir bloß nicht, du hast dich auch in den vergangenen Nächten hier rumgeschlichen!«

Mein Blick genügte ihm.

Er seufzte unzufrieden. »Noch ein paar solcher Nächte und du brichst zusammen. Dein Körper braucht den Schlaf.«

Auch hier musste ich ihm wohl oder übel zustimmen. Lange würde mein Körper nicht mehr die Kraft aufbringen können, jede Nacht nur ein bis zwei Stunden zu schlafen.

»Ich bringe dich noch zurück, ziehe mich um und breche sofort auf«, versprach er. Als wäre es völlig legitim, legte er seine Hand auf meinen Rücken und schob mich zurück in Richtung Wohnbereich.

»Und du bist sicher, dass die Zeit reichen wird?«, wollte ich wissen.

»Ja, ganz bestimmt. Ich werde in der Frühe Julio benachrichtigen. Er kann mich dann auf dem schnellen Weg zurückbringen. Aber heute Nacht will ich ihn nicht mehr aufwecken.«

»Was wäre, wenn dich jemand erwischt?«

»Machst du dir etwa Gedanken um mich? Ich dachte, das würde keine Rolle mehr für dich spielen.« Sein Ton war neckend.

Ich spürte, wie mir die Röte ins Gesicht stieg. »Nein, eigentlich spielt es keine Rolle. Doch es wäre falsch, wenn du wegen mir Ärger bekommst.«

»Mhm.« Er lachte leise in sich hinein. Auf einmal schien er um einiges besser gelaunt zu sein als in den letzten Tagen. Als wir den Aufenthaltsraum betraten, sah Raphael mich noch einmal ernst an. »Du wirst jetzt schlafen gehen. Und ich werde dir morgen berichten, was ich herausfinden konnte. Kann ich mich darauf verlassen?«

Ich nickte widerwillig. Dass ich mich darauf einließ, lag einzig daran, dass ich nicht die halbe Menschheit umbringen wollte. Andernfalls hätte er vergessen können, dass ich seine Worte befolgte.

»Gute Nacht, Eliana«, wisperte er, drehte sich um und schlich sich in den Schlafsaal der Jungen.

Die Müdigkeit durch die vergangenen Nächte ließ mich trotz meiner Aufregung direkt einschlafen. Ruhig schlief ich dennoch nicht. Würde alles glatt laufen? Was würde Raphael mir berichten?

Dunkle Träume von Lydia und von Samuel, der verblutete und beerdigt wurde, begleiteten mich erneut bis in die Morgenstunden. Die Träume waren eine Qual. Wann würden sie endlich aufhören?

An diesem Morgen war ich diejenige, die Hope und Luna dazu drängte, sich schneller fertig zu machen. Möglicherweise blieb Raphael und mir ja beim Frühstück genug Zeit, miteinander zu sprechen. Verwirrt folgten mir meine neuen Freundinnen in den Versammlungsraum. Ganz offensichtlich fragten sie sich, woher meine Energie stammte.

Sobald ich durch den Eingang trat, suchte ich den Saal nach Raphael ab. Er war noch nicht da. Enttäuscht trottete ich zum Buffet, um mir etwas vom Essen zu nehmen.

Wir setzten uns zu Theo und Tizia an einen Tisch. Die anderen unterhielten sich über irgendwelche Wettkämpfe, die bei dem Sonnenfest in ein paar Wochen stattfinden würden, doch ich hörte nicht richtig zu. Meine Aufmerksamkeit galt dem Eingang des Versammlungssaals. Wo blieb Raphael? Warum tauchte er nicht endlich auf?

Unruhig rutschte ich auf meinem Platz hin und her. War etwas schiefgelaufen? Ging es meiner Familie nicht gut? War *ihm* etwas passiert? Selbst die letzte Option bereitete mir mehr Bauchschmerzen, als ich mir eingestehen wollte. Wenn ihm etwas zugestoßen war … wegen mir! Schließlich war es jungen Evalfinen nicht grundlos untersagt, den Felsen zu verlassen. Es war gefährlich da draußen. Das hatte Raphael oft genug betont!

Meine Angst wuchs an, als er auch im Klassenraum nicht auftauchte und jede Spur von ihm fehlte.

»Weiß jemand von euch etwas über Raphael?«, fragte Johann zum Beginn des Unterrichts.

»Er ist heute schon früh aufgestanden. Ich denke, er wurde bloß aufgehalten«, warf Salim ein.

»Also wenn ich mich recht erinnere, kam er gestern gar nicht mehr auf das Zimmer. Oder hat ihn jemand noch mal gesehen?« Leander funkelte Salim provozierend an.

»Ich habe ihn in der Tat gesehen. Er kam sehr spät. Anscheinend hast du schon geschlafen.«

Johann ergriff das Wort. »Wie dem auch sei … Ich gehe davon aus, dass sich das bald klären wird. Wir fangen schon mal an.« Er scheuchte uns zum Warmlaufen in die Trainingshalle.

»Luna«, flüsterte ich und ließ mir Zeit beim Aufstehen. Ich musste sie einfach einweihen.

»Ja?«

»Ich glaube, ich habe einen riesigen Fehler begangen.« Meine Stimme klang brüchig.

Luna verzog alarmiert die Brauen. »Wovon sprichst du?«

»Ich weiß, wo Raphael ist. Oder zumindest, was er vorhatte.«

»Was? Woher?«

»Er ist heute Nacht aufgebrochen, um nach meiner Familie zu sehen. Durch euren Gang.«

»*Was*?«, entfuhr es ihr so laut, dass alle sich zu uns umdrehten. Beschämt schwiegen wir, bis wir nicht mehr im Fokus der Aufmerksamkeit standen und losjoggten.

»Das ist unverantwortlich! Wir sollten niemals nachts den Felsen verlassen. In der Dunkelheit ist es für uns alle zu gefährlich! Nicht einmal Caius würde nachts nach draußen gehen.«

O Gott.

»Denkst du, ihm ist etwas passiert?«, keuchte ich und spürte, wie mein Herz schneller zu pochen begann, was jedoch nicht an dem Tempo lag, mit dem Luna mich mitzog.

»Ich weiß es nicht«, gestand sie, wirkte aber mit einem Mal so besorgt, dass es mir die Kehle zuschnürte.

In meinem Kopf begann sich alles zu drehen. Ich wusste nicht mehr, was richtig oder falsch war, nur dass ich mir Sorgen machte. Gewaltige Sorgen!

War er von einem Vampir angegriffen worden? Oder von einem anderen finsteren Wesen? Lag er da draußen irgendwo verletzt im Wald? Hatten sie ihn in die düsteren Gegenden der Welt gezogen?

Als Johann das Laufen für beendet erklärte, drückte ich mir die Hände auf die Augen und versuchte, einen klaren Gedanken zu fassen. Was tat ich jetzt? Es war schon zu spät. Raphael würde nicht mehr kommen.

Ich musste die Wahrheit sagen. Je schneller jemand nach ihm suchte, desto eher konnte ihm geholfen werden.

Mit wackeligen Beinen schwankte ich meinem Lehrer entgegen. Er würde wissen, was zu tun war. »Johann?«

Er sah mich fragend an. Ich atmete tief durch, bereit die Konsequenzen zu tragen. Gerade öffnete ich den Mund, als die Hallentür aufgestoßen wurde. Mein Kopf schnellte herum, mein Herz setzte einen Schlag aus.

Raphael schlenderte völlig entspannt und unversehrt in den Raum. Wie erstarrt sah ich zu, wie sich Johann tadelnd an ihn wandte. »Raphael! Wo warst du? Du weißt, dass du dich abzumelden hast.«

»Ach, wahrscheinlich ist er nur seinen üblichen Tätigkeiten nachgegangen und hat die Zeit vergessen. Nicht wahr, Raphael? In welchem Bett hast du deine Nacht heute verbracht?«, erklang Leanders gehässige Stimme.

Raphael funkelte ihn drohend an. »Kümmere dich um deinen eigenen Scheiß, du …«

»Stopp! Alle beide!«, unterbrach Johann sie streng. »Leander, ich denke, es gibt keinen Grund, wieso du dich einmischen solltest und Raphael, bleib bitte sachlich. Wir werden in der Pause ein Gespräch darüber führen, wieso du zu spät gekommen bist. Jetzt will ich mit dem Unterricht fortfahren. Lauf dich zehn Runden ein und schließ dich uns dann an.«

Raphael nickte, warf mir einen flüchtigen Blick zu, aus dem ich nicht das Geringste herauslesen konnte und begann, am Rand seine Runden zu laufen.

»Eliana? Du wolltest mir etwas sagen?« Johann sah nun mich an. Mist.

»Ähm … ich hab's vergessen«, stammelte ich unbeholfen. Ich wusste, dass er meine Lüge durchschaute, doch er bohrte nicht weiter nach. Stattdessen führte er den Unterricht fort.

Kopflos befolgte ich die Übungen. Mit den Gedanken war ich bei den zahlreichen Fragen, die sich mir nun aufdrängten.

Wovon hatte Leander gesprochen? Aber was mich noch viel mehr interessierte: Was hatte Raphael herausgefunden und wieso hatte es so lange gedauert? War das ein schlechtes Zeichen?

Das Training zog sich an diesem Morgen besonders in die Länge. Jede Übung ließ meine Muskeln brennen und schien doppelt so lange anzudauern, wie in den Tagen davor. Als Johann endlich die Pause einberief, atmete ich erleichtert auf.

»Raphael, auf ein Wort!« Johann winkte Raphael zu sich und verschwand mit ihm aus der Halle.

»Jetzt gibt's Ärger«, lachte Leander, der sich neugierig an die Tür stellte, um zu lauschen.

Nach einem kurzen Zögern, näherte auch ich mich. Schließlich war ich schuld daran, dass Raphael zu spät gekommen war.

»Es tut mir leid, aber ich werde das Nadima melden müssen. So sind die Regeln, Raphael«, tönte Johanns Stimme aus dem Klassenzimmer.

»Klar, das verstehe ich. Es wird nicht mehr vorkommen«, entgegnete Raphael in einem gefassten Tonfall.

»Das hoffe ich sehr. Ich werde direkt zu ihr gehen. Lass du doch schon mal deine lauschenden Mitschüler in den Raum.«

Ertappt blickte ich auf. Auch Yuna, Hope und Luna hatten sich um die Tür versammelt. Sie verteilten sich schleunigst, um ein unauffälliges Bild abzugeben.

Die Tür wurde geöffnet. Raphaels Augen suchten nach meinen. Mit einem Nicken gab er mir zu verstehen, dass ich ihm folgen sollte. Kurzerhand setzte ich mich in Bewegung und folgte ihm in den Schulflur.

Nach einigen Metern blieb er stehen. Er beugte sich so nah an mein Ohr, dass sein Mund mich beinahe berührte. Die unerwartete Nähe brachte mich aus dem Konzept. Das Atmen fiel mir ungewohnt schwer.

»Wir können hier nicht reden. Die anderen sind zu neugierig, wieso ich zu spät war«, raunte er. Dabei schien er sorgsam auf seine Wortwahl zu achten, damit mögliche Lauscher nicht schlau aus ihnen werden würden.

»Ich verstehe das, aber ich habe so viele Fragen.«

»Ich weiß. Die dringendste kann ich dir beantworten. Den Umständen entsprechend ist alles gut. Schwer, aber gut. Wie bei dir.«

Ich atmete zittrig ein. »Okay.«

»Wir reden in der Mittagspause. Dann erzähl ich dir alles. Versprochen.«

Keiner von uns machte Anstalten sich zu bewegen. Er war so nahe. Nur Zentimeter trennten unsere Gesichter. Mein Körper reagierte auf diese Nähe, erinnerte sich an unseren Kuss. Diesen Kuss, der mir Welten entfernt erschien. Was er auch war. Er hatte nicht nur in einer anderen Welt, sondern auch in einem anderen Leben stattgefunden.

Und trotzdem erinnerte sich jede Faser meines Körpers nur allzu lebhaft daran zurück. An seine warmen Lippen, wie er geschmeckt hatte, seine sanften Hände auf meiner Haut und an das Kribbeln, das sie ausgelöst hatten.

Raphaels Blick huschte zu meinem Mund. Er stand ebenso angespannt da wie ich. Dann schloss er die Augen und verweilte für wenige Atemzüge in der Position, bis er sie wieder öffnete und entschuldigend einen Schritt zurücktrat.

In diesem Moment öffnete sich die Bürotür von Nadima. Johann erschien im Flur und warf uns einen irritierten Blick zu. Immerhin verkniff er es sich, unser Auftreten zu kommentieren. Dass er die falschen Schlüsse zog, war nicht zu übersehen.

Die nächste Unterrichtseinheit zog sich ebenso unerträglich dahin wie das Training. Zu viele Fragen brannten mir unter den Nägeln. Der Vormittag wurde auch dadurch nicht angenehmer, dass Johann uns ermahnte, mehr miteinander als gegeneinander zu arbeiten. Die Gesamteinstellung der Klasse gefiel ihm nicht. So wiederholte er mit uns die Gemeinschaftsregeln und forderte uns dazu auf, Beispiele zu nennen, wie

Zusammenhalt und gegenseitige Wertschätzung funktionierten. Erleichterung durchströmte mich, als er uns endlich in die Mittagspause entließ.

»Ach, isst du heute mit uns?«, fragte Hope überrascht, als Raphael sich neben mich stellte.

»Nein, ich esse mit Eliana. Nur wir beide.«

»Was?«, Hope klappte die Kinnlade herunter. Sie sah zwischen uns hin und her. Luna hingegen wirkte nachdenklich.

»Wäre das für euch in Ordnung?«, fragte ich zögerlich.

»Na klar!« Luna nickte.

Ihre Schwester grinste. »Dann viel Spaß!«

Luna stieß sie lachend an und schob sie aus dem Raum. Raphael und ich ließen uns Zeit, damit alle schon vorgehen konnten.

»Bis später, ihr beiden. Pünktlich am Tor zur Jagd, ja, Raphael?«, rief Johann uns hinterher.

»Versprochen!« Im Gang sah Raphael sich prüfend um, ob wir allein waren.

»Also? Wie geht es ihnen?«, platzte es aus mir heraus.

»Samuel ist nicht mehr im Krankenhaus, aber sie sind noch im Schwarzwald. Sie wollen in den nächsten zwei Tagen zurück nach Mainz fahren, wenn er wieder fitter ist. Körperlich geht es ihm ganz gut, er ist nur noch ein wenig schwach. Doch natürlich … leiden alle drei unter den Umständen. Aber das tust du auch. Dafür solltest du dich nicht verantwortlich fühlen.«

Ich senkte den Blick. »Aber das bin ich. Ich bin verantwortlich dafür, dass sie leiden.«

»Das stimmt nicht. Dieser Gedanke führt zu nichts. Da könnten wir genauso gut sagen, deine Mutter wäre schuld, weil sie sich in deinen Vater verliebt hat, oder die Natur ist schuld, weil du ein Evalfin geworden bist, oder dein Vater, weil er sich nicht in einen normalen Menschen verliebt hat. Oder deine Großeltern, ohne die es deine Eltern nicht gäbe.«

Ich verdrehte die Augen.

»Guck nicht so. Das, was ich sage, stimmt. Du kannst nichts dafür, dass du ein Evalfin bist und jetzt hier lebst.« Er war stehen geblieben. »Du musst damit aufhören. Es ist für deine Familie belanglos, wie du dich hier verhältst und wie du dir die Schuld zuschiebst. Ihr Leid wird sich weder vergrößern noch vermindern. Du musst versuchen, die Umstände anzunehmen und dich auf das Leben hier einzulassen. Dass du nun hier bist und von deiner Familie getrennt wurdest, kann niemand mehr ändern. Du kannst nur den Umgang damit ändern.«

Seine Worte erinnerten mich an die von Johann. Raphael schien einiges von unserem Lehrer übernommen zu haben.

»Du weißt, wie wichtig sie mir sind«, murmelte ich.

»Ja, das weiß ich. Und trotzdem kannst du nichts für sie tun. Mehr als dass ich nach ihnen gesehen habe, ist nicht möglich. Sie brauchen Zeit und du brauchst Zeit. Jetzt musst du das beenden. Du hast, was du wolltest.«

Widerwillig starrte ich an ihm vorbei an die Felswand. Die Malerei eines mit Nebel bedeckten Blumenfelds überzog den rauen Stein.

»Ich meine das ernst. Du bist die letzten Nächte im Felsen herumgeschlichen, um einen Weg zu ihnen zu finden. Jetzt ist es an der Zeit, dich damit auseinanderzusetzen und es zu verarbeiten.« Seine Stimme war sanft und drängend zugleich. Ich wusste, dass er recht hatte. Es gab nichts mehr, was ich für sie tun konnte. Wieso fühlte es sich dann so falsch an, sich um mich selbst zu kümmern?

»Warum kamst du so spät? Gab es Probleme?«, lenkte ich ab.

»Ich war schon früh bei ihnen, aber dann ist mir aufgefallen, dass es wohl kaum etwas bringt, wenn ich dir erzähle, dass sie alle geschlafen haben. Deshalb musste ich bis zum Morgen warten. Das hat sich länger gezogen als erwartet.«

»Luna meinte, es ist nachts viel zu gefährlich nach draußen zu gehen. Wieso hast du mir das nicht gesagt?« Meine Stimme klang um einiges vorwurfsvoller, als ich es beabsichtigt hatte.

»Luna? Wieso weiß sie davon?«

»Du kamst nicht und ich wusste nicht, ob ich einen riesigen Fehler begangen habe. Deshalb habe ich es ihr erzählt. Ich habe mir Sorgen gemacht!«

Seine Gesichtszüge entgleisten. »Du hast dir Sorgen um mich gemacht?«

Ich öffnete den Mund, doch schloss ihn dann wieder. Schließlich nickte ich wahrheitsgemäß. »Ich wollte nicht dafür verantwortlich sein, dass dir etwas passiert.«

»Es ging um die Verantwortung? Oder ging es nicht vielleicht auch … um mich?«

»Du hast meine Frage nicht beantwortet«, überging ich seinen Versuch, mich aus der Reserve zu locken. »Wieso hast du mir nicht gesagt, wie gefährlich es nachts für dich in *Ombrania* ist?«

»Die einzige Möglichkeit, nach deiner Familie zu sehen, ist, nachts aufzubrechen. Hätte ich dir gesagt, welche Gefahren dort draußen lauern, hättest du eine unmögliche Entscheidung treffen müssen. Entweder du erfährst nicht, was mit deiner Familie geschieht, oder du bringst mich in Gefahr. Vor diese Wahl wollte ich dich nicht stellen.«

Und da war er wieder. Dieser intensive Blick, der etwas in mir wachrief, was ich seit ein paar Tagen zu unterdrücken versuchte. Verdammt. Ich wollte das nicht. In den letzten Tagen hatte ich genug Beweise gesammelt, dass er mir nicht guttat. Andererseits hatte er sich in Gefahr begeben, war eine ganze Nacht unterwegs gewesen und hatte sich Ärger eingehandelt. Das alles nur für mich.

Änderte das etwas? Ich glaubte schon, denn tief in mir regte sich etwas.

»Danke«, hauchte ich, als ich begriff, wie viel mir die letzten Stunden bedeuteten. »Und es tut mir leid, dass Johann und Nadima etwas mitbekommen haben.«

»Das muss es nicht. Schließlich war es meine Entscheidung. Ich hätte früher zurückkommen oder gar nicht erst gehen können.

Allerdings war es mir wichtig, dir zu zeigen, dass ich für dich da bin. So habe ich es dir versprochen und ich halte meine Versprechen.« Er hatte sich näher zu mir gebeugt. Seine Augen glühten, während er meine Reaktionen auf ihn wachsam beobachtete. Diese Nähe machte etwas mit mir. Und er war sich dessen bewusst. »Ich denke, wir können jetzt essen gehen.« Er lehnte sich nur ein wenig zurück. »Außer du beharrst weiterhin auf deiner Forderung.«

»Ich …«, stotterte ich und ärgerte mich darüber, dass ich offensichtlich verlernt hatte, einen zusammenhängenden Satz von mir zu geben, geschweige denn einen klaren Gedanken zu fassen. »Nein. Es ist schon okay. Ich glaube nicht, dass es überhaupt möglich ist, Abstand zu halten.«

Ein selbstzufriedenes Grinsen erschien in seinem Gesicht. Er enttarnte meine klägliche Ausrede. »Ja klar, das ist der Grund. Dann komm!«

»Eine Frage habe ich doch noch.«

»Ja?«

»Ähm, ja genau. Also dieser Gang. Wo ist der?«

»Wieso willst du das wissen?«

»Es ist nicht so, wie du denkst. Ich weiß, ich kann meine Familie nicht besuchen. Aber dieses Eingesperrtsein macht mich wahnsinnig. Ich meine, ihr habt ihn ja auch aus diesem Grund gebaut, nicht wahr?«

Er zögerte. »Das geht nicht, Eliana.«

»Was geht nicht? Sag das nicht immer!«

»Siehst du? Genau das.« Er blieb stehen. »Deine Verwandlung ist erst wenige Tage her. Du hast eine Menge durchgemacht und musst eine Menge verarbeiten. Zusätzlich musst du lernen, mit dem Vampir in dir umzugehen. Man könnte sagen, dadurch bist du komplett unberechenbar. Ich werde den Teufel tun, dir in diesem Zustand die Achillesverse unserer Gemeinschaft zu zeigen.«

Ich wollte irgendetwas erwidern. Etwas Schlagfertiges, irgendwas, um seine Worte außer Kraft zu setzen. Doch mir fiel nichts ein. »Ich … Ich werde nicht weglaufen. Okay? Nur zum Spazieren gehen oder sowas.«

»Spazieren gehen?« Sein Tonfall war spöttisch. »In *Ombrania*, zwischen Vampiren und anderen Monstern?«

Guter Punkt. Mist.

»Raphael!«, flehte ich. Dann musste es eben auf diese Weise sein. »Bitte!«

Sein Gesicht wurde hart. Nicht auf die abweisende Art, eher als müsste er sich selbst zurückhalten. »Nein.«

Ich fluchte, obwohl ich ihn damit wahrscheinlich nur in seiner Meinung bestärkte. Ich war tatsächlich unberechenbar. Aber ich wollte einfach nur an die frische Luft. Nicht eingesperrt sein. Er wusste genau, wie das war!

»Eliana.«

Ich sah fahrig zu ihm auf.

»Ich verstehe dich doch! Lass uns ein wenig warten, okay? Wenn ich mir sicher sein kann, dass du keine Dummheiten machst, können wir noch mal über die Sache sprechen.«

»Keine Dummheiten? Was denkst du eigentlich von mir?«

»Nur das Beste.« Er schenkte mir ein schelmisches Grinsen, ehe er wieder ernst wurde.

»Klar … Okay.« murrte ich widerwillig.

Es regte mich auf, dass er nun alles in der Hand hatte. Oder würde Luna mir vielleicht den Gang zeigen, wenn ich sie fragte? Nein, wahrscheinlich würde ich bei ihr erst recht auf Widerstand stoßen. Sie hatte sich zu sehr darüber aufgeregt, dass Raphael in der Nacht den Felsen verlassen hatte. Oder ich suchte einfach nachts weiter! Jetzt wusste ich, dass es einen Gang gab. Wenn ich Raphaels Spuren folgen würde …

»Lass es einfach, Eliana. Du musst gar nicht deine Möglichkeiten abwägen. Zur Not bewache ich dich von morgens bis abends und schlafe vor eurer Zimmertür!«

»Das ist übergriffig!«

»Ich weiß. Aber du lässt mir scheinbar keine Wahl.«

»Ich kann allein Entscheidungen treffen!« Wir funkelten einander an. »Du bist so ein …« Ich ballte die Hände zu Fäusten und fluchte vor mich hin.

Er sah mir unbeeindruckt zu, was mich noch wütender machte. »Lass uns jetzt zum Essen gehen.«

»Gut, aber ich esse jetzt mit Luna und Hope.« Es war kindisch. Das war mir bewusst, doch ich war sauer. »Allein!«

Seine Mundwinkel zuckten. »Gut. Mach das.«

29 Eliana

Aufstehen, überleben, trainieren, zu Bett gehen, Albträume.

Aufstehen, überleben, die Jagd überstehen, zu Bett gehen, Albträume.

Aufstehen, überleben, beim Anblick von Blut die Kontrolle verlieren, zu Bett gehen, Albträume.

Das war mein neues Leben. Jeden Morgen kämpfte ich damit, mich aufraffen zu können, um mich diesen Aufgaben zu stellen. Die Tage zogen an mir vorbei, doch nichts wurde leichter. Im Gegenteil. Die Sehnsucht nach meiner Familie wuchs, das Heimweh nahm neue Ausmaße an.

Obwohl Luna und Hope nicht von meiner Seite wichen, begleitete mich die Einsamkeit. Obgleich Alia mir wie eine Mutter war und mir eine Menge von Liara erzählte, konnte ich mein neues Leben einfach nicht annehmen.

Raphael nervte mich auch. Regelmäßig ließ ich unauffällig das Gespräch in Richtung Gang fließen, wenn uns niemand zuhörte. Er beharrte auf seiner Meinung. Der Mistkerl hatte sogar Luna beauftragt, nachts ein Auge auf mich zu haben, weil er ganz richtig ahnte, dass ich es in Erwägung gezogen hatte, in der Nacht weiterzusuchen.

So blieb jeder Tag gleich. Ich ging an die Orte, an denen Anwesenheitspflicht bestand, und legte mich abends direkt ins Bett, während meine Klassenkameraden sich im Aufenthaltsraum versammelten.

Sie lachen zu hören tat weh. Ich wollte mich auch endlich besser fühlen und richtig lachen! So wie ich es mit Marie konnte. Manchmal fürchtete ich mich davor, dass ich nie wieder an diesen

Punkt kommen würde, nie wieder glücklich sein könnte. Ich war nicht mehr dieselbe.

Eines Morgens schreckte ich aus dem Schlaf auf. Wieder ein Albtraum. Ich setzte mich auf und fuhr mir über das Gesicht. Es war noch sehr früh. Obwohl es hier weder Uhren noch Tageslicht gab, hatte ich mittlerweile ein Zeitgefühl entwickelt. Johann hatte mir erklärt, dass Elfen ein genaues Gespür für Zeiten hatten und ich mich deshalb ohne Uhr orientieren konnte. Mir verblieb etwa eine Stunde, bis die ersten Evalfine aufstehen würden. Zu Hause hätte ich ein Hörbuch oder Musik gehört, um mich von meinen Gedanken abzulenken, doch technische Geräte gab es hier nicht. Daher zog ich den Vorhang zurück und verließ den Raum. Es gab einen Ort, den ich in letzter Zeit öfter besucht hatte. Den Waschbereich. Der Wasserfall hatte eine beruhigende Wirkung auf mich. Und in der Früh würde niemand da sein.

Als ich die Tür öffnete und eintrat, stellte ich fest, dass ich allein war. Ich lief über den Stein an den Beckenrand und setzte mich auf den Boden. Gedankenverloren sah ich zu, wie das Wasser aus der Decke in das Becken prasselte und lauschte dem angenehmen Rauschen. Dann ertönten Schritte im Flur und ich hörte, dass einige Frauen auf dem Weg hierher waren.

Schade. So früh hatte ich sie hier nicht erwartet. Da ich lieber meine Ruhe haben wollte, erhob ich mich und lief nach links, um zu sehen, ob die kleine Höhle zwischen dem Bereich der Frauen und der Männer frei war. Ich trat ein und erstarrte.

Raphael saß am Wasser. Sein Haar tropfte, als hätte er gerade gebadet. Gott sei Dank hatte er sich bereits angezogen! Sonst wäre es unangenehm geworden.

Er wandte den Kopf zu mir um, als er meine Schritte hörte. Sein Gesicht wurde von dem bläulichen Licht des Wasserfalls beleuchtet. Ich hielt die Luft an, weil er so schön aussah.

»Hey«, grüßte er leise.

»Hey.«

»Setz dich ruhig zu mir.«

Zögerlich näherte ich mich ihm. Zwar hatten wir uns nicht gemieden, doch viele Gespräche hatten wir nicht geführt. Wenn wir dann mal zu zweit gewesen waren und er mir den Gang weiterhin nicht zeigen wollte, hatte ich mich auch nicht von meiner besten Seite gezeigt. Doch scheinbar schreckte ihn das nicht ab.

»So früh schon wach?«, wollte ich wissen, als ich mich neben ihm niederließ.

»Ich habe trainiert. Das mache ich entweder abends oder morgens. Und du? Warum bist du schon wach?«

Glaubte er, ich hätte wieder nach dem Gang gesucht?

»Ich konnte nicht mehr schlafen.«

»Ich kann das im Moment auch nicht gut«, gestand er.

»Ja?«

»Ja, da gibt es einige Dinge, über die ich nachdenke. Darüber, was richtig und was falsch ist.« Sein Blick glitt über mich und mein Mund wurde trocken.

»Was für Dinge?«

»Dinge, die zum Beispiel mit dir zu tun haben.«

»Du meinst den Gang?« Ich erwartete, dass er mir wieder sagen würde, dass ich endlich damit aufhören sollte zu fragen, doch er tat es nicht.

»Ja, darüber auch. Hör zu.« Er schluckte. »Ich habe dir gesagt, dass ich ihn dir nicht zeigen werde, weil du zu unberechenbar bist. Und dieser Meinung bin ich immer noch. Aber ich habe auch über uns nachgedacht. Über dich und mich. Ich habe kein Recht dazu, dich zu bevormunden. So möchte ich nicht sein.«

Er und ich? Aber er hatte gar nicht danach gefragt, ob *ich* das überhaupt noch wollte! Er bildete sich einfach ein, dass wir eine Zukunft hatten?

»Also, zeigst du mir den Gang jetzt doch?«, sagte ich schnell und überging den Rest seiner Worte.

Er zögerte. »Ja. Aber nur unter zwei Bedingungen. Und ich meine diese Bedingungen ernst.«

»Was für Bedingungen?«

»Erzähl niemandem davon. Caius darf unter keinen Umständen herausfinden, dass er existiert. Er würde uns wahrscheinlich von der Gemeinschaft ausschließen, wenn er es wüsste.«

»Natürlich erzähle ich niemandem davon!«

»Zweitens.« Er hielt inne und sah mich eindringlich an. »Zweitens will ich, dass du mir versprichst, diesen Gang niemals ohne mich benutzen. Niemals! Du kennst dich in *Ombrania* nicht aus. Es ist gefährlich für dich dort draußen.«

Ich zögerte einen Atemzug lang. Konnte ich ihm das versprechen?

»Es ist mir ernst! Ich will nicht, dass du allein rausgehst und dir etwas passiert.« So viel zu seinen Floskeln, dass er mir Entscheidungsfreiheit einräumen wollte. Der Typ widersprach sich nach jedem zweiten Satz selbst.

»Gut.« Seufzend knickte ich ein. Ich hatte sowieso keine Wahl, wenn ich den Gang sehen wollte. Vielleicht würde ich das später mit ihm klären können.

»Also habe ich wirklich dein Wort?«, hakte er nach.

»Ja, du hast mein Wort.«

Er nickte und wandte den Blick zurück zum Wasserfall. »Die Sonne dürfte gleich aufgehen. Es gibt eine Stelle auf dem Felsen, von der aus man eine gute Sicht Richtung Osten hat. Wenn du magst, zeige ich ihn dir jetzt vor dem Frühstück.«

Mit einem Mal war ich energiegeladen wie lange nicht mehr. Damit hätte ich nicht im Traum gerechnet.

30 Raphael

Eliana folgte mir durch die leeren Gänge. Es war still um diese Zeit, weil die meisten noch schliefen. Während Eliana gespannt neben mir lief, war ich mir nicht sicher, ob ich gerade den größten Fehler meines Lebens beging. Aber jetzt war es eh zu spät.

In den vergangenen Tagen hatte ich meine Meinung stündlich geändert, ob ich ihr den Gang zeigen sollte oder nicht. Noch immer fürchtete ich mich davor, Eliana könnte einfach abhauen. Allein durch den Tunnel kriechen und draußen von einem Daelonen oder einem Vampir zerstückelt werden. Daran wollte ich gar nicht denken.

Andererseits glaubte ich nicht, dass sie so weit gehen würde. Sie war vielleicht unberechenbar, aber sie war nicht töricht. Sie würde sich nicht in so eine Gefahr begeben.

Letztendlich hatte ich nachgegeben. Damit würde ich wenigstens einen Punkt von der langen Liste an Dingen streichen, die sie noch nicht wusste. Ich meinte es ernst mit ihr. Ich wollte sie nicht einschränken und ihr etwas vorenthalten. Das war kein guter Start in eine Beziehung.

Beziehung.

Dass ich mal an so etwas denken würde, hätte ich niemals für möglich gehalten. Aber jetzt wünschte ich mir nichts sehnlicher, als dass Eliana endlich dafür bereit sein würde. Wenn ich sie mir so ansah, musste ich mich allerdings wohl noch eine ganze Weile gedulden. Sie redete wieder mit mir. Da waren auch Momente, in denen ich mehr als deutlich spürte, dass ich eine Wirkung auf sie hatte. Aber sie war noch lange nicht bereit. Dafür musste sie zu viel verarbeiten. Und wirklich verziehen hatte sie mir auch nicht.

Sie wehrte sich gegen die Anziehungskraft, die ich auf sie ausübte.

Ich hatte mir jedoch geschworen, zu warten, und ihr die Zeit zu geben, die sie brauchte. Selbst wenn es Monate dauern würde. Hauptsache, sie würde mir verzeihen.

»Die Küche?«, fragte Eliana besorgt, als wir vor dem Versammlungssaal in den Gang einbogen, der zur Küche und zur Müllhalde führte. Elianas Schritte wurden automatisch langsamer. Sie fürchtete sich vor dem Blut, das dort gelagert wurde.

»Nicht ganz«, beruhigte ich sie und schob sie weiter. Stattdessen öffnete ich die Eisentür zur Mülldeponie. Der beißende Geruch drang uns so heftig entgegen, dass Eliana sich verkrampfte. Mit jedem Schritt wurde er unerträglicher, doch ich kannte ihn bereits.

»Das ist wirklich nicht angenehm«, stieß sie angeekelt hervor.

Ich musste mir ein Grinsen verkneifen, weil sie damit begann, die Luft anzuhalten. »Das ist wahr. Aber eigentlich ist es ziemlich raffiniert, wenn ich mich selbst loben darf. Alle vermeiden die Müllhalde.«

»Dein Selbstlob stinkt genauso wie diese …« Eliana stockte. Sie ahnte bereits, was den süßlich beißenden Geruch verursachte. »… toten Tiere?«

»Ja. Dort in den Containern werden die Kadaver gelagert. Aber nicht lange. Wir geben sie weiter an andere Wesen, die in *Ombrania* leben.«

»Wer isst denn verdorbenes Fleisch?«

»Daelonen. Das System ist ziemlich nachhaltig. Wir trinken das Blut und den Rest des Tieres geben wir weiter. Dafür haben wir ein Abkommen, das besagt, dass sie uns nicht angreifen. Leider gab es in der Vergangenheit trotzdem oft genug Unfälle. Daelonen sind nicht unbedingt verlässliche Wesen.«

»Was sind Daelonen?« Eliana hatte Glück, dass sie das nicht wusste.

»Gott sei Dank gibt es nicht viele von ihnen. Sie ähneln der menschlichen Vorstellung von Zombies, erinnern aber auch an Mumien. Was du über sie wissen solltest, ist, dass sie sich nicht nur von Fleisch ernähren, sondern ganze Knochen zertrümmern.«

Eliana spannte sich bei meinen Worten an. Das war gut. Denn das hieß, dass sie die reale Gefahr da draußen richtig einschätzte.

Wir erreichten eine Reihe gigantischer Container. Der Gestank war so ausgeprägt, dass Elianas Gesichtsfarbe einen grünlichen Ton annahm. Ich steuerte auf den zweiten Container in der Reihe zu, legte meine Hand an den untersten Rand des Gestells und schob ihn so zur Seite, dass es niemandem auffallen würde, der hier vorbeilief. Daraufhin zwängte ich mich in den Spalt und bückte mich. Ich hob die lockere Platte vom Boden und gab die Sicht auf das Loch frei, das wir einst gegraben hatten.

»Das ist er! Na los, komm her und sieh ihn dir an.«

Nur allzu gern folgte Eliana meiner Aufforderung und sank mit angehaltener Luft in das Loch hinein. Ich stieg nach ihr hinunter und schob von unten die Platte zurück.

»Keine Sorge, es gibt nur einen Weg. Du kannst dich nicht verirren«, versicherte ich Eliana, die zögerlich an Ort und Stelle verharrte.

Sie schnaubte leise, ehe sie sich in Bewegung setzte. Ich folgte ihr. Der Tunnel war so eng, dass wir kriechen mussten. Sobald Eliana das zarte Licht am Ende des Tunnels entdeckte, kroch sie schneller. Sie konnte es anscheinend kaum abwarten. Ich hingegen presste die Lippen aufeinander. Nun hatte ich es getan. Als ich hinter ihr aus dem Tunnel stieg, hielt sie mit geschlossenen Augen ihr Gesicht in den Wind. Auch ich atmete tief ein. Es war nicht zu leugnen. Ich hasste es genauso, in diesem Felsen eingesperrt zu sein, wie sie. Vielleicht sogar noch mehr.

Ich folgte Elianas Blick, der am Meer in der Ferne hängengeblieben war, und stellte mir vor, wie all das nun auf sie wirkte. Auf mich hatte er die gleiche Faszination wie zu der Zeit, als wir den Gang gegraben hatten. Ich sah über die weite Landschaft von

Ombrania. Blumenwiesen, Wälder, Hügel, das Meer und natürlich der Nebel, der sich niemals verzog. Die Sonne war kurz davor, aufzugehen. Davon sah man zwar nicht viel, da die Wolken den Himmel bedeckten, doch auch rot gefärbte Wolken konnten ein beeindruckendes Bild abgeben.

»Komm, wir klettern hier ein wenig nach links, dann haben wir eine gute Aussicht.« Ich griff nach Elianas Hand und zog sie behutsam zur Seite. »Pass aber auf. Es geht tief runter.«

Ich hätte sie nicht daran erinnern müssen. Das sah sie selbst, aber ich tat es trotzdem.

Nachdem wir am Berg entlanggeklettert waren, setzte ich mich auf einen kleinen Vorsprung im Felsen, der genug Platz für uns beide bot. Eliana setzte sich neben mich. Sie war mir so nah, dass wir uns berührten.

Wir beide spannten uns an. Sie, weil sie nicht wusste, wie sie mit der Nähe umgehen sollte. Ich, weil es mich große Mühe kostete, ruhig weiter zu atmen.

In letzter Zeit war alles zwischen uns so unbeholfen geworden. Ich wünschte mir, dass wir diesen Punkt endlich überwinden konnten. Dann würde ich einfach meinen Arm um sie legen und sie an mich ziehen. Dann würde ich mir die Reaktionen meines Körpers erlauben dürfen.

»Und wo geht ihr hier dann runter?«, fragte Eliana. Ihre Stimme klang kratzig.

»Da, wo wir eben rauskamen, kann man ganz gut hinabklettern. Die Wächter beobachten diese Seite des Felsens weniger als die andere, auf der sich der Haupteingang befindet. Aber wir müssen immer wachsam bleiben, damit sie uns nicht entdecken.«

»Yuna und Leander haben damals auch diesen Gang benutzt, oder?«

»Ja.« Ärger stieg in mir auf. »Deshalb bin ich auf der Chorfahrt auch so wütend geworden. Sie haben Sophie fast umgebracht und wussten, es würde keine Konsequenzen für sie geben. Ich konnte sie nicht verraten, ohne mich selbst zu verraten.«

»Und ihr habt den Gang einfach so gebaut? Wie habt ihr das gemacht?«

»Das war ein hartes Stück Arbeit. Natürlich konnten wir nur nachts graben, weil tagsüber zu viele Evalfine unterwegs sind. Manche von uns haben Wache gehalten, während die anderen am Gang gearbeitet haben. Das Ganze hat uns eine Menge schlafloser Nächte gekostet, doch auf jeden Fall hat es sich gelohnt.«

»Das glaube ich. Wirklich beeindruckend, dass ihr so lange durchgehalten habt.«

Ich schüttelte den Kopf. Beeindruckend war ganz und gar nicht der richtige Begriff dafür. »Eigentlich ist unsere Aktion völlig irrsinnig und gefährlich. Die Wächter wissen nichts von dem Gang und überwachen ihn daher nicht. So, wie wir heimlich rein und raus gehen können, könnten auch Feinde eindringen, ohne dass es jemand mitbekommt.«

Eliana nickte gedankenverloren.

Dann begann die Sonne aufzugehen und wir sahen den Wolken dabei zu, wie sie allmählich in rötliches Licht getaucht wurden. Wie die Welt dort unten erwachte und der Morgen einbrach. Es war dämlich romantisch. Doch mein spontaner Einfall, ihr diesen Sonnenaufgang zu zeigen, hatte sich gelohnt, denn es schien ihr zu gefallen. Zum ersten Mal seit Tagen spürte ich, dass sie sich ein wenig entspannte. Nur einen Hauch. Aber das war ein Anfang.

Eliana drehte sich zu mir um und sah mich mit einem Ausdruck an, der mein Herz schneller schlagen ließ. Jetzt war ich mir sicher. Sehr sicher.

Es gab Hoffnung. Für sie. Für mich. Für uns.

Ich ließ den Blick über ihr Gesicht gleiten. Über ihre roten Lippen, die so weich auf meinen gelegen hatten. Über ihre sanften Züge, die durch ihren menschlichen Anteil weniger raubtierartig waren als die der anderen Evalfine. Und schließlich zu ihren ozeanblauen Augen. Diese Tiefe, diese Unendlichkeit. Ich wollte mich darin verlieren. Wieso war sie nur so schön? Und wieso brachte ihre Nähe mich derart um den Verstand?

»Weißt du, was mir aufgefallen ist?« Eliana sah wieder in den Himmel. Eine leichte Röte zierte ihre Wangen. Zweifellos war ich der Auslöser dafür gewesen. Und ich war unverschämt genug, um mich darüber zu freuen.

»Ja?« Ich schloss die Augen und konzentrierte mich darauf, wie ihre Hüfte meine berührte. Es machte mich wahnsinnig, dass sie mir so nah war. Der Kuss mit ihr war schon viel zu lange her.

»Ich weiß gar nichts über deine Familie. Ich habe nur deine Mutter kennengelernt. Hast du Geschwister? Habe ich deinen Vater schon einmal gesehen?«

Nein.

Nicht jetzt.

Ich konnte es nicht beeinflussen. Es geschah jedes Mal, wenn jemand meinen Vater erwähnte.

Ich musste etwas sagen, aber konnte nicht.

Und sie wartete. Scheiße.

»Ich habe keine Geschwister und … mein Vater lebt nicht mehr.« Meine Stimme klang ausdrucklos. Genauso ausdruckslos und leer, wie ich mich fühlte.

Eliana stockte. »Das tut mir leid.«

Ganz offensichtlich hatte sie damit nicht gerechnet. Natürlich nicht, wie sollte sie auch?

Sag es ihr. Sag es ihr! Jetzt! Los. Sei der, der du vorgibst zu sein!

»Er war Wächter. Vor einigen Jahren ist er bei einer Aufgabe gestorben, die ihm aufgetragen wurde.« Ich war ein elender Feigling und ein elender Lügner. Wieso sagte ich ihr nicht einfach die Wahrheit? Ich konnte es nicht. Es ging nicht.

Und es war unfassbar falsch.

Eliana griff nach meiner Hand. Ein Ausdruck der Zuneigung, der mehr bedeutete als irgendwelche Worte.

»Warum hast du es nie erzählt?« Die Verwunderung stand ihr ins Gesicht geschrieben. »Zum Beispiel damals, als du bei mir im Zimmer warst und ich dir von meiner Mutter …«

Eliana hielt inne. Sie merkte es selbst.

»Ja, genau. Weil ich am liebsten gar nicht über das Thema sprechen wollte. Du wusstest nicht, dass ich von deiner Mutter Bescheid weiß. Ich habe mich ohnehin gefühlt wie ein Heuchler.« Meine Stimme klang bitterer als beabsichtigt.

»Ach stimmt«, murmelte sie abgelenkt und senkte den Blick.

Reiß dich zusammen, Raphael! Es geht jetzt um sie!

Ich schob die Erinnerungen und die aufkeimenden Schuldgefühle in die Ecke meines Bewusstseins, in die ich jegliche Gedanken an meinen Vater verbannte. Wegschließen und nicht mehr öffnen. So, als würden diese Gedanken und Gefühle nicht existieren. Härte und Emotionslosigkeit. Nur das half.

Zumindest hatte ich mir das eingeredet, bis ich Eliana kennengelernt hatte. Sie hatte etwas in mir bewegt, wodurch es mir nicht mehr gelang, meine Gefühle zu unterdrücken. Doch sie gab mir auch die Hoffnung, dass es einen Weg aus dieser Verbitterung herausgab, die mich jahrelang begleitet hatte.

Und weil ich eben nun fühlen konnte, wandte ich mich jetzt Eliana zu. »Wir sollten noch einmal reden, nicht wahr? Über dich und mich. Was meine Fehler für uns bedeuten.«

Wir schoben das Gespräch seit Tagen vor uns her. Es war an der Zeit, dass wir es hinter uns brachten.

»Ja, ich denke schon.«

Ich warf einen Blick in den Himmel. Wir mussten zurück. Sonst würde unsere Abwesenheit auffallen. »Allerdings ist es besser, wenn wir wieder reingehen. Wir reden später darüber, ja? Vielleicht heute Mittag oder heute Abend. Natürlich nur, wenn du dich bereit fühlst.«

»Ich glaube, ich bin bereit.«

Ich musste schlucken. Es würde nicht leicht werden. Es gab eine Menge, die ich ihr zu sagen hatte. Dinge, die sie noch nicht wusste. Und dann gab es da diese eine Sache, die ich ihr nicht sagen konnte.

»Der einzige Nachteil an den Containern ist, dass man danach stinkt«, teilte ich Eliana bald darauf mit, als wir aus dem Gang der Müllhalde heraustraten und an den ersten Evalfinen vorbeiliefen, die auf dem Weg zum Frühstück waren.

»Das ist echt ekelhaft«, murrte Eliana, die eine ihrer Strähnen in die Hand genommen hatte und das Gesicht verzog, als sie daran roch.

»Wir haben genug Zeit, um uns zu waschen und zu frühstücken, ehe der Unterricht beginnt«, beruhigte ich sie.

»So könnten wir jedenfalls nirgendwo auftauchen, wenn wir nicht wollen, dass alle die Flucht ergreifen«, scherzte sie halbherzig.

Da wir noch Wechselkleidung holen mussten, machten wir uns zuerst auf den Weg in unseren Aufenthaltsraum. Gerade als ich die Tür öffnete und Eliana aufhielt, kam mir Yuna entgegen. Sie blieb abrupt stehen, sah von mir zu Eliana und rümpfte die Nase. Yuna begriff.

Das hatte ich nicht bedacht. Natürlich wusste sie, wieso wir so stanken. Einen Moment lang tat sie gar nichts, dann brach es aus ihr heraus.

»Du Verräter! Wie konntest du es wagen!« Sie trat auf mich zu und stieß mich gegen die Felswand. Ihre Augen bohrten sich wutentbrannt in meine. Ihre Zähne waren vor Zorn gefletscht. Doch sie beeindruckte mich damit nicht. Ich sah sie ausdruckslos an. Denn ich wusste, dass sie das nur noch wütender machen würde. Und sie nervte mich. Was war schon dabei?

»Was meinst du?«, fragte ich kühl.

»Du hast ihn ihr gezeigt! Wir hatten ausgemacht, dass niemand davon erfährt. Niemand! Sie wird uns alle verraten!«, knurrte Yuna und nagelte mich mit ihrem Griff fest.

»Sie hat recht! Das hättest du nicht tun dürfen!« Rebekka tauchte mit ebenfalls gefletschten Zähnen in der Tür auf.

Ich schnaubte gelangweilt. »Regt euch ab. Es gibt keinen Grund, so auszurasten.«

Ich löste Yunas Hände von mir und wollte mich abwenden,

doch sie griff nach meinem Arm und hielt mich zurück. »Was ist los mit dir? Wir waren uns in dieser Sache einig und jetzt gehst du deine eigenen Wege! Sie hat da nichts zu suchen! Sie hat generell nichts in dieser Welt zu suchen!«

Okay, stopp. Genug war genug.

Ich schüttelte Yuna grob ab. Nun war ich derjenige, der sich ihr auf wenige Zentimeter näherte. Offensichtlich verstand sie es anders nicht.

»Es reicht jetzt!«, knurrte ich sie an und machte ihr deutlich, dass sie aufpassen musste. Jahrelange Freundschaft hin oder her. Ihr Verhalten ging mir auf den Sack.

»Was ist hier los?« Colin und Leander traten ebenfalls in den Gang. Würde gleich die gesamte Klasse zusehen?

Yuna neigte den Kopf leicht in Leanders Richtung. »Raphael hat Eliana unser Geheimnis verraten.«

Während Colin verwirrt schien, benötigte Leander lediglich eine Sekunde, um zu begreifen. Sein Gesicht wurde zuerst weiß, dann rot vor Zorn. »Du hast *was*?«, entfuhr es ihm. Sein Körper bebte. Er näherte sich mir angriffslustig. »Das hast du nicht getan!«

Ich wandte mich von Yuna ab und sah ihn an. Es regte ihn auf. Doch das gefiel mir. Es war unreif, aber es lag auch in unserer Natur. Ich reckte mein Kinn, hob eine Braue und zuckte provokativ mit den Schultern.

Genau das war zu viel des Guten. Ich verstand es in dem Moment, in dem sich Leander mit einem Knurren auf mich stürzte. Schreie ertönten. Ich konnte Elianas Stimme vernehmen, doch Leander nahm mir die Sicht. Mit voller Wucht stieß er mich gegen die Felswand. Bei dem Aufprall bohrte sich der Stein schmerzhaft in meinen Rücken. Gleichzeitig begann Leander, auf mich einzuschlagen. Das ließ ich nicht mit mir machen.

Ich holte aus und schlug ihm mit einem kräftigen Hieb ins Gesicht. Er krümmte sich, hielt jedoch nicht inne. Stattdessen warf er mich zu Boden und rammte seine Zähne in meine Schulter. Er war größer und schwerer als ich. Stärker, aber ich war schneller. Unsere Instinkte gewannen die Oberhand. Ich wollte ihn verletzen. Auseinanderreißen. Er war der Feind.

Jemand versuchte sich zwischen uns zu werfen. Ich erkannte die Person nicht. Wir stießen sie weg, ein Knall ertönte. Doch ich nahm nichts anderes wahr außer diesen Gegner, den der Vampir in mir vernichten musste.

Dann griff eine starke Hand nach meiner Schulter und riss mich von Leander los. Ich wehrte mich, knurrte, schlug um mich. Erst dann erkannte ich ihn. Langsam. Ganz langsam drang zu mir durch, was gerade geschah. Johann hielt Leander und mich fest im Griff. »Seid ihr jetzt völlig durchgedreht?«

Ich wehrte mich nicht mehr, aber mein Atem ging heftig. Leander, dieser Mistkerl!

»Was um alles in der Welt soll das? Das kann doch nicht euer Ernst sein! Was ist passiert?«, rief Johann mit einer Wut in der Stimme, die ihn nur selten ergriff.

Er sah sich um, als weder Leander noch ich Anstalten machten, ihm zu antworten. Mittlerweile waren alle aus unserer Stufe aufgetaucht. Nicht nur das. Einige andere Evalfine standen ebenfalls im Gang und gafften.

Dann erinnerte ich mich an Eliana. Mein Blick schnellte zu ihr. Sie war leichenblass. Ihr Mund stand offen und ihr Ausdruck war … entsetzt.

Fuck. Was war nur in mich gefahren? Fuck!

»Kann mir *irgendjemand* sagen, warum es dazu kam?«, wiederholte Johann.

»Sie haben sich über irgendetwas gestritten und sich dann angegriffen«, antwortete Colin schließlich, der sich mit finsterer Miene seinen Arm rieb. »Ich habe versucht, es zu beenden, doch es war nicht möglich.«

Johann nickte und wandte sich wieder an Leander und mich. »Die letzten Tage haben wir ununterbrochen darüber gesprochen, dass ein Kampf keine Lösung ist. Dass wir einander nicht verletzen und jetzt das? Kamen meine Worte nicht bei euch an? Ihr habt gegen das oberste Gesetz der Evalfine verstoßen! Euch ist klar, dass das Konsequenzen haben wird?«

Es war nicht seine Wut, die mich traf, sondern die Enttäuschung, die mitschwang. Ich wollte Johann nicht enttäuschen. Und ich wollte auch nicht, dass Eliana mich so ansah.

»Ihr seid für heute vom Unterricht ausgeschlossen. So etwas dulde ich nicht. So leid es mir tut, ich werde Caius informieren müssen. Da er jedoch für die nächsten zwei Tage unterwegs ist, werden wir mit Nadima klären, wie es mit euch weitergeht.«

Johann ließ uns los und wandte sich ab.

Warum fühlte es sich auf einmal so an, als hätte ich erneut etwas verloren?

31 Eliana

Den gesamten Vormittag über war die Prügelei zwischen Raphael und Leander Gesprächsthema Nummer eins. Bereits beim Frühstück verbreitete sich in rasender Geschwindigkeit, was geschehen war. Raphael und Leander tauchten nicht mehr auf.

Als Johann mit dem Unterricht begann, war er ungewohnt angespannt. Erst hielt er uns eine Standpauke, dann ließ er uns beim Sport derart leiden, dass ich glaubte, zusammenbrechen zu müssen.

Ich stand völlig neben mir. Was war heute Morgen geschehen? In dem einen Moment hatte ich mit Raphael den Sonnenaufgang betrachtet und nur Minuten später hatte er sich derart aggressiv auf Leander gestürzt, dass ich mir ernsthafte Sorgen gemacht hatte. Was, wenn Johann nicht eingegriffen hätte? Hätten sie so lange weitergemacht, bis einer den anderen umgebracht hätte? Daran wollte ich gar nicht denken.

Yuna hatte die Schuld natürlich auf mich geschoben. Noch vor dem Frühstück hatte sie mir zugezischt: »Siehst du, was du uns antust? Das gab es hier noch nie und kaum bist du da, eskalieren alle.«

Mittlerweile fragte ich mich, ob sie recht hatte. Gehörte ich hier wirklich hin? Wieso schien alles seit meiner Ankunft auseinanderzubrechen?

Als wir an diesem Nachmittag zum Jagdtraining nach draußen traten, hatten weder der Anblick noch die frische Luft die gleiche Wirkung auf mich wie die letzten Male. Wahre Freiheit würde ich nur erfahren, wenn ich die Gemeinschaft verließ. Meine Sehnsucht danach, all den Vorwürfen, den Blicken und den einengenden Regeln entkommen zu können, wuchs. Entkommen wäre wirkliche Freiheit.

Zusätzlich bereitete es mir Unbehagen, dass Raphael und Leander auch zum Mittagessen nicht aufgetaucht waren. Was, wenn sie gerade durch die Wächter körperlich bestraft wurden? War das möglich?

Wir erreichten den Waldrand und Johann öffnete seine Tasche mit den Speeren, um sie zu verteilen. »Ich teile euch heute in keine Gruppen ein, weil ich will, dass ihr zusammenhaltet. Zeigt mir, dass ihr mir zuhört, wenn ich euch unterrichte. Arbeitet zusammen!«

Noch immer strahlte Johann diese ungewöhnliche Anspannung aus, die ihn seit dem Morgen umgab.

Yuna warf mir einen vielsagenden Blick zu, bevor wir mit der ganzen Gruppe zwischen die Bäume drangen.

Salim ergriff als Erster das Wort: »Dass wir heute alle gemeinsam jagen, ändert die Rahmenbedingungen. Der Vorteil ist, dass wir das Tier umzingeln können. Es wird uns nicht entkommen. Der Nachteil ist, dass wir in einer Gruppe mehr Geräusche verursachen. Das heißt, dass wir uns besonders vorsichtig bewegen müssen.«

»Nun heißt es: Ohren spitzen und nach Gerüchen suchen. Wer eine Fährte findet, macht leise auf sich aufmerksam. Dann machen wir alle einen großen Bogen um das Tier und kreisen es ein«, flüsterte Hope mir zu. Offenbar spürte sie meine Verunsicherung.

Ich versuchte, ihr ein dankbares Lächeln zu schenken, doch es gelang mir nicht. Bleierne Angst lähmte meinen Körper. Raphael war aufgrund dieses blöden Kampfes nicht hier, um mich von der Jagd zu befreien. Ich musste nun allein damit klarkommen. Aber ich war nicht bereit dafür. Waren wir genug Personen, damit ich wegsehen konnte, wenn sie sich auf das Tier stürzen würden? Benebelt folgte ich den anderen. Wie es mir in meinem Zustand gelang, mich leise fortzubewegen, war mir ein Rätsel.

Dann blieb Rebekka auf einmal stehen und zog die Aufmerksamkeit aller auf sich. Sie deutete nach rechts, woraufhin wir innehielten, um uns zu konzentrieren. Angespannt spitzte ich die Ohren und konnte tatsächlich schwerfällige Schritte vernehmen, die auf ein großes Tier hindeuteten.

Ehe ich irgendjemanden fragen konnte, wie das mit dem Umzingeln ablief, waren alle verschwunden. Verwirrt versuchte ich, ihnen zu folgen, konnte jedoch niemanden finden.

Na gut. Dann eben nicht. Eigentlich war es sogar praktisch. Jetzt musste ich wenigstens nicht mehr an der Jagd teilnehmen. Eine bessere Begründung gab es nicht.

Ich verharrte und begann, mich im Wald umzusehen, bis ein Geräusch hinter mir meine Aufmerksamkeit auf sich zog.

Moment. Diese schweren Schritte …

Das Tier musste nah sein. Sehr nah.

Wie in Zeitlupe drehte ich mich um. Dann sah ich ihn.

Einen gewaltigen Bären, der mit seinen üppigen Pranken nur einige Meter von mir entfernt über den Waldboden trottete. Es war verwunderlich, doch offenbar hatte er mich noch nicht bemerkt, sondern suchte mit der Schnauze einen Strauch ab. Obwohl er sich ruhig verhielt, wurde mir eiskalt bei seinem Anblick. Ich kannte mich zwar nicht aus, doch meine Instinkte sagten mir, dass es einen Unterschied machte, ob man ein Wildschwein jagte oder einen gigantischen Bären!

Verschreckt trat ich einen Schritt zurück, was sich als gewaltiger Fehler entpuppte. Mein Fuß landete auf einem Stock, der gefährlich laut unter meinem Gewicht entzweibrach. Das Knacken ließ den Bären den Kopf heben. Prompt schwenkte er in meine Richtung und begutachtete mich aus dunklen Augen.

Panik stieg in mir auf. Er kam näher. Das war nicht gut! Überhaupt nicht gut! Instinktiv klammerte ich meine Hand fester um den Speer, den ich sicherheitshalber schützend vor meinen Körper schob.

Diese Bewegung führte dazu, dass das Tier mit einem Brüllen

auf mich losstürmte. Vor lauter Schock konnte ich mich einen schrecklichen Moment lang nicht rühren, in dem der Bär die Distanz zwischen uns gefährlich verringerte. Als ich endlich zu mir kam, stolperte ich rücklings über eine Wurzel und stürzte zu Boden. Der Bär hatte mich fast erreicht. Es war zu spät. Aussichtslos.

Ich würde es nicht schaffen, zu fliehen. Er würde mich umbringen. Ich kniff die Augen zusammen, um nicht mehr sehen zu müssen, was auf mich zukam.

In diesem Moment ertönte ein Schrei, gefolgt von einem dumpfen Aufprall. Entsetzt riss ich die Augen auf. Direkt zu meinen Füßen lag der Bär, der von Luna, Salim und Theo zu Fall gebracht worden war. Er brüllte auf und versuchte, sich gegen seine Angreifer zu wehren, doch Rebekka kam ihm zuvor, indem sie ihren Speer in seinen Rumpf rammte. Unter grauenhaften Todesschreien begann das Tier, sich zu winden, bis Tizia mit einem gezielten Stoß ins Herz zu Ende brachte, was die anderen begonnen hatten. Der Bär sackte regungslos zusammen.

Einige Herzschläge lang war es vollkommen still. Meine Mitschüler atmeten erleichtert auf, dann schrien sie alle durcheinander.

»Eliana, geht es dir gut? O mein Gott, das war so knapp!« Hope eilte auf mich zu und hielt mir die Hand hin. Zitternd ließ ich mich hochziehen, ohne den Blick von dem toten Bären abzuwenden. Ich wusste nicht, was ich schlimmer fand. Dass dieses Ungetüm mich beinahe umgebracht hätte oder wie es ausgesehen hatte, als die anderen es erlegt hatten.

Salim funkelte Yuna wütend an. »Wieso hast du den Bären nicht früher aufgehalten? Das war deine Position!«

Sie setzte einen unschuldigen Blick auf. »Tut mir leid, das war ein Versehen. Ich war so … abgelenkt von Eliana. Ich habe zu spät wahrgenommen, was passiert ist.« Ihre Stimme glich der eines Engels. Eines teuflischen Engels.

Hope schnaubte verachtend. »Ein Versehen? Das sah gar nicht nach einem Versehen aus!«

Weiter sprachen sie nicht, denn Johann bahnte sich seinen Weg durch das Gebüsch. »Eliana! Ist alles okay mit dir? Hast du dich verletzt?« Er scannte mich ab, bis er voller Erleichterung feststellte, dass es mir gut ging. Sobald er sich davon überzeugt hatte, wandte er sich meinen Mitschülern zu. »Was sollte das? Ihr seid einfach alle auf eure Positionen gegangen und habt Eliana allein gelassen? Glaubt ihr, sie kann riechen, was sie zu tun hat? Das ist das erste Mal, dass sie einem Bären begegnet ist! Zusammenhalt bedeutet, dass ihr auf alle Gruppenmitglieder achtet. Wenn ein neues Mitglied dabei ist, müsst ihr es unterstützen und einweisen!«

»Es tut mir so leid, Eliana. Ich habe nicht nachgedacht. Johann hat recht«, entschuldigte sich Luna beschämt.

»Schon gut«, murmelte ich nur schwach, da der Schock noch zu tief saß. Wenn es stimmte, was die anderen sagten, hätte Yuna früher eingreifen können. Hatte sie wirklich gewollt, dass der Bär mich erwischte oder gar umbrachte?

Johann, der noch betroffener wirkte als ohnehin schon, schüttelte fassungslos den Kopf. »So einen Tag wie heute habe ich noch nie erlebt! Ich bin unendlich schockiert und enttäuscht über euer Verhalten. Lasst uns den Bären in die Küche bringen und dann beenden wir den Unterricht für heute. Ich muss mir Gedanken machen, wie wir das alles aufgreifen und verarbeiten können.«

Theo, Tizia, Salim und Rebekka ergriffen das Tier, um es mit sich zu ziehen. Nun, wo es ausgebreitet am Boden lag, wurde ich mir seiner Größe noch bewusster. Noch nie hatte ich einen Bären aus solcher Nähe gesehen.

Meine Beine waren taub, als ich die ersten Schritte wagte, um Johanns Aufforderung zu befolgen. Dabei konnte ich den Blick nicht vom Bären abwenden. Dieses Tier hätte mich gerade fast umgebracht! Und nun lag es leblos vor mir. Nie wieder würde es sich regen, umhertrotten oder angreifen. Der Bär war tot. Einfach so.

Yuna zog im Gehen Rebekkas Speer aus dem Rumpf des Tieres. Blut floss aus der Wunde in das dichte Fell. Sie hob die Speerspitze über ihren Kopf und ließ das Blut, das daran klebte, in ihren Mund tropfen. Genüsslich leckte sie sich die Lippen, nicht, ohne mich provozierend anzulächeln.

Meine Instinkte gewannen die Kontrolle über meinen Körper und unterdrückten jegliche Formen meines Verstandes. Ich brauchte das Blut! Ich brauchte es so sehr!

Eine Hand hielt mich auf, ehe ich mich auf den Bären stürzen konnte. Johanns Augen erschienen vor meinem Gesicht, als er mich zu sich drehte. »Konzentriere dich! Versuche, die Kontrolle zu behalten und atme tief durch«, flüsterte er so leise, dass es kaum jemand von den anderen mitbekam.

Sobald er sicher war, dass ich mich beherrschen konnte, lockerte er seinen Griff. Vor mir sah ich Yuna, die mich spöttisch auslachte. Sie wusste genau, was sie tun musste, um mich an meine Grenzen zu bringen. Was war los mit ihr? Das konnten unmöglich nur Vorurteile sein, die sie dazu brachten, mich so zu behandeln. Es musste noch etwas geben.

»Yuna! Wir beide haben ein dringendes Gespräch zu führen. Komm gleich mit mir ins Besprechungszimmer!« Die Schärfe in Johanns Stimme entging auch Yuna nicht. Das Grinsen entwich ihrem Gesicht. Sie schluckte, nickte und warf mir dann einen verachtenden Blick zu, ehe sie sich umwandte.

Sobald wir den Felsen betraten, begleiteten Luna und Hope mich in den Schlafraum. Auf dem Weg entschuldigten sie sich mehrere Male und betonten, wie erleichtert sie darüber waren, dass mir nichts passiert war. Ihnen stand der Schock immer noch ins Gesicht geschrieben. So musste ich auch aussehen.

In unserem Raum ließ ich mich träge in mein Bett sinken und starrte die Decke an. Die Pflanzenranken an den Wänden erinnerten mich schmerzhaft an mein Zimmer zu Hause.

Nach dem Kampf zwischen Raphael und Leander und der missglückten Jagd, fühlte ich mich einfach nur noch elend. Lohnte sich das alles überhaupt oder wäre es nicht doch für alle besser, wenn ich gar nicht da wäre?

Ehe ich den Gedanken weiterspinnen konnte, wurde ich von einem Klopfen an der Zimmertür unterbrochen.

»Kann ich reinkommen?«

Raphaels Stimme bewegte mich dazu, mich aufzusetzen. Endlich!

Sobald Luna seine Frage bejahte, öffnete er die Tür und lugte herein. Sein Blick glitt durch den Raum, als prüfe er, ob sich neben Luna, Hope und mir noch jemand im Zimmer befand. Erst dann betrat er die Höhle.

»Raphael! Warum ist das so eskaliert vorhin?«, rief Luna, die von ihrem Bett gesprungen war.

»Ich sollte lieber euch fragen, warum die Jagd so eskaliert ist«, pfefferte er vorwurfsvoll zurück. Also hatte er bereits davon gehört. Bis zum Abendessen wusste wahrscheinlich der gesamte Felsen darüber Bescheid. Gleich zwei Aufruhre an einem Tag. Und beide standen im Zusammenhang mit mir.

Luna schwieg schuldbewusst.

»Ja, siehst du! Wie konntet ihr so kopflos sein?«, warf Raphael ihr vor, bevor er meinen Blick suchte. »Brauchst du Ruhe? Dann kann ich gehen.« Seine Stimme klang mit einem Mal so sanft, dass Luna und Hope ihn argwöhnisch ansahen.

»Nein. Du musst nicht gehen«, entgegnete ich schleunigst und stellte meine Füße auf dem Boden ab, um aufzustehen. Ich hatte zu viele Fragen an ihn. Und außerdem hatten wir eigentlich geplant, heute endlich zu reden. Ob wir das immer noch tun würden?

»Sollen *wir* etwa gehen?«, fragte Hope in einem neckenden Tonfall.

Raphael verdrehte die Augen. »Danke, nicht nötig, Hope.«

»Raphael!« Luna stellte sich uns in den Weg. »Du weißt, was du tust, oder? Nicht, dass es wieder zum Streit kommt.«

Ich hatte Luna gestanden, dass der Geheimgang der Grund für

den Kampf am Morgen gewesen war. Was Raphael damit ausgelöst hatte, bereitete ihr offenbar Bauchschmerzen.

»Lass das mal meine Sorge sein.« Damit zog er mich aus dem Raum. Erst allmählich löste sich seine Anspannung. Im Gang verlangsamte er sein Tempo, bis er schließlich ganz stehen blieb.

Ich sah zu ihm auf. Sein rechtes Auge war blau unterlaufen, er hatte eine tiefe Schramme im Gesicht, die über seine linke Wange bis zu seinem Kinn verlief.

»Wo warst du den ganzen Tag? Habt ihr … wurdet ihr gefoltert?« Ich fragte es geradewegs heraus.

»Nein. Caius ist erst in zwei Tagen von seiner Reise zur *Gemeinschaft der Höhle* zurück. Bis dahin müssen wir Aufgaben erledigen, wie die Kadaver wegzubringen oder den falsch getrennten Müll sortieren. Wir sind von allen Gemeinschaftsaktivitäten ausgeschlossen.«

»Ihr bekommt kein Essen?«

»Doch«, beruhigte er mich. »Aber wir dürfen es nicht bei allen anderen essen. Ehrlich gesagt bin ich froh darüber. Auf die Blicke habe ich keinen Bock.«

Das konnte ich zu gut nachempfinden.

»Es tut mir leid, dass das passiert ist«, flüsterte ich kleinlaut. Ich musste es einfach sagen.

»Was?«

»Ohne mich wäre es nie so weit gekommen.«

»Eliana, nein!« Seine Stimme klang fast wütend, seine Augen begannen bedeutungsvoll zu funkeln. »Du bist für nichts verantwortlich! *Ich* habe beschlossen, dir den Gang zu zeigen, obwohl ich mit den anderen eine Abmachung habe, es nicht zu tun. Aber es war mir egal.«

Ich öffnete den Mund, doch er sprach weiter.

»Leander und ich haben heute diese Entscheidung getroffen, aufeinander loszugehen. Damit sind wir beide ganz allein für unser Handeln verantwortlich. Sonst niemand!« Sein Ton war entschlossen, doch das änderte nichts an dem schlechten Gewissen, das an mir nagte. Ich war trotzdem der Auslöser gewesen. »Außerdem«, nun sprach er ruhiger, »bin ich derjenige, der sich entschuldigen sollte. Es tut mir leid. Ich habe mich außerordentlich idiotisch verhalten. Dieser Kampf hätte nicht sein dürfen und ich hätte dich nicht damit konfrontieren sollen, wie aggressiv und gefährlich wir werden können.«

Ich lachte freudlos auf. »Ich habe doch schon am eigenen Leib erfahren, was es bedeutet, ein Evalfin zu sein.«

Da war es wieder. Das Bild von Samuel.

Raphael hob die Hand und legte sie an mein Gesicht. Mit dem Daumen strich er tröstend über meine Wange. Mein Atem stockte bei seiner Berührung. Sie war so sanft, so behutsam. Das komplette Gegenteil zu dem Raphael, der am Morgen zum Vampir mutiert war. Beide Seiten gehörten zu ihm. Und auch zu mir. »Es tut mir so leid, dass du das alles mitmachen musstest.«

Sein Atem strich über mein Gesicht. Ich konnte mich nicht bewegen. Auf einmal wollte ich nicht mehr sauer auf ihn sein. Diese Berührung erinnerte mich zu lebhaft an unseren Kuss. Verdammt, wieso war das alles so verzwickt? Wieso konnte ich ihm nicht einfach vertrauen?

»Ich habe mir etwas überlegt«, sagte er. »Ich bin mir unsicher, ob es zu viel für dich ist nach dem Tag heute, aber vielleicht würde es dir gefallen. Und guttun.« Er zwinkerte.

»Was hast du dir überlegt?« Ich hatte da eine Ahnung und wenn sie stimmte, dann würde es niemals zu viel sein. Dann war ein Tag wie dieser perfekt dafür.

32 Eliana

Meine nackten Füße berührten das feuchte Gras. Noch nie hatte ich dieses Gefühl angenehmer empfunden als in diesem Moment. Mein Blut pulsierte vor Aufregung in meinen Adern.

»Das Klettern war doch nur halb so schlimm, wie du dachtest, oder?«, fragte Raphael.

»Von da oben sah es steiler aus, als es eigentlich ist«, stimmte ich zu. Dann wandte ich mich von ihm ab und begegnete grenzenloser Freiheit. Es kribbelte bis in meine Zehenspitzen. Wo würden wir hingehen?

»Bleib kurz hier an der Felswand stehen. Ich werde nachprüfen, dass keine Wächter in der Nähe sind.« Raphael entfernte sich einige Schritte und blickte aufmerksam den Berg empor.

Ich trat unruhig von einem Fuß auf den anderen. Das hier war verboten. Aber es fühlte sich gut an.

Mit einem zufriedenen Lächeln im Gesicht kehrte Raphael zu mir zurück. »Alles gut. Es ist niemand hier.« Er grinste mich herausfordernd an. »Und? Bist du bereit?«

»Wofür?«

»Ich finde, es ist an der Zeit, dass du einen der besten Vorzüge erlebst, ein Evalfin zu sein.« Das Leuchten in seinen Augen überraschte mich. Dieser Blick war mir neu. Worauf wollte er hinaus?

»Und das ist?«

»Rennen. Und zwar so zu rennen, dass du alles um dich herum vergisst außer dem Wind, der dir in das Gesicht weht.« Er griff nach meiner Hand und zog mich mit sich. Zuerst lief er langsam, bis ich mich seinem Tempo anpasste, dann steigerte er die Geschwindigkeit zunehmend, bis wir schneller wurden, als ich je gelaufen war. Die Landschaft flog derart schnell uns vorbei, dass sie verschwamm. Wir rannten über Blumenwiesen und Felder, bis ich tatsächlich das Gefühl von Schwerelosigkeit empfand und zu lächeln begann.

Alles, was mich bedrückte, verlor seine Macht in diesem Augenblick, in dem sich mein Kopf frei fühlte, in dem sich mein Körper erholte, in dem das Adrenalin durch meine Adern floss und mich noch schneller laufen ließ. Danach hatte ich mich gesehnt. Nach einem Gefühl der Freiheit und der Leichtigkeit. Hier gab es keine Grenzen, keine Mauern, keine anderen Evalfine, die mich beobachteten. Nur Raphael und mich auf dem Weg in den weiten Horizont.

Im Rennen wandte Raphael mir den Kopf zu und grinste mich schelmisch an. Als er das Tempo noch weiter anzog, erinnerte ich mich an diesen Moment. Ich hatte ihn vor so langer Zeit in einer Vision gesehen. Doch das spielte nun keine Rolle. Nun zählte der Augenblick. Dass ich alles vergessen konnte.

Erst als wir das Meer erreichten, zügelten wir unser Tempo und blieben auf einer Wiese stehen. Nur wenige Meter von einem kleinen Strand entfernt. Mein Atem ging schwer durch die Anstrengung, doch ich fühlte mich gut. Auspowern und rennen half wirklich.

Raphael, dessen Brustkorb sich viel langsamer hob und senkte als meiner, führte mich über den Sand bis ans Wasser. Mein Atem beruhigte sich allmählich, als ich mit den Füßen in das kühle Nass trat und leicht erschauderte. Mein Blick wanderte über das Meer bis hin zum wolkenbehangenen Himmel, der langsam begann, sich rötlich zu färben.

Nun durfte ich an diesem Tag auch noch den Sonnenuntergang sehen. Nur war es dieses Mal viel gewaltiger, weil der Felsen weit entfernt in unserem Rücken lag. Wir waren allein. Das zu wissen war so schön und friedlich, dass mir Tränen in die Augen stiegen.

»Darf ich?«, fragte Raphael behutsam.

Er war ebenfalls ins Wasser getreten und hob zögerlich eine

Hand. Ich nickte und ließ zu, dass er seine Arme um mich legte und mich zu sich zog. Es fühlte sich gut an. Richtig. So richtig, dass ich meinen Kopf an seine Brust lehnte, während er mir über den Rücken strich und wir gemeinsam in den Horizont blickten.

»Es ist wunderschön.«

»Ich komme häufig hierher, wenn ich mich zu eingeengt fühle oder eine Auszeit von den anderen brauche.« Er ließ mich los, griff nach meiner Hand und führte mich zurück zum Strand.

»Und die anderen? Kommen die auch manchmal hierher?«, wollte ich wissen, ohne die Sorge in meiner Stimme unterdrücken zu können. Bei den Spannungen, die momentan in unserer Stufe lasteten, war es besser, wenn sie mich hier nicht sehen würden. Niemand könnte eingreifen, falls es erneut zum Kampf kommen sollte.

»Nein, die anderen gehen an einen anderen Strand, der größer ist als dieser hier. Hierhin gehe ich normalerweise, wenn ich Ruhe brauche.« Raphael ließ sich im Sand nieder und ich tat es ihm gleich.

»Du hättest ihn mir nicht zeigen müssen, wenn du lieber allein hier bist.«

»Ich wollte ihn dir zeigen, weil ich ihn schöner als den anderen finde.« Ein Lächeln bildete sich auf seinen Lippen.

»Danke, dass du mich hierhergebracht hast. Trotz allem.«

Sein Blick wurde weich. Ich erinnerte mich daran, wie er mich angesehen hatte, als wir uns kennengelernt hatten. Niemals hatte ich erwartet, dass sich zwischen uns alles einmal so verändern würde.

»Da gibt es etwas, was du mir noch nicht erklärt hast«, stellte ich fest.

»Ja?«

»Warum hattest du am Anfang so ein Problem mit mir? Waren deine Vorurteile gegenüber Menschen so stark? Hast du schlechte Erfahrungen mit ihnen gemacht?« Bislang hatte er sich nur für sein Verhalten entschuldigt, es aber noch nicht aufgeklärt.

Ein Schatten huschte über sein Gesicht. Einen Moment dachte er nach, bevor er antwortete: »Da haben tatsächlich auch Vorurteile reingespielt, doch das war nicht alles. Es war viel mehr ein Zusammenspiel aus mehreren Faktoren. Neben den Vorurteilen auch … deine Ähnlichkeit zu Lydia. Du siehst ihr ähnlich, denn deine Mutter war ihre Zwillingsschwester. Aber nun ja, dadurch habe ich zu Beginn Lydia in dir gesehen und musste jedes Mal, wenn wir uns begegnet sind, an sie denken.«

Er schien noch mehr sagen zu wollen, schwieg aber. Nachdenklich sah ich ihn an. Er hatte Lydia und meine Mutter gekannt und wusste viel mehr über sie als ich.

Nach einer kurzen Pause fügte er hinzu: »Das war unfassbar ungerecht dir gegenüber. Was kannst du schon für dein Aussehen? Ich habe dich ohne Rechtfertigung verurteilt, obwohl ich dich nicht kannte. Das tut mir unendlich leid. Das kann ich nur wiederholen.«

»Was hat deine Meinung geändert?«

Raphaels Blick hellte sich auf und ein Lächeln umspielte seine Lippen. »Du! Du hast dich immer völlig anders verhalten, als ich es erwartet habe. Deine Handlungen waren nie gegen andere Menschen gerichtet, selbst wenn diese Menschen schlecht mit dir umgegangen sind. Deine Werte haben mich so oft überrascht, dass ich mich anfänglich gefragt habe, ob du das mit Absicht machst, um mich zu verärgern. Der Gedanke war absurd. Du wusstest ja nichts von uns.«

Er hob meine Hand und strich über Maries Armband, das ich seit meinem Geburtstag jeden Tag getragen hatte. Seine Berührung lenkte mich derart von seinen Worten ab, dass ich mich bemühen musste, meine Konzentration weiterhin auf das zu lenken, was er mir sagen wollte.

»Ann-Christin und Mila sind so schlecht mit dir umgegangen und trotzdem hast du es ihnen nicht gleichgetan. Was du mit dem Foto von Ann-Christin und Herrn Kremer alles hättest tun können! Und stattdessen hast du es einfach so gelöscht.« Er zog nachdenklich die Brauen zusammen. »Ich habe damals versucht, mich dagegen zu wehren, doch ich konnte das alles nicht übersehen. Ebenso wenig, dass du dich bedingungslos für die Menschen einsetzt, die dir am Herzen liegen. Das ist das Einzige, was wirklich im Leben zählt.«

Seine Augen waren warm, als er mich ansah. Gleichzeitig brachten seine Worte mich in Verlegenheit, weshalb ich den Blick abwandte und die dunklen Wellen betrachtete.

»Ich sollte dir einiges erklären.« Schwer schluckend durchbrach er die Stille, die sich wie ein Schleier um uns gelegt hatte. Dann war es also so weit. Wir redeten nun. Ich wandte mich zu ihm um und bedeutete ihm, dass ich bereit war, ihm zuzuhören. »Da gibt es einige Dinge, die du noch nicht über mich weißt. Über meine Vergangenheit. Ich war nicht wie jetzt. In mir herrschte Kälte, ich habe mir niemals Gefühle erlaubt und war … einfach anders. Ich war der Meinung, dass Gefühle Schwäche bedeuten. Dass sie verletzlich machen. Und ich wollte nicht verletzlich sein.«

Ich sah ihn vor mir. Wie er gewesen war, als wir uns zum ersten Mal begegnet waren. Emotionslos, kalt. Er hatte mit Mila geflirtet, doch das zwischen den beiden war nie in die Tiefe gegangen. Was hatte er nur erlebt, dass er so geworden war?

»Aber jetzt siehst du das nicht mehr so?«, fragte ich vorsichtig.

»Nein, denn es hat genau so lange funktioniert, bis ich dich kennengelernt habe.«

Ich stockte. »Mich?«

»Du hast etwas in mir in Bewegung gesetzt. Nein, du hast alles in Bewegung gesetzt. Ich habe eine Scheißangst bekommen, weil es auf einmal nicht mehr funktioniert hat. Ich hatte meine Gefühle nicht mehr im Griff. Nicht ich hatte die Kontrolle über sie, sondern sie haben mich kontrolliert. Über einige Wochen hinweg habe ich versucht, mich dagegen zu wehren. Ich habe mir eingeredet, dass du mir nichts bedeutest. Aber irgendwann musste ich aufgeben.«

Er zögerte.

»Irgendwann musste ich mir eingestehen, dass das nicht stimmt. Dass du mir mehr bedeutest, als ich es je zulassen wollte. Dann habe ich auch begriffen, dass du es wert bist. Dass Gefühle zwar verletzlich machen, aber dass sie Großes schaffen und dass sie alles ändern können. Auf einmal hatte alles so viel Bedeutung, was jahrelang bedeutungslos gewesen ist. Auf einmal habe ich alles gefühlt. Nicht nur das, was in meinem Inneren darauf gewartet hat, auszubrechen, sondern auch alles, was von außen auf mich eingewirkt hat. Wie zum Beispiel dieser Sonnenuntergang.«

Er deutete zum Horizont. Die Wolken glühten nun in einem warmen Rot, das sich über den gesamten Himmel zog. Selbst der Nebel schimmerte leicht rötlich.

»Ich war so oft hier, aber habe nichts gespürt. Gar nichts. Und jetzt nehme ich alles wahr. Das Rauschen der Wellen, die feuchte Wiese, das unendliche Blau des Ozeans, die sanfte Brise des Windes. Verstehst du, was ich meine?«

Er drehte sich wieder zu mir. Seine Augen glänzten vor Glückseligkeit. Ich konnte mich kaum regen. Was er da sagte, bedeutete etwas. Es bedeutete eine ganze Menge.

Sein Blick wurde dunkler, als er weitersprach. »Und als ich das alles endlich akzeptiert habe, wollte ich dich einfach nur noch da rausholen, dir alles erzählen. Nur war ich nicht in der Lage dazu, eigene Entscheidungen zu treffen. Caius hat es mir nicht erlaubt und ich musste mich ihm fügen.«

Ich spannte mich an. Noch immer flammte Wut in mir auf. Darüber, dass Raphael nicht ehrlich gewesen war, darüber, dass er meinen Angriff auf Samuel nicht verhindert hatte. Als ich mich zwang, ihm zu antworten, klang meine Stimme kühl. »Ich weiß. Ich verstehe es besser als am Anfang, jetzt wo ich die Regeln hier kenne. Man hat keine Wahl, aber …«

»Aber das ändert nichts daran, dass es noch immer etwas mit dir macht, was ich dir angetan habe«, führte er meinen Satz zu Ende.

Ich nickte traurig und wandte mich wieder dem Meer zu. »Ich wünschte, es wäre anders.«

Eine Weile saßen wir schweigend da und ich dachte über seine Worte nach, bis neue Fragen in mir aufkeimten.

»Da gibt es etwas, was ich mich schon die ganze Zeit frage, nur glaube ich, es geht mich nichts an«, begann ich zögerlich.

»Du kannst mich alles fragen, Eliana.«

Ich schluckte. »Das mit Mila. Was genau war das für dich, wenn du meinst, du hast nichts gefühlt?«

Er atmete tief durch, als müsste er sich auf die Worte vorbereiten. »Auch darüber wollte ich mit dir sprechen. Du bist noch neu bei uns, aber vielleicht ist dir aufgefallen, dass Beziehungen zwischen Evalfinen häufig anders ablaufen als bei den Menschen.«

Ich runzelte die Stirn. »Ich glaube, dafür hatte ich noch keinen Kopf. Was meinst du?«

Er verlagerte sein Gewicht. »Unsere Beziehungen sind meistens weniger ernst oder verbindlich. Obwohl ich die Vermutung habe, dass es sich bei den Menschen gerade in eine ähnliche Richtung entwickelt. Offene Beziehungen und Freundschaft-Plus sind längst keine Ausnahmen mehr. Bei uns hingegen sind sie die Regel. Wir gehen eine Art Partnerschaft ein, die es uns aber erlaubt, gleichzeitig Kontakt zu anderen zu haben. Das liegt daran, dass wir von unseren Trieben mehr gesteuert werden als Menschen. Unsere Instinkte sind viel stärker ausgeprägt.«

»Oh.« Mehr brachte ich nicht heraus. Damit hatte ich nicht gerechnet.

»Für dich mag das ungewöhnlich klingen, weil du anders aufgewachsen bist, doch für mich war dieses Modell mein Leben lang legitim. Zwar hört man auch manchmal von Evalfinen, die sich Treue versprechen, so wie es bei euch in guten Beziehungen vorkommt, doch damit konnte ich ehrlich gesagt nie etwas anfangen. Ich verstand es nicht, weil ich eben überhaupt nichts gefühlt habe. Am allerwenigsten etwas in Richtung Liebe.«

Ein Ziehen breitete sich in meinem Bauch aus. Dieses Beziehungsmodell der Evalfine gefiel mir nicht. Noch weniger gefiel mir, dass Raphael wohl keine Probleme damit hatte. Was bedeutete dann sein Interesse an mir, wenn er gleichzeitig … Nein, den Gedanken wollte ich nicht zu Ende führen. Ich bemühte mich, meine Enttäuschung darüber zu verbergen.

»Daher das mit Mila. Offene Beziehungen sind das, was du willst«, schlussfolgerte ich und ärgerte mich darüber, wie belegt meine Stimme klang.

Raphaels Blick lag forschend auf mir. Er nahm genauestens wahr, was in mir vorging. »Wollte, Eliana. Das ist das, was ich wollte. Als ich nach *Origonia* gesandt wurde, um dich auf uns vorzubereiten, hatte ich wie gesagt große Vorbehalte und keinen Bock auf die Aufgabe. Zum Ausgleich wollte ich wenigstens meinen Spaß haben. Mit Mila hat alles gepasst. Sie war ebenfalls nicht auf der Suche nach etwas Festem. Zumindest zu Beginn nicht.«

Wie diese *Beziehung* geendet hatte, wussten wir beide.

Ich biss mir auf die Lippe und sah zu, wie die Wellen über den Strand strichen.

»Bitte sag mir, was dir durch den Kopf geht. Ich spüre doch, dass dich etwas beunruhigt.« Raphaels Stimme klang besorgt.

Ich schüttelte den Kopf, wagte es nicht, mich seinem Blick zu stellen. Er würde zu viel in meinen Augen lesen können. Genauso wenig, wie ich aussprechen konnte, was in mir vorging. Es würde mich verletzlich machen und ich müsste etwas zugeben, was ich mir selbst noch nicht eingestehen wollte.

Womöglich würde er reagieren wie bei Mila. Dieses Mal würde er derjenige sein, der Abstand zu mir halten wollte, weil ich mich nach mehr sehnte als er. Der Gedanke daran verängstigte mich. Wann waren meine Gefühle für ihn derart zurückgekehrt? Trotz allem?

»Du hast Angst«, stellte er fest.

Was für ein Glück, dass er nicht auch noch meine Gedanken lesen konnte, wenn er schon alles spürte, was ich fühlte. Ich schloss die Augen. »Die letzten Tage über wollte ich, dass du Abstand zu mir hältst. Aber … aber ich habe auch Angst. Ich habe alles verloren. Und jetzt fürchte ich mich davor, dass sich das fortführt und ich … dich verliere.« *Außerdem habe ich Angst vor meinen Gefühlen dir gegenüber, die ich eigentlich nicht haben sollte, nach dem, was du mir angetan hast.*

Doch das sprach ich nicht aus.

Ich wagte es nicht, meine Augen zu öffnen, nachdem ich ihm dieses Geständnis geliefert hatte, bis sich warme Finger unter mein Kinn legten. »Du wirst mich nicht verlieren. Niemals. Warum hast du Angst davor?«

Ich öffnete meine Lider und begegnete seinen braunen Augen. Sie waren so intensiv, so voller Gefühle und ehrlicher Aufrichtigkeit, dass ich ihm gern glauben und all meine Zweifel ablegen wollte.

»Dieses Beziehungsmodell von euch. Ich kann das nicht«, gestand ich leise.

»Verstehst du denn nicht, was ich dir die ganze Zeit zu sagen versuche? Ich kann das auch nicht mehr, Eliana!«

Nicht? Ich starrte ihn mit offenem Mund an. Meinte er das ernst?

Er ließ seine Hände nervös in seinen Schoß gleiten. »Ich habe diese Beziehungen von Evalfinen nie reflektiert, weil das alles für mich so gepasst hat«, gab er zu. »Doch das hat sich geändert, als ich dich kennengelernt habe. Diese ganzen Gefühle waren mir fremd, aber sie haben dazu geführt, dass ich nicht so weitermachen konnte wie bisher. Es kam mir falsch vor. Sehr falsch.«

Seine Worte hallten in meinem Kopf wider. Langsam verstand ich, was er sagte. Die Enttäuschung schwand. Stattdessen breitete sich Wärme in meinem Bauch aus. Was er sagte, bedeutete viel mehr als: *Ich habe Interesse an dir*. Es bedeutete: *Ich will dich. Und zwar nur dich!*

»Du meinst den Kontakt zu Mila? Und zu … irgendwelchen Evalfinen?« Meine Stimme war rau.

Etwas änderte sich in seiner Miene. Sie wurde dunkler. »Auch … Aber da gibt es noch etwas, das du wissen solltest.«

Mein Hals wurde trocken. Sein Ton verkündete Unheil.

»Es geht um Yuna.«

Nein! Nein, nein, nein! Bitte nicht!

»Nun ja, sie und ich hatten über einige Jahre auch Kontakt zueinander.«

Ich erstarrte zu Eis, während seine Worte wie Pfeile zu mir durchdrangen.

»Von meiner Seite aus war es unverbindlich. Ich war auch nicht der Einzige. Sie hat ebenso etwas mit Leander und Colin. Nicht selten auch zu dritt. Wie auch immer … Ich habe mir nie Gedanken über die Zukunft gemacht, aber Yuna anscheinend schon. Als ich ihr vor einigen Wochen sagte, dass ich das zwischen uns beenden will, weil es sich für mich nicht mehr richtig anfühlt, ist sie durchgedreht. Sie hat es sofort mit dir in Verbindung gebracht und bis heute ist es einer der Gründe, wieso sie sich dir gegenüber so unmöglich verhält.«

Ich beobachtete ein paar Möwen, die über das Meer segelten. Yuna. Das ging einfach nicht in meinem Kopf. Doch es erklärte eine Menge. Jetzt verstand ich wenigstens, warum sie mich so hasste. Nur, wie sollte ich damit umgehen? Wie sollte ich all die Dinge verarbeiten, die er mir gerade anvertraut hatte?

»Bitte, sag etwas«, flehte Raphael.

»Das war ganz schön viel. Ich weiß nicht.«

Raphael setzte sich so um, dass er mich besser ansehen konnte. »Ich weiß, es ist eine ganze Menge. Aber ich will, dass du eins weißt: Es ist mir ernst. Verdammt ernst. Du bist mir wichtig, Eliana. Ich habe nie verstanden, was Liebe sein soll, aber jetzt glaube ich, dass ich noch nie so nah dran war, es zu erfahren.«

Mein Herz begann so heftig zu pochen, dass er es unmöglich überhören konnte. Himmel. Was sollte ich jetzt sagen? Er meinte es ernst. Er hatte es immer ernst gemeint. Trotz seiner Fehler.

Er beugte sich näher zu mir, sodass sein Gesicht nur noch

Millimeter von meinem entfernt verharrte. Langsam hob er seine Hände und umschloss mein Gesicht, so wie er es vor der Jugendherberge getan hatte. Sein Atem ging flach, als müsse er mit seiner Selbstkontrolle kämpfen. Seine Stimme war bloß noch ein Raunen. »Die ganze Zeit standen all diese Geheimnisse zwischen uns. Ich wollte nicht zulassen, dass wir uns einander annähern, wenn ich weiß, dass es so vieles gibt, das ich vor dir verheimliche. In dieser Nacht auf der Chorfahrt bin ich schwach geworden. Ich habe dich geküsst, obwohl ich es mir untersagt hatte. Auch wenn ich es nicht bereue, war es dir gegenüber nicht fair.«

Wieder strich sein Atem warm über mein Gesicht. Sein waldiger Duft hüllte mich ein. Benebelte meine Sinne, ließ mich an unseren Kuss zurückdenken.

»Nun weißt du über das alles Bescheid. Nun kennst du meine dunklen Seiten. Und auch deine. Aber trotzdem haben wir noch nicht den richtigen Zeitpunkt erreicht. Ich kann diesen Kampf spüren, den du in deinem Inneren führst. Ich werde diesen Fehler, den ich auf der Chorfahrt gemacht habe, nicht ein zweites Mal begehen. Dieses Mal werde ich warten, bis du bereit bist. Und ich werde dir alle Zeit geben, die du brauchst.«

Ich spürte seine Hände auf meiner Haut, seinen Atem, der mein Gesicht kitzelte, und wollte ihm widersprechen. Ich wollte ihn zu mir ziehen, meine Lippen auf seine drücken, ihn schmecken, über seine Haut streichen und von ihm berührt werden.

»Nein«, hauchte ich benommen.

Was wollte ich eigentlich sagen?

Konzentriere dich, Eliana! Du redest wirres Zeug!

»Ich meine …«, versuchte ich es nochmal. »Ich will es auch.«

Lächelnd strich er über meine Lippen, die unter seiner Berührung aufflammten. »Das denkst du jetzt. Aber was, wenn es an diesem Moment liegt? Ich kann nicht riskieren, dass du später in deinem Bett liegst und es bereust. Das könnte zu viel zerstören. Es war mir noch nie so wichtig, alles richtig zu machen wie mit dir. Wenn du dir sicher bist, dass du es willst, obwohl ich gerade nicht in deiner Nähe bin, dann können wir weitersprechen.«

Ich seufzte innerlich auf. Denn es stimmte. Der Schmerz, den er mir zugefügt hatte, war noch da. Auch wenn ich ihn in diesem Moment nicht spürte.

Raphael schloss die Augen und beugte sich noch ein wenig weiter zu mir. So weit, bis seine Stirn meine berührte. Auch ich schloss die Augen. Er war so nah. Nur eine unbedachte Bewegung trennte unsere Lippen voneinander, und doch hielten wir stand.

Schließlich rückte Raphael von mir ab und ich sah, wie er mit geballten Fäusten ins Meer starrte und um Selbstbeherrschung rang. Auch ich musste mit mir kämpfen. Noch nie hatte ich mich so zu jemandem hingezogen gefühlt. Das ging weit über menschliche Empfindungen hinaus. Mein gesamter Körper schrie danach, Raphael zu mir zu ziehen, ihn zu küssen, zu spüren und so weit zu gehen, wie ich noch nie mit jemandem gegangen war. Himmel, was war los mit mir? Wieso hatte er eine derartige Wirkung auf mich?

33 Eliana

Pünktlich vor dem Einbruch der Dunkelheit machten wir uns auf den Weg zurück in den Felsen. An diesem Tag war eine Menge vorgefallen, doch die frische Luft und das Rennen hatten mir gutgetan. Zum ersten Mal hatte ich mich nicht so erdrückt und eingeengt gefühlt, wie in den vergangenen Tagen. Wahrscheinlich hatte Raphael mich deshalb mit nach draußen genommen. Das Gespräch hätten wir schließlich überall führen können.

Als wir nach einer schnellen Dusche in den Gang der Wohnbereiche bogen, hörten wir bereits die Stimmen, die aus unserem Aufenthaltsraum drangen. Die Diskussion, die sich dort abspielte, fand in einer ungewöhnlichen Lautstärke statt und hob sich von den Geräuschen aus den anderen Aufenthaltsräumen ab.

Raphael und ich spannten uns gleichzeitig an, als wir Yunas Stimme ausmachten. »Das kann so nicht weitergehen! Sie zerstört unsere ganze Gemeinschaft. Ihr könnt das doch nicht ernsthaft übersehen! Es kam heute zum Kampf! Wie weit soll es noch gehen? Bis wieder jemand stirbt?«

Raphael hielt zögernd vor der Tür inne, um das Gespräch zu verfolgen. Ich öffnete den Mund, doch er legte den Finger auf seine Lippen und bedeutete mir, zu schweigen. Sie würden uns hören.

»Nein, Yuna! Sie hat nichts getan! Du bist diejenige, die ein Problem daraus macht! Ich verstehe ja, dass es für dich schwierig ist. Wir verstehen das alle. Aber siehe doch, Raphael kommt auch damit klar …«

Er riss die Tür auf. Luna, die gesprochen hatte, verstummte sofort. Unsicher folgte ich Raphael in den Raum. Mir fehlte die

Kraft für diese Auseinandersetzungen. Wann würde das ein Ende haben? Voller Unwohlsein sah ich mich um. Alle aus unserer Stufe hatten sich hier versammelt. Ausnahmslos.

»Was soll das hier?«, fragte Raphael, der offenbar den gleichen Eindruck hatte.

Hope verdrehte die Augen. »Leander, Yuna und Rebekka wollten mit uns über die momentane Situation sprechen.«

»Ohne uns?«, blaffte Raphael in Yunas Richtung.

»Ihr wart nicht auffindbar«, zischte sie ihn an. Ihre Augen blitzten auf, als ahnte sie, wo wir gewesen waren.

»Du solltest lieber gut aufpassen, was du sagst. Am besten bist du still, nach dem, was du dir heute bei der Jagd geleistet hast!« Seine Stimme war so bedrohlich, dass es mir kalt über den Rücken lief. Da war er wieder, der Vampiranteil in ihm. Wenn Raphael in diesem Tonfall sprach, wollte man ihn nicht zum Feind haben. Ich zumindest nicht.

Yuna schien nur halb so beeindruckt zu sein wie ich. Sie verteidigte sich nicht einmal, sondern erwiderte bloß seinen kalten Blick.

Ich fragte mich, wie ich die Spannung zwischen den beiden hatte übersehen können. Einzig an diesem Morgen hatte ich geahnt, dass da etwas zwischen ihnen lag. Nun erschien es mir mehr als offensichtlich. Von Yunas Seite aus spürte ich eine Menge an Frustration. Raphael schien sie richtig damit einzuschätzen, dass sie sich mehr von ihm erhoffte als er sich von ihr.

»Ja schon klar, das ist auch etwas, worüber ihr sprechen solltet, doch wir sollten das gerade mal außer Acht lassen. Das Ganze hier geht so nicht weiter«, schaltete Colin sich ein, der sich zwischen Raphael und Yuna stellte. »Wir hatten heute schon genug Kämpfe. Reiß dich mal zusammen«, warnte er Raphael und schob ihn zwei Schritte von Yuna weg. »Wir sollten uns einen Weg überlegen, wie wir unsere Gemeinschaft zurückerlangen. Wir sind eine Gruppe und sollten alle zusammenarbeiten, so wie Johann es gesagt hat.«

»Der Meinung bin ich auch«, stimmte Salim zu. »Johann war heute ziemlich enttäuscht von uns. Und er hat es auf sich bezogen. Das hat er nicht verdient. Er ist der beste Lehrer, den es nur geben kann.«

Theo nickte. »Ich denke, da sind wir uns alle einig.«

»Also, was sollen wir dann tun?«, fragte Tizia, die zwischen Yuna und Raphael hin und hersah. »Ihr müsst das doch irgendwie auf die Reihe bekommen.«

Yuna schnaubte. »Ach, jetzt bin *ich* also das Problem? Finde ich sehr komisch, denn alles lief super, bis diese Schlampe hier aufgetaucht ist.«

Als Raphael den Mund öffnete, um Yuna für ihre Wortwahl anzufahren, schnitt Colin ihm das Wort ab. »Raphael, behalte das für dich und Yuna, lass das mit den Beleidigungen! So reden wir nicht miteinander und auch nicht übereinander.«

»Außerdem verdrehst du alles!« Luna hob gereizt die Hände.

»Wisst ihr was?«, wütete Yuna. »Ich habe keinen Bock mehr darauf. Immer bin ich schuld oder Leander oder Rebekka. Ihr werdet noch sehen, was ihr davon habt!«

»Yuna!« Tizia legte beschwichtigend die Hand auf Yunas Arm. »Niemand verlangt, dass du und Eliana euch mögen müsst. Aber du kannst akzeptieren, dass sie hier ist. Es geht doch nur darum. Die Stimmung ist schon seit Tagen angespannt. Und ich denke, du willst das auch nicht, oder?«

»Ich will einfach nur, dass sie geht! Ich will sie nicht hier haben!« Yunas Stimme klang mit einem Mal brüchig. Sie versuchte, es zu unterdrücken, doch selbst mir war es aufgefallen. Sie starrte in schweigende Gesichter, dann schüttelte sie schnaubend den Kopf und lief an uns vorbei aus dem Raum.

Rebekka wandte sich ebenfalls der Tür zu. Ehe sie hinaustrat, meinte sie: »Ich finde, ihr habt recht. Wir müssen einen Weg finden. Aber seid nicht so blauäugig!«

Sie folgte Yuna, ohne mich eines Blickes zu würdigen. Ratlos starrten die anderen ihr nach.

»Ich rede mal mit den beiden«, überlegte Colin. Er verließ zusammen mit Leander das Zimmer.

Plötzlich hatte ich das Gefühl, dass ich etwas sagen sollte. Schließlich ging es hier um mich. Doch mir fehlten die Worte. Was, wenn Yuna recht hatte?

»Ich … soll ich lieber gehen?«, stammelte ich, woraufhin sie mir alle ungläubige Blicke zuwarfen.

»Nein!«, widersprach Raphael und legte eine Hand auf meine Schulter. »Auf keinen Fall!«

»Sie müssen damit klarkommen. Wir sind Evalfine. Das bedeutet, dass wir zusammenhalten und jeder akzeptiert und integriert wird. Du bist nicht das Problem, sondern, wie sie auf deine Ankunft reagieren.« Salims Versuch, mich zu beruhigen, erreichte mich nicht einmal ansatzweise.

»Aber … Wenn ich nicht da wäre …«, widersprach ich.

Raphael drehte mich zu sich um. Entschieden schüttelte er den Kopf. »Eliana, gib nicht dir die Schuld, dass sie so sind.«

»Ich finde, die Stimmung hier ist viel zu gedrückt«, mischte Tizia sich ein. »Die ganzen Diskussionen werden uns heute Abend auch nicht weiterbringen. Lasst uns doch lieber etwas spielen. Dann können wir dich besser kennenlernen, Eliana. Die letzten Nächte bist du so früh ins Bett gegangen, dass du die beste Zeit des Tages verpasst hast. Nämlich unsere Gemeinschaftsabende hier im Aufenthaltsraum.«

»Da schließe ich mich an«, freute sich Theo. »Es ist an der Zeit, dass wir uns gegenseitig besser kennenlernen und du die spaßigen Seiten in diesem Felsengefängnis kennenlernst.«

Auch wenn der Vorschlag der beiden ein wenig aus dem Kontext gerissen kam, schienen alle erleichtert zu sein, das Thema fallen lassen zu können. Luna und Hope rückten auf der Couch zur Seite, damit ich mich zu ihnen setzen konnte. Auch der Rest versammelte sich um den Couchtisch.

Tizia zog eine Schüssel mit seltsam geformten Steinen aus dem Regal, die sie auf dem Tisch ausleerte, während Theo in den

Ruheraum verschwand, um aus einem versteckten Fach Alkohol zu holen.

»Evalfine legen viel Bewusstsein auf ihre Gesundheit. Daher gibt es bei uns nur zu besonderen Anlässen Alkohol. Also eigentlich nie. Das hält uns aber nicht davon ab, hier heimlich ein bisschen was zu lagern«, erklärte Theo, der mit einem Krug zurückkam und einen großen Schluck daraus nahm.

»Das heißt, streng genommen ist das hier verboten, aber wenn wir aufpassen, bekommt es keiner mit.« Salim nahm den Krug von Theo entgegen und trank ebenfalls einen Schluck daraus. Ich musste schmunzeln, weil mich das Verhalten so sehr an das von jugendlichen Menschen erinnerte. Während der Krug herumgereicht wurde, begann Tizia, mir die Regeln des Spieles zu erklären, das sie vor mir ausgebreitet hatte. Erst jetzt verstand ich, dass die Steine je nach Größe und Form unterschiedliche Funktionen hatten. Obwohl die Regeln einleuchtend klangen, hörte sich das Spiel ziemlich kompliziert an. Nachdem Tizia ihre Erklärung beendet hatte, glaubte ich, bereits die Hälfte der Spielregeln vergessen zu haben.

»Verstanden?«, fragte Tizia voller Zuversicht.

»Ähm … naja … ehrlich gesagt nein«, gab ich zu.

»Das ist ja auch kein Wunder, so wie du erklärst«, murmelte Luna, woraufhin Tizia schuldbewusst zu grinsen begann.

Hope spitzte die Lippen. »Dann ist sie einfach mit mir in einer Gruppe.«

»Das ist unfair, du bist doch allein schon so gut«, protestierte Luna.

»Eben. Dann lernt sie es doch am besten.«

Ich warf Raphael einen verstohlenen Blick zu, der über die beiden den Kopf schüttelte und mir ein Lächeln schenkte, als er mir den Krug reichte. Vorsichtig setzte ich ihn an. Der Geschmack war mir fremd, doch das Zeug schmeckte süß genug, dass ich es mochte. Es erinnerte mich an Beeren und etwas Frisches wie Minze.

Hope hatte recht behalten. Mit ihr in der Gruppe verstand ich das Spiel schneller als erwartet. Während wir uns den Steinen widmeten, erinnerten sich meine Mitschüler an ihre lustigsten Anekdoten, die sie gemeinsam und mit Lehrern erlebt hatten. Vor allem Theo und Tizia besaßen ein außerordentliches Talent darin, für Stimmung und Unterhaltung zu sorgen. Als sie mir dann gestanden, dass der Wächter Kiran ihr älterer Bruder war, dachte ich im ersten Moment, sie würden mich auf den Arm nehmen. Gegensätzlicher konnte man doch gar nicht sein.

Wir beendeten den Abend mit einer kleinen Gesangseinlage meiner Mitschüler. Im Kanon stellten sie mir ihr Lieblingslied vor. *Das Nebellied*, das von der Landschaft *Ombranias* handelte. Es bestand nur aus wenigen Zeilen, sodass ich schnell einstimmen konnte. Zu singen und ihren Stimmen zu lauschen, ließ mein Herz ein wenig zur Ruhe kommen. Genauso wie durch den Ausflug mit Raphael an diesem Tag. Zumindest so lange, bis ich mich in meine Koje legte. Seit ich in *Ombrania* lebte, fürchtete ich mich davor, abends ins Bett zu gehen. Bislang war ich in noch keiner Nacht von Albträumen verschont geblieben. In dieser Nacht gesellten sich neue Bilder in meine Träume. Ich irrte durch den Wald und suchte nach einem Ausgang, bis ich auf Yuna und Mila stieß, die mich auslachten.

»Was willst du, Eliana? Gegen uns bist du nichts!«

Sie traten zur Seite, um Raphael in ihrer Mitte Platz zu machen. Er warf mir ein Lächeln zu, das mein Herz schneller schlagen ließ. Ich wollte zu ihm gehen, doch meine Beine trugen mich keinen Zentimeter näher zu ihm. Selbst als ich zu rennen begann, konnte ich ihn nicht erreichen. Unbeeindruckt wandte er sich von mir ab, um sich Mila und Yuna zu widmen. Sie begannen, sich gegenseitig zu küssen und die Kleider vom Leib zu reißen, ohne auf meine Hilfeschreie zu achten, als ein Bär zwischen den Bäumen erschien und sich auf mich stürzte.

Ich schreckte aus dem Traum auf und fuhr mir fahrig durch die Haare. Toll. Was Raphael mit Yuna und Mila gehabt hatte, ging ganz offensichtlich nicht spurlos an mir vorbei, so, wie ich es gern hätte. Doch erst recht fragte ich mich, was es über mich aussagte, dass ich mitten in der Nacht wach in meinem Bett lag und mir wünschte, an ihrer Stelle zu sein.

Ich erinnerte mich an Raphaels Worte vor einigen Stunden. Wenn ich ihn wollte, obwohl er nicht in meiner Nähe war, würden wir weitersprechen. Dann seufzte ich auf. Der Gedanke an ihn rief einen Strom unterschiedlichster Emotionen in mir wach. Völliges Chaos.

Nein, ich war noch nicht bereit. Ich wünschte, ich wäre es. Aber ich brauchte Zeit. Zeit, um mich an dieses Leben hier zu gewöhnen. Zeit, um anzunehmen, dass ich meine Familie vermutlich nie wieder sehen würde und um zu lernen, wie ich mit meinen Schuldgefühlen leben konnte. Zeit, um Raphael anzunehmen. Und zwar alles an ihm. Nicht nur diese fürsorgliche Ader, sondern auch seine dunklen Seiten.

Seine Fehler.

34 Eliana

Da am nächsten Morgen Blut zum Frühstück serviert wurde, traf ich mich mit Johann im Nebenzimmer unseres Klassenraumes. Dort hatte er bereits alles vorbereitet, was wir benötigten, um meine Selbstkontrolle zu trainieren. Allein der Anblick des Blutes reichte aus, um mich meines Verstandes zu berauben. Noch immer gelang es mir nicht, Johann dabei zuzusehen, wie er seine Portion in meiner Anwesenheit trank.

»Das war kein Stück besser als beim letzten Mal«, stellte ich resigniert fest, als Johann mir einen Pfirsich reichte.

»Du musst dir Zeit geben und Geduld mit dir haben. Selbstbeherrschung erfordert viel Übung«, versuchte er, mich zu beschwichtigen. Seine Worte wollten dennoch nicht zu mir durchdringen. Niedergeschlagen hörte ich ihm zu, während er mir den Ablauf des Tages ankündigte, an dem ich wieder mit ihm mitlaufen würde. »Heute haben wir außerplanmäßig ein Gespräch bei Caius. Neben Raphael und Leander werden auch ihre Eltern dabei sein.«

Ich verschluckte mich beinahe an dem Bissen, den ich gerade genommen hatte. »Caius? Ich dachte, er wäre noch unterwegs.«

»Er kam früher zurück.«

Ich schluckte schwer. »Etwa wegen …«

Johann nickte. Mir wurde kalt. Natürlich war mir bewusst gewesen, dass es Konsequenzen für Raphael und Leander geben würde. Aber dass Caius wegen ihnen früher zurückkehrte, hörte sich alles andere als gut an.

»Weißt du, was Caius tun wird?« Wieder tauchten Bilder vor meinen Augen auf, in denen Raphael gefoltert wurde.

»Das weiß ich leider auch nicht. Aber du musst wissen, dass Raphael und Leander sich gestern einen Fehltritt erlaubt haben, den man sich niemals zweimal erlauben sollte. Was auch immer Caius für Konsequenzen zieht, sie werden gerechtfertigt sein.«

Seine Worte gefielen mir nicht. Ich biss mir auf die Lippen und musste wieder an Yunas Worte denken. »Kann ich dich etwas fragen, Johann?«

»Selbstverständlich.«

»Manche hier sind der Meinung, dass ich dafür verantwortlich bin, dass es in den letzten Tagen so viele Unruhen gab. Denkst du nicht auch, dass meine Ankunft zu viel aufwirbelt? Anscheinend haben sich vorher alle gut verstanden.«

Johann hob überrascht die Brauen. »Wwieso denkst du so etwas? Jeder hier hat die Freiheit, eigene Entscheidungen zu treffen. Und damit ist jeder für sein Handeln verantwortlich und sollte die Schuld nicht auf eine andere Person abladen. Ja, es gab mehr Unruhen in den letzten Tagen. Aber das verdeutlicht nur, dass wahrer Zusammenhalt offensichtlich auch vorher nicht stattgefunden hat. Sonst wären einige deiner Klassenkameraden anders miteinander umgegangen.«

So sicher war ich mir da nicht.

Johann teilte Raphael und Leander noch vor dem Unterrichtbeginn mit, dass sie und ihre Eltern am Nachmittag bei Caius erwartet wurden. Obwohl Raphael sich nichts anmerken ließ, war ich mir sicher, dass er unruhig war. Es machte einen Unterschied, ob man zur Schulleiterin oder zum Oberhaupt bestellt wurde.

Der Tag plätscherte zäh dahin, bis ich mich endlich mit Johann zum Ende des *UPs* auf den Weg zu Caius machte. Vor dem Tor zu dessen Saal wartete Leander mit seinen Eltern. Auch Raphael war mit seiner Mutter da. Sie wirkten allesamt angespannt.

Wie musste es sein, keinen Einfluss darauf zu haben, in welcher Form Caius die beiden bestrafen würde? Wäre ich Mutter, würde ich niemals das Schicksal meines Kindes einem anderen überlassen wollen.

Die anwesende Wächterin öffnete uns das Tor, damit wir in Caius‘ Saal eintreten konnten. Raphaels Arm streifte meinen, als er nah an meiner Seite zu den altertümlich erscheinenden Sofas schritt, auf denen wir Platz nehmen sollten. Caius trat aus einem der Räume heraus und grüßte uns mit ernster Miene. Bevor er sich Raphael und Leander widmete, wandte er sich mir zu. »Eliana! Wie schön, dich zu sehen! Johann hat mir erzählt, dass du dich schon gut in die Gruppe einfügst und die meisten deiner Mitschüler dich hilfsbereit unterstützen. Das freut mich sehr. Ich hoffe, du wirst dich weiterhin gut einleben.«

»Danke«, murmelte ich.

Er nickte großväterlich, dann verhärtete sich sein Ausdruck. »Ich danke euch allen für euer Kommen. Aufgrund des gegebenen Anlasses habe ich beschlossen, dass wir uns gemeinsam hier versammeln, um über den Regelverstoß von Leander und Raphael zu sprechen. Es handelt sich hierbei um einen Verstoß gegen unser oberstes Gesetz, weshalb ich auch die Elternteile dazu gerufen habe.«

Unauffällig beobachtete ich, wie der Rest der Gruppe angespannt auf Caius‘ Urteil wartete.

»Raphael und Leander, ihr beide könnt euch gewiss vorstellen, wie enttäuscht ich bin. Solch einen niederträchtigen Regelverstoß haben sich bislang nur wenige erlaubt.«

Raphael erwiderte seinen Blick, ohne mit der Wimper zu zucken. Seine Miene war statuenhaft und gefasst. Leander hingegen wirkte eher trotzig, aber auch eingeschüchtert.

»Doch wie immer möchte ich euch die Möglichkeit geben, euch zu verteidigen, um eure Strafe abmildern zu können. Womit rechtfertigt ihr euer Verhalten?«

Als sie schwiegen, meldete sich Johann zu Wort: »Aus den beiden ist nichts herauszubekommen. Sie wollen beim besten Willen nicht erklären, wie es zu dem Kampf kam.«

Caius sah Raphael so eindringlich an, dass ich fast glaubte, er würde hinter die Fassade blicken können, die Raphael errichtet hatte. »Ich gebe euch hiermit die letzte Gelegenheit, euch zu offenbaren.«

Doch Raphael machte keine Anstalten zu antworten, selbst als seine Mutter die Hand auf seine Schulter legte. Leander war derjenige, der schließlich die Stimme erhob: »Wir haben uns wegen Eliana angegriffen.«

Die Blicke aller schossen zu mir. Der Ausdruck in den Gesichtern von Leanders Eltern war so vorwurfsvoll, dass ich schnell zu Boden sah.

Unterdessen fuhr Raphael zu Leander herum. »Nein, das ist so nicht wahr. Wir haben uns bekämpft, weil Leander und einige andere nicht damit klarkommen, dass wir nun eine Person mehr sind!«

Als Leander den Mund öffnete, um darauf zu reagieren, wies Caius die beiden mit einem einzigen Wort zurecht. »Schweigt!«

Raphael hatte vor Wut die Hände zu Fäusten geballt. Leander bebte.

»Euer Verhalten ist schändlich. Selbst jetzt scheint ihr nicht zu begreifen. Noch immer spüre ich eure Gewaltbereitschaft. Dadurch sehe ich keine andere Möglichkeit, als euch eine Verwarnung auszusprechen.«

Die Eltern der beiden zogen scharf die Luft ein.

»Eine Verwarnung?« Leanders Stimme war kaum mehr als ein Hauchen. Jegliche Farbe wich aus seinem Gesicht.

»Außerdem werdet ihr bis zum Sonnenfest bei der Entsorgung der Kadaver mitwirken, wöchentlich ein Anti-Aggressionstraining bei einem unserer Wächter durchführen und ihr seid für dieses Jahr von den Qualifikationen für das Rennen am Sonnenfest ausgeschlossen.«

Das saß. Raphaels Augen blitzten auf und Leander straffte die Schultern. Nun wagte es keiner, einen Laut von sich zu geben. Auch wenn ich nicht alles verstand, was Caius ihnen verboten hatte, war es offensichtlich, dass die Strafe die beiden erschütterte.

»Und ich möchte, dass ihr wisst, dass körperliche Strafen folgen werden, wenn ihr noch einmal eure Kräfte gegeneinander einsetzen solltet.« Zwar war Caius‘ Stimme ruhig geblieben, doch das ließ seine Worte nur bedrohlicher wirken. Niemand im Saal erwog es, ihm zu widersprechen.

»So, ich möchte noch mit euren Eltern und Johann allein sprechen. Geht nun raus. Eliana, geh doch auch schon mit«, befahl Caius.

Mechanisch nickten Raphael und Leander, bevor sie sich flüchtig verabschiedeten und derart schnell zum Tor hasteten, dass ich kaum mithalten konnte. Sobald die Wächterin hinter uns die Tür geschlossen hatte, gaben Raphael und Leander ihrem Entsetzen Raum.

»Das kann doch nicht wahr sein!«, entfuhr es Leander. Für eine Sekunde wirkten die beiden, als seien sie sich einig. Dann schnaubte er. »Toll. Wirklich toll gemacht!«

Damit stapfte Leander davon.

Wir warteten einen Moment, ehe wir ihm langsam folgten. Raphael schien in Gedanken versunken und ziemlich wütend. Er beachtete mich kaum. Stattdessen starrte er mit angespanntem Kiefer geradeaus.

»Ich …«, begann ich zögerlich. Ein wenig fürchtete ich mich, dass er nicht in der Stimmung war, um Gespräche zu führen oder mir meine dummen Fragen zu beantworten. »Ich habe nicht alles verstanden. Was bedeutet eine Verwarnung?«

»Verwarnungen werden nur bei großen Vergehen ausgesprochen. Bei der ersten Verwarnung folgen Strafen, wie unbeliebte Aufgaben zu erledigen, oder Verbote. Folgt darauf jedoch eine zweite Verwarnung, bedeutet das häufig, dass körperliche Strafen eingesetzt werden. Spätestens bei der dritten Verwarnung wird man aus der Gemeinschaft ausgeschlossen. Unwiderruflich.«

»Das heißt, du darfst dir von nun an unter keinen Umständen mehr einen Fehltritt erlauben«, schlussfolgerte ich entsetzt.

»Oder mich zumindest nicht dabei erwischen lassen«, korrigierte er mich. Ich öffnete den Mund, um ihn zurechtzuweisen, doch er war schneller als ich. »Du weißt ganz genau, dass es da eine Sache gibt, die ich ganz sicher nicht unterlassen werde.«

Er spielte auf den Geheimgang an.

»Aber …«, versuchte ich halbherzig.

»Nein, kein aber. Ich werde schon aufpassen.«

Das war leichtsinnig! Das war komplett bescheuert! Ich verstand es trotzdem. Dafür war der Abend gestern zu erholsam gewesen.

»Und was meinte Caius mit den Qualifikationen für das Rennen?«, erinnerte ich mich.

Raphaels Miene verdunkelte sich. »Jedes Jahr veranstalten die Evalfine beim Sonnenfest ein Rennen. Aus jeder Altersstufe treten der beste weibliche und der beste männliche Evalfin stellvertretend für die eigene Gemeinschaft gegen die anderen an. In drei Tagen finden die Qualifikationen dafür statt. Ich hatte vor, mich in diesem Jahr gegen Leander und Colin durchzusetzen. Dafür habe ich schon vor Wochen mit dem Training begonnen. Jetzt war alles umsonst.«

Seine Stimme klang bitter.

»Deshalb warst du abends oder morgens immer noch trainieren«, erkannte ich.

Er nickte bloß, während wir weiterliefen.

Ich griff nach seiner Hand. »Das tut mir leid.«

Gereizt seufzte er auf. »Eliana, hör auf, dich für Dinge zu entschuldigen, für die du nichts kannst!« Sein Ton war scharf. Ich entschied, lieber nichts mehr zu sagen. Als wir am Speisesaal vorbeiliefen, in den die ersten Evalfine eintraten, um zu Abend zu essen, huschte Raphaels Blick in den Gang, der zu den Containern führte. »Ich muss hier raus. Ein wenig laufen, wenn du verstehst.«

Enttäuscht nickte ich. Die ganze Situation gefiel mir nicht.

Endlich sah er mich richtig an. Er musste mir mein Gefühlschaos ansehen, denn seine Züge wurden weicher. »Magst du mitkommen?«

Ich biss mir auf die Lippen und bejahte.

Ein Lächeln zuckte über seine Mundwinkel, das sein Gesicht ein wenig aufhellte. Er legte seinen Arm um mich und flüsterte nah an meinem Ohr: »Dann komm.«

Am Fuße des Felsens griff Raphael auch heute nach meiner Hand, um loszurennen. Dieses Mal waren es wir beide, die das Rennen brauchten, um abzuschalten. Wie am Vortag konnte ich für einen Moment meine Gedanken ausblenden, während wir über die Wiesen flogen. Da wir ein wenig früher dran waren als gestern, hatte es noch nicht begonnen, zu dämmern. Das änderte dennoch nichts daran, dass die Landschaft durch die Wolken und den Nebel düster wirkte. Umso heller leuchteten die Blumenwiesen, die wir überquerten.

Raphael zog das Tempo stärker an als am Vortag, sodass ich irgendwann an nichts mehr denken konnte, als genug Luft zu bekommen. Erst als ich kurz davor war, zusammenzubrechen, zügelte er das Tempo, damit wir uns auslaufen konnten. Wir hatten den Strand noch nicht erreicht, sondern hielten auf einem Hügel inmitten violetter Blumen an.

»Du bist wahnsinnig!«, keuchte ich und stützte mich auf meinen Knien ab, während ich mit brennender Kehle um Atem rang. Von der Anstrengung war mir übel.

»Alles klar bei dir?«, erkundigte er sich unschuldig und legte seine Hand auf meinen Rücken.

»Ich glaube, ich lebe noch«, stieß ich gequält hervor.

Ein leises Lachen befreite sich aus seiner Kehle. »Ich denke auch.«

Nach einigen Minuten, die ich benötigte, um wieder ansatzweise normal atmen zu können, richtete ich mich auf, um mich umzusehen. So sehr ich mit meiner Situation auch zu kämpfen hatte, diese Welt sah atemberaubend aus. Beseelt von der Schönheit, drehte ich mich im Kreis, um die Umgebung zu bestaunen: Blumenwiesen, Hügel, Wälder, das Meer, Nebel, Wolken, Vögel, die durch die Luft zogen. Das war *Ombrania* in all seiner Pracht.

»Es ist so schön hier«, ließ ich Raphael wissen und vergaß, wie überanstrengt ich noch vor Minuten gewesen war.

Raphael griff nach meinen Händen und umschloss sie. »Es ist schön, dass du mit mir gekommen bist«, sagte er. »Tut mir leid, dass ich gerade so aufgebracht war. Ich war ziemlich wütend, aber deine Anwesenheit hat mich ein wenig beruhigt. Du tust mir gut.«

Ich stockte, unfähig zu reagieren.

Als ich nicht antwortete, fügte er hinzu: »Du musst das nicht zurückgeben. Wir wissen beide, dass ich dir viel weniger das Gefühl gebe, dich aufgehoben zu fühlen, als du mir.«

Ich öffnete den Mund, um ihm zu widersprechen, doch er schüttelte sanft den Kopf und strich mir eine Strähne hinter mein Ohr.

»Es ist okay, Eliana. Ich habe selbst dafür gesorgt.«

Dankbar lächelte ich ihn an, während er mich zog, um ein wenig zu spazieren. Dabei ließ er meine Hand nicht los. Mit dem Daumen strich er über meinen Handrücken.

»Worüber denkst du nach?«, durchbrach er nach einer Weile das Schweigen.

»Eigentlich über alles«, gestand ich und strich im Laufen mit meiner freien Hand über die violetten Blumen, die mir bis zur Hüfte reichten. Sanft bogen sie sich unter meiner Berührung.

»Das ist sicher ganz schön viel, über alles gleichzeitig nachzudenken.« Er lächelte. Es war eindeutig an seiner Stimme herauszuhören.

»Bist du sehr enttäuscht wegen des Rennens?«, wollte ich wissen.

Er seufzte. »Ja, schon. Aber ich muss es annehmen. Da gibt es nichts mehr, was ich ändern könnte. Wenigstens ist Leander auch ausgeschieden. Dann wird Colin für uns antreten. Damit kann ich leben.«

»War es zwischen dir und Leander schon immer so wie jetzt?«

»Nein, aber irgendwie auch ja. Wir sind eigentlich schon lange befreundet, aber es gab immer wieder Reibereien, da wir beide etwas mit Yuna hatten, und irgendwie sind wir von klein auf Konkurrenten.«

»Ich weiß, das sollte ich vermutlich nicht fragen, weil es mich nichts angeht, aber ich kann das einfach nicht nachvollziehen. Wieso Yuna?« Ich wandte mich ihm zu, um ihn anzusehen. Er starrte geradeaus in Richtung Meer und verzog das Gesicht.

»Sie war nicht immer so wie jetzt. Eigentlich verbindet uns eine lange und tiefe Freundschaft. Sie ist meine älteste Freundin. Wir haben schon als kleine Kinder ständig unsere Zeit miteinander verbracht. Als wir dann zu Teenagern wurden, haben wir uns weiterentwickelt, und haben uns, so wie es bei den meisten Evalfinen der Fall ist, auch auf der körperlichen Ebene kennengelernt. Das war alles der gewöhnliche Lauf der Dinge.«

»Mhm«, murmelte ich, denn es wollte nicht in meinen Kopf gehen. Raphael und Yuna waren befreundet? Wie ging das, wenn sie doch so unterschiedlich waren? Yuna war bösartig und ließ keine Gelegenheit aus, mir zu zeigen, dass sie mich offenbar hasste.

Und Raphael? Er war doch völlig anders als sie, oder? Naja, er hatte selbst zugegeben, dass er vor nicht langer Zeit noch eine andere Person gewesen war.

»Wie geht es jetzt weiter mit eurer Freundschaft?«

»Ich weiß es nicht. Aber erst mal soll sie mich bloß in Ruhe lassen, nachdem sie dich gestern so in Gefahr gebracht hat.« Seine Stimme war hart, als er so über sie sprach.

Wir erreichten eine Stelle, von der aus wir auf den Strand sehen konnten, an dem wir gewesen waren. Ich erinnerte mich an den vergangenen Abend zurück. Raphael war stehengeblieben und zog mich zu sich. Gemeinsam starrten wir durch den Nebel zum Wasser und ich lehnte mich an seine Brust.

»Das ist es also«, murmelte ich.

»Ich verstehe nicht ganz.«

»Das hier, das alles ist von nun an mein neues Leben. Es gibt kein Zurück.«

Natürlich war mir das schon länger bewusst. Seit ich mit Raphael durch das Tor in diese Welt getreten war. Und trotzdem verstand ich es selbst jetzt nicht. Noch immer fühlte ich mich gefangen wie in einem Traum, so, als würde ich jeden Moment zu Hause aufwachen und meiner Familie begegnen. Samuel, Papa, Mama und Marie. Doch das würde nie wieder geschehen.

In den letzten Tagen hatte ich eine Mauer um mich errichtet, mit der ich mich gegen die Erkenntnis der Endgültigkeit zu wehren versuchte. Nur begann sie langsam, aber sicher zu bröckeln und war kurz davor, einzustürzen. Was nun auf mich zukommen würde, verängstigte mich. Bloßes Wissen der Endgültigkeit, grausam und ehrlich.

Ich hielt mich ein wenig stärker an Raphael fest und hoffte, dass er mich auffangen würde, sobald ich fiel.

35 Eliana

Angeregte Rufe hallten durch die Gänge. Evalfine wuselten über den Platz vor dem Felsen. Wo ich auch hinsah, erblickte ich, wie sie unterschiedliche Gegenstände schleppten, Kisten verschoben oder gemeinsam Stände aufbauten und einräumten. Ich selbst stellte gerade die Getränke, die Hope mir reichte, in unsere Bar, während Luna eine Girlande über uns befestigte. Beide summten freudig vor sich hin. Ihre ohnehin schon heitere Ausstrahlung hatte einen Höhepunkt erreicht, wodurch sie jeden mit ihrer Vorfreude ansteckten.

Hope strahlte mir entgegen und tänzelte zu mir hinter dir Bar. »Ich bin so gespannt, endlich mal wieder die anderen Evalfine zu sehen. Das geht immer so ab!«

»O ja, und ich freue mich besonders auf Nathanael. Da habe ich ein paar Dinge fortzuführen«, schloss sich Luna an, woraufhin Hope und ich in Gelächter ausbrachen. Mittlerweile war zu mir durchgedrungen, dass Luna sich zwar sehr gern bei männlichen Evalfinen auslebte, aber einen Freund in einer der anderen Gemeinschaften hatte, der ihr viel bedeutete.

»Wann werden sie da sein?«, fragte ich und begann, die Theke abzuwischen, sobald ich mich davon überzeugt hatte, dass die Bar fertig vorbereitet war.

»Sie müssten bald kommen. Es wird schon Abend«, überlegte Hope mit einem Blick in den wolkenbedeckten Himmel.

Ausnahmsweise hielten wir uns nicht im Felsen, sondern auf der großen Fläche davor auf. Das Sonnenfest, *das* Fest des Jahres, würde in Kürze beginnen. In *Ombrania* schien die Sonne nur einmal im Jahr für drei Tage, was die Evalfine dazu animierte, in dieser Zeit durchzufeiern. Sie waren die einzigen Wesen in *Ombrania*, die das Sonnenlicht begrenzt aushielten, weshalb sich die übrigen Wesen an diesen Tagen zurückzogen.

Dadurch würde es nahezu ungefährlich sein, sich außerhalb des Felsens aufzuhalten. Um die Verbindung aller Evalfine aufrecht zu erhalten, lud jedes Jahr eine der fünf Gemeinschaften die anderen zu sich ein. Wie Johann mir bereits vor einigen Wochen verkündet hatte, übernahm in diesem Jahr unsere Gemeinschaft jene Rolle.

Die letzten Tage über hatten wir uns ununterbrochen den Vorbereitungen des Festes gewidmet. Unsere Stufe hatte eine Bar aufgebaut und war für die Getränke zuständig.

Geld einnehmen würden wir dabei nicht. Wie auch innerhalb des Felsens, gab es bei Evalfinen generell keine Währung. Jede Person trug das zum Wohl aller bei, was sie geben konnte. Die anderen Gemeinschaften brachten als Wertschätzung für unsere Bemühungen Geschenke mit, um einen Ausgleich zu schaffen.

Ein wenig hibbelig fragte ich mich, wie die fremden Evalfine wohl auf mich reagieren würden. Ob sie direkt bemerkten, dass ich anders war? Oder fiel es ihnen kaum auf, dass ich auch menschliche Anteile in mir trug?

Lange konnte ich mich mit diesen Fragen erst einmal nicht weiter beschäftigen, da Johann unsere Gruppe zu einer Besprechung zusammenrief. »Ich danke euch für den Aufbau der Bar und dass ihr auch die anderen fleißig unterstützt habt. Insgesamt sind wir mit den Vorbereitungen fast fertig. Daher möchte ich mit euch noch einmal den Ablauf für die nächsten Tage durchgehen, bevor es richtig losgeht.« Er zog einen Stift hervor und hakte etwas auf seinem Klemmbett ab. »Die Schichten am Stand haben wir bereits eingeteilt. Die Evalfine aus den anderen Gemeinschaften sind unterwegs und werden bald eintreffen. Wie immer erwarte ich von euch, dass ihr euch von eurer besten Seite zeigt. Dieses Jahr appelliere ich besonders daran, denn wir alle wissen, welche Spannungen hier in diesem Kreis in der Luft liegen.«

Johann hielt inne, um Raphael und Leander einen mahnenden Blick zuzuwerfen.

Yuna wandte sich mit einem verächtlichen Funkeln an mich. Die Abneigung in ihren Augen hatte sich seit dem ersten Tag nicht gemildert. Nur hatte ich mittlerweile gelernt, damit umzugehen und mich nicht länger von ihr einschüchtern zu lassen.

Ich konnte allerdings nicht verhindern, dass ein Kopfkino vor meinen Augen startete, wenn ich sie ansah. Sie und Raphael hatten in der Vergangenheit zu viel miteinander geteilt. Verärgert wandte ich mich doch von ihr ab, um sie meine Eifersucht nicht spüren zu lassen. Es gelang mir kaum, meine Gefühle vor anderen Evalfinen zu verbergen, was mich häufig in unangenehme Situationen gebracht hatte. Am allerwenigsten wollte ich Yuna wissen lassen, dass ich neidisch auf ihre und Raphaels einstige Bindung war. Vor allem vor dem Hintergrund, dass Raphael und ich uns bislang überhaupt nicht nähergekommen waren.

Wir hatten in den letzten Wochen einiges durchgemacht. In meinen ersten Tagen in *Ombrania* hatte ich durch den Schock nicht vollends begriffen, wie endgültig es das Schicksal mit mir meinte. Doch diese Phase hatte nicht ewig angehalten. Nach einer Weile war die Erkenntnis zu mir durchgedrungen. Ich würde nie wieder in mein altes Leben zurückkehren. Meine Familie und Marie hatte ich für immer verlassen. Sie würden älter werden und irgendwann sterben. Ihr Leben lang würden sie glauben, dass ich tot sei, obwohl ich ein viel längeres Leben weit entfernt von ihnen führte.

Sobald ich das alles erfasst hatte, war ich in ein unendlich tiefes Loch gefallen, das mich daran gehindert hatte, einen einzigen hellen Gedanken zu fassen. Um mich herum hatte nur Dunkelheit existiert, die mich eingehüllt hatte wie ein kalter Mantel. Hoffnungslosigkeit und Trauer hatten meinen Alltag bestimmt. Dunkelheit und Kälte. Jeden Tag. Jede Minute. Jede Sekunde.

In dieser Zeit war Raphael bei mir geblieben. Nicht nur er, sondern auch Luna, Hope und Alia hatten alles in ihrer Macht Stehende getan, um mich aufzufangen. Sie hatten die Zeit voller Geduld mit mir abgesessen, hatten Wutausbrüche oder Verzweiflungsmomente mit mir durchgehalten, anstatt mich damit allein zu lassen.

Das alles, obwohl ich ihnen nicht einmal meine Dankbarkeit entgegengebracht hatte. Selbst dafür hatte ich keine Kraft aufbringen können.

Alles war bedeutungslos geworden, bis hin zu der Anziehungskraft, die Raphael zuvor auf mich ausgeübt hatte. Er war trotzdem nicht zurück zu Yuna gegangen oder hatte sich bei anderen Evalfinen ausgelebt. Er hatte an seinen neuen Lebensentwürfen festgehalten und sein Versprechen gehalten, mir die Zeit zu geben, die ich brauchte.

Die Wochen waren wie durch einen Schleier an mir vorübergezogen. Zwar konnte ich mich daran erinnern, was ich erlebt und gelernt hatte, doch nichts hatte sich wirklich fest in mein Bewusstsein gebrannt.

Nach einer langen Zeit hatte es sich endlich langsam gebessert. Allmählich hatte das Leben um mich herum an Farbe zurückgewonnen. Lunas Energie war zu mir durchgedrungen und ich hatte begonnen, auch mal mit wirklicher Freude zu lachen. Meine Triebe hatten sich verstärkt und Raphaels Anziehung hatte mich mit solch einer Wucht getroffen, dass es mir manchmal den Atem verschlug.

Meine Zweifel ihm gegenüber hatten sich verflüchtigt. Wie, wenn nicht in diesen Wochen, hätte er noch beweisen sollen, dass er es ernst meinte und dass er derjenige sein wollte, dem ich mein Herz anvertrauen konnte.

»Und wir als Gastgeber sollten solche Spannungen auf keinen Fall in Anwesenheit der anderen Gemeinschaften austragen«, fuhr Johann fort.

Ich löste meinen Blick von Raphael. Sonst würde ich gleich gar nichts mehr mitbekommen. Aus den Augenwinkeln glaubte ich zu sehen, wie er lächelte. Er bildete sich eine Menge darauf ein, dass ich derart heftig auf ihn reagierte. Doch vor allem war er erleichtert darüber, dass ich endlich begonnen hatte, mich wirklich einzuleben und mein neues Leben anzunehmen.

»So viel dazu. Wir werden die Evalfine freundlich in Empfang nehmen, sie unterstützen, uns mit ihnen austauschen und alle gemeinsam dafür Sorge tragen, dass sie sich wohlfühlen. Heute Nacht werden sich die Wolken zurückziehen, unsere Künstler begleiten das Schauspiel am Himmel musikalisch und wir begrüßen die Sterne mit dem Sonnentanz. Später wird es das Lichterspiel geben. Wer will, kann bis in den Morgen feiern, die anderen können sich auf dem großen Schlafplatz unter dem Sternenhimmel ausruhen. Morgen früh gehen wir gemeinsam mit allen an den großen Strand und werden dort zusammen auf den Sonnenaufgang warten.«

Freudiges Gemurmel setzte ein. Ich hatte schon von einigen Seiten gehört, dass der erste Tagesanbruch das Highlight des Festes war. Nach so langer Zeit die Sonne zu sehen, musste unglaublich sein. Selbst ich konnte es kaum abwarten, das warme Strahlen auf meiner Haut zu spüren, die Augen zu schließen und das Licht aufzunehmen, das mir jeden Tag fehlte.

Johann bat um Ruhe. »Dort werden wir auch Picknicken. Gleichzeitig besteht die Möglichkeit, ins Meer zu gehen oder sich auszuruhen. Schließlich haben wir eine lange Nacht vor uns. Mittags und nachmittags sind wir hier auf dem Platz. Unsere Gemeinschaft lädt zu Führungen, Spielen und Austausch an den verschiedenen Ständen ein. Eure Aufgabe ist es dabei, nach unseren Gästen zu schauen und im Auge zu behalten, wo ihr gebraucht werdet. Morgen Abend geht es dann mit Tänzen und der Musik weiter. An Tag zwei und drei finden das große Turnier sowie die Siegerehrungen statt. Die Einzelheiten bezüglich des Ablaufes werden wir morgen durchgehen. Colin und Rebekka, ich wünsche euch viel Erfolg in euren Disziplinen. Aber vergesst nicht, dass Fairness und Gemeinschaft an oberster Stelle stehen. Es ist kein Wettkampf gegeneinander, sondern miteinander.«

Unsere Gruppe applaudierte kurz für sie. Das finstere Blickduell, das sich Leander und Raphael in diesem Moment boten, entging mir nicht. Ob Colin auch aufgestellt worden wäre, wenn Raphael und Leander an den Qualifikationen hätten teilnehmen dürfen, blieb ungewiss. Die drei lieferten sich regelmäßig ein Kopf-an-Kopf-Rennen.

»Gut, dann haben wir das geklärt. Luna und Hope, ihr beginnt mit dem Standdienst. Dann lassen wir euch jetzt in Ruhe und schauen, ob schon die ersten Gäste ankommen.« Mit diesen Worten beendete Johann die Besprechung und erhob sich zeitgleich mit Luna und Hope, die ihre Position hinter der Bar einnahmen.

»Magst du dich ein wenig umsehen? Das ist dein erstes Sonnenfest.« Raphael war an meine Seite getreten. Als ich einwilligte, legte er einen Arm um mich und führte mich über den Platz, den ich voller Bewunderung betrachtete. Neben unserer Bar befanden sich eine Reihe von Buffet-Tischen mit einer beachtlichen Menge an Essen. Daran schlossen sich Sitzgelegenheiten zum Verweilen an. Über den Platz verteilt, hatten unsere Gemeinschaftsmitglieder zahlreiche Stände und Stationen zu unterschiedlichsten Themenbereichen errichtet.

Ein Stand beschäftigte sich mit dem Thema Kommunikation zwischen den Welten. Die Berufsgruppe der Botschafter hatte Bilder und Gegenstände aus anderen Welten aufgestellt und warb für Frieden untereinander. Ein anderer Stand setzte sich mit dem Thema Ernährung und Nachhaltigkeit auseinander. Nadima hatte mit Gleichgesinnten einen Stand zu den aktuellen Entwicklungen in der Menschenwelt vorbereitet.

Wieder einmal wurde mir bewusst, wie sehr sich die Elfe in uns nach Frieden und Gerechtigkeit sehnte. In Momenten wie diesen fiel es mir leicht, den Vampiranteil zu verdrängen. Vor allem an diesem Abend, da wir unsere Festgewänder trugen, die leicht um uns wehten und uns ein elfengleiches Aussehen verliehen. Immer wieder sah ich an mir hinab und betrachtete die feinen goldenen

Stickereien auf meinem Kleid. Ich fühlte mich schön darin. Fast so schön wie Raphael, der in seinem Gewand so gut aussah, dass ich am liebsten nichts anderes mehr angesehen hätte.

Noch ehe wir den Platz überquert hatten, traf die erste Gemeinschaft ein. Es war die der Evalfine, die auf einer Insel in einem See lebte. Die *Gemeinschaft der Insel*. Bald darauf folgten die nächsten Gemeinschaften, wodurch der Trubel auf dem Platz zunahm. Mir war bewusst, dass wir über siebenhundert Personen waren, und ich versuchte mich zurückzuerinnern, wann ich das letzte Mal in so einer großen Menge unterwegs gewesen war. Es musste noch vor meinem achtzehnten Geburtstag gewesen sein. Den Gedanken an mein altes Leben schob ich schnellstmöglich beiseite. Heute wollte ich nicht trauern, sondern feiern.

Die Stimmung, die den Platz erfüllte, war ansteckend. Freunde und Familienmitglieder grüßten sich voller Freude nach der langen Zeit, in der sie sich nicht gesehen hatten. Sie lagen sich lachend und weinend in den Armen und tauschten sich über die aktuellen Neuigkeiten aus. Nachdem wir den Platz einmal umrundet hatten, machten wir uns auf den Weg zurück zur Bar. Am Stand der Botschafter warf Raphael einen flüchtigen Blick auf die Gruppe, die sich dort versammelt hatte. Seine Augen leuchteten erfreut auf.

»Julio!« Ein Grinsen lag auf Raphaels Gesicht und er zog mich mit an den Stand, an dem Julio sich gerade mit einem Evalfin unterhalten hatte. Als er uns bemerkte, umarmte er Raphael. »Wie schön, dich zu sehen! Was machst du hier?«, grüßte Raphael und klopfte seinem Freund auf die Schulter.

»Ich lasse mir doch nicht euer Sonnenfest entgehen!«, lächelte Julio und wandte sich dann an mich. »Eliana, schön, dich wiederzusehen!«

»Freut mich auch, Julio.« Ich hatte ihn seit meiner Ankunft in *Ombrania* noch zwei weitere Male gesehen. Doch zu diesen Zeiten war ich nicht ich selbst gewesen. Nun wo ich mich gut fühlte, wo ich mein Schicksal langsam angenommen hatte, fiel mir auf, wie angenehm es in seiner Gegenwart war. Dadurch, dass er ein Magier war, strahlte er nicht nur unmenschliche Ruhe aus, sondern hatte auch etwas Anmutiges an sich.

»Du siehst gut aus. Erholt!«, stellte er fest. Ich lächelte.

»Wie geht es dir, Julio? Bist du fertig mit der Ausbildung zum Gesandten?«, wollte Raphael wissen.

Julio nickte, woraufhin Raphael begeistert den Kopf schüttelte.

»Dann ist es jetzt offiziell?«

»Ja, ich bin jetzt offiziell einer der vier verantwortlichen Magier für die Kommunikation mit *Ombrania*. Von nun an komme ich nicht mehr nur, um euch zu berichten, ob ich etwas von Lydia mitbekommen habe, sondern immer, wenn die Magier Informationen an die Evalfine weitergeben wollen«, verkündete Julio, woraufhin Raphael und ich ihm zu seinem Aufstieg gratulierten.

»Dann geht Morak jetzt in den Ruhestand?«, erkundigte sich Raphael nach dem Magier, der Julio ausgebildet hatte.

»Ja, das hat er sich verdient. Jetzt bin ich an seiner Stelle zusammen mit Solina für die Evalfine zuständig«, antwortete Julio. Solina war eine Magierin, die ebenfalls recht jung, schätzungsweise Ende zwanzig war. Von den vier Magiern, die mit *Ombrania* kommunizierten, widmeten sich zwei den Evalfinen und Vampiren, die anderen beiden den restlichen Wesen. »Aber heute bin ich einfach nur da, um euch zu besuchen«, fügte Julio hinzu.

»Ich finde, wir sollten darauf anstoßen!« Raphael grinste breit. Wir kehrten zu unserem Stand zurück. Dort entdeckte ich drei fremde Evalfine in unserem Alter an der Theke. Der männliche unter ihnen hatte sich über die Bar gebeugt und Luna zugewandt, die ihm gerade ein Glas über den Tresen schob. Sie grinste so fröhlich, wie ich es noch nie erlebt hatte. Und das hatte wirklich etwas zu heißen.

»Da seid ihr ja wieder!«, rief Hope erleichtert. »Julio! Wie schön, dass du uns heute auch besuchst!« Sie sprang auf Julio zu und umarmte ihn herzlich. Luna, der Junge und seine Begleiterinnen drehten sich mit neugierigen Gesichtern zu uns um.

»Hi, Raphael! Schön, dich mal wieder zu sehen. Und Hallo … Eliana, stimmt´s? Ich freue mich, dich kennenzulernen«, grüßte der Junge, der mich weiterhin aufmerksam musterte. »Ich bin Nathanael.«

Während Raphael ihn wortkarg zurückgrüßte, meldeten sich auch die beiden Mädchen zu Wort. Die eine ging selbstbewusst auf Raphael zu und umarmte ihn zur Begrüßung. Ich konnte gar nicht richtig sagen, was genau für das unangenehme Gefühl in meinem Magen sorgte. Möglicherweise war es die Art, wie sie ihn ansah? Die Selbstverständlichkeit, mit der sie ihn umarmte? Oder doch ihr beeindruckendes Aussehen?

Außer Frage stand, dass sie eine von denjenigen Evalfinen sein musste, mit denen Raphael etwas gehabt hatte. Das konnte er auch dadurch nicht verbergen, dass er sie zwar höflich, aber reserviert begrüßte und einen Schritt zur Seite trat, um den Abstand zu mir zu verringern. Unbekümmert wandte sich das Mädchen an mich und stellte sich als Naomi vor. Der Name des dritten Mädchens lautete Hella.

»Spannend, ich habe noch nie eine Person wie dich gesehen. Wie gefällt es dir bei uns?«, wollte Nathanael wissen. Er hatte sich an die Bar gelehnt und nahm einen Schluck aus seinem Getränk, während er mich von oben bis unten abscannte. Das Sonnenfest war eine der wenigen Veranstaltungen, zu denen der Konsum von Alkohol erlaubt war. Ich fragte mich, ob das Fest daher zu einem Saufgelage ausufern würde, wenn alle Evalfine sonst kaum etwas tranken.

»Gut … Wo kommt ihr denn her?« Um seinen unangenehmen Fragen auszuweichen, lenkte ich vom eigentlichen Thema ab. Da meine Gemeinschaftsmitglieder sich mittlerweile an meine Anwesenheit gewöhnt hatten, wurde ich nur noch selten mit solch aufdringlichen Blicken konfrontiert. Darauf verzichtete ich gern.

»Wir kommen aus der *Gemeinschaft am Meer*. Hast du schon davon gehört?«

Ich nickte und blickte auf ihre dunkelblauen Gewänder. Johann war die Gemeinschaften vor einiger Zeit zwar mit mir durchgegangen, doch mein Lernverhalten hatte sich durch die Verwandlung in einen Evalfin nicht wirklich verbessert. Es warteten noch zahlreiche Informationen darauf, dass ich sie endlich verinnerlichte.

Naomi, die weniger interessiert an mir zu sein schien als Nathanael, beugte sich zu Raphael. »Wie geht es dir? Wir haben uns so lange nicht gesehen. Du kamst gar nicht mehr zu unseren Treffen.«

»Ich hatte anderes zu tun«, entgegnete er knapp.

»Stimmt, die Aufgabe, die Caius dir gestellt hatte.« Für eine Sekunde huschte ihr Blick zu mir. »Wie wäre es, wenn wir die Zeit ein bisschen nachholen und du mir eure Stände zeigst?«, schlug Naomi vor und schenkte Raphael ein verführerisches Lächeln.

Er ging nicht auf ihren Flirtversuch ein. »Vielleicht ein anderes Mal. Meine Schicht beginnt gleich.«

Das war gelogen.

Luna öffnete den Mund, um zu widersprechen, doch er brachte sie mit einem warnenden Blick zum Schweigen. Hope drehte sich unterdessen um, damit niemand ihr Lachen sah.

»Das bedeutet, dass deine Schicht endet?«, fragte Nathanael, der nun Luna fixierte.

Sie grinste erst ihn und dann Raphael an. »Das stimmt. Raphael, da du ja so motiviert bist, macht es dir nichts aus, wenn wir schon ein bisschen früher tauschen, oder?« Glucksend sprang sie über die Bar in Nathanaels Arme. Er drückte seine Lippen auf ihre, ehe er sie abstellte.

Raphael funkelte Luna kühl an, die sich zufrieden bei Nathanael einhakte und mit ihm von Dannen zog.

»Na los, Raphael, ich brauche auf jeden Fall Hilfe«, betonte Hope provozierend, wofür sie sich ebenfalls einen frostigen Blick einfing. Mit erhobenem Haupt steuerte Raphael hinter die Bar und ließ sich vor Naomi und Hella nichts anmerken. Sein Pokerface war zu beneiden. Als würde tatsächlich seine Schicht beginnen, schenkte er Elfenwein in drei Becher ein und übergab Julio und mir einen, damit wir zu dritt auf Julios neuen Posten anstoßen konnten.

Nach ein wenig Smalltalk verabschiedeten sich Hella und Naomi, um sich das Fest weiter anzusehen. Ich sah Naomi nachdenklich nach und ärgerte mich über das Ziehen in meinem Magen. Eine warme Hand legte sich auf meine. Ich drehte mich zu Raphael um, der sich über die Theke zu mir gebeugt hatte. Er hatte die Augen zusammengekniffen und schien etwas sagen zu wollen, was er in der Anwesenheit von Hope und Julio zurückhielt.

»Gleich«, formte er mit den Lippen.

Ich nickte gedankenverloren und betrachtete dann das Glas in meiner Hand.

Lunas und Hopes Schicht war tatsächlich fast zu Ende gewesen. Nur waren es Theo und Tizia, die die Bar nun übernahmen. Ihre erste Tat bestand darin, sich eine große Portion Alkohol einzuschenken und anzustoßen. »Viel Spaß euch!«, riefen sie uns nach, als wir uns von ihnen verabschiedet hatten und zu viert über den Platz schlenderten.

»Ich habe gehört, dass es einen Stand zum Thema Nachhaltigkeit gibt. Habt ihr den schon gesehen?«, wollte Hope begeistert wissen.

Ermutigend klopfte Raphael ihr auf die Schulter. »Ja, wir sind da vorhin vorbeigelaufen. Der wird dir gefallen.«

»Ich würde gern hin. Wollt ihr mit?«

Raphael warf mir einen flüchtigen Blick zu und schüttelte dann den Kopf.

»Ich komme gern mit dir, Hope«, meldete sich Julio zu Wort, der zu verstehen schien, dass Raphael und ich Redebedarf hatten. »Wir sehen uns dann beim Tanzen wieder?«

»Auf jeden Fall!«, stimmte Raphael zu. Als Julio und Hope in der Menge verschwunden waren, griff er nach meinen Händen. »Du merkst aber auch alles, oder?« In seiner Stimme schwang eine Mischung aus Frustration und Belustigung mit.

»Du und Naomi. Was genau hattet ihr?«, flüsterte ich.

Er seufzte.

»Es war weniger als das mit Yuna. Schon allein, da wir uns viel seltener sehen. Aber eigentlich …« Er zögerte, als sei es ihm unangenehm, darüber zu sprechen. »Ich will ehrlich sein. Eigentlich war da jedes Jahr bei den Festen etwas. Und auch einige Male zwischendurch. Wir sind nicht die Einzigen, die einen geheimen Ausgang gegraben haben. Vor allem Luna und Nathanael treffen sich häufig auf diese Weise und ich habe das früher auch oft getan.«

Ich schluckte. »Etwas in der Art habe ich vermutet.«

Das flaue Gefühl in meiner Magengegend blieb. Ich hatte mich nie gefragt, mit wie vielen Mädchen er wohl schon geschlafen hatte. Nun tat ich es doch und bereute es.

Raphael hob die Hand und legte seinen Finger unter mein Kinn. »Ich weiß, dass es das nicht ungeschehen oder besser macht. Aber du weißt, dass nur du mir etwas bedeutest? Sie hat das nie. Haben sie alle nicht.«

Wärme breitete sich in meiner Brust aus und vertrieb die Kälte. In diesem Moment wurde es mir deutlicher als je zuvor. Ja, ich wusste es. Ich wusste, dass ich ihm vertrauen konnte. Dass er die Wahrheit sagte und dass es keine Gründe gab, auf irgendein Mädchen eifersüchtig zu sein, mit dem er etwas gehabt hatte. Weder auf Naomi noch auf Mila und auch nicht auf Yuna.

Denn er hatte sich für mich entschieden und mehr als deutlich gemacht, wie ernst er es meinte. Er gab mir das Gefühl, etwas zu bedeuten. Alles zu bedeuten.

Ich war mir sicher. In allem, was mit ihm zu tun hatte. Sicher genug, um endlich einen Schritt weiterzugehen. Ehe ich etwas erwidern konnte, wurden wir durch lauten Applaus aus unserem Gespräch gerissen. Die Künstler betraten die Bühne.

»Es geht los. Die Wolken werden sich bald verziehen!« Raphaels Stimme hatte einen ungewöhnlichen Klang angenommen. Erwartungsvoll warf er einen Blick in den Himmel.

36 Eliana

Dunkelheit hatte sich über das Land gelegt. Der Platz wurde weder durch Kerzen noch durch Lichterketten beleuchtet. Ich vermutete, dass die Evalfine bewusst die Lichter ausließen, um das Leuchten der Sterne nicht zu stören. Ich sah ebenfalls in den Himmel. Dichte, schwarze Wolken. Noch konnte ich mir beim besten Willen nicht vorstellen, dass sie sich jeden Moment zurückziehen würden.

Die Stimmung auf dem Platz bebte vor Spannung. Die Evalfine wurden unruhiger. Aber auf die positive Art. Die Luft war beinahe elektrisch geladen.

Sobald der Beifall abflachte, setzte die Musik ein. Ich hielt den Atem an. Noch nie hatte ich so etwas Schönes gehört. Einige Instrumente waren mir bekannt, andere völlig fremd. Nicht nur in ihrem Aussehen, auch in ihrem Klang.

Und als wäre das Orchester nicht schon genug gewesen, setzte auch ein Chor ein und begann das *Sonnenlied* anzustimmen. Die Töne erfüllten den Platz mit einer Intensität, die mich in die Mitte meines Herzes traf. Musik hatte schon immer eine Wirkung auf mich gehabt. Aber das?

Am liebsten hätte ich alles gleichzeitig getan. Tanzen, weinen, lachen, singen, jubeln, zusammenbrechen.

Ich schloss die Augen, während mein gesamter Körper von einer Gänsehaut überzogen wurde. Um mich herum begannen die Evalfine in den Gesang einzustimmen. Die unterschiedlichsten Stimmen und scheinbar verschiedene Melodien fügten sich zu einer Einheit zusammen, die ich nicht erklären konnte.

Auch Raphael stimmte ein. Er zog mich näher an seine Seite

und ich lauschte seiner tiefen Stimme. Himmel, wieso war selbst seine Stimme so attraktiv?

Nach drei Durchgängen hielten die Künstler die Töne, anstatt erneut mit dem Kanon zu beginnen.

Ich öffnete die Augen. Es war heller geworden. Noch wurde der Himmel komplett bedeckt, doch die Wolken zogen sich zurück. Sie lösten sich auf.

Die Künstler begannen das Spektakel, das am Himmel startete, musikalisch zu untermalen. Ruhige Töne, die so viel Gefühl mit sich trugen, dass meine Knie weich wurden. Die Wolkendecke wurde durchsichtiger. Aus schwarz wurde grau. Hinter ihnen ließen sich zarte Lichter erahnen, deren Funkeln immer deutlicher durch die Wolkenwand herausstach, bis sie ganz verschwunden war.

Tausende Sterne strahlten zu uns herunter. Sie zogen sich den gesamten Horizont entlang und gaben den schönsten Nachthimmel preis, den ich je gesehen hatte. Es war schöner als all die Bilder, die man im Internet finden konnte. Und so hell, dass das ganze Land im Licht der Sterne und des vollen Mondes schimmerte.

Die Evalfine jubelten auf und fielen sich in die Arme. Auch in meinem Gesicht breitete sich ein Lächeln aus. Es war das erste Mal seit Ewigkeiten, dass ich die Freude und das Lächeln bis in meine Zehenspitzen spürte. Die Stimmung, die Musik, der wunderschöne Himmel, das alles war so unglaublich, dass ich am liebsten in die Luft gesprungen wäre. Mein Körper war überwältigt von den Eindrücken.

»Frohes Sonnenfest!«, hauchte Raphael in mein Ohr und drückte mich ein wenig fester an sich.

»Dir auch. Ihr hattet recht. Es ist unfassbar schön.«

»Ja, das stimmt.« Er hatte den Blick vom Himmel abgewandt und sah mich stattdessen an. Beinahe widerwillig löste ich mich von den Sternen, um ihn anzusehen. In seinen Augen reflektierten die Lichter des Himmels, als wären sie selbst die Nacht.

Etwas Dunkles flackerte in seinem Blick auf. Mein Mund wurde trocken. Einen Moment lang fragte ich mich, was gleich passieren würde. Dann setzte die Musik erneut ein. Dieses Mal in tänzerischen, leichten Klängen. Der Stil war mir völlig fremd und doch rief er Erinnerungen wach. Als die Menge zu tanzen begann, und zwar nicht einzeln, wie ich es kannte, sondern miteinander, fiel es mir ein. Diesen Moment hier hatte ich vor langer Zeit in einer Vision gesehen. Fasziniert beobachtete ich den Tanz, der alten Volkstänzen oder Tänzen glich, die ich in historischen Serien und Filmen gesehen hatte. Manchmal bewegten sie sich in großen Kreisen, manchmal standen sie sich in Reihen gegenüber und manchmal tanzten sie zu zweit wie bei der Polka. Fasziniert sah ich ihnen dabei zu, bis Raphael mir ein beschwörendes Lächeln zuwarf.

»Magst du auch tanzen?«

»Ja, eigentlich schon. Aber wie geht das?«

»Ich zeige es dir.« Sein Lächeln wurde herausfordernd. »Bist du bereit?«

Ich grinste zurück und nickte. Wie sehr wollte ich mich in diesen Spaß einreihen und den Abend genießen. Nach der langen Zeit, in der ich in Dunkelheit gelebt hatte, verzehrte sich mein Körper nach Licht und nach Freude.

Raphael zog mich mit in den großen Kreis, damit wir uns einreihen konnten. Zuerst fiel es mir schwer, mitzukommen. Unbeholfen versuchte ich, Raphaels Bewegungen zu imitieren, scheiterte aber vor allem dadurch, dass mich sein Talent zu tanzen völlig ablenkte.

Bereits auf der Chorfahrt war mir aufgefallen, was für ein begnadeter Tänzer er war, doch nun war er wirklich in seinem Element. Sein Gesicht strahlte, als er sich völlig natürlich auf die Musik einließ. Nichts blieb von seiner Maske übrig, die er normalerweise nur selten ablegte, wenn wir unter größeren Gruppen waren. Stattdessen schmückte dieses Lächeln sein Gesicht, dem ich vermutlich niemals widerstehen würde.

Raphael bot mir mühelos Hilfestellungen mit Worten oder seinen Händen an, ohne selbst durcheinander zu kommen. Mit der Zeit verstand ich den Tanz und konnte ihn beinahe fehlerlos mittanzen. Sobald mir das gelang, hatte ich noch mehr Spaß. Inmitten der anderen Evalfine wirbelte ich zur Musik umher und fühlte mich frei und glücklich. Ich konnte mich nicht mehr daran erinnern, wann ich mich das letzte Mal so beseelt und gut gefühlt hatte.

Schließlich blieb ich stehen, um alles auf mich einwirken zu lassen. Die Musik, die Freude, den Tanz, den Himmel, die Sterne, den Mond … Das alles war zu schön.

Raphael trat an meine Seite und führte mich einige Schritte aus dem Geschehen heraus. Sein Gesicht glühte vom Tanzen. Er wirkte aufgedreht und damit so viel gelöster, als ich ihn kannte. Ganz offensichtlich hatte auch er das dringend gebraucht. Als er mich ansah, wandelte sich sein Blick. War es Nervosität?

»Heute Nacht ist es nicht gefährlich, wenn wir uns ein wenig entfernen. Magst du zum Meer gehen?«

Ich riss überrascht die Augen auf und brachte nur ein Nicken zustande. Nun war ich ebenfalls nervös.

Raphael griff nach meiner Hand und wir bahnten uns einen Weg über den Platz. Dabei sahen wir uns aufmerksam um. Niemand durfte bemerken, dass wir das Fest heimlich verließen. Denn was wir taten, war weiterhin verboten. Ob mit oder ohne Wolken.

Als wir uns um den Felsen geschlichen hatten und die Stelle erreichten, von der aus wir für gewöhnlich losrannten, fühlte ich mich wie erschlagen von dem Anblick, der sich mir bot.

Die Sterne und die Nacht tauchten die Landschaft in silbriges Licht. Die Blumen leuchteten, der Nebel schwebte wie ein schimmernder Schleier über den Wiesen.

Auch Raphael hielt einen Moment inne, um den Anblick auf sich wirken zu lassen. Dann hob er eine Braue und rannte los. Ich rief ihm etwas hinterher und setzte mich ebenfalls in Bewegung.

Er wartete, bis ich ihn eingeholt hatte, ehe er sein Tempo steigerte. Im Rennen breitete ich die Arme aus und ließ den Wind in mein Gesicht peitschen. Wie immer schaltete sich mein Kopf ab und ich nahm nur noch das befreiende Gefühl wahr, das meinen Körper dazu ermunterte, schneller zu laufen.

Wir liefen bis zu unserem Strand und blieben schwer atmend stehen. Ich blickte über das Meer und bewunderte, wie sich der Mond im schwarzen Wasser spiegelte. Das Bild, das die Sterne boten, konnte ich noch immer nicht fassen. Daran würde ich mich niemals sattsehen.

Wir legten uns nebeneinander in die Wiese. Aus der Ferne erklang die Musik. Raphael wippte mit den Füßen mit, während uns auch das Rauschen der Wellen und das Zirpen der Grillen umgab.

Eine Weile schwiegen wir und ließen den Moment auf uns wirken. Dann sprach Raphael leise und nachdenklich, ohne den Blick vom Himmel abzuwenden: »Als ich in *Origonia* war, habe ich jeden Moment ausgekostet, in dem ich den Himmel sehen konnte. Nachts habe ich mich genauso wie jetzt hingelegt und die Sterne und den Mond angesehen. Und tagsüber habe ich jede mögliche Gelegenheit ausgenutzt, um mein Gesicht in die Sonne zu halten. Drei Tage im Jahr. Das ist nichts. Diese drei Tage sind für uns alle so besonders. Die Elfe in uns verzehrt sich nach dem Licht. Doch durch den Vampir vertragen wir es kaum. Ohne die Creme von Julio wäre gar nichts gegangen.«

Raphael drehte seinen Kopf zur Seite, damit er mich ansehen konnte. Ich tat es ihm gleich. Sein Ausdruck änderte sich, als würde er sich amüsieren.

»Ich muss immer wieder an diesen Tag damals denken, an dem ich dich darauf aufmerksam gemacht habe, mit der Sonne vorsichtig zu sein. Du warst so sauer, weil ich dich angesprochen und gewarnt habe. Dabei wollte ich dir helfen.«

»Natürlich war ich das!«, protestierte ich. »Du hast dich richtig danebenbenommen. Und plötzlich hast du dir eingebildet, etwas über mich zu wissen, obwohl du mich nicht kanntest.«

»Ich wusste viel mehr über dich als du selbst.«

»Das stimmt«, gab ich zu und schüttelte den Kopf. »Unglaublich, wie das alles war. Dein Verhalten … Ich konnte dich nicht ausstehen. Und jetzt …«

»Es war dein gutes Recht, mich nicht auszustehen. Dafür habe ich gesorgt. Ich wollte es so.«

Er kniff neckend seine Augen zusammen. »Was meintest du eben? Kannst du mich jetzt ausstehen?«

»Nö, immer noch nicht.«

Das sah er als Aufforderung, um sich ganz zu mir umzudrehen. Er drückte mich ins Gras, beugte sich über mich und klemmte meine Hände in die Wiese, sodass ich mich nicht befreien konnte. Sein Gesicht näherte sich meinem mit funkelnden Augen. »Bist du dir sicher? Oder muss ich es … vielleicht aus dir herauskitzeln?«

Mein Körper reagierte auf seine Nähe. Mein Atem ging flach und schnell, in der Erwartung, dass er über mich herfallen würde. Doch anstatt seine Drohung in die Tat umzusetzen, starrte er in den Himmel in Richtung Felsen. Jubel wurde vom Wind zu uns getragen. Raphaels Gesicht wurde von Lichtern erhellt. Seine Augen leuchteten auf und er zog mich nach oben.

»Sieh dir das an.«

Ich folgte seinem Blick. Über dem Felsen hatte das Lichterspiel begonnen, das weniger mit einem Feuerwerk zu tun hatte, als ich erwartet hätte. Es machte keinerlei Geräusche und sah dafür um einiges beeindruckender aus. Zahlreiche bunte Lichter schwebten wie Sterne in den Himmel. Sie begannen umeinander zu tanzen, hinterließen farbige Linien und erinnerten an wirbelnde Sternschnuppen.

»Wow«, staunte ich.

»Das ist unsere Art von Feuerwerk. Weniger laut und verschmutzend als bei den Menschen«, erklärte Raphael mit einem Hauch Stolz in der Stimme. Er setzte sich so um, dass er mich in seinen Arm ziehen konnte. Nur zu gern rückte ich näher an ihn heran. Schweigend versanken wir im Anblick des Lichterspiels, bis ich mir Raphaels Gegenwart so deutlich bewusst wurde, dass sie allmählich alle anderen Eindrücke verdrängte. Ich schloss für einen Moment die Augen und konzentrierte mich auf das Gefühl, von ihm gehalten zu werden. Bei ihm fühlte ich mich aufgehoben. Sicher. Noch nie hatte ich in der Gegenwart einer anderen Person derart gefühlt.

Und gleichzeitig spürte ich ein Verlangen in mir erwachen, das mit jedem Atemzug anwuchs. »Raphael?«

»Mhm?«

Ich rückte ein wenig von ihm ab, um ihn ansehen zu können. Doch dann zögerte ich. Puh, das war doch schwieriger als erwartet. Und das, obwohl er mir schon vor Wochen offengelegt hatte, was er fühlte.

Nervös kaute ich an meiner Unterlippe. »Vor einigen Wochen hast du mir eine Menge deiner Gefühle offenbart. Und du hast gesagt, dass du mir Zeit gibst, bis ich mir über meine im Klaren bin.«

Er nickte kaum merklich. Seine Anspannung wuchs.

»Ich weiß nicht, ob du damals damit gerechnet hast, dass es mir so schlecht gehen würde. Wir beide wissen, dass alles für mich an Bedeutung verloren hatte. Manchmal habe ich darauf gewartet, dass du dich von mir abwendest und zurück zu Yuna gehst. Aber das hast du nicht getan. Egal wie schlecht ich mich dir gegenüber verhalten habe. Und das sagt so viel über dich aus.«

Er griff nach meiner Hand. »Eliana. Es ist okay. Ich habe dich verstanden.«

»Nein, es ist nicht okay. Du hast es verdient, dass ich dir das sage. Dass ich dir *danke* dafür sage. Ich habe es nicht gezeigt, aber zu wissen, dass du mich auffängst, selbst in meinen dunkelsten Zeiten …«

»Ich würde es immer tun. Weil du es wert bist.«

»Und ich möchte diejenige sein, die dich auffängt, wenn du fällst.«

Er zog die Luft ein. Sein Blick war voller Emotionen, sodass mir ganz anders wurde.

Weiterreden, Eliana. Weiterreden.

»Du hast mir gezeigt, dass es dir um mich ging. Dass alles, was du mir erzählt hast, keine leeren Worte waren. Ich konnte dir nichts zurückgeben, aber du hast mir alles gegeben. Dich. Und währenddessen hast du gewartet. So lange.«

»Eliana«, hauchte er wieder. Seine Augen glühten.

Ich legte meine Hände um sein Gesicht. »Ich möchte das alles für dich sein! Dir das geben, was du mir gegeben hast. Ich habe nie verstanden, was Liebe sein soll, doch jetzt glaube ich, dass ich noch nie so nah dran war, es zu erfahren«, wiederholte ich den Satz, den er in unserer ersten Nacht am Meer zu mir gesagt hatte.

Raphael erinnerte sich. Sein Atem ging tief und schnell.

Ich beugte mich langsam näher zu ihm, sah in das hungrige Braun seiner Augen, bis meine Lippen seine streiften. Dann schloss ich die Lider und drückte meinen Mund auf seinen.

Der Kuss war behutsam. Voller Vertrauen und Hingabe. Seine Lippen waren genauso warm und weich wie bei unserem ersten Kuss. Nur spürte ich jetzt als Evalfin so viel mehr. Es war überwältigend, welche Prozesse in meinem Körper ausgelöst wurden. Alles in mir reagierte auf diese Nähe. Auf seine Hände, seine Lippen, auf das tiefe Keuchen seiner Stimme.

Wir lösten uns voneinander und sahen einander an. Mein Herz flatterte so schnell, als würde es jeden Moment abheben.

»Was machst du nur mit mir?«, hauchte er und strich mit dem Daumen über meine Lippen, während er mein Gesicht betrachtete. Dann zog er mich wieder zu sich und legte erneut seinen Mund auf meinen. Die Behutsamkeit des ersten Kusses schwand. Er teilte meine Lippen mit seiner Zunge und ich keuchte auf, als sein Atem in meinen Mund strömte und ich ihn schmeckte. Ich grub meine Hände in sein Haar und wollte ihn noch näher bei mir haben. Schwindel stieg mir in den Kopf, als seine Hände meinen

Rücken entlangwanderten. Himmel! Wie konnte sich das alles so gut anfühlen?

Ich verlor mehr und mehr das Bewusstsein für unsere Umgebung. Raphael drückte mich sanft nach hinten, bis ich erneut mit dem Rücken im Gras lag. Er beugte sich halb über mich und ich spürte seinen Körper auf meinem. Gott, ich wollte ihn! So, so sehr.

Genau in dem Augenblick, in dem ich das dachte, riss er sich keuchend von mir los. »Es tut mir leid! Vielleicht gehen wir besser zurück«, stieß er hervor und wollte sich aufsetzen, doch ich hielt ihn zurück. Er stützte sich auf seinen Ellbogen ab und verharrte über mir.

»Nein.«

»Ich möchte nicht … Also, ich möchte schon, aber nicht, wenn du noch nicht möchtest. Wenn wir jetzt weitermachen, kann ich mich nicht mehr beherrschen.«

»Ich will nicht, dass du dich beherrschst.«

Mein Herz hämmerte laut gegen meine Brust. Ob er es hörte?

Raphael seufzte, löste meine Hände von sich und setzte sich auf. Dabei zog er mich mit sich hoch, damit wir voreinander saßen.

Vor einigen Wochen hätte ich seine Reaktion vermutlich falsch interpretiert und für Unsicherheit gehalten. Doch dass er nun zögerte, verdeutlichte mir nur einmal mehr, wie bedeutsam ihm alles war.

»Ich möchte dich nicht zu etwas drängen, für das du noch nicht bereit bist.« Seine Stimme war rau. Ein Klang, der mich so verrückt machte wie seine Berührungen.

»Ich bin bereit«, versicherte ich ihm.

»Ich schwöre dir, ich habe so etwas noch nie gefühlt. Ich habe Angst, etwas kaputt zu machen. Ich will auf keinen Fall, dass das hier zu früh passiert. Verstehst du das?«

»Es ist nicht zu früh. Wir haben Ewigkeiten gewartet. Ich fühle mich sicher bei dir«, versprach ich.

Er zog gequält die Brauen zusammen. »Was, wenn du jetzt denkst, dass es okay für dich ist, aber danach merkst, dass du nicht bereit warst?«

»Hör auf, Raphael!« Bei meinem fordernden Ton verstummte er. Ich beugte mich näher zu ihm und sah ihm tief in die Augen. »Hör auf, dir darüber Gedanken zu machen. Ich weiß, was ich will. Und ich war mir noch nie so sicher, wie ich es bei dir bin. Ich will dich. Und alles, was dazu gehört.«

»Du musst mir sagen, falls sich etwas doch nicht richtig anfühlt, okay? Versprich mir das!«

»Ich verspreche es.«

Sein Blick wanderte zu meinen Lippen und ich sah, wie die Kontrolle ihm immer weiter entglitt.

Wir bewegten uns aufeinander zu, und ich stöhnte erleichtert auf, als ich endlich wieder seinen Mund auf meinem spürte. Nun küsste er mich mit einer Leidenschaft, die mich endgültig alles vergessen ließ.

Es gab nur noch Raphael, seine warmen Lippen, seine sanften Berührungen und seine weiche Haut auf meiner.

37 Eliana

Ich lag mit geschlossenen Augen in Raphaels Arm. Er hielt mich an seine Brust gedrückt. Sein Herz schlug gleichmäßig unter meinem Ohr. Seine warme Haut berührte meine überall. Sein Duft hüllte mich ein wie eine Decke. In diesem Moment fühlte ich mich so aufgehoben und vollkommen wie nie zuvor. Endlich angekommen. Er war mein Zuhause.

Und wow, ich hätte niemals erwartet, dass etwas so schön sein konnte, wie sich vollständig auf eine Person einzulassen, die man liebte. Meine Lippen pochten noch immer. Als wären sie wund vom Küssen. Meine Haut kribbelte allein bei der Erinnerung an seine Hände, die mich an jeder Stelle berührt hatten. Wärme breitete sich in meinem Bauch aus, wenn ich daran dachte, wie er sich immer wieder versichert hatte, dass ich mich gut fühlte.

Ich fühlte mich mehr als gut. Ausgeglichen und sorglos, während wir gemeinsam unter dem Sternenhimmel lagen. So hatte ich mich seit Ewigkeiten nicht mehr gefühlt.

»Diesen Moment müssen wir uns für immer behalten«, murmelte Raphael.

Ich lauschte dem Fest in der Ferne, dem Rauschen der Wellen, dem Zirpen der Grillen und versuchte mir alles an diesem Augenblick einzuprägen. Nicht zuletzt das Prickeln auf meiner Haut, das Raphaels Finger hinterließen, während sie sanft über meinen Arm strichen.

Schließlich seufzte er unbefriedigt auf, was mich dazu veranlasste, den Kopf zu heben und ihn anzusehen.

»Wir sollten zurückgehen, bevor uns noch irgendjemand vermisst. Wir sind schon seit einer Weile weg.«

»Ich hätte noch Ewigkeiten mit dir hierbleiben können«, klagte ich und wollte mich aus seinen Armen winden, um aufzustehen.

Er hingegen dachte gar nicht erst daran, mich freizulassen, zog mich zu sich hoch und drückte mir einen Kuss auf den Mund.

»Ewig? Ja?«, raunte er mir zu, während er über mein Bein bis zu meiner Mitte strich. »Wir haben alle Zeit der Welt, um das immer und immer wieder zu tun.«

Eine Gänsehaut breitete sich über meinen Körper aus. Seine Mundwinkel verzogen sich zu einem selbstzufriedenen Grinsen. Dann wurde sein Blick ernst.

»Ist wirklich alles okay?«

Ich widerstand dem Drang, die Augen zu verdrehen. Er konnte meine Gefühle besser einschätzen als jeder andere. Die Frage war überflüssig. Doch gleichzeitig war ich ihm dankbar, dass er fragte. Das war richtig und wertschätzend. »Ja. Und für dich?«

Er lächelte. »Mehr als das.«

Dann richteten wir uns widerwillig auf und begannen, uns unsere Gewänder überzuziehen. Wir strichen uns gegenseitig die Haare und die Kleidung glatt, um ein möglichst unauffälliges Bild abzugeben, küssten uns ein weiteres Mal und rannten mit verschränkten Händen über die Blumenwiesen zurück zum Fest.

Obwohl noch einige Evalfine vor der Bühne tanzten, hatte es sich auf dem Platz geleert. Die Kinder waren zu Bett geschickt worden und zweifellos hatten sich auch einige ältere auf dem großen Schlafplatz niedergelegt, den wir vorbereitet hatten.

Am Morgen hatte auch ich dabei geholfen, hunderte von Decken und Kissen dorthin zu tragen, damit alle Evalfine sich ausruhen konnten. Unserer Gemeinschaft war es ebenfalls freigestellt, auf der Wiese zu nächtigen statt in unseren eigenen Betten.

Raphael und ich schlenderten über das Gelände und beobachteten das Geschehen. Einige Evalfine hatten sich vor den Ständen oder am Buffet versammelt. Viele von ihnen wirkten angeheitert vom Alkohol. Vielleicht aber auch vom Tanzen und der Freude. Ich wusste von mir selbst, dass man keinen Alkohol brauchte, um sich ebenso benebelt und fröhlich zu fühlen. Auf der Bühne spielte eine Gruppe, die ich nicht kannte. Die Evalfine trugen graue Kleidung. Wenn ich mich richtig erinnerte, stammten sie aus der *Gemeinschaft am Gletscher*. In der Menge entdeckte ich Luna und Nathanael, die eng umschlungen miteinander tanzten. Wie die beiden wohl ihre Zeit verbracht hatten? Ob sie sich auch zwischenzeitlich davongeschlichen hatten? Taten das viele Evalfine auf Festen wie diesen? Schließlich war es kein Geheimnis, wie triebgesteuert wir waren.

»Ist das Johann?«, fragte ich, als mein Blick auf zwei Männer fiel, die am Rand der Tanzfläche standen und sich küssten.

Raphael nickte lächelnd. Überrascht stellte ich fest, dass ich mir noch nie Gedanken über Johanns Privatleben gemacht hatte. Waren die beiden in einer Beziehung? Hatte er eine Familie? Hatte er Kinder?

»Ich weiß überhaupt nichts über ihn. Wie lebt er?«

»Er lebt allein, weil er sich dazu entschieden hat, sich ganz seinem Beruf hinzugeben. Es erfüllt ihn, uns Schüler auszubilden und mit all seinen Möglichkeiten das Beste aus uns herauszuholen.« Raphael wirkte mit einem Mal sentimental. »Er war mein Leben lang für mich da. Nicht nur, um mich mit meiner Gabe zu unterstützen, sondern auch … als mein Vater starb.«

Ich schluckte schwer und drückte seine Hand fester. Seit Raphael mich darüber aufgeklärt hatte, dass sein Vater gestorben war, hatten wir kein einziges Wort mehr darüber gewechselt. Es fiel ihm sichtlich schwer, darüber zu sprechen.

»Ich bin für dich da, okay?« Ich suchte nach seinem Blick, doch er mied meinen. Etwas in seiner Miene änderte sich. Für den Bruchteil einer Sekunde legte sich ein Schatten über sein Gesicht, den ich nicht deuten konnte. Was auch immer es war, der Blick löste ein ungutes Gefühl in meinem Bauch aus. Raphael schien etwas sagen zu wollen, entschied sich jedoch dagegen. Seine Züge wurden härter und so ausdruckslos wie lange nicht mehr. Offenbar war er noch immer nicht bereit, diese Sache mit mir zu teilen.

Er zwang sich schließlich zu einem Lächeln, das jedoch seine Augen nicht erreichte. »Magst du noch ein wenig weitergehen oder tanzen?«, rang er sich durch, bemüht, seinen Stimmungswechsel zu überspielen.

»Was magst du denn lieber?«

Sein Blick glitt zu meinen Lippen. »Ich hätte noch einen Vorschlag.« Allmählich glätteten sich seine Züge und er wirkte wieder mehr er selbst.

Ich stellte mich auf meine Zehenspitzen, um ihn zu küssen. Er erwiderte den Kuss und umschlang mich, um mich näher an sich zu ziehen.

»Wow«, murmelte ich. »Jetzt küssen wir uns. Hier zwischen all den anderen.«

»Stört dich das?«, fragte er gespielt spöttisch.

»Nein.«

»Das dachte ich mir.« Er drückte mich mit seinen Händen, die auf meinem unteren Rücken lagen, näher an sich. Ich sah zu ihm auf und konnte noch immer kaum fassen, dass wir nach all der Zeit nun wirklich an diesem Punkt angelangt waren.

»Da seid ihr ja«, ertönte eine Stimme hinter mir und entspannt ließ Raphael mich los. Ich drehte mich zu Julio um, der grinsend vor uns stehen blieb. Mit einem vielsagenden Blick meinte er: »Ich konnte euch irgendwie gar nicht mehr finden. Wart ihr wirklich die ganze Zeit hier?«

Raphael verdrehte amüsiert die Augen. »Und was hast du in der Zeit gemacht, in der wir die ganze Zeit hier waren?«

Julio zuckte beiläufig mit den Schultern. »Ach, ich hatte ein bisschen Spaß. Ich habe getanzt, getrunken, getanzt, habe mit ein paar Evalfinen nette Gespräche geführt und ich habe getanzt. Naja, ich wollte mich jetzt aber verabschieden. Bestimmt komme ich noch mal im Laufe der nächsten drei Tage vorbei. Falls du

Zeit für mich hast.« Bei seinen letzten Worten grinste er wieder und ich war mir sicher, dass er genau wusste, was Raphael und ich getan hatten.

»Mach's gut, Julio. Wenn du kommst, dann nehme ich mir die Zeit«, verabschiedete sich Raphael von seinem Freund. Als Julio in der Menge verschwand, sah ich Raphael fragend an.

»Ich habe bei Julio immer das Gefühl, dass er ganz genau weiß, was los ist«, gestand ich.

»Dein Gefühl täuscht dich nicht. Julio ist ein Meister darin, Situationen und Beziehungen zu analysieren. Das kann angenehm sein, wenn er merkt, dass man mit einer anderen Person Klärungsbedarf hat. Aber es kann auch unangenehm werden, wenn er einen bei etwas erwischt, das … Naja du weißt schon.« Neckend strich er mit einem Finger über mein Kinn. Röte stieg mir in die Wangen.

»Aber wie? Woher weiß er das?«

»Zum einen schleichen sich Evalfine bei diesen Festen ununterbrochen weg, um ungestört zu sein.« Er warf mir einen bedeutungsschweren Blick zu, der mir endgültig die Hitze ins Gesicht steigen ließ. »Aber er spürt auch meine Gefühle dir gegenüber. Das hat er schon vor langer Zeit. Noch ehe ich sie mir selbst eingestehen wollte. Als Magier fällt ihm das leicht, aber er ist auch generell sehr aufmerksam.«

Ich nickte gedankenverloren.

Raphael legte seine Arme wieder um mich und ich lehnte meinen Kopf an seine Brust. Wir blieben eine Weile so stehen und wogen uns im Takt der Musik. So lange, bis mich eine plötzliche Müdigkeit überkam und meine Beine unter mir nachzugeben drohten.

»Magst du schlafen gehen?«, erkundigte sich Raphael, der ebenfalls erschöpft wirkte.

Ich stimmte zu und wir machten uns gemeinsam auf den Weg zum Schlafplatz. Dort hatte sich eine Menge anderer Evalfine in Decken eingekuschelt. Einige schliefen, andere flüsterten miteinander. Wir suchten uns eine freie Stelle und teilten uns eine Decke. Ich schmiegte mich in Raphaels Arm und atmete tief seinen Duft ein. Schon jetzt fühlte sich diese Nähe vertraut an. Vertraut und gleichzeitig aufregend und neu. Würde sich von nun an vieles ändern? Oder eher weniger, da wir ohnehin schon einen Großteil unserer Zeit gemeinsam verbracht hatten?

»Woran denkst du?«, fragte Raphael.

»An uns.«

»Sind es schöne Gedanken? Oder eher nicht?« Er schmunzelte.

»Ja.« Meine Mundwinkel hoben sich ganz automatisch.

»Ja, es sind schöne? Oder ja, es sind eher nicht so schöne?«

Mein Glucksen ging in dem Kuss unter, den er mir schenkte und viel zu schnell beendete. Er bezeichnete ihn daraufhin unverschämterweise als Gute-Nacht-Kuss. Als ob ich nach so einem Kuss ans Schlafen denken könnte! Doch zwischen all den anderen Evalfinen blieb uns wohl nichts anderes übrig. Und tatsächlich wurde ich schneller schläfrig als erwartet und schlief bald darauf ein.

Ich schluckte, als er mir voller Unschlüssigkeit und Neugier seine goldgelben Augen zuwandte. Er sagte nichts. Er starrte mich bloß an. Mit einem Blick, intensiver als mir lieb war. Von dem Wilden in seinen Augen, was mir zu Beginn so stark aufgefallen war, und der Wut war keine Spur mehr übrig. Nun spiegelten sich andere Gefühle in seinem Gesicht wider. Gefühle, die eindeutig nicht richtig waren.

Ich schlug die Augen auf. Neben mir atmete Raphael tief und gleichmäßig. Er schlief. So wie die meisten hier auf dem Schlafplatz. Von der Festwiese drang noch immer Musik zu uns durch. Einige Evalfine feierten tatsächlich durch. Es musste sehr spät sein, möglicherweise so spät, dass man es wieder früh nennen konnte.

Ich schloss die Augen, um weiterzuschlafen, als das Gesicht des fremden Jungen mit den goldgelben Augen wieder vor mir auftauchte. War es bloß ein gewöhnlicher Traum gewesen? Wenn ich ehrlich war, hatte es sich nicht nach einem Traum angefühlt, sondern nach einer Vision. Ich hatte seit Ewigkeiten keine Visionen mehr gehabt. Johann ging davon aus, dass sie ausblieben, solange es mir schlecht ging. Mit seiner Vermutung, dass sie bald zurückkehren würden, hatte er offenbar richtig gelegen.

Doch wen hatte ich da gesehen? Diese Augen waren mir völlig fremd, ebenso wie der Junge, der mir aus einem unbegreiflichen Grund Angst bereitet hatte. Was erwartete mich da noch?

Es war meiner Müdigkeit zu verdanken, dass ich recht bald wieder einschlief. Zumindest so lange, bis mich eine genervte Stimme aus dem Schlaf riss. »Es ist Zeit, aufzustehen. Die Sonne wird bald aufgehen. Na los, nicht trödeln! Wer feiern kann, muss auch aufstehen können!«

Irritiert schlug ich die Augen auf und benötigte einen Moment, um mich zu orientieren. Ich lag nicht in meinem Bett, sondern unter freiem Himmel und neben mir lag Raphael, der sich verschlafen streckte.

Ungläubig zog ich die Luft ein, als die Erinnerungen an die letzte Nacht in mein Bewusstsein drangen. Raphael und ich waren uns endlich nähergekommen. Verdammt nahe!

»Steht ihr nun endlich auf? Wir gehen jetzt alle gemeinsam runter zum Strand«, ertönte die Stimme wieder. Sie gehörte zu einem unserer Wächter, der durch die Reihen stolzierte und dafür sorgte, dass wir uns für den Weg bereit machten.

»Hast du gut geschlafen?« Raphael hob seine Hand und legte sie an meine Wange. Mit den Fingerspitzen fuhr er in meine Haare.

»Ich denke schon. Kurz …«, erwiderte ich, wurde dabei jedoch durch den Wächter unterbrochen, der uns mit einem strengen Blick bedachte.

Raphael schenkte ihm ein höflich entschuldigendes Lächeln, zog die Decke zurück und streckte mir die Hand entgegen, sobald er sich aufgestellt hatte.

Während wir uns einen Weg durch die müden Evalfine bahnten, warf ich einen Blick in den Himmel. Noch immer leuchteten die Sterne zu uns hinab. Ihr Licht verlor jedoch an Leuchtkraft. Der Morgen würde bald anbrechen.

Wir fanden unsere Klassenkameraden und stellten uns zu ihnen. Luna tanzte munter auf uns zu. Sie wirkte derart aufgeweckt, als wäre sie die komplette Nacht wach geblieben. »Gleich ist es so weit! Gleich sehen wir endlich die Sonne wieder! Und lasst uns so tun, als wären wir nicht vor kurzem noch in *Origonia* gewesen. Wir feiern das jetzt so, als hätten wir sie auch ein Jahr nicht gesehen!«, sprudelte es aus ihr heraus.

Ich musste ein Lachen unterdrücken.

»Was habt ihr heute Nacht gemacht? Hattet ihr auch so viel Spaß wie ich? Ich habe euch irgendwie gar nicht mehr gesehen.« Luna musterte uns neugierig.

Beschämt wandte ich den Blick zu Raphael, der bei meinen erröteten Wangen amüsiert eine Braue hob. »Ja, wir hatten mindestens so viel Spaß wie du«, erwiderte er zweideutig, ohne mich aus den Augen zu lassen.

Ehe Luna weiter darauf eingehen konnte, trat Johann in unsere Mitte und schob uns vorwärts. »Wir haben das Okay und können gehen. Bleibt bis zum Meer in der Gruppe, damit wir niemanden verlieren.«

Wir setzten uns mit der Menge in Bewegung. Mehrere hundert Evalfine, die sich gemeinsam einen Weg zum Meer bahnten und dabei mir mittlerweile teils bekannte Lieder sangen. Es war beeindruckend.

Nur wenige Schritte vor uns unterhielten sich Rebekka und Yuna. Ihr war nicht entgangen, dass Raphael und ich uns wochenlang nicht angenähert hatten, was völlig untypisch für Evalfine war. Ich glaubte, dass sie sich daher in Sicherheit wog. Hoffentlich würde es nicht zu einem zweiten Kampf in unserer Stufe kommen, sobald sie davon erfuhr.

Der Weg führte uns weiter Richtung Osten an einen Strand, der um einiges weitläufiger war als der, den ich mit Raphael aufgesucht hatte. Er bot genug Platz, damit sich alle Evalfine am Ufer verteilen konnten. Zusammen mit Luna, Hope, Nathanael, Hella und Naomi suchten wir uns eine freie Stelle und machten es uns im Sand gemütlich.

Raphael setzte sich hinter mich und zog mich zwischen seine Beine, damit ich mich mit dem Rücken an seine Brust lehnen konnte. Naomi entging die Nähe zwischen uns nicht. Ich spürte ihren Blick auf mir. Wenigstens machte sie keine Anstalten mehr, sich an Raphael zu wenden. Während er mit der Hand über mein Haar, meinen Hals und mein Schlüsselbein strich, musste ich mich schwer zusammenreißen, um mich auf den Himmel zu konzentrieren, der sich allmählich rötlich zu färben begann. Die Sonne würde jeden Moment aufgehen.

Der Anblick lenkte mich dann doch endlich genug von Raphaels Liebkosungen ab. Ein Kribbeln breitete sich in meinem Bauch aus, als das Rot des Himmels intensiver wurde und die Sonne als glühender Feuerball am Horizont erschien. Sie tauchte das gesamte Land in korallenrotes Licht. Nach der Nacht hätte ich es nicht für möglich gehalten, doch dieser Sonnenaufgang übertraf selbst die Sterne, die uns die vergangenen Stunden begleitet hatten. Warm breiteten sich die Sonnenstrahlen über uns aus. Der Himmel glühte, als wäre in ihm ein Feuer entfacht.

Erleichtertes Aufatmen erfüllte den Strand und ich spürte es ebenfalls. Jeder Winkel meines Körpers verlangte nach diesem Licht der Sonne. Als sie weiter aufstieg und sich der Himmel violett färbte, erhoben sich die ersten Evalfine, um Essen zu verteilen. Hope brachte einen Korb mit frischem Gebäck und hielt ihn Luna hin, die gierig hineingriff. Ich drehte mich zu Raphael um, ohne zwischen seinen Beinen wegzurücken. Er legte den Finger an mein Kinn und drückte seine Lippen auf meine.

»Ich glaub es nicht!« Hope quietschte vor Freude.

Raphael und ich lösten uns voneinander und sahen, wie sie

gerade noch rechtzeitig den Brotkorb auffing, der ihr aus der Hand gerutscht war.

»Na, endlich!«, meldete sich auch Luna zu Wort und grinste uns höchst zufrieden an. »Ich dachte schon, ihr bekommt es nie mehr auf die Reihe!«

Raphael verdrehte die Augen, ehe er sich wieder mir widmete. Bald darauf schauten Alia und Raphaels Mutter bei uns vorbei, um uns ein schönes Fest zu wünschen.

»Ich hoffe, du hattest einen tollen Auftakt gestern und wirst auch heute viel Spaß haben«, wünschte mir Alia und drückte mich fest an sich.

»Es war wirklich unglaublich schön bis jetzt!«, antwortete ich ihr wahrheitsgemäß und konnte mein Glück kaum verbergen.

»Das freut mich sehr, Eliana!«

Ich blickte dankbar in ihre warmen Augen. Sie hatte mich nicht nur von Anfang an wie eine Mutter umsorgt, nun freute sie sich auch ehrlich darüber, dass es mir besser ging. Und es war mehr als das. Ich fühlte mich gut. Wirklich gut!

»Ich dachte mir, dass wir morgen Mittag wieder gemeinsam mit Rebekka essen könnten. Bei so einem besonderen Fest bietet sich das doch an. Was sagst du dazu?«, schlug Alia beiläufig vor.

Mein Lächeln gefror. Sie hatte ihren Wunsch, jede Woche eine Mahlzeit mit Rebekka und mir einzunehmen, eisern durchgezogen. An Rebekkas und meinem Verhältnis hatte das bislang nichts geändert. Meine Cousine war noch immer so verschlossen mir gegenüber, dass ich mich manchmal fragte, ob sie etwas belastete.

Schnell fing ich mich wieder, um Alia nicht spüren zu lassen, wie wenig ich von ihrem Vorschlag hielt. »Ähm, ja, klar.«

»Ich freue mich schon.« Sie lächelte und strich über meinen Arm, bevor sie sich an Raphael wandte, um auch ihm ein schönes Fest zu wünschen.

In diesem Moment spürte ich Carmens Blick auf mir. Ihr war die Vertrautheit zwischen Raphael und mir nicht entgangen. Obwohl sie sich mir gegenüber immer freundlich verhielt, glaubte ich, dass ihr etwas Sorgen bereitete. Sie verbarg ihre Emotionen sorgfältig hinter einem undurchdringlichen Ausdruck, doch da war etwas in ihren Augen, was mich jedes Mal stutzig machte, wenn sie mich ansah. Bislang war ich nicht dahintergekommen, was es sein könnte. Einmal hatte ich Raphael vorsichtig darauf angesprochen, doch er hatte abgewunken, dass ich mir darüber keine Gedanken zu machen brauchte. Sie sei einfach eine ängstliche Mutter und grundsätzlich vorsichtig.

Als die ersten jungen Evalfine auf das Wasser zu rannten und sich mitsamt ihren Festgewändern in die Wellen stürzten, zogen Carmen und Alia weiter.

Hope und Luna tanzten heiter umeinander und animierten Nathanael, Hella und Naomi, mit ihnen schwimmen zu gehen.

»Kommt ihr auch mit?« Luna zerrte an meinem Arm.

»Oder habt ihr andere Dinge vor?«, zog Hope uns auf.

»Möchtest du?« Ein freches Grinsen stahl sich auf Raphaels Gesicht.

»Ja.«

Dann rannten wir alle los. Raphaels Finger waren mit meinen verschränkt, als wir über den Sand flogen, bis unsere Füße in das Wasser tauchten und wir uns in die Wellen fallen ließen. Das Wasser war frisch, doch die Kälte machte mir schon lange nichts mehr aus. Ich drehte mich zu Raphael um, der mich angrinste und ohne Vorwarnung unter Wasser zog, um mich unter der Oberfläche zu küssen.

Nur für einen Augenblick. Viel zu kurz.

»Schäm dich!«, beschimpfte ich ihn, als wir wieder auftauchten und spritzte ihm Wasser ins Gesicht.

Das ließ er nicht auf sich sitzen. Er holte mit der Hand aus und spritzte mich mit der doppelten Ladung nass. Zur Strafe warnte ich ihn nicht vor Theo, der sich von hinten an Raphael heranschlich und aus dem Hinterhalt untertauchte. Beinahe alle aus unserer Klasse sowie Nathanael, Hella und Naomi fügten sich in den Kampf ein, der nun entfacht war. Wir tauchten uns gegenseitig unter, sprangen von unseren Schultern ins Wasser und lieferten uns andere Duelle.

Sobald am Strand weiteres Essen und darunter Blut verteilt wurde, strömten die meisten Evalfine ans Ufer.

Raphael nutzte diese Gelegenheit, um mich zurückzuhalten und nah an sich zu ziehen.

Ich spürte seinen Körper durch das nasse Gewand und drückte mich fest an ihn.

Himmel. Ich wollte ihm näher sein. So nahe wie in der vergangenen Nacht. Wieder und wieder. Offensichtlich wollte er das auch. Sein Körper sprach Bände. Nicht zuletzt der hungrige Ausdruck seiner Augen.

Er hob mich ein wenig hoch, um seinen Mund auf meinen zu pressen. Ich legte einen Arm um seinen Nacken, krallte mich in sein nasses Haar.

Seine Hände wanderten unter der Oberfläche über meinen Körper und ich musste mich schwer zusammenreißen, um nicht aufzustöhnen. Dieser Moment war zu perfekt. Zu schön, um wahr zu sein. Das Wasser glitzerte in der Sonne. Unsere nasse Haut schimmerte durch das Licht, das auf uns geworfen wurde. Raphael war so schön!

Ich spürte nur noch ihn, als wir uns wie ausgehungert aneinanderdrückten und konnte es nicht mehr abwarten, endlich wieder mit ihm allein zu sein. Nun wo wir miteinander geschlafen hatten, war es unvorstellbar, dass wir so lange hatten Abstand halten können. Wie hatte er das eigentlich ausgehalten, wo er doch jahrelang alles andere als keusch gelebt hatte? Und wie sollte *ich* auch nur eine Sekunde weiter durchhalten?

»Raphael«, stöhnte ich, als er innehielt und mich ein wenig von sich drückte.

Ich sah in seine Augen, die voller Verlangen schimmerten.

»Lass uns …« Er zögerte, dann grinste er beschwörend. »… einen Ort mit weniger Zuschauern suchen.«

»Ja«, stieß ich rau hervor und atmete noch immer heftig. O ja!

Verdammt noch mal, ich würde niemals mehr damit aufhören können.

Mein Hals wurde trocken vor Aufregung, als wir zurück an das Ufer schwammen und gemeinsam aus dem Wasser stiegen.

Vor uns liefen hunderte Evalfine über den Strand, doch es war eine einzige Person, die meine Aufmerksamkeit auf sich zog. Vielleicht war es Intuition, vielleicht auch ihr Blick, der so schwer auf mir lag, dass ich mich ihr unwillkürlich zuwandte.

Yuna.

38 Eliana

Sie stand inmitten der Menge, ihre voluminösen Haare wehten wild im Wind und ich hielt mitten in der Bewegung inne. Es war nicht ihre Erscheinung, die böse Vorahnungen in mir erwachen ließ. Es war der Ausdruck in ihren blitzenden Augen, durch den sich alles in mir zusammenzog. Unbändiger Zorn. Tödliche Wut. Als würde sie mich am liebsten umbringen wollen. Als würde sie es ernsthaft in Erwägung ziehen. Als wären ihr jegliche Konsequenzen gleichgültig.

Raphael bemerkte Yuna erst aufgrund meiner Anspannung. Sobald er meinem Blick folgte und sie entdeckte, verdüsterten sich seine Züge.

Yuna preschte bereits auf uns zu, bis sie einen Meter vor uns stehen blieb. Ihre Anspannung war greifbar. Ihr Körper bebte.

»Was willst du schon wieder?« Raphaels Stimmung sackte binnen weniger Sekunden auf einen Nullpunkt.

»Was *ich* will? Die Frage ist doch, was *du* willst! Was willst du von diesem Abschaum?« Ihre Stimme zitterte ebenso wie ihr Körper. Als wäre sie kaum in der Lage, sich unter Kontrolle zu halten.

»Lass es einfach. Lass uns endlich in Ruhe!« Raphael wollte mich an Yuna vorbeiführen, diese stellte sich uns jedoch in den Weg.

»Hast du deine eigenen Worte vergessen? Erinnerst du dich nicht daran, was du gesagt hast?«, provozierte sie ihn, woraufhin er sie warnend ansah. »Du hast alles versucht, um sie nicht holen zu müssen. Du hast sie verabscheut!«

Noch verwunderten mich ihre Worte wenig, da Raphael und

ich längst über all das gesprochen hatten. Für uns war das geklärt, für Yuna anscheinend nicht.

»Du hast sie dafür gehasst, was mit deinem Vater passiert ist!«

Stille.

Moment. Raphaels Vater?

Was?

Als ihre Worte endlich zu meinem Verstand durchsickerten, trafen sie mich wie ein Schlag. Im selben Augenblick begriff auch Raphael. Er knurrte auf und machte wutentbrannt einen Schritt auf Yuna zu. »Das hättest du nicht sagen sollen!«

Eine Bedrohlichkeit ging von ihm aus, wie ich sie noch nie erlebt hatte. Doch das interessierte mich überhaupt nicht. Ebenso, wie ich kaum registrierte, dass Luna, Hope, Leander und Rebekka angerannt kamen. Offensichtlich war ihnen nicht entgangen, dass sich hier etwas gewaltig zuspitzte.

»Wovon spricht sie?«, krächzte ich Raphael entgegen, als ich endlich meine Stimme wieder fand. »Was habe ich mit dem Tod deines Vaters zu tun?«

Panik machte sich in mir breit. Was, wenn es stimmte? Und warum, zum Teufel, hatte bisher niemand ein Wort darüber verloren?

Raphael tat mir weder den Gefallen, den Blick von Yuna abzuwenden, noch mir zu antworten.

»Raphael!«, fuhr ich ihn an und blickte bestürzt in die Runde. Luna und Hope hatten betroffen die Blicke gesenkt. Jeder außer mir wusste also mal wieder Bescheid. Wie großartig! Eine seltsame Mischung aus Frustration, Angst, Enttäuschung und Wut brodelte sich in meinem Bauch zusammen.

»Na? Ist niemand hier mutig genug, Eliana aufzuklären?« Yuna sah sich provozierend um. »Ich war schon von Anfang an der Meinung, dass du alles wissen solltest. Die ganze Zeit wurdest du behandelt, als wärst du aus Porzellan. ›Oh, die arme Eliana, nicht dass sie daran zerbricht.‹ ›Wir sollten ihr nicht die ganze Wahrheit sagen.‹ ›Das hält sie doch gar nicht aus. Sie musste schon so viel anderes durchmachen.«

Raphael ballte seine Hände zu Fäusten und wollte auf Yuna losgehen, doch Luna hielt ihn fest. Warnend baute sie sich vor ihm auf. »Raphael! Du darfst dir nichts mehr leisten!«

Schnaubend schüttelte er sie ab, blieb aber stehen.

Triumphierend legte sich Yunas Blick auf mich. »Gut, dann werde ich es eben erzählen.«

»Das wirst du nicht!« Raphael war versucht, erneut auf sie loszugehen, hielt sich jedoch zurück.

»Doch, das wird sie!«, widersprach ich ihm scharf.

Yuna schnaubte. »Ach, sei doch still, Raphael. Dir kam Caius' Anforderung entgegen. Doch es ist mir egal, was er sagt. Ich halte diese Scheiße und diese Lügen nicht mehr aus. Ihr seid doch alle Heuchler! Und du ganz besonders, Raphael.«

Wieder wollte er eingreifen, als Yuna sich erneut an mich wandte, doch Hope mischte sich ein: »Ich glaube, Eliana hat die Wahrheit verdient.«

»Nein!«

»Doch!« Meine Stimme ließ ihn innehalten.

Er fluchte auf, schloss die Augen und atmete tief durch, um ruhig zu bleiben. Ganz offensichtlich war er kurz davor, zu explodieren.

Yuna lachte ihn verächtlich aus, bevor sie zu sprechen begann: »Dir wurde ja bereits einiges über deine kranke Tante Lydia erzählt. Aber eine entscheidende Sache haben sie alle ausgelassen. Nachdem Lydia deine Mutter umgebracht hat, hat sie sich versteckt. Sie wusste, dass sie das schlimmste Übel begangen hatte, das ein Evalfin tun kann. Sie hatte einen anderen Evalfin umgebracht. Ihre eigene Zwillingsschwester! Aber dabei blieb es nicht. Caius schickte drei Wächter, um Lydia zu suchen und zu ihm zu bringen. Und diese drei Wächter waren Raphaels Vater, Rebekkas Vater und … mein Vater.«

Nein! Das durfte nicht wahr sein! Das durfte, verdammt noch mal, nicht wahr sein!

»Sie fanden Lydia zwar, doch sie kehrten nie zurück, denn Lydia hat sie alle drei eigenhändig umgebracht!«

Ihre Worte stießen wie Messerhiebe auf mich ein. Mir blieb die Luft weg. Mein Körper begann zu zittern.

Nein! Nein, nein, nein, nein!

Und plötzlich setzten sich alle Puzzleteile zusammen. Deshalb hatte Raphael mich anfänglich so verachtet. Er hatte selbst zugegeben, dass er zu Beginn immer Lydia in mir gesehen hatte, weil ich ihr so ähnlich sah. Doch was das für ihn wirklich bedeutet hatte, wurde mir erst in diesem Moment bewusst. Und deshalb hatte er auch nie mit mir über seinen Vater sprechen wollen. Auf einmal ergab es auch Sinn, dass Rebekka und Yuna mich nicht ausstehen konnten. Natürlich taten sie das nicht!

»Ja, jetzt fängst du an zu begreifen, oder? Du Miststück. Wie kann auch nur irgendjemand hier von mir verlangen, dass ich einfach hinnehme, dass du nun bei uns bist? Dass ich einfach zusehe, wie du hier alles zerstörst? Aber das war ja noch gar nicht alles. Da ist noch etwas.«

Yuna schien die Situation zu genießen, wie wir alle niedergeschlagen um sie herumstanden, während sie das Gespräch steuerte.

»Bei uns Evalfinen gibt es ein Sprichwort oder eher eine Art natürliches Gesetz. Zwillinge haben bei uns eine noch tiefere Verbindung als bei euch Menschen. Es heißt, wenn ein Zwilling stirbt, wird ein Nachkomme des Verstorbenen seinen Platz einnehmen. Und wer wäre das? Ganz genau. Du! Und was würdest du wohl mit Lydia zusammen anstellen? Für Frieden und Heil sorgen? Sicher nicht! Du bist eine Gefahr für uns! Du hast vielleicht einige getäuscht, aber mich wirst du niemals täuschen! Du elende …«

»Yuna! Es reicht jetzt!«, schaltete sich Luna dazwischen. »Hör auf, Eliana zu beleidigen. Sie hat deine Sichtweise verstanden!«

Yuna lachte wütend auf. »Meine Sichtweise? Das ist doch die Sichtweise der meisten hier! Und ihr? Wie könnt ihr nur so naiv sein? Wie könnt ihr das alles ignorieren? Lydia war ebenfalls eine Meisterin darin, andere um ihren Finger zu wickeln. Eliana ist eine Gefahr für uns! Es ist nur eine Frage der Zeit, bis Lydia hier auftaucht und sie entweder holt, damit die beiden sich zusammentun, oder sie umbringen will. Und wieder werden Unschuldige sterben. Wer wird es wohl dieses Mal sein?«

Luna und Hope protestierten lautstark, dass Yuna endlich schweigen sollte, dass ich anders war, dass unsere Gemeinschaft sicher vor Lydia war und Julio Lydia bewachte.

Doch ich hörte nicht hin. In meinem Kopf drehte sich alles. Lydia hatte ihre Väter umgebracht! Umgebracht! Niemand hatte es für nötig gehalten, mich darüber aufzuklären. Sie hatten mich alle miteinander belogen. Schon wieder! Wie hatten sie das tun können? Wie hatte Raphael das tun können? Ich hatte wochenlang damit gehadert, ihm endlich mein Vertrauen zu schenken.

All die Gespräche, die wir miteinander geführt hatten, in denen er es nicht für nötig gehalten hatte, mir solche entscheidenden Dinge mitzuteilen! Alles war eine einzige Lüge. Eine verdammte Illusion.

Außer Fassung sah ich Raphael an, der sich endlich zu mir umdrehte. Unzählige Emotionen spiegelten sich in seinem Gesicht wider, allen voran Trauer und Reue.

»Eliana«, begann er und hob die Hand, doch ich trat kopfschüttelnd einen Schritt zurück.

»Du hast mich angelogen! Die ganze Zeit über! Ihr alle habt mich angelogen!« Meine Stimme bebte. Ich fühlte mich betrogen. Allein. Verlassen. Völlig unschlüssig, wie ich auf all das reagieren sollte.

Was sollte ich hier überhaupt noch? Alles, was ich für mein Zuhause gehalten hatte, war erlogen. Niemandem hier konnte ich trauen. Zusätzlich stellte Lydia eine Gefahr für die gesamte Gemeinschaft dar, solange ich hierblieb.

»Eliana, ich weiß, dass …«, versuchte es Raphael erneut. Sein

Ausdruck war voller Verzweiflung, doch ich spürte nichts als Wut und Enttäuschung.

»Lass es! Lass mich in Ruhe!« Meine Stimme war so zittrig, dass ich kaum in der Lage war, zu sprechen. Meine Worte wirkten trotzdem. Er schloss den Mund und sah mich aus flehenden Augen an.

Ich wandte mich von ihm ab und suchte Yunas Blick, um es hinter mich zu bringen. »Ich werde niemanden mehr in Gefahr bringen.«

Ehe sie reagieren konnten, stürzte ich an ihr vorbei mitten in die Menge ahnungsloser feiernder Evalfine. Hinter mir hörte ich, wie Raphael Leander anschrie, ihn loszulassen, wie er meinen Namen rief, doch ich beschleunigte mein Tempo. Leander würde Raphael nicht ewig aufhalten können.

Ich wollte nicht, dass er mich einholte. Ich wollte so weit weg wie möglich, irgendwohin, wo sie mich nicht finden würden. Denn ich gehörte unübersehbar nicht dazu.

Tränen brannten in meinen Augen, während die Landschaft an mir vorbeizog und verschwamm. Ich ließ den Strand hinter mir, zog am Felsen vorbei und schlug eine mir unbekannte Richtung ein. Meine Beine trugen mich schneller und schneller. Obwohl ich spürte, dass mein Körper nicht mehr konnte, zwang ich mich dazu, das Tempo zu halten. Raphael war ein schnellerer Läufer als ich und ich musste verhindern, dass er mich einholte.

In meinem Kopf hallte Yunas Stimme, als ich wieder und wieder das Gespräch durchlebte. Die Väter von Raphael, Yuna und Rebekka waren durch Lydias Hand gestorben. Wie hatten sie das so lange vor mir verheimlichen können? Natürlich hassten sie mich. Natürlich hatte Raphael mich anfänglich verabscheut, wenn ich aussah wie die Mörderin seines Vaters!

Ich versuchte, mein Tempo noch weiter anzuziehen, um die Enge in meiner Brust nicht mehr spüren zu müssen, die mich zu erdrücken drohte. Die Erkenntnis, dass alles, was ich in den letzten Stunden mit Raphael erlebt hatte, eine Lüge war … Nein, dass alles, was ich geglaubt hatte, in ihm gefunden zu haben, eine Lüge war, schnitt tiefe Wunden in mein Herz. So wenige Worte hatten ausgereicht und alles war bedeutungslos geworden.

Nach einer ganzen Weile stieß ich auf eine Schlucht, die sich vor mir erstreckte und mich dazu zwang, stehen zu bleiben. Hier ging es nicht mehr weiter. Nur einen Meter vor dem Abgrund ließ ich mich auf den Boden fallen und begann zu weinen. Mein Körper zitterte vor Anstrengung, mein Hals brannte, mein Herz raste unregelmäßig und mühsam. Ebenso schwer ging mein Atem. Mir war so übel, dass ich zu würgen begann.

Das alles war mir jedoch egal. Ich wollte nichts mehr fühlen. Gar nichts. Ich hatte geglaubt, endlich einen Neuanfang wagen zu können. Ich hatte geglaubt, dass ich dabei war, anzukommen. Ich hatte geglaubt, dass Raphael und ich etwas miteinander teilten, was stark war. Dass er mich liebte, dass er mich nicht mehr belügen würde. Doch in allem hatte ich mich getäuscht. Wie konnte man einen Menschen gleichzeitig lieben und derart anlügen?

Als sich mein Atem allmählich beruhigte, glitt mein Blick zum Abgrund. Ich kniete hoch oben auf einer Felsklippe, die sich am Meer entlang zog. Vorsichtig beugte ich mich nach vorn und spähte hinab. In den Tiefen sah ich Wellen wild gegen den Felsen schlagen. Ein eigenartiger Nebel bildete sich über dem Wasser. Nebel war in *Ombrania* keineswegs ungewöhnlich, doch dieser Nebel ließ mich erschaudern. Wirbelnd drehte er sich um sich selbst und breitete sich aus. Irgendwie kam er mir bekannt vor. Ich hatte ihn schon einmal gesehen. In einer Vision?

Ein unterwartetes Geräusch aus dem Wald hinter mir ließ mich zusammenfahren. Mit einer hastigen Bewegung sprang ich auf und fuhr herum. Raphael trat zwischen den Bäumen hervor. Seine Haare waren vom Rennen zerzaust, sein Atem ging heftig, als wäre auch er über seine Grenzen gegangen.

»Eliana, bitte. Bitte lass uns reden!« Pure Verzweiflung schwang in seiner Stimme mit. Trotzdem war er stehen geblieben, da er anscheinend wie immer genau spürte, was in mir vorging. Das machte es nur noch schlimmer. Wie sollte ich jemals wissen können, ob er wirklich so empfand, wie er behauptete?

»Du hast mich belogen! Du sagtest, es gibt keine Geheimnisse mehr und das alles hast du mir verschwiegen!« Tränen der Wut und der Enttäuschung füllten meine Augen.

»Ich weiß! Du hast recht. Aber bitte, lass es mich erklären«, flehte er.

»War das alles nur eine Lüge? Alles zwischen uns? Wie soll ich dir jemals wieder vertrauen können!«

Er machte einen Schritt auf mich zu, doch ich hob die Hände.

»Komm keinen Schritt näher!«, befahl ich und trat zurück. Dabei spürte ich, dass meine Fersen den Rand der Klippe berührten. Ich stand direkt am Abgrund. Doch das war mir egal.

»Das tue ich nicht. Ich gehe zurück, okay? Aber komm bitte vom Abgrund weg!«, rief Raphael, dessen Augen hinab zu meinen Füßen wanderten.

In diesem Moment spürte ich, dass sich etwas Kaltes um meine Knöchel schlang. Ich sah hinab und entdeckte den Nebel, der sich bis zu mir ausgebreitet hatte. Die wirbelnden Nebelzungen leckten bitterkalt an meiner Haut und begannen, mich einzuhüllen. Verängstigt und hilfesuchend sah ich zu Raphael.

Panik loderte in seinen Augen, er stürmte auf mich zu. »Eliana! Du musst da weg! Sofort!«

Doch es war zu spät. Der Nebel umhüllte mich vollständig und zog mich in die Tiefe.

39 Eliana

Ich stürzte. Schneller und immer schneller. Der Nebel nahm mir jegliche Sicht, während Raphaels angsterfüllte Schreie in der Ferne verstummten, als hätte der Nebel sie ebenso verschluckt wie mich. War das mein Ende? Würde ich durch den Aufprall aufs Wasser sterben?

Völlig unerwartet löste sich der Nebel auf und ich fiel einige Meter durch klare Luft, bis ich in peitschende Wellen eintauchte. Die Strömung drückte mich unter Wasser und nahm mir die Orientierung. Ich kämpfte gegen den Druck und die Kraft der Wellen an, bis es mir gelang, die Oberfläche zu erreichen, wo ich heftig nach Luft schnappte. Das Meer war so eisig, dass ich kaum atmen konnte. Die Kälte drückte auf meine Lunge. Seit ich ein Evalfin war, hatte ich nichts mehr als so kalt empfunden wie diesen Nebel und dieses Wasser.

Krampfhaft versuchte ich, mich an der Oberfläche zu halten, als eine Welle über mir zusammenbrach und sich das frostige Nass über mich ergoss. Ich musste zurück an Land. Und zwar schnell. Während ich gegen das Wasser kämpfte, entdeckte ich das Ufer vor mir, das von hier unten ungewohnt trocken und sandig aussah. Der Nebel, der die Felsen behangen hatte, war verschwunden. Wenige Wolken bedeckten den Himmel sowie die Sonne, die gerade nicht zu sehen war.

Keuchend begann ich, mich durch die Wellen zu schlagen und auf das Ufer zu zuschwimmen, wobei ich durch die Kräfte des Wassers kaum vorankam. Die Wogen wollten mich nicht richtig durchlassen. Erst nach einer Ewigkeit erreichte ich das Ufer und fand mich an einem Strand wieder.

Dort blieb ich außer Atem und hustend halb im Wasser liegen. Noch nie hatte mich etwas derart ausgelaugt. Meine Evalfin-Kräfte schienen wie aufgelöst, stattdessen waren meine Arme und Beine schwer wie Blei.

Nach Minuten, in denen ich schwächlich am Strand gelegen hatte, raffte ich mich auf, um auf die Felsen zuzugehen, die den Strand eingrenzten. Irgendwo musste es einen Weg nach oben geben.

Bereits beim ersten Schritt, den ich aus dem Wasser trat, atmete ich scharf ein. Die Steine des Strandes schnitten mir schmerzhaft in die Fußsohle. Verwundert blickte ich auf meine nackten Füße, die seit meiner Verwandlung normalerweise jeglichem Untergrund standhielten. Warum war das jetzt anders?

Noch ehe ich weiter darüber nachdenken konnte, zog sich die Wolke zurück und gab die Sonne frei. Als das Licht auf mein Gesicht und meine Arme traf, schrie ich vor Schmerz auf. Dort, wo die Strahlen meine nackte Haut berührten, verursachten sie ein derart heftiges Brennen, dass ich bereits in der ersten Sekunde meinte, darunter zerbrechen zu müssen.

Nur mit eiserner Willenskraft gelang es mir, aufrecht stehenzubleiben und nach einem schattigen Ort Ausschau zu halten, den ich in einer Felsspalte in meiner Nähe entdeckte. So schnell mich meine Füße über die stechenden Steine tragen konnten, stolperte ich auf die Felsen zu und drückte mich in den Schatten. Mein ganzer Körper bebte vor Anstrengung, während ich mich darum bemühte, einen klaren Gedanken zu fassen. Was war hier los? Warum fühlte ich mich mit einem Mal kraftlos wie ein Mensch und gleichzeitig den Naturgewalten ausgeliefert? War das der Nebel gewesen? Hatte er mir meine Kräfte entzogen?

Mein Blick wanderte an meinem Körper hinab zu meiner Haut, die bereits durch diese wenigen Sekunden Sonnenstrahlen rot glühte und unangenehm pochte.

Ich würde hier wohl oder übel bis zum Anbruch der Dunkelheit ausharren müssen. So konnte ich auf keinen Fall ein weiteres

Mal aus dem Schatten treten, außer es gab weitere solcher Felsspalten. Während ich versuchte, den Strand zu überblicken, schob sich eine weitere Wolke vor die Sonne, was mich erleichtert aufatmen ließ. Vorsichtig streckte ich meine Hand aus der Spalte. Sie begann nicht zu brennen. Mit einem prüfenden Blick in den Himmel stellte ich fest, dass ich nicht ewig Zeit haben würde. Ziellos stapfte ich aus meinem Versteck, um mich umzusehen, wobei die Steine bei jedem Schritt in meine Fußsohlen stachen. Tränen schossen mir in die Augen und verschleierten meine Sicht. Doch ich sah es nicht ein, mich von den Schmerzen aufhalten zu lassen. Irgendwo würde es einen Rückweg geben, den ich nun zu finden hatte.

Es geschah ohne jegliche Vorwarnung.

Von der einen Sekunde auf die nächste stand jemand vor mir und versperrte mir den Weg. Ich blieb abrupt stehen, um nicht gegen ihn zu prallen, wobei ich meine Tränen wegblinzeln musste, um ihn besser erkennen zu können. Er hatte die Arme vor der Brust verschränkt und ein verschmitztes, zufriedenes Grinsen im Gesicht. Genüsslich musterte er mich von oben bis unten.

Obwohl er lächelte, hatte ich den Eindruck, dass sein Lächeln nicht mir galt. Das war mir in diesem Moment aber auch reichlich egal. Er konnte mir vielleicht helfen. Zumindest schien er sich hier auszukennen und hatte im Gegensatz zu mir offensichtlich keine Schwierigkeiten, sich fortzubewegen.

Sein Blick wanderte zuletzt in mein Gesicht. Ein Schauder lief mir den Rücken hinunter, als unsere Augen sich trafen und ich den goldgelben Ton wiedererkannte. Erst in dieser Nacht hatte ich von diesem Jungen geträumt.

»Hi!« Mehr hatte er wohl nicht zu sagen. Seine Hände wanderten in seine Hosentaschen und er beobachtete mich interessiert, während seine goldenen Haare im Wind wehten. Er musste in meinem Alter sein. Ich begann mich über seine Kleidung zu wundern, die an die Kleidung von Menschen erinnerte. Seine knielange Hose und die ärmellose Weste schienen aus einem grünen, etwas dünneren Jeansstoff zu bestehen. Er trug keine Schuhe und hatte ein Band um seine wilden kinnlangen Haare gewickelt.

Während ich ihn weiter musterte, kam mir der Gedanke, dass er eigentlich aussah, als wäre er seit Ewigkeiten durch die Wildnis gelaufen. Selbst sein Blick wirkte unzivilisiert. Etwas Wildes wütete in seinen Augen. Hatte er sich vielleicht auch verirrt und es gab hier keinen Weg zurück? Bei dem Gedanken wurde mir ganz anders.

»Hi …« Zu mehr als einem Keuchen war ich nicht imstande. Ich wollte ihm Fragen stellen, wer er war, was er hier tat und was hier los war, doch ich kam nicht dazu, denn die Wolke wanderte weiter und das Sonnenlicht traf mich erneut mit voller Wucht.

Die Schmerzen sorgten dafür, dass ich nicht mehr richtig denken konnte. Blindlings stolperte ich zurück in meinen Felsvorsprung. Meine Haut und meine Füße pochten vor Schmerz und ich atmete tief ein und aus, um mich zu beruhigen. Meine Sohlen fühlten sich feucht an, als würden sie bereits bluten. Wenn ich doch wenigstens nicht auf diesen Wunden stehen müsste.

Der Junge hatte wie erwartet keinerlei Probleme mit der Sonne. Er war mir gefolgt und stand lässig im Licht, ohne auch nur mit der Wimper zu zucken. Interessiert sah er mir zu, als hätte er noch nie etwas Spannenderes gesehen als mich, die damit kämpfte, unter den Schmerzen weiterhin zu atmen.

Während er mich neugierig beobachtete, machte sich ein Verdacht in mir breit. Die Sonne machte ihm nichts aus, er war anders gekleidet, er roch sogar anders. Er bewegte sich anders, als ich es gewohnt war, und seine Augen hatten diesen wilden Ausdruck sowie diese seltsame Farbe, die ich noch nie bei Menschen oder Evalfinen gesehen hatte. Er war kein Evalfin!

»Na? Schmerzt es?«, fragte er belustigt und verzog gespielt mitleidig den Mund. Die ganze Situation schien ihn zu amüsieren.

Anstatt zu antworten, starrte ich stur in seine eigenartigen

Augen. An was erinnerten sie mich, außer dass ich sie in meiner Vision gesehen hatte?

»Die Sonne ist ganz schön mächtig, was?«, provozierte er weiter und grinste, als ich nach wie vor nicht antwortete.

Was wollte er erreichen? Was erwartete er von mir?

»Da hat wohl jemand keine Lust auf Konversation. Schade. Du wirst nämlich noch ein bisschen Zeit mit mir verbringen müssen.« Seine Worte klangen beinahe nach einer Drohung. Beiläufig deutete er in den Himmel, aus dem sich die Wolken zunehmend verzogen.

»Gibt es hier keinen Weg, der durch die Felsen geht? Ich will einfach nur zurück«, rang ich mich schließlich doch durch.

»Du kannst ja doch reden.«

»Jetzt hör auf damit! Sag mir einfach, wie ich wieder zurückkomme! Ich will hier nicht bleiben!«, knurrte ich ihn an und beugte mich automatisch nach vorn, was ich direkt bereute, als das Sonnenlicht in meinem Gesicht brannte.

Vergnügt beobachtete der Typ, wie ich mich zischend gegen den Felsen drückte. »War ja klar. Wenn es darum geht, abzuhauen, wissen sie plötzlich, wie man redet. Aber sonst wird nur angegriffen.« Seine Stimme hatte mit jedem Wort an Bitterkeit gewonnen und ich verstand überhaupt nichts mehr.

Wovon sprach er? Wen meinte er mit ›sie‹?

Seufzend zog er eine seiner markanten Brauen in die Höhe. »Tja … Leider, leider gibt es keinen Weg nach oben.«

Die Worte trafen mich wie ein Schlag ins Gesicht. »Was soll das heißen? Ich bin hier runtergekommen. Dann muss es auch einen Weg zurückgeben.« Meine aufkeimende Panik war nicht zu überhören.

»Manchmal geht es im Leben nur in eine Richtung.« Seine Stimme und sein Blick waren für wenige Sekunden ernst, bis er abermals ein schelmisches Grinsen aufsetzte und mir aufdringlich in die Augen sah. »Lass uns mal darüber sprechen, wie es jetzt weiter abläuft. Du wirst gleich mit mir kommen. Denn du hast richtig vermutet. Es gibt einen Gang durch die Felsen, doch der führt dich nicht zurück.«

»Wohin führt er dann?«

Der Junge wirkte bedrohlich auf mich. Seine Wortwahl und seine Betonung versprachen Unheil. Zumindest für mich, denn er war bei bester Laune. Wo zur Hölle war ich hier bloß gelandet, dass es angeblich keinen Ausweg gab? Wo würde er mich hinführen? Konnte ich mich ihm widersetzen und hierbleiben? Doch was dann?

Er zwinkerte. »Zu meinesgleichen. Wir kümmern uns dann um dich.«

Bei seinen Worten lief es mir eiskalt über den Rücken. Sein Tonfall ließ eindeutig darauf schließen, dass ›kümmern‹ nicht fürsorglich gemeint war. Meine Angst vor ihm und vor dem, was er mit mir machen würde, wuchs. Meine Reaktion entging ihm nicht, während er mich mit zusammengekniffenen Augen musterte.

»Ähm … nein, danke. Das muss nicht sein«, versuchte ich stotternd mein Glück, doch es war vergeblich. Der Junge lachte kurz auf. Es war unverkennbar, dass ich keine Chance hatte. Allein die Tatsache, dass er sich hier problemlos bewegen konnte und ich mich vor der Sonne verstecken musste und nicht schmerzfrei über die Steine laufen konnte, sprach für ihn. Meine Knie wurden weich. Wer oder was war er dann?

»Du bist kein Evalfin«, sagte ich schwach.

Er schnaubte, als würde ihn der Gedanke anwidern. »Nein, das bin ich natürlich nicht. Im Gegensatz zu dir.«

Gerade als ich ihn fragen wollte, was er war, erkannte ich hinter ihm, wie eine der letzten wenigen Wolken vor die Sonne zog. Möglicherweise war das meine einzige Chance.

Ich nahm all meine übrig gebliebene Kraft zusammen, sprang auf ihn zu und schubste ihn so fest nach hinten, wie ich konnte. Mein Plan ging auf. Es riss ihn von den Füßen und er prallte gegen einen Felsen.

Ich rannte los, nur leider kam ich nicht so schnell voran, wie ich es geplant hatte. Unter Schmerzen wimmernd, bemühte ich mich, irgendwie mein Tempo zu beschleunigen, doch dieser Ort entzog mir alle Kräfte. Und wo sollte ich eigentlich hin?

Wieder stand der Typ völlig unvorhergesehen vor mir. Zutiefst erschrocken über sein unerwartetes Auftauchen, taumelte ich nach hinten und stürzte zu Boden. Wütend stierte er mich an und rieb sich seinen Arm, der eine Schürfwunde und blaue Flecken aufwies. Anstatt die Wut an mir auszulassen, lachte er und deutete dabei auf meine aufgeschürften Hände und Füße. Seine Unberechenbarkeit machte ihn nur noch bedrohlicher. »Das sind nur wenige Beispiele unseres gut durchdachten Abwehrsystems gegen Feinde.«

Sein Blick glitt gen Himmel und sein Gesicht nahm einen zufriedenen Ausdruck an. Eine böse Vorahnung keimte in mir auf. Als ich mein Gesicht hob, um nach der Sonne zu sehen, traf mich das Licht erneut. Dieses Mal schrie ich vor Schmerz. Es war bereits das dritte Mal an diesem Tag, dass ich den aggressiven Sonnenstrahlen ausgeliefert war. Ich versuchte, aufzustehen, doch der Schmerz lähmte meinen Körper. Das Brennen wurde mit jeder Sekunde schlimmer und ich war nicht dazu imstande, mich von dem Ort, an dem ich saß, fortzubewegen.

Kräftige Arme zogen mich auf die Beine und im nächsten Moment stand ich wieder in der Felsspalte. Seine Hände drückten mich gegen die Wand. Sein Gesicht war nur Zentimeter von meinem entfernt. Seine Augen glühten mich warnend an.

»Versuche nicht noch einmal, mir zu entkommen!«, drohte er und drückte mich fester als nötig gegen das Gestein.

Ich nickte schwach, konzentriert darauf, nicht vor ihm in Tränen auszubrechen. Mein gesamter Körper schmerzte so sehr, dass ich am liebsten zusammengebrochen wäre. Ich wagte es erst gar nicht, an mir herunterzusehen. Meine Haut brannte, als wäre sie an einigen Stellen offen.

Der Fremde starrte mir fest in die Augen, dann lockerte er langsam seinen Griff.

»Warum tust du das? Was hast du mit mir vor?« Ich zitterte am ganzen Körper.

Als er bemerkte, dass meine Beine einzusacken drohten, drückte er mich wieder gegen den Stein. »Das wirst du noch früh genug erfahren.«

»Wenn ich ein Feind bin, was bist du dann für ein Wesen?«, fragte ich und betrachtete sein wildes Haar.

»Der größte Feind, den ihr Evalfine habt.«

Na super. Da hatte ich mal wieder ganz großes Glück gehabt.

»Und das ist?«

Verwundert runzelte er die Stirn. »Ist das dein Ernst? Das weißt du nicht?« Er suchte nach einem Anhaltspunkt, dass ich log, doch er fand keinen.

»Ich bin noch neu in *Ombrania*. Bis vor kurzem habe ich als Mensch in *Origonia* gelebt.« Langsam kehrte ein wenig Kraft in meinen Körper zurück und ich konnte wieder eigenständig stehen. Er lockerte seinen Griff, ließ mich jedoch nicht frei. Sein Blick wanderte über meinen Körper und er spitzte die Lippen, während er meine verbrannte Haut betrachtete.

»Sah vorher besser aus«, stellte er unverschämt fest, anstatt unser Gespräch fortzuführen. Finster funkelte ich ihn an. Er blieb unbeeindruckt. »Du bist also beides? Ein Evalfin und ein Mensch. Interessant.«

Es reichte mir mit seinen Spielchen. »Sag mir, was du bist.«

»Nein.« Nun rückte meine Angst vor ihm in den Hintergrund, als er mitten in meinen wunden Punkt traf. Von plötzlicher Wut ergriffen fragte ich mich, warum diese blöden Nicht-Menschen immer in Rätseln und Geheimnissen sprechen mussten. Konnten sie nicht einfach die Wahrheit sagen? Er beugte sich ein wenig näher und wisperte: »Errate es!«

Ich schüttelte den Kopf. Zwar war ich mit Johann die Welten durchgegangen, doch ich konnte mich beim besten Willen nicht mehr an alles erinnern. Das Lernen hatte ich mal wieder aufgeschoben.

»Ich gebe dir einen Tipp. In *Origonia* habt ihr doch so tolle Schauergeschichten über Vampire und ihre größten Feinde.«

»Werwölfe? Du bist ganz sicher kein Werwolf.«

Er verdrehte die Augen und schüttelte den Kopf. »Das ist ja ätzend, dass es nur noch Klischees bei euch Menschen gibt. Ich bin ebenso wenig ein Werwolf wie du ein Vampir bist. Menschen sind manchmal echt nicht die hellsten Köpfe … Also? Noch eine andere Idee?«

Er würde es mir ohnehin gleich sagen. Das spürte ich.

»Das ist ja wirklich langweilig mit dir. Ich bin ein Gestaltwandler.«

Daraufhin nickte ich müde, was ihm offensichtlich als Reaktion nicht genügte.

»Da habe ich jetzt mehr erwartet. Das ist alles, was du dazu zu sagen hast?«

Ich hatte meinen Blick abgewendet und fragte mich, was das für mich bedeutete. Er und ich waren verfeindete Wesen. Gut. Aber was nun?

Aus den Augenwinkeln sah ich, dass er sich bewegte. »Die Sonne steht jetzt tief genug. Komm!«

Ohne auf eine Reaktion meinerseits zu warten, zog er mich grob aus dem Felsspalt. Ich wurde so schnell in eine andere sonnenfreie Zone geschleudert, dass die Sonne mich kaum berührte. Spätestens jetzt konnte ich mir sicher sein, dass Gestaltwandler wohl vergleichbar stark wie Evalfine sein mussten. Der Typ wiederholte diese Bewegung ein paarmal, bis wir vor einer etwas größeren Felsspalte hielten, in die man tiefer hineingehen konnte. Ungeduldig schubste er mich hinein und folgte mir.

Wir befanden uns in einem Gang. Jedoch wurde es nach nur wenigen Schritten stockfinster. Ein weiterer Abwehrmechanismus gegen Feinde? Ironischerweise erinnerte es mich an den Eingang in den Felsen unserer Gemeinschaft. Auch dort hatte ich zu Beginn völlig die Orientierung verloren.

Da der Gestaltwandler genau wusste, wo es lang ging, zog er

mich mit, während ich hinter ihm her stolperte. Mit jedem Schritt spürte ich die Wunden in meinen Füßen, auch wenn hier keine Steine mehr lagen, die mir in die Sohlen schnitten. Meine Haut brannte und schmerzte. Ich begann mich zu fragen, wieso das so war. Waren Evalfine in *Ombrania* nicht die Wesen, die die Sonne am besten vertrugen? Wieso schadete sie mir plötzlich? Und wenn Evalfine die einzigen Wesen in *Ombrania* waren, die der Sonne begegnen konnten, dann ergab es keinen Sinn, dass dieser Junge problemlos durch das Licht spaziert war. Das musste bedeuten … Mir stockte der Atem. Das war dieser Nebel gewesen? Deshalb hatte Raphael mich vom Nebel wegziehen wollen?

»Was ist?«, fragte der Junge in die Dunkelheit, als ich abrupt stehen blieb.

»Wir sind nicht in *Ombrania*«, stellte ich murmelnd fest.

»Ach, das hast du nun auch kapiert? Nein, du hast *Ombrania* verlassen. Das hier ist *Transformatia*, die Welt der Gestaltwandler. Wow, du weißt echt gar nichts, oder?«

Unsanft zog er mich weiter, während ich mich an die Welt *Transformatia* zu erinnern versuchte. Was hatte Johann mir damals darüber erzählt? Wäre ich doch bloß gewissenhafter meine Unterlagen durchgegangen.

Als der Gestaltwandler mich weiter grob mit sich riss, stürzte ich fast wieder zu Boden, doch er stabilisierte mich. Grimmig fragte ich mich, in was er sich wohl verwandelte, wenn er sich so rau verhielt.

»Und was für ein Tier bist du, wenn du kein Werwolf bist?«

Er schnaubte genervt. »Wie oft denn noch? Werwölfe und Gestaltwandler, die sich in einen Wolf verwandeln, sind nicht das Gleiche! Das sind zwei völlig unterschiedliche Wesensarten. Warum habt ihr Menschen nur so ein Faible für diese ekelhaften Stinktiere. Glaube mir, denen willst du nicht begegnen. Werwölfe! Wenn ich das schon höre.«

Ich verdrehte die Augen und patzte: »Gut, ich habe es verstanden. Welches Tier bist du dann?«

Er schwieg und endlich erblickte ich ein ganzes Stück von uns entfernt wieder Licht. Das veranlasste mich dazu, meine Schritte zu beschleunigen. Von ihm mitgezogen hastete ich ins Tageslicht und war froh, etwas sehen zu können.

In der Dunkelheit waren wir bergauf gegangen, von dieser Seite aus wirkten die Felsen nicht mehr so hoch wie am Strand. Trotzdem waren sie hoch genug, um die tiefersinkende Sonne zu verdecken. Hier konnte ich mich wenigstens bewegen, ohne verbrannt zu werden. Neugierig überblickte ich die Umgebung, die an eine Savanne erinnerte. Das Gras und die wenigen Bäume waren trocken. Sand wehte über den hitzigen Boden.

Meine Augen glitten wieder zu dem Jungen, der mich unbeirrt weiterzog. Sein Haar wehte wild im Wind. Er bemerkte meinen Blick und blieb stehen. »Jetzt kannst du raten, was ich bin.«

Ich stöhnte. Schon wieder diese Spielchen!

Seine vorderen Strähnen fielen ihm ins Gesicht, seine gelbgoldenen Augen funkelten mich mit ihrem wilden Ausdruck an. Wie er da in der trockenen Umgebung stand, hatte ich direkt ein Bild im Kopf. Erschrocken trat ich einen Schritt zurück.

»Wie verhältst du dich, wenn du dich verwandelst?«, wich ich seiner Frage aus.

Sein breites Grinsen offenbarte schneeweiße scharfe Eckzähne, die mich zusammenzucken ließen. »Wie ein wildes Tier eben.«

»Und wann … wann verwandelst du dich?«, krächzte ich mit trockener Kehle.

Sein Lächeln wurde noch breiter und seine Augen verengten sich. »Ich kann mich verwandeln, wann immer ich es will.«

Instinktiv trat ich einen weiteren Schritt zurück. Dabei stolperte ich über ein Gewächs und fiel zu Boden.

Sein Lachen ging mir durch das Mark und ich raffte mich schnell auf. Er näherte sich bedrohlich und fragte: »Und? Was bin ich?«

»Ich … Ich habe keine Ahnung«, log ich, als würde das irgendeinen Unterschied machen.

Er hatte mich längst durchschaut und genoss das Gefühl meiner Furcht. »Ich sehe dir deine Angst an. Du hast eine Vermutung und ich bin sicher, du liegst ganz richtig.«

Ich begann zu zittern.

»Na los! Sag es!«, drängte er und kam mir immer näher, während ich versuchte, den Abstand zwischen uns rückwärts laufend groß zu halten. »Sag es!«

Ich knallte mit dem Rücken gegen einen Felsen und konnte ihm nicht mehr entkommen. Bedrohlich stand er vor mir und wartete.

Meine Augen weiteten sich. »Ein … L-Löwe.«

40 Eliana

»O ja!« Sein warmer Atem streifte mein Gesicht. Er hatte seine Hände zu beiden Seiten meines Kopfes am Felsen abgestützt. Ich keuchte leise auf und konnte mich vor Furcht nicht mehr bewegen. Würde er sich jetzt verwandeln? In seinem Blick flackerte etwas auf. Für einen Moment wirkte er beinahe bestürzt, dann schnaubte er wie zu sich selbst, stieß sich von dem Felsen ab und drehte sich weg. »Wir müssen weiter.«

Ich stand noch immer wie erstarrt an der Felswand und überlegte, ob ich ihm hier entkommen könnte, wo die Sonne mich nicht verbrannte und die Steine nicht in meine Füße schnitten.

Nach wenigen Schritten wandte er sich genervt zu mir um. »Hier in *Transformatia* hast du nicht die geringste Chance gegen mich. Ich bin dir hier in allem überlegen. Also versuche erst gar nicht, noch einmal eine deiner Aktionen zu bringen und komm gefälligst mit!«

Widerwillig stieß ich mich vom Felsen ab und folgte ihm langsam. Wie ironisch es war, dass ich freiwillig meinem Verderben entgegenging. Ich gab mir Mühe, Abstand zu ihm zu halten, denn ich traute ihm nicht. Wenn er sich verwandelte, würde er noch stärker sein, als er es ohnehin schon war.

Die Rufe eines Adlers tönten durch die Luft. Ich entdeckte ihn sofort. Er flog nah über uns im Kreis, als würde er uns verfolgen oder beobachten. Der Löwe gab ihm ein mir fremdes Handzeichen. Nachdem der Adler erneut ein Kreischen von sich gegeben hatte, verschwand er mit kräftigen Flügelschlägen am Horizont.

»War das auch ein Gestaltwandler?«, fragte ich nach.

»Jepp. Er ist ein Bote und wird die anderen über deine Ankunft unterrichten.«

»Und dann? Wohin bringst du mich?«

»Wir gehen zu unserem König. Er wird sich sehr freuen, dich zu sehen. Endlich ist es so weit.«

»Was ist so weit? Worüber wird er sich freuen?«

Er ignorierte meine Frage und wandte sich unverblühmt zu mir um. »Sag mir deinen Namen!«

Ich blieb perplex stehen. »Sag du mir doch deinen!«

Was stimmte nicht mit dem Kerl?

Er zog eine Braue in die Höhe. »Simba.«

Stirnrunzelnd fragte ich mich, ob das sein Ernst war. Wusste er genug über Menschen, um Disneyfilme zu kennen?

»Eliana …«, meinte ich misstrauisch. »Was ist mit dem König und was ist nun so weit?«

»Ach Mist, ich habe euer gutes Gedächtnis vergessen.« Er schlug sich mit der Hand gegen die Stirn. Weil ich ihn anfunkelte, verdrehte er die Augen. »Also, Eliana. Anscheinend kennst du auch dieses äußerst wichtige Detail nicht: Es ist Evalfinen aufs Äußerste verboten, unsere Welt zu betreten. Dein Eindringen wird mehr Ärger für alle Welten auslösen, als du es dir in deinen schlimmsten Albträumen vorstellen kannst. Angefangen bei deinem Volk.« Sein Lächeln war sadistisch.

»Was?« Mir wurde schlecht. Es konnte doch nicht sein, dass ich schon wieder Unheil angerichtet hatte. Ich war gegangen, weil sie mich alle miteinander belogen hatten. Aber ich war auch gegangen, um zu verhindern, dass Lydia auftauchte und weitere Unschuldige umbrachte. Wie zum Teufel hatte ich es geschafft, ein noch größeres Übel auszulösen?

Das durfte einfach nicht geschehen! Meine Beine begannen zu zittern. Ich musste mich an einem nahegelegenen Baum abstützen und hielt mir den Bauch. Nein!

Meine Hände wurden schwitzig, mein Herz pochte laut und heftig in meinen Ohren. Ich glaubte, keine Luft mehr zu bekommen. Die Evalfine verachteten mich sowieso und jetzt war genau das eingetroffen, wovor Yuna gewarnt hatte.

»Sag mal, bekommst du gerade eine Panikattacke?« Der Gestaltwandler musterte mich neugierig. »Ich habe doch noch nicht mal die Konsequenzen genannt. Seid ihr alle so schwächlich und labil?«

Schwächlich und labil?

Ich war vieles, doch nicht schwach. Das ließ ich nicht auf mir sitzen. Dafür hatte ich schon zu viel erlebt. Und zu viel durchgestanden. Langsam richtete ich mich wieder auf. »Lass uns weitergehen.« Mechanisch lief ich aufrecht und versteift an ihm vorbei.

Überrascht über den schnellen Wandel, gesellte er sich an meine Seite. Ich presste die Lippen aufeinander und widerstand dem Instinkt, einige Schritte zurückzuweichen.

»Nur um sicherzugehen: Dir ist bewusst, dass es unbequem für dich wird?«, fragte er, als würden wir über das Wetter reden.

Ich nickte.

»Dir ist auch bewusst, dass Gestaltwandler und Evalfine sich hassen? Ausnahmslos?«

Wieder nickte ich. Das hatte er mir zur Genüge bewiesen.

»Und dir ist ebenso bewusst, dass wir seit Ewigkeiten die Tore unserer Welt bewacht und darauf gewartet haben, dass endlich ein Evalfin in *Transformatia* eindringt? Damit er dafür büßen wird, was seinesgleichen unseresgleichen vor langer Zeit angetan haben? Dass dieser Tag hier dein letzter …«

»Ja!« Ich schrie. Löwe hin oder her. Er sollte endlich sein blödes Löwenmaul halten! »Ja, ich habe es kapiert! Ist gut!« Von all dem wollte ich nichts mehr wissen. Ich beschleunigte meinen Schritt und ignorierte meine Schmerzen.

»Wow, du bist ja launisch«, stellte Simba fest, der sich problemlos meinem Tempo anpasste. »Sind Evalfine immer so? Also eben klang es noch sehr danach, als wolltest du alles wissen. Wenn man nicht bereit ist, die Wahrheit zu ertragen, sollte man nicht nachfragen …«

Ich warf ihm den finstersten Blick zu, den ich aufbringen konnte und beschloss, nicht mehr auf seine Worte zu reagieren. Er zuckte bloß mit den Schultern und schwieg endlich. Während wir uns der noch unbekannten Bedrohung näherten, bemühte ich mich, meine Gedanken zu unterdrücken und alles, was in meinem Kopf wirbelte, auszublenden. Ich wollte nicht mehr denken, nicht mehr fühlen, nicht mehr sein.

Ich war wie betäubt. Gefangen in einem Albtraum. Und das Gefühl war mir viel zu bekannt.

»So … Wir sind fast da. Dort ist der Tempel.«

Ich zuckte zusammen, als Simba die Stimme erhob. Er war stehengeblieben und deutete auf einen gewaltigen Tempel, der aus Kalkstein gebaut war und majestätisch aus der Landschaft herausragte. Seine Stimme hatte eine Bitterkeit angenommen, durch die sich mein Magen zusammenzog. Was würde geschehen?

Simba packte meinen Arm und zog mich weiter. Jetzt auf einmal tat er das wieder, und davor hatte er es nicht für nötig empfunden? Musste er das tun, um ein Bild aufrecht zu halten oder Regeln zu befolgen, so wie ich es von Evalfinen kannte?

Doch diese Frage interessierte mich nicht genug, um mich von meinen unheilvollen Vorahnungen abzulenken. Während wir uns dem Tempel durch den Sand näherten, konnte ich nur daran denken, dass ich meinem Tod mit jedem Schritt ein wenig näherkam.

Hatte der Tempel schon von Weitem beeindruckend ausgesehen, zeigte sich das Ausmaß seiner Pracht erst richtig, als wir die hohen Mauern erreichten und auf einen Eingang zusteuerten. Drei breit gebaute Männer in ungewöhnlichen Samtumhängen wachten an der Pforte und neigten die Köpfe, als Simba sich ihnen näherte.

»Tiago! Das ist nicht zu fassen! Die Botschaft hat uns schon erreicht!«, rief einer von ihnen und streckte wie zum Sieg seine Hände in die Luft.

Ich unterdrückte ein Schnauben. Tiago. Das war also sein richtiger Name! Wie hatte ich ihm überhaupt glauben können, dass er Simba hieß? Anscheinend kannte er sich ziemlich gut mit Menschen aus.

Ein anderer Mann ging auf Tiago zu und klopfte ihm lobend auf die Schulter. »Du weißt, was das bedeutet, Junge? Du hast die Ehre!«

Nachdem die Männer ihm für was auch immer gratuliert hatten, wanderten ihre Augen zu mir. Ihre abschätzigen Blicke unterstrichen Tiagos Worte. Evalfine und Gestaltwandler mussten große Feinde sein.

»Ich habe noch nie eine gesehen«, meinte der eine und redete über mich, als wäre ich nicht da oder eine Zirkusattraktion.

»Fast keiner hat das.«

»Unsere Schutzmechanismen sind ja der Hammer. Richtig entstellt sieht sie aus.«

Ich senkte entwürdigt den Blick. Es hatte keinen Zweck, zu reagieren oder kämpfen zu wollen. Bereits gegen Tiago allein hatte ich keine Chance gehabt. Gegen diese drei Männer würde ich mich erst recht nicht durchsetzen können. Vor allem nicht, wenn ich bedachte, wie riesig und breit sie waren. Generell sahen sie nicht wie Tiago aus. Ihre Augen waren dunkel, beinahe schwarz, und ihr kurzes Haar wirkte grau, obwohl sie nicht alt aussahen. Vermutlich waren sie keine Löwen. In welche Tiere sie sich wohl verwandelten?

»So, Tiago, dann lassen wir dich mal rein. Der König wartet schon gespannt auf dich.« Einer der Männer begann das massige Tor zu öffnen, damit wir eintreten konnten.

Unnötig unsanft zog Tiago an meinem Arm und zerrte mich in das Innere des Gemäuers. Er führte mich durch unzählige Gänge, wodurch ich bald die Orientierung verlor. Auf dem Weg begegneten wir wiederholt anderen Gestaltwandlern, die ihm euphorisch gratulierten und für mich, wenn überhaupt, nur Beleidigungen übrighatten.

»Tiago ist also dein richtiger Name«, wagte ich ihn anzusprechen, als niemand in der Nähe war.

Die Stille trieb mich in den Wahnsinn. Einzig unsere Schritte hallten durch die Gänge, was meiner Panik zu viel Raum ließ. Ich wollte nicht darüber nachdenken, was nun geschehen würde.

»Das kann dir doch reichlich egal sein.« Tiago lief unbeirrt weiter, ohne mich anzusehen. Seine Gesprächsbereitschaft schien hiermit wohl beendet zu sein.

Wir erreichten einen meterlangen Thronsaal, dessen Wände ebenfalls aus Kalkstein in die Höhe gezogen waren. Unzählige Säulen mit aufwendigen Verzierungen unterteilten den Saal. Der Boden bestand aus glatt geschliffenem Stein. Ein langer dunkelroter Teppich führte vom Eingang bis zum Ende des Saals zu einem Podium, auf dem ein majestätischer Thron platziert war. Es war weniger der vergoldete Herrschaftssitz, der meine Aufmerksamkeit auf sich zog, sondern der Mann, der dort wartete. Schon von Weitem erkannte ich sein braunes wildes Haar, seine gelblichen Augen und vor allem die Macht, die er ausstrahlte. Er zog mich auf die negative Weise derart in seinen Bann, dass ich weder die Wachen wahrnahm noch die unzähligen anderen Personen, die sich in der Nähe des Königs aufhielten.

Mit jedem Schritt, den wir auf den Thron zuliefen, verlor ich mehr an Mut. Meine Beine wollten sich kaum fortbewegen. Sie waren schwer wie Blei. Tiagos Griff um meinen Arm wurde so fest, dass ich mir Sorgen machte, er würde mir das Blut abdrücken.

»Tiago, mein lieber Junge! Was für wunderbare Neuigkeiten!«, grüßte der König, als wir einige Meter vor ihm zum Stehen kamen.

Tiago verbeugte sich tief und legte dabei seine Hand an meinen Nacken, um mich ebenfalls runterzudrücken.

»Dir wird alle Ehre erwiesen werden und man wird dich feiern wie einen Helden«, fuhr der König fort. »Die Gerechtigkeit! Sie wird endlich eintreffen. Wie lange mussten wir darauf warten! Nun ist es aber Zeit, dass du dich vorbereitest.«

Er zwinkerte Tiago zu, dann wanderte sein Blick zu mir. Die Verachtung in seinen Augen ließ mich hart schlucken. Anstatt das Wort an mich zu richten, schnipste er, woraufhin zwei der Männer aus seiner Reihe, die ebenfalls an Löwen erinnerten, an mich herantraten. Tiago ließ mich los. Zeitgleich packten mich die beiden Männer und schleppten mich wortlos davon.

Obwohl ich Angst vor Tiago gehabt hatte, vor seiner Unberechenbarkeit und seinem ganzen Auftreten, war das kein Vergleich dazu, was ich nun verspürte. Die Männer erdrückten meine Arme, während sie mich durch lange Gänge zogen. Ich wartete schon darauf, dass meine Knochen unter ihren Griffen brechen würden.

»Was für ein Abschaum. Sieh dir das nur an.«

»Und hier, guck mal, wie schön die Sonne das Ding entstellt hat.«

Den gesamten Weg über verspotteten sie mich und lachten über meine Wunden. Noch nie in meinem Leben war ich derart gedemütigt worden. Ich konnte nichts tun. Ich war unfähig, mich zu wehren. Tränen brannten in meinen Augen, doch ich gab mir alle Mühe, sie zu unterdrücken. Auf keinen Fall wollte ich ihnen die Genugtuung geben, mich weinen zu sehen.

Nachdem wir innerhalb der Tempelgemäuer hinabgestiegen waren, erreichten wir ein Holzgitter am Boden, das sie öffneten, um mich ohne Vorwarnung in das tiefe Loch darunter zu stoßen. Unsanft landete ich auf meinem Bauch und stieß heftig die Luft aus, als der Schmerz durch meinen Körper zuckte. Nach zwei Atemzügen raffte ich mich auf und sah nach oben. Die Gestaltwandler schlossen das Holzgitter, nicht ohne auf mich zu spucken und mir einen schönen Aufenthalt zu wünschen. Durch das Gitter gelangte nur spärliches Licht in die Grube. Doch meine Augen benötigten kein Licht, um die alten Knochen zu erkennen, die hier unten verrotteten und einen Geruch von verfaultem Fleisch verbreiteten, durch den Übelkeit in mir aufstieg.

Zitternd zog ich mich in eine Ecke zurück und schlang die Arme um meine Beine. Noch war ich viel zu schockiert über die

Gesamtsituation, um irgendwie begreifen zu können, was hier vor sich ging. Was zur Hölle geschah gerade?

Von oben drangen aufgeregte Rufe bis zu mir herab. Dort schien einiges los zu sein. Personen wuselten am Gitter vorbei, Aufgaben wurden verteilt und etwas mir Unbekanntes wurde vorbereitet. Ein Gong, der einem Signal ähnelte, ertönte derart laut, dass das Holzgitter erzitterte.

Die Zeit verstrich, ohne dass mich jemand beachtete. Mein Zittern wurde mit jeder Minute heftiger. Es war vorbei, oder? Ich würde nie zurückkehren. Ich würde sterben. Durch die Hand dieser gewalttätigen Monster. Ich versuchte, mich zu beruhigen, an etwas zu denken, was den Druck von meinem Herzen nahm. Meine Gedanken glitten dabei zu Raphael. Im Gegensatz zu dieser Hölle hier, kam mir der Streit mit einem Mal unfassbar bedeutungslos vor. Es schmerzte, dass meine Freunde mich belogen hatten. Aber hätte ich Raphael nicht zuhören sollen? Vielleicht hätte es eine Erklärung gegeben? So, wie es damals eine gegeben hatte. Vielleicht hatte er mich vor der Wahrheit schützen wollen, weil sie so grausam war. Ich kannte ihn doch mittlerweile gut genug, um ihm vertrauen zu können. Es war eine Kurzschlussreaktion gewesen, wegzurennen. Hätte ich ihn bloß zu Wort kommen lassen!

Mein Herz zersprang bei der Erkenntnis, dass ich es nie erfahren würde. Dass ich ihn nie wiedersehen würde. Dass ich nie wieder diese Geborgenheit in seinen Armen erleben würde. Niemals hätte ich in der letzten Nacht geahnt, dass auf den Himmel so schnell die Hölle folgen würde.

Das Gefühl erinnerte mich an meinen ersten Tag in *Ombrania*. Auch damals hatte ich mich gefragt, wie es sein konnte, dass ich morgens bei meinem Bruder aufgewacht war, ohne zu wissen, was an dem Tag alles geschehen würde. Der Unterschied war, dass ich nun allein war. Und allein blieb.

Niemand war da, der mich tröstete, der mir Mut zusprach und mir sagte, dass es bald besser werden würde.

Dieser Punkt würde auch nicht mehr eintreffen, denn mir war deutlich bewusst, dass mein Ende nahte. Ich dachte an Samuel. An Mama, Papa und Marie. Sie glaubten, ich sei tot. Nun würde ich wirklich sterben. Mit mir die Hoffnung, sie doch eines Tages wiederzusehen.

Etwas sagte mir, dass es nicht schnell gehen würde. Sie hatten von ›bezahlen‹ gesprochen. Ich musste für etwas bezahlen, was die Evalfine den Gestaltwandlern angetan hatten. So grob, wie sie jetzt schon mit mir umgegangen waren … ich war nicht einmal fähig darüber nachzudenken, wie sie mich umbringen würden.

Müdigkeit und Erschöpfung nahmen Besitz von mir. Schließlich hatte ich nicht nur in der Nacht kaum geschlafen, mein Körper hatte gegen all die Einwirkungen hier kämpfen müssen und ich hatte seit dem Morgen nichts mehr gegessen. Ich rollte mich auf dem Boden zusammen, versuchte, die Leere in mir erträglicher zu machen, indem ich mich fest umschlang, und wünschte mir, ich wäre einfach zu Hause in Mainz in meinem Bett. Vielleicht war das alles nur ein Albtraum. Vielleicht würde ich gleich aufwachen. In Raphaels Armen oder zu Hause bei Samuel, Mama und Papa.

41 Eliana

»Hey! Du da unten! Wach gefälligst auf!«

Ich musste eingenickt sein. Mein Kopf pochte, als ich die Augen öffnete. Verschwommen vor Müdigkeit sah ich, dass das Gitter geöffnet worden war und jemand in die Grube zu mir herunter brüllte.

»Jetzt reiß dich zusammen! Wir wollen einen Kampf sehen! Einen richtigen Kampf!« Es war einer der beiden Männer, die mich hierhergebracht hatten.

»Was? Was für ein Kampf?«, fragte ich benommen.

Ein genervtes Seufzen ertönte. »Ach, das hat Tiago schon erzählt. Du hast von nichts eine Ahnung, was? Hör zu, Kleine! Indem du in unsere Welt gefallen bist, hast du einen alten Krieg entfacht. Ausnahmslos jeder Evalfin, der unerlaubt unsere Welt betritt, muss sterben. Das weiß dein Volk. Und sie wissen für gewöhnlich auch, dass ein Krieg zwischen allen Welten ausbricht. Interessant, oder? Das hast du ganz allein ausgelöst. Du kleines dummes Mädchen.«

Er lachte gehässig.

Langsam, ganz langsam drangen die Worte in mein Bewusstsein. Krieg?

Das übertraf alles, was ich mir hätte vorstellen können. Mir war inzwischen klar gewesen, dass ich sterben musste und dass ich großen Ärger für alle ausgelöst hatte. Doch einen Krieg, an dem sich alle Welten beteiligen würden? Das klang nach der übelsten Tat, die man überhaupt begehen konnte. Was würde das für die Evalfine bedeuten? Für Raphael, Luna, Hope, Alia und all die anderen? Und für meine Familie und Marie in *Origonia*. Würden sie alle in den Krieg reingezogen werden und sterben? Allein die Vorstellung, für ihren Tod verantwortlich zu sein, war unerträglich.

Ich verbarg mein Gesicht in den Händen. Das konnte nicht das Ende sein! Das konnte nicht das letzte Wort sein! Ich musste es verhindern. Egal, wie. Ich musste!

Es war das eine, wenn ich starb. Aber die Verantwortung dafür zu tragen, dass Tausende oder Millionen von Wesen sterben würden. Unter ihnen meine Familie, meine Freunde, Personen, die ich liebte. Das durfte nicht geschehen! Wieso, zum Teufel, war ich hier rein gestürzt? Wieso, zur Hölle, konnte ich das nicht verhindern?

Eine Strickleiter wurde in die Grube geworfen und der Mann befahl mir, hinaufzuklettern. Zittrig ergriff ich die erste Sprosse und kletterte nach oben. Sobald ich den Boden betrat, packte mich der Mann, fesselte mich mit einem alten Seil und schubste mich nach vorn.

»Ich will das verhindern … Den Krieg … Ich tue alles. Wirklich alles! Sagt mir nur, was ich tun muss!«

Es gab sicher eine Möglichkeit. Es musste einfach eine geben!

Der Mann lachte gehässig auf und nahm mir damit jegliche Hoffnung. »Netter Versuch, aber da gibt es nichts mehr, was du ändern kannst. Wir warten schon seit Ewigkeiten darauf, uns für eure Taten rächen zu können.« Er grinste böse und stieß mich gegen eine Wand, an der wir vorbeiliefen. Ich unterdrückte ein Wimmern.

War es vorbei? Konnte ich wirklich nichts mehr tun? Würde nicht nur ich heute sterben, sondern auch der Friede zwischen allen Welten?

Um nichts unversucht zu lassen, bat ich ihn zwei weitere Male mir eine Chance zu geben, alles aufzuhalten, doch es war zwecklos. Wir verließen den Tempel und liefen an den gigantischen Außenmauern entlang. Und ich gab schließlich auf. Es war vorbei.

Der Mann zog mich grob auf eine Mauer zu, die sich unweit der Tempelmauern befand. Dahinter hörte ich Tausende von Stimmen. Mein Herz pochte schwer in meiner Brust.

Wir liefen durch einen Eingang, in einen Gang, der über Treppenstufen in die Erde hinabführte. Dort gesellten sich weitere seiner Art zu uns, die, ebenso wie er, seidene Umhänge trugen und mich lauthals beschimpften.

Die Gespräche blendete ich aus.

Vor einer dunklen schweren Holztür kamen wir zum Stehen, damit einer der Männer sie aufschließen konnte. Sobald sie geöffnet war, zog mich der Mann, der meine Fesseln hielt, voller Gewalt mit sich, sodass ich das Gleichgewicht verlor und auf den Boden prallte. Wie oft das an diesem Tag schon geschehen war!

Ein grollendes Gelächter fiel über mich herein. Mühsam stand ich auf und versuchte, das Gebrüll nicht an mich heranzulassen. *Gib ihnen keine Macht. Nicht weinen! Es ist bald vorbei.*

»Erbärmlich!«

»Sowas gehört eingesperrt!«

Der Mann zog mich zu einem Käfig, der in der Mitte des schmalen Raums stand. Er löste meine Fesseln und stieß mich in das metallene Gebilde. Hinter mir krachte die Tür zu, während die Männer sich vor dem Käfig versammelten und mich weiterhin auslachten.

Ohne sie anzusehen, drückte ich mich in die Ecke des Käfigs, die am weitesten von ihnen entfernt war. Was sollte ich hier drinnen? Ich sah mich genauer um und entdeckte, dass die Decke an einem Stahlseil befestigt war. Als ich meine Ohren spitzte, konnte ich von oben erneut unzählige Stimmen und Trampeln vernehmen, ähnlich wie in einem Fußballstadion. Alles Blut sackte mir in die Beine. Würden sie mich etwa gleich nach oben ziehen? Zum Kämpfen? Gegen diesen Löwenjungen?

Neue Stimmen ertönten hinter mir und ich drehte mich um. Tiago betrat in Begleitung weiterer junger Erwachsener den Raum. Er hatte sich umgezogen. Nun trug er einen seidenen rubinroten Ganzkörperanzug, der mich an die Kostüme von Eiskunstläufern erinnerte. Seine Begleiter, zwei Jungs und drei Mädchen, stimmten ebenfalls in den Spott der Männer ein. Eines der Mädchen musterte mich mit gerecktem Kinn. Sie stach durch ihre Schönheit und ihre Anmut heraus.

»Man ey, Tiago! Du hast es einfach drauf!«, rief einer der Jungs und gaffte mich durch das Gitter an, als sei ich ein Zootier. »Wieso war ich heute nicht mit der Wache dran!«

»Wie geil ist das denn bitte!«, meldete sich der andere zu Wort, der seinen Blick aufdringlich und zu langsam über meinen Körper gleiten ließ. »Schade, dass du sie direkt erledigen musst. Da wären mir noch andere Dinge eingefallen.«

»Ich bitte dich, Darian! Doch nicht mit unseren Erzfeinden. Das ist widerlich«, wies der Mann, der mich hierhergebracht hatte, den Jungen zurecht.

Ich wandte mich von ihnen ab und begegnete dabei Tiagos Blick, der im Gegensatz zum Rest der Gruppe schwieg und mich mit ernster Miene ansah.

Schließlich stieg er in ein Gebilde, das neben dem Käfig stand und ebenfalls an einem Drahtseil hing. Im Gegensatz zu meinem Käfig, erinnerte es an einen königlichen, vergoldeten Aufzug.

Tiago schloss die Tür selbst hinter sich, als sich der Rest der Truppe von ihm verabschiedete und den Raum verließ, um nicht den Anfang zu verpassen. Sie redeten ihm gut zu, ermutigten ihn, alles zu geben und es mir zu zeigen. Dann schlossen sie die dunkle Tür und wir blieben allein zurück.

Während wir darauf warteten, dass die Seile nach oben gezogen wurden, mied ich seinen Blick, obwohl ich spürte, wie seiner auf mir ruhte.

Nach einer Weile wandte er sich mit gesenkter Stimme an mich. »Du weißt, was dich erwartet?« Er trat so nahe an mich heran, wie es durch die beiden Gitter möglich war. Sie standen nur wenige Zentimeter voneinander entfernt.

»Keine Ahnung«, gab ich trotzig zurück.

»Eliana! Sieh mich an!« Etwas in seiner Stimme brachte mich dazu, dass ich mich gegen meinen Willen nun doch zu ihm umdrehte. Das provokativ verspielte Auftreten, das er mir präsentiert hatte, war gänzlich von ihm gewichen. Stattdessen betrachtete er mich aus bitterernsten Augen. Beinahe, als wäre er unzufrieden mit der Situation. »Wir werden gleich nach oben in die Mitte einer riesigen Arena gezogen«, erläuterte er mit ruhiger Stimme. »Dort steigen wir aus unseren Käfigen … Jedenfalls solltest du dich nicht davon beirren lassen, dass die Tribünen voll besetzt sind. Alle Gestaltwandler aus ganz *Transformatia* sind angereist, um uns zuzusehen.«

Er wartete auf eine Reaktion, doch mein Kopf war leer. Alles kam mir viel zu unreal vor, um wirklich zu geschehen. Da war nichts. Nur endlose Leere.

»Mach es einfach schnell. Ich bin froh, wenn es vorbei ist«, murmelte ich undeutlich und senkte den Blick.

Ich wollte nicht länger in diese goldenen Augen sehen müssen, in denen sich mit einem Mal unzählige Emotionen widerspiegelten. Tiago hatte anscheinend Angst vor dem, was geschehen würde, dabei wurde er von seinesgleichen gefeiert wie ein Held. War es die Gewissheit, dass er zum Mörder werden würde, die er fürchtete?

»Wenn du dir das wünschst …«

Ich nickte wie betäubt. Mein Körper erschien mir fremd, als wäre es nicht mein Leben, das sich dem Ende neigte. Als würde ich nur einer Person zusehen, die ihrem Tod ins Auge blickte und nichts mehr dagegen tun konnte. Doch dieser Zustand der Gefühlslosigkeit war mir mehr als recht. Der Gong, den ich schon einmal gehört hatte, ertönte erneut.

Die Ketten begannen zu quietschen und uns quälend langsam nach oben zu ziehen. Ich hielt mich an den Käfigstangen fest, um einen besseren Halt zu haben, als das Gebilde in der Luft zu schwanken begann. Tiagos Hand legte sich durch das Gitter auf meine Finger. Er hatte den Arm so weit aus seinem Käfig gestreckt, wie es möglich war.

»Ich werde dich nicht quälen!«, versprach er mit glühenden Augen, die mich einige Herzschläge lang fixierten. Dann trat er von mir weg, schüttelte sich und setzte das Gesicht auf, mit dem ich ihn kennengelernt hatte.

Eine ohrenbetäubende Welle an Rufen und Geschrei brach über uns herein, sobald sich die Decke über uns öffnete und wir in die gewaltige oval förmige Arena hochgezogen wurden. Zwei Männer rannten auf uns zu, um meinen Käfig aufzuschließen, während Tiago seine Tür öffnete, herausstolzierte und den Zuschauern zuwinkte. Er umrundete den Käfig, hob dabei seine Arme und ließ sich von der Menge bejubeln.

Tausende von Zuschauern saßen und standen rund um uns herum auf den Tribünen und blickten gebannt in die Mitte des Feldes. Der eine der beiden Männer zog mich aus dem Käfig heraus und verpasste mir eine Ohrfeige. Ich schwankte unter der Wucht und stürzte in den Kies, woraufhin die Menge noch lauter johlte.

»Für meine Schwester!« Er holte mit dem Fuß aus und trat fest in meinen Bauch. Ich krümmte mich vor Schmerz.

»Untersteh dich! Sie gehört ganz allein mir!«, knurrte Tiago den Mann an, der sich entschuldigte und mit seinem Kollegen den Innenraum der Arena verließ. Zeitgleich wurden die Käfige zurück in den Boden gelassen.

»Stell dich hin!«, befahl Tiago, der zwei Schritte vor mir stehen geblieben war.

Irgendwie gelang es mir, mich aufzuraffen. Meine Wange pochte schmerzhaft, mein Magen krampfte.

»Bist du okay?«

»Dein Ernst?«, giftete ich ihn an. Als ob ich in dieser Situation okay wäre!

Er ging nicht darauf ein, sondern breitete die Arme erneut aus. Mit geschlossenen Augen spielte er der Menge vor, es zu genießen, wie sie ihn feierten.

Da mir kaum etwas anderes übrigblieb, blickte ich auf die Tribüne, die sich direkt vor uns befand und entdeckte den König, der nun eine goldene Krone zu seinem rubinroten langen Umhang trug. Um ihn herum saßen zahlreiche Gestalten, die allesamt an Löwen erinnerten. Unter ihnen auch Tiagos Freunde, die besonders kräftig feierten.

Der König hielt ein Megafon in der Hand, das er in diesem Moment ansetzte. Sobald seine Stimme durch die Rufe hallte, kehrte in der gesamten Arena Ruhe ein. »Seid herzlich willkommen, meine lieben Untertanen! Ich grüße euch voller Freude! Euch, meine Freunde, meine Familie, die ihr seid! Wir haben uns hier versammelt, weil es endlich so weit ist! Ein Evalfin ist in unsere Welt eingedrungen. Da unten steht sie!« Er deutete auf mich, was die Menge dazu veranlasste, mich auszubuhen. Tausende von Personen, die mich – für das was ich war – ausbuhten, ohne mich zu kennen. Die Tränen schossen erneut in meine Augen.

Nicht weinen! Nicht weinen! Tu ihnen nicht den Gefallen! Zeig ihnen nicht, was sie mit dir machen! Bleib stark!

»Unser guter Tiago hat sie gefunden und mir mehr über sie erzählt«, fuhr der König fort. »Sie ist nicht nur ein Evalfin. Sie kommt ursprünglich aus der Welt der Menschen und hatte somit keinen blassen Schimmer, wie ihr geschah, als sie in unsere Welt gestürzt ist. Doch für uns ist das belanglos, denn Evalfin ist Evalfin! Sodann, meine Freunde, ich bin so froh, euch sagen zu können, dass endlich jemand büßen wird, für das, was sie uns angetan haben! Doch bevor wir damit beginnen, will ich unsere Geschichte noch einmal für unsere Kleinsten zusammenfassen. Sie sollen verstehen, warum dieses so harmlos aussehende Mädchen unser größter Feind ist. Setzt euch, meine Lieben!«

Die Gestaltwandler setzten sich gehorsam, ohne mich aus den Augen zu lassen. Ruhe kehrte in den Reihen ein.

»Die Evalfine und wir waren noch nie gute Freunde. Um Konflikte zu vermeiden, schlossen wir vor langer Zeit einen Toleranzvertrag. Sie erlaubten uns, dass wir gelegentlich in Tiergestalt

Ombrania betreten durften und versprachen, zu dieser Zeit nicht zu jagen, um niemanden von uns zu gefährden. Ihr müsst wissen, Evalfine sind die einzigen Wesen in *Ombrania*, die Jagd auf Tiere machen und stellen dadurch eine Gefahr für uns dar, wenn wir ihre Welt betreten. Als Gegenleistung versprachen wir ihnen, sie mit Informationen der anderen Welten zu versorgen. Unsere Spione, die Insekten, haben die bestmögliche Tarnung, um andere Wesen auszuhorchen. Wer verdächtigt schon einen Falter, eine Fliege oder einen kleinen Käfer. Niemand. So schlossen wir den Vertrag. Eine gewisse Zeit lang ging alles gut. Doch wir hätten es besser wissen müssen, denn sie brachen den Vertrag. Eines verhängnisvollen Tages tötete eine Gruppe junger Evalfine einen unserer besten Männer. Von Trauer und Wut bewegt, marschierten wir in *Ombrania* ein und töteten jeden Verdächtigen, da sie uns die Täter nicht ausliefern wollten.«

Ein kurzes Jubeln ertönte aus den Reihen. Theatralisch wartete der König, bis sich seine Untertanen wieder beruhigt hatten.

»Was die Evalfine uns dann antaten, werden wir ihnen niemals verzeihen! Zwei junge Evalfine schlichen in unser Land und nahmen uns den Gegenstand, den wir am meisten benötigten. Meine lieben Kinder, lasst es mich euch erklären: Die Magier sind unsere Freunde. Sie sorgen für Gerechtigkeit, sie sind für das Gute und sie haben uns vor Jahrhunderten eine Möglichkeit geschaffen, uns vor gegenseitiger Vernichtung zu schützen. Sie schenkten uns ein Amulett. Ein wunderschönes, reines, mächtiges Amulett, das es uns ermöglichte, uns auch in unserer Tiergestalt gegenseitig zu erkennen. Traf ein Eulenkind auf seine Mäusemutter, würde es niemals zur Jagd ansetzen, weil es sie erkannte. Wir lebten in Frieden untereinander, denn wir wussten immer, ob wir einen anderen Gestaltwandler oder ein richtiges Tier trafen … Doch dann kamen diese Evalfine und sie haben uns bestohlen. Sie stahlen unser Amulett!«

Die Menge brüllte und tobte, um ihren Frust rauszulassen.

»Sie nahmen uns das Wichtigste, was wir brauchten. Sie

nahmen uns unsere Augen!«, brüllte der König durch das Wüten seiner Untertanen.

Sie buhten, sie stampften und schrien nach Vergeltung. Der König ließ sie toben und wartete geduldig, bis es ruhiger wurde.

»Nun, meine armen Freunde. Nun haben wir so viele verloren. So oft haben wir uns ungewollt und auf tragische Weise gegenseitig getötet, weil wir uns nicht erkennen konnten … Lasst uns einen Moment zur Ruhe kommen und in Gedenken an sie schweigen. Lasst uns an diejenigen denken, die unter entsetzlichen Bedingungen sterben mussten und diejenigen, die mit ihren Schuldgefühlen zu kämpfen haben!«

Es wurde totenstill. Niemand rührte sich oder flüsterte ein Wort. Der König hatte die komplette Autorität. Sie schauten zu ihm auf, hingen an seinen Lippen und fühlten sich verstanden.

Ich senkte den Blick. Das war also der Grund. Darum verabscheuten sie Evalfine so sehr. Sie hatten Familienmitglieder verloren. Freunde verloren. Und ich sollte dafür büßen. Stellvertretend für all den Schmerz und das Leid, das sie erleben mussten und erlebt hatten.

Als der König weitersprach, wandte er sich schließlich direkt an mich: »Du! Evalfin-Mädchen! Meine Mutter war ebenso wie mein Vater eine Antilope. Als ich mich mit drei Jahren zum ersten Mal in einen Löwen verwandelte, besuchte ich bereits häufig das Löwenrudel, wie es bei uns der Brauch ist, bis ich schließlich mehr Zeit bei ihnen als bei meinen Eltern verbrachte. Sie begannen, mir das Jagen beizubringen, damit ich es früh lernte. Eines Tages übte ich allein, ohne zu wissen, dass meine Mutter nicht zu Hause, sondern in ihrer Tiergestalt unterwegs war. Ich zog durch die Gegend und suchte nach einer Beute. Als ich eine Antilope über die Hügel hüpfen sah, die nicht durch ihre Herde geschützt wurde, sah ich meine Chance, zögerte keine Sekunde und …«

Eisige Stille legte sich über die Arena. Mir wurde bitterkalt.

Nach einer kurzen Pause sprach der König resigniert weiter:

»Meine Mutter ist gestorben. Durch ihren eigenen Sohn! Und das – das ist die Schuld deiner abartigen Vorfahren! Ihr seid verantwortlich für unzählige Tote!«

Seine Stimme war wieder laut geworden, wodurch er die Menge anregte, ihn zu unterstützen. Er genoss den Tumult und wandte sich wieder seinen Untertanen zu.

»Jetzt, meine Brüder und Schwestern, ist es so weit! Jetzt wird dieses Mädchen für alles büßen, was ihresgleichen uns angetan hat. Für jeden einzelnen Toten, den wir zu beklagen haben. Jetzt ist der Beginn unserer Gerechtigkeit! Nachdem sie tot ist, dürfen wir in den Kampf ziehen, worauf wir uns lange vorbereitet haben. Wir werden uns an den Evalfinen rächen. An jedem, dem wir begegnen! Aber zuerst lasst uns diesen Kampf zelebrieren! Tiago! Du bist unser Held! Du hast sie gefunden und zu uns gebracht. Du hast die Ehre gegen sie zu kämpfen und sie zu töten. Und danach wirst du uns in den Krieg führen. Wir werden alle Evalfine mit Leichtigkeit vernichten, weil sie uns zahlenmäßig unterlegen sind. Gegen Tausende von Gestaltwandlern haben sie keine Chance. So lasst uns Tiago unseren Rückhalt zeigen. Tiago ist unser Mann!«

Der König reckte seine Fäuste in die Höhe und forderte zum Applaus und Jubel auf. Tiago breitete zum wiederholten Mal die Arme aus.

»Und jetzt gebe ich dir die Erlaubnis! Lasst den Kampf beginnen!«, feuerte der König ihn an.

Der Gong ertönte zum dritten Mal. Die Gestaltwandler stampften, schrien und forderten Tiago auf, mir Schmerzen zuzufügen. Der Lärm verschwamm zu einem einzigen Rauschen und ich erinnerte mich. Ich erinnerte mich an die erste Vision, die ich je gehabt hatte. Ich hatte meinen eigenen Tod kommen sehen. Die erste Vision hatte mir gezeigt, wie ich sterben würde.

Die Arena bebte durch das Toben der Menge und ich drehte mich zu Tiago um. Nun hatte sich der Schock, der auf mir gesessen hatte, gelöst und Panik ergriff meinen gesamten Körper.

Todesangst lähmte meine Glieder und meine Gedanken. Es gab keinen Ausweg. Es gab nichts, was ich tun könnte. Ich würde sterben. Er würde mich umbringen. Würde er sich daran erinnern, dass er mir versprochen hatte, mich nicht zu quälen? Wie lange würde es dauern, bis es vorbei war?

Tiago fixierte mich. Dann ging er leicht in die Hocke, setzte zum Sprung an und stieg in die Luft. Mitten im Sprung verwandelte er sich in einen prachtvollen jungen, aber ausgewachsenen Löwen. Mit kräftigen, schweren Pfoten landete er auf dem sandigen Boden und brüllte machtdemonstrierend, sodass es durch die Arena hallte.

Meine Panik hinderte mich daran, richtig zu atmen. Er war noch furchteinflößender, als ich es erwartet hatte. Majestätisch und bedrohlich wandte er mir seinen Kopf zu. Seine braune Mähne wehte im Wind. Seine gelblichen Augen richteten sich auf mich, bevor er ohne Vorwarnung auf mich zu stürmte.

Etwas Unbekanntes in mir erwachte. Mein Körper handelte instinktiv. Als würde der Vampir in mir nicht kampflos aufgeben. Ich duckte mich nah auf den Boden, als Tiago mich ansprang, wodurch er mich knapp verfehlte. Wütend brüllte er auf, blieb stehen und drehte sich um. Wackelig erhob ich mich und suchte nach einem Weg, um zu fliehen. Doch wohin? Mein Kopf pochte, meine Sicht war nicht mehr klar. Das Blut rauschte in meinen Ohren. Es gab keinen Ausweg.

Die Suche kostete mich zu viel Zeit. Der Löwe stürzte erneut auf mich zu. Mein Arm schnellte nach vorn, um sich zu wehren, doch der Löwe war zu stark. Ich wurde durch die Luft geschleudert und knallte gegen die Einzäunung, was die Menge johlen ließ. Der Geschmack von Blut breitete sich in meinem Mund aus. Mein Blut. Ich richtete mich auf und versuchte, dem Löwen auszuweichen, doch er gab mir mit seiner riesigen Pfote einen kräftigen Hieb. Wieder warf es mich zu Boden und zitternd hielt ich meine blutende Schulter, die er erwischt hatte.

Ich wollte davonkriechen, doch er versetzte mir einen weiteren

Hieb auf den Rücken. Ich brach zusammen. Mit letzter Kraft versuchte ich, mich von ihm wegzurollen, stieß dabei erneut gegen den Zaun und wusste, dass er mich hatte.

Tiago kam langsam näher. Sein gewaltiger Kopf verharrte über mir, während seine Augen direkt in meine blickten, als wäre da noch irgendwo etwas Menschliches in ihnen.

»Bitte, tue es! Beende es!« Meine Stimme war nur ein jämmerliches Krächzen. Ich schloss die Augen. Es sollte aufhören. Ich wollte, dass es einfach vorbei war.

Ein Knurren tönte tief aus seiner Kehle. Ich spürte, wie er sich meinem Hals näherte. Heiße Luft strömte an meine Haut, als er sein Maul aufriss, um zum tödlichen Biss anzusetzen …

»Stopp! Haltet das sofort an!« Die Stimme hallte überlaut durch die Arena und ließ mich heftig zusammenfahren. Die Menge stockte und war mit einem Mal still. Der Atem des Löwen war plötzlich nicht mehr über mir und ich wagte es, die Augen zu öffnen. Was war geschehen?

Der Löwe hatte sich einige Schritte von mir entfernt und blickte, ebenso wie die gesamte Menge auf den Tribünen, in die Mitte der Arena, in der vier Gestalten erschienen waren. Einer von ihnen hatte die Hände erhoben und trug, ebenso wie die Frau neben ihm, einen wehenden silbrig-schwarzen Umhang, der mich darauf schließen ließ, dass es sich bei den beiden um Magier handelte.

Der Mann ließ seine Hände sinken. Es war seine Stimme gewesen, die dafür gesorgt hatte, dass der Kampf unterbrochen worden war. Mein Blick glitt weiter zu dem alten Mann, der neben den beiden stand. Caius. Er war hier? Mein Herz blieb stehen, als ich die letzte Person erkannte.

Raphael.

Bis hierher konnte ich sehen, wie er mit sich kämpfte, um nicht zu mir zu stürzen. Sein Körper war steif, seine Fäuste geballt, sein Blick rasend vor Zorn und Sorge.

»Marek«, beschwerte sich der König voller Unverständnis und

Ehrfurcht zugleich. »Was tut ihr hier? Es ist unser Recht, sie zu töten! Sie ist in unsere Welt eingedrungen.«

Eine neue Angst ergriff mich. Würden Raphael und Caius nun auch sterben? Sie durften nicht hier sein! Raphael durfte nicht sterben! Wieso war er hier?

Marek, wie der König den Magier genannt hatte, erwiderte: »Es ist wahrlich euer Recht. Doch ihr begeht einen Fehler, wenn ihr sie umbringt.«

Der König wollte protestieren, doch die Magierin, die neben Marek stand, unterbrach ihn und sprach mit ebenfalls verstärkter Stimme: »Ihr habt die Prophezeiung außen vorgelassen. Das Mädchen ist eure einzige Chance!«

Eine unheimliche Stille legte sich über die Reihen, während dem König alles aus dem Gesicht fiel. Schockiert blickte er von den Magiern zu mir und zurück. Tiago trat weitere Schritte von mir weg und verwandelte sich zurück in seine menschliche Gestalt. Zwei Gestaltwandler rannten über den Platz und brachten ihm einen Mantel, da sein Anzug bei der Verwandlung auseinandergerissen war.

Für einen letzten Moment legte sich sein Blick auf mich. Eine Mischung aus Erleichterung und Schuldgefühlen blitzte in seinen Augen, ehe er sich wegdrehte und zum König aufsah. Auch ich wandte den Blick von ihm ab und sah, dass Raphael zu mir stürmte.

»Raphael!« Mit letzter Kraft schrie ich seinen Namen und konnte immer noch kaum fassen, dass er tatsächlich hier war. Unbeholfen raffte ich mich auf und stolperte auf ihn zu. Direkt in seine Arme. Er drückte mich fest und beruhigend an sich, als würde er mich niemals wieder loslassen. Ich stieß heftig die Luft aus, als seine Hände meinen geschundenen Körper streiften. Doch der Schmerz spielte keine Rolle. Ich atmete seinen Duft ein und begann, heftig zu zittern. Da war sie wieder. Die Geborgenheit, die ich nur bei ihm empfand. Es gab keinen Ort, an dem ich lieber zusammenbrach als in seinem Arm.

Ich wusste nicht, was nun auf mich zukam, was die Worte der Magier zu bedeuten hatten, geschweige denn, ob wir alle lebend hier rauskommen würden. Doch einer Sache war ich mir sicher: Was auch immer geschehen würde, Raphael war bei mir.

Glossar

Achtung! Das Glossar enthält Spoiler für die gesamte Geschichte!

Botschafter – Beruf der Evalfine. Kommunizieren mit den anderen Wesen und Welten.

Daelon – ein mumienartiges Wesen, das sich von Fleisch und Knochen ernährt.

Evalfin – Mischwesen aus Vampir und Elfe

Flagania – Welt der Feuerwesen.

Gemeinschaft am Felsen – Evalfin-Gemeinschaft, die in einem Felsen lebt. Sie tragen rote Gewänder.

Gemeinschaft am Gletscher – Evalfin-Gemeinschaft, die hoch oben in den Bergen in Gletscherhöhlen lebt. Sie tragen graue Gewänder.

Gemeinschaft am Meer – Evalfin-Gemeinschaft, zu der man durch einen Tunnel im Meer gelangt. Sie tragen blaue Gewänder.

Gemeinschaft der Höhle – Evalfin-Gemeinschaft, die in einem unterirdischen Tunnel im Wald lebt. Sie tragen grüne Gewänder.

Gemeinschaft der Insel – Evalfin-Gemeinschaft, die auf einer Insel in einem See lebt. Sie tragen sandfarbene Gewänder.

Gestaltwandler – Wesen, die sich in ein Tier verwandeln können.

Jäger – Beruf der Evalfine. Jagen Tiere und sind damit für die Blutversorgung einer Gemeinschaft zuständig.

Lumenia – Welt der Lichtwesen.

Magier – Magische Wesen, die den Frieden aller Wesen und Welten garantieren.

Marinia – Welt der Wasserwesen.

Montania – Welt der Magier und anderer übernatürlicher Wesen. Sie ist vor allem für ihre Berglandschaft bekannt.

Nebellied – altes Lied der Evalfine über den Nebel in Ombrania.

Oberhaupt – Regent einer Evalfin-Gemeinschaft, der die oberste Entscheidungsmacht hat.

Ombrania – Welt der Schattenwesen.

Ordnungskraft – Beruf der Evalfine. Sorgen für Sauberkeit und Ordnung.

Origonia – Ursprungswelt. Die Welt, in der Menschen leben.

Seher – Beruf der Magier. Haben Visionen und können Teile der Zukunft voraussagen.

Tertiärbereich/ Tertiärstufe – Dazu zählen alle Evalfine zwischen neunzig (achtzehn) und hundertvier (einundzwanzig) Jahren. Diese leben zusammen und werden gemeinsam unterrichtet.

Transformatia – Welt der Gestaltwandler

Vampir – Blutsaugende, schaurig aussehende, aggressive Wesen.

Wächter – Beruf der Evalfine. Bewachen die Gemeinschaft, führen Befehle des Oberhaupts aus.

Werwolf – Wesen, die sich bei Vollmond in eine Mischgestalt aus Wolf und Mensch verwandeln.

Sonnenfest – Hochfest der Evalfine, das einmal im Jahr in Ombrania gefeiert wird, wenn für drei Tage die Sonne scheint.

Sonnenlied – beliebtes Lied der Evalfine, das beim Sonnenfest gesungen wird.

Danksagung

Meinen größten Dank richte ich zuallererst an Vanessa und den VAJONA Verlag. Danke, dass ihr meiner Geschichte eine Chance gebt und sie bei euch aufgenommen habt. Ich kann es noch immer nicht fassen, dass ich tatsächlich so einen wundervollen Verlag für mein Debüt gefunden habe. Auch vielen lieben Dank an meine Lektorin Lara und an dich, Aileen. Du hast das Beste aus der Geschichte herausgeholt.

Danken möchte ich auch Amadea, Elke, Papa, Mama und Annika. Nicht nur, weil ihr beinahe so verliebt in meine Geschichte seid wie ich oder weil ihr die treuesten Testleser seid, sondern vor allem, weil ihr mich aufgebaut habt, wenn meine Zweifel laut wurden. Weil ihr mich immer daran erinnert habt, an meine Geschichte zu glauben.

Auf gar keinen Fall dürfen meine liebsten Autorenkolleginnen Helèn und Ophelia fehlen. Ich bin so unfassbar dankbar, dass wir uns kennengelernt haben. Der Austausch mit euch gibt mir so viel und ich danke euch für eure Tipps und euer Vertrauen.

Mein Dank gilt auch allen Testlesern, die mir schon von Beginn an Feedback und konstruktive Rückmeldung gegeben haben. Hier möchte ich vor allem Simone, Rochus und Eva nennen.

Ebenso möchte ich meinen Freundinnen danken. Marina, weil unsere jahrelange Freundschaft mich dazu inspiriert hat, Marie zu erschaffen. Alicia, weil du mit mir auf Recherche gegangen bist, und allen anderen, die ich aus Platzgründen nun nicht beim Namen nennen kann.

Ein großes Danke und all meine Liebe geht natürlich an meinen Mann und unsere beiden Kinder. Danke, dass ihr es aushaltet, dass ich häufig in andere Welten versinke und dadurch weniger Zeit für euch habe. Ich liebe euch!

Und zum Schluss bedanke ich mich bei meinen Leser*innen, Blogger*innen und Autorenkolleg*innen, die ich in den vergangenen Monaten kennenlernen durfte. Danke für eure Unterstützung!

Folge uns auf:

Instagram: www.instagram.com/vajona_verlag
Facebook: www.facebook.com/vajona.verlag
TikTok: www.tiktok.com/vajona_verlag
Website: www.vajona.de
Shop: www.vajona-shop.de